本书为国家哲学社会科学基金项目
“辛西娅·欧芝克小说中的犹太性研究”（项目编号：13BWW056）的结项成果，
受到国家留学基金委“国家公派高级研究学者、访问学者、博士后项目”
以及“陕西高校人文社会科学青年英才支持计划”的资助。

辛西娅·欧芝克
小说中的犹太性研究

肖飚◎著

中国社会科学出版社

图书在版编目(CIP)数据

辛西娅·欧芝克小说中的犹太性研究/肖飏著. —北京：中国社会科学出版社，2021.5

ISBN 978-7-5203-7970-0

Ⅰ.①辛… Ⅱ.①肖… Ⅲ.①辛西娅·欧芝克—小说研究 Ⅳ.①I712.074

中国版本图书馆CIP数据核字(2021)第033043号

出 版 人 赵剑英
责任编辑 郭晓鸿
特约编辑 张 剑
责任校对 师敏革
责任印制 戴 宽

出 版 中国社会科学出版社
社 址 北京鼓楼西大街甲158号
邮 编 100720
网 址 http://www.csspw.cn
发 行 部 010-84083685
门 市 部 010-84029450
经 销 新华书店及其他书店

印 刷 北京明恒达印务有限公司
装 订 廊坊市广阳区广增装订厂
版 次 2021年5月第1版
印 次 2021年5月第1次印刷

开 本 710×1000 1/16
印 张 19.5
插 页 2
字 数 236千字
定 价 99.00元

目　录

摘　要

本研究选取辛西娅·欧芝克（Cynthia Ozick，1928—　）的十三篇短篇小说、三部中篇小说以及五部长篇小说作为目标文本，聚焦欧芝克小说中犹太性的文学表现。所选取的目标文本代表欧芝克不同阶段、不同篇幅的小说创作。其中最早的一部小说创作于 1966 年，最新的一部创作于 2004 年。选取的十三篇短篇小说包括：《码头女妖》（“The Dock-Witch”，1971）、《医生的妻子》（“The Doctor's Wife”，1971）、《手提箱》（“The Suitcase”，1971）、《男子汉气概》（“Virility”，1971）、《异教徒拉比》（“The Pagan Rabbi”，1971）、《被雇佣的》（“A Mercenary”，1976）、《流血》（“Bloodshed”，1976）、《篡夺（别人的故事）》［“Usurpation（Other People's Stories）”，1976］、《镜头》（“Shots”，1982）、《升空》（“Levitation”，1982）、《普特梅瑟：她的工作经历、家世和来生》（“Puttermesser：Her Work History，Her Ancestry，Her Afterlife”，1982）、《披肩》（“The Shawl”，1989）以及《天堂的普特梅瑟》（“Puttermesser in Paradise”，1997）。选取的三部中篇小说分别是：《普特梅瑟与赞西佩》（*Puttermesser and Xanthippe*，1982）、《罗莎》（*Rosa*，1989）以及《披肩》（*The*

Shawl，1989）[①]。选取的五部长篇小说分别是：《信任》（*Trust*，1966）、《食人星系》（*The Cannibal Galaxy*，1983）、《斯德哥尔摩的弥赛亚》（*The Messiah of Stockholm*，1987）、《普特梅瑟故事集》（*The Puttermesser Papers*，1997）以及《微光世界的继承者》（*Heir to the Glimmering World*，2004）。

本研究以细读欧芝克散文、小说文本为基础，采用辩证视角，将历史、文化和理论研究与文本分析相结合，回顾当代美国犹太小说的发展历史，梳理其中犹太性的文学表现的主要特征，运用流散批评理论，从女性主义批评、新历史主义批评、后现代叙事研究等视角，梳理欧芝克小说文本中表现的犹太性，总结欧芝克如何继承、发展当代美国犹太小说呈现犹太性的主要特征，表现出独特的犹太性。

首先，回溯美国犹太文学的发展，将欧芝克小说中的犹太性研究置于当代美国犹太小说及其犹太性的文学表现的语境中，考察欧芝克犹太性形成的时代背景。在历时性梳理美国20世纪50年代至21世纪犹太小说及其犹太性的文学表现的基础上，探讨欧芝克小说表现出的犹太性与当代美国犹太小说中犹太性文学表现的关系。研究指出，当代美国犹太小说及其犹太性的文学表现呈现出阶段性特征，即：强调道德意识、将犹太教融入文学文本、以文学形式表现犹太大屠杀时忠实于史实。研究阐释欧芝克的小说对于犹太性的文学表现如何拓展、丰富了当代美国犹太小说犹太性文学表现的内涵。

其次，集中探讨欧芝克小说表现出的独特的犹太性。在探讨欧芝克文学观、历史观、自然观、女性观的基础上，阐释欧芝克小说达成思想性与艺术性相统一的途径与手段，分析欧芝克小说所表现出的独特的犹太性。

---

① 中篇小说《披肩》（*The Shawl*）由短篇小说《披肩》（"The Shawl"）及其续篇中篇小说《罗莎》（*Rosa*）构成。

本研究关注欧芝克小说实践与犹太思想方式的关联。研究指出，欧芝克的小说表现了以下三组主要矛盾：第一，犹太教伦理与美学实践之间的矛盾，具体表现为“创作还是不创作”的焦虑；第二，潘神与摩西所代表的故园文化（犹太文化）与他乡文化（非犹太文化）之间的矛盾，具体表现为在流散语境下如何书写历史、如何书写自然；第三，女权主义思想与正统犹太教女性观之间的矛盾，具体表现为如何书写、塑造女性。研究着重阐释欧芝克如何借助犹太逻辑智慧“平行逻辑”以及“求真”的犹太民族意识，消解分歧、达成融通的犹太智慧，在小说创作过程中，运用犹太思维方式，辩证地在其小说中揭示并化解矛盾，表现出独特的犹太性。

另外，研究关注欧芝克小说实践与犹太文化传统的关联。研究指出，欧芝克小说表现出的独特的犹太性，还在于从犹太释经传统中汲取营养，对“抵制偶像崇拜”的犹太立场、“修复世界”和“社会责任”的犹太主张以及“犹太大屠杀历史”进行“米德拉什”式的文学讲述和文学阐释，讲述犹太历史、彰显犹太立场、弘扬犹太价值观。

本研究试图从非犹太人的视角，解读欧芝克小说表现出的犹太性，揭示其中折射的犹太思想方式以及其中借鉴延承的犹太文化传统。鉴于欧芝克小说表现出浓郁的犹太性，研究还涉及“平行逻辑”、“求真”意识、“米德拉什”、“抵制偶像崇拜”、“修复世界”和“社会责任”之外的一些犹太概念，包括“喀巴拉思想”以及“泥人传说”等。同时，本研究运用“复调”“元小说侵入式叙事”“零度写作”“互文性”等文学概念，“本质”和“社会建构”等社会学概念，为阐释欧芝克的文学想象力及其表现的犹太性提供必要的理论支撑。

本研究旨在阐释欧芝克小说文本，研究其创作思想、艺术特色，促进读者对其小说的理解与接受。同时，探究欧芝克小说中犹太性及其文学呈现手段的关联，有望为实现民族性的文学彰显提供有益的借鉴。

关键词：犹太性；平行逻辑；辩证性；米德拉什

Abstract

The present study addresses Jewishness and its literary representation in Cynthia Ozick's fiction, taking her thirteen stories, three novellas and five novels as the samples.

The samples represent the panoramic scene of Ozick's fiction creation in terms of both production phase and work length. The earliest was created in 1966 while the latest in 2004. These samples are as follows—the thirteen stories: "The Dock-Witch" (1971), "The Doctor's Wife" (1971), "The Suitcase" (1971), "Virility" (1971), "The Pagan Rabbi" (1971), "A Mercenary" (1976), "Bloodshed" (1976), "Usurpation (Other People's Stories)" (1976), "Shots" (1982), "Levitation" (1982), "Puttermesser: Her Work History, Her Ancestry, Her Afterlife" (1982), "The Shawl" (1989) and "Puttermesser in Paradise" (1997); the three novellas: *Puttermesser and Xanthippe* (1982), *Rosa* (1989) and *The Shawl* (1989); and the five novels: *Trust* (1966), *The Cannibal Galaxy* (1983), *The Messiah of Stockholm* (1987), *The Puttermesser Papers* (1997) and *Heir to the Glimmering World* (2004).

On the basis of a close reading of Ozick's essays and the sample fictional texts, the study employs Diasporic vision, Feminist and New Historicist perspectives and postmodernist narrative studies and aims to examine the uniqueness in Jewishness and its literary representation in Ozick's fiction together with her inheritance and development of the Jewish tradition in representing Jewishness in contemporary Jewish American fiction.

First, Jewishness and its literary representation in Cynthia Ozick's fiction is put in the context of contemporary Jewish American fiction and Jewishness representation. Attempting to disclose the major characteristics of Jewishness representation in Ozick's fiction, the study first traces the development of Jewish American literature and examines in particular the contemporary Jewish American fiction from the 1950s to the 21st century, for that is the background in which Ozick's Jewishness is nurtured. The features that chronologically distinguish contemporary Jewishness are summarized as moral ethos, Judaism engagement, and loyalty to fact in Holocaust representation, which stands independent respectively. The study thus locates Ozick and her Jewishness representation in the history of contemporary Jewish American fiction and argues that Ozick has inherited and enriched contemporary Jewishness representation.

Second, the study focuses upon the uniqueness in Jewishness and its literary representation in Ozick's fiction on the basis of the examination of Ozick's vision of literary creation, her understanding of history and nature, and her insight of the essence of femininity. Ozick's literary representation of these ideals in her fictional texts is analyzed and interpreted in detail.

In the analysis and interpretation of Ozick's textual representation of her visions pertinent to literary creation, history, nature, and femininity, attention is paid to the link between Ozick's fiction creation and the Jewish way of thinking. Threekey conflicts prevailing in Ozick's fiction are studied, namely, first, the conflict between Judaic ethics and aesthetic practice, or specifically the anxiety of creation over whether to create or not to create; second, the conflict between Pan representing hostland non-Jewish culture and Moses representing homeland Jewish culture, or specifically history writing and nature writing in the Diasporic context; third, the conflict between Feminist vision and the Orthodox Judaic gender law prohibiting women from acting as intellectual equals to men, or specifically characterization of female characters. The study elaborates on Ozick's unique Jewishness representation resulting from her practice in dialectically presenting and resolving these conflicts with *Pilpul*, the Jewish logic, and *L'Chaim*, the Jewish principle, in her fictional texts.

Attention is also paid to the link between Ozick's fiction creation and the Jewish cultural legacy, which is another embodiment of Ozick's unique Jewishness representation. The study interprets how Ozick has drawn upon *Midrash*, the Jewish legacy in Biblical interpretation, in presenting Midrashic literary interpretation of Jewish standpoint including *anti-idolatry*, Jewish views including *tikkun olam* and *arevut*, and in presenting Midrashic literary representation of Jewish history including *the Holocaust*.

The study is intended to decode Jewishness and its representation in Ozick's fiction from a gentile perspective in hopes to get access to the Jewish way of thinking and the Jewish cultural legacy, however the authentically Jewish nature of Ozick's fiction calls for the employment of such Jewish concepts as *the Kabbalistic thought* and *the golem legend*, etc. in addition to *Pilpul*, *L'Chaim*, *Midrash*, *anti-idolatry*, *tikkun olam*and *arevut*. Meanwhile, the use of such postmodernist literary narrative as *heteroglos-*

sia, *polyphonic narrative*, *metafictional intrusion narrative*, *writing degree zero*, *and intertextuality* is elaborated and their significance in enabling Ozick to stay Jewish is analyzed respectively. In addition, such sociological ideas as *essentialism* and *social constructionism* are brought into discussion as well. These discussions provide a necessary foundation for the interpretation of Ozick's imagination and Jewishness representation.

The study attempts to promote Ozick reception as a result of the interpretation of her fictional works on the basis of the examination of her vision of literary creation, her understanding of history and nature, and her insight of the essence of femininity. In addition, the study is expected to present an example of ethnicity representation in literary works on the basis of the exploration into Ozick's literary representation of Jewishness in her fiction.

Key words: Jewishness; Pilpul; Dialectic; Midrash

绪　论

美国犹太文学种族身份特别，宗教与历史印记鲜明，是美国文学的重要分支。

辛西娅·欧芝克（Cynthia Ozick，1928— ）[①] 是20世纪70年代以来美国最重要的犹太作家之一，跻身“当代北美十大重要作家”之列（Bolick，09：37 am. April，26，2007），其小说被评论家誉为“当代文学的佳作”。

一　辛西娅·欧芝克及其文学创作

辛西娅·欧芝克是当代美国最负盛名的犹太文学家之一，作品包括小说、散文、评论以及意第绪语译作。她的作品已被翻译成十七种文字。欧芝克被列为美国最伟大的短篇小说巨匠之一，其长篇小说被誉为“非同寻常的文学存在形式”（Stevenson，29）。值得一提的是，欧芝克“从根本上改变了我们对美国犹太文学的定

① Cynthia Ozick（1928— ），对于“欧芝克”，国内学界没有统一的译法。1984年，之岱首次将她介绍到中国时，将其译作“辛西娅·奥齐克”。随后出现“奥扎克”“奥兹克”“奥芝克”“欧芝克”等不同译法。本书作者在涉及他人的研究时，即采用该研究作者的译法。其他情形下，均使用“欧芝克”。

义，更重要的是，改变了美国犹太文学自我界定的方式”（Pinsker，1987b，1）。

欧芝克已出版长篇小说六部、短篇小说集七部、散文随笔集八部。

六部长篇小说包括：《信任》（*Trust*，1966）、《食人星系》（*The Cannibal Galaxy*，1983）、《斯德哥尔摩的弥赛亚》（*The Messiah of Stockholm*，1987）、《普特梅瑟故事集》（*The Puttermesser Papers*，1997）、《微光世界的继承者》（*Heir to the Glimmering World*，2004）[①] 以及《异物》（*Foreign Bodies*，2010）。

七部短篇小说集包括：《异教徒拉比及其他故事》（*The Pagan Rabbi and Other Stories*，1971）、《流血和三个中篇》（*Bloodshed and Three Novellas*，1976）、《升空：五个故事》（*Levitation*：*Five Fictions*，1982）、《嫉妒；或，意第绪语在美国》（*Envy*；*or*，*Yiddish in America*，1969）、《披肩》（*The Shawl*，1989）、《故事集》（*Collected Stories*，2007）以及《听写：四重奏》（*Dictation*：*A Quartet*，2008）。

八部散文随笔集包括：《全世界都想让犹太人死》（*All the World Wants the Jews Dead*，1974）、《艺术与激情》（*Art and Ardor*，1983）、《隐喻与记忆》（*Metaphor & Memory*，1989）、《亨利·詹姆斯所知道的以及其他有关作家的散文》（*What Henry James Knew and Other Essays on Writers*，1993）、《声名与愚蠢：随笔集》（*Fame & Folly*：*Essays*，1996）、《争论与困窘》（*Quarrel & Quandary*，2000）、《头脑中的喧嚣：随笔集》（*The Din in the Head*：*Essays*，2006）以及《评论家、怪物、疯子以及其他文学随笔》（*Critics*，*Monsters*，*Fanatics*，*and Other Literary Essays*，2016）。散文随笔集中的散文，既有曾经刊登在诸如《伦敦观察者》《新领袖》《评论》《莉莉丝》《纽约时报书评》

---

① 2005 年，在英国出版时，《微光世界的继承者》（*Heir to the Glimmering World*）取名为《小熊男孩》（*The Bear Boy*）。

《绅士》《论坛》等学术期刊或者通俗刊物上的文学评论、文化随笔，也有结集出版之前从未发表过的作品。

欧芝克参与撰写了《辛西娅·欧芝克读者》（*A Cynthia Ozick Reader*, 1996）以及《艾萨克·巴别尔全集序言》（*The Complete Works of Isaac Babel*, Introduction, 2001）。另外，她还创作了剧本《蓝光》（*Blue Light*, 1994），为《安狄欧克评论》《企鹅丛书：意第绪诗歌》等刊物翻译了许多意第绪语短篇小说、诗歌以及散文。

欧芝克笔耕不辍，享有很高的文学声誉，荣获多项文学奖，主要包括：美国国家图书奖（1997）、美国国家图书奖提名（1971）、美国国家图书评论奖提名（1982，1983，1990，2000）、美国国家人文奖章（2007）、曼·布克奖提名（2005）、犹太温盖特奖（2013）、奥林奇奖（2012）、国家犹太图书理事会终身成就奖（2010）、美国笔会/纳博科夫奖（2008）、美国笔会/马拉默德奖（2008）、美国笔会/福克纳奖提名（1984）、布朗布里斯犹太文化遗产奖（1972）、爱德华·华伦纪念奖（1971）、美国艺术学会文学奖（1973，1982—1987）、国家犹太图书小说奖（1977）、犹太文学杰出贡献奖（1984）、欧·亨利奖（1975，1981，1984，1992）等。欧芝克系美国艺术科学院院士，任美国笔会、美国作家联盟、美国国家文学艺术院、美国剧作家协会会员。

“评论界将欧芝克誉为美国文学界的厄西娜（Athena）①，纽约布朗克斯区（Bronx）的艾米丽·狄更生（Emily Dickinson），她所处时代最有成就、最优雅的文学文体大家”（Musleah，17：06 Dec. 7, 2016）。现代文学泰斗大卫·福斯特·沃利斯（David Foster Wallace）称欧芝克为在世的最伟大的美国作家之一。

---

① 厄西娜（Athena）：希腊神话中的智慧女神、战神。性情平和，不易恼怒，因理性而战。

欧芝克1928年4月17日出生在纽约布朗克斯区，在佩利亚姆湾长大。父母是来自俄罗斯的犹太移民，以开药店为生。父亲接受过良好的俄罗斯、希伯来文化教育。欧芝克幼年的记忆不乏因为是犹太人而遭受的羞辱与欺凌。在P. S. 71上中学时，她因拒绝合唱圣诞颂歌而被当众羞辱。因为是犹太人，还被人扔过石头，遭受辱骂。

幼年时，欧芝克和犹太男孩一起在“切达”（Cheder）① 学习，系统了解了犹太民间传统，奠定了坚实的犹太思想、犹太教的知识基础。后来，欧芝克在曼哈顿上了亨特学院，1949年在纽约大学以优等生的身份取得文学学士学位；1950年在俄亥俄州立大学取得文学硕士学位，其学位论文以亨利·詹姆斯的小说为研究对象；1984年获叶史瓦大学、希伯来协和学院荣誉博士学位，获纽约大学杰出校友奖；1987年获纽约市立大学亨特学院荣誉博士学位。

二十五岁时，欧芝克初次接触犹太哲学家利奥·拜克（Leo Baeck）的作品及思想，深化了她对犹太教的认识。特别值得一提的是，受到拜克的《浪漫的宗教》（“Romantic Religion”）一文的影响，欧芝克开始了“犹太教化的过程，使自己犹太教化，将那些她在基督教文化环境中已经内化为自己一部分的材料加以犹太教化的处理”（Walden，1987：1）。

在从事写作之初，欧芝克将自己定位为美国作家，六年后她重新将自己定位为犹太作家，强调其犹太身份。在一次访谈中，谈到她出版的第一部作品《信任》，欧芝克说，“我开始写作时是美国小说家，最后变成了犹太小说家”（Cole，1982：55）。

评论家将欧芝克归入“第三代美国犹太作家”（Bell，1981：61），并称其为“公认的美国犹太文学复兴的先锋”（Kremer，1993：572）。

---

① Cheder：希伯来语，意即“房间”，指犹太男孩学习、诵读希伯来宗教典籍的犹太小学。

第一代美国犹太作家是指那些在欧洲长大，母语是意第绪语的移民作家。他们有的选择用意第绪语进行创作，如肖洛姆·阿希（Sholem Asch，1880—1957）和艾萨克·巴什维斯·辛格（Isaac Bashevis Singer，1904—1991）；有的选择用英语进行创作，如亚伯拉罕·卡恩（Abraham Cahan，1860—1951）、玛丽·安婷（Mary Antin，1881—1949）以及安奇亚·叶茨厄斯卡（Anzia Yezierska，1885—1970）。他们努力适应新的环境，渴望在美国文学中加入他们的犹太声音。

第二代美国犹太作家出生在美国，父母是移民，在20世纪30年代崭露头角。代表作家包括迈克尔·戈尔德（Michael Gold，1894—1967）、迈尔·勒文（Meyer Levin，1905—1981）、丹尼尔·富克斯（Daniel Fuchs，1909—1993）以及亨利·罗斯（Henry Roth，1906—1995）。他们的作品反映生活在新旧两个世界的困窘——一方面是令他们感到窒息、想要逃脱的犹太居住区的生活，另一方面是他们渴望融入的主流新世界。

令人遗憾的是，这两代美国犹太作家在历史上的影响力相对有限，美国犹太文学发展缓慢，直到以索尔·贝娄（Saul Bellow，1915—2005）、伯纳德·马拉默德（Bernard Malamud，1914—1986）、菲利普·罗斯（Philip Roth，1933—2018）为代表的第三代美国犹太作家引领美国犹太文学跻身美国主流，在“二战”后的美国文坛独领风骚，第一次创造了美国犹太文学的辉煌。

他们的作品具有移民文学的特征，反映“对青年时代故土的判断、眷恋和憎恨，以及因脱离故土而付出的代价……”（Howe，3）。同时，他们淋漓尽致地刻画“边缘化”及“受难”主题（Wisse，40），既关注美国犹太人所遭遇的特殊境遇，又反映整个西方文明所面临的普世性困境。不得不承认，这一代美国犹太作家或多或少地采取了与犹太文化疏离的态度和立场。索尔·贝娄、伯纳德·马拉默德努力关注人类的共同命运；莱昂内尔·特里林（Lionel Trilling，1905—1975）、诺曼·米勒（Norman Mailer，1923—2007）和约瑟夫·海勒（Joseph Heller，1923—1999）的作品中几乎没有犹太痕迹；菲利普·罗斯甚至曾明确表示，“我不是犹太小说家。我是小说家，我是犹太人”（Epstein，65）。

许多评论家认为，“美国犹太文学的驱动力在于美国犹太人特有的焦虑：处于两种文化之间，却无法从任何一种文化中找到归属感”（Wisse，40）。随着犹太移民后代逐渐融入美国主流社会，移民记忆慢慢褪去，移民文学意义上的“美国犹太文学”风采难续。1977年，欧文·豪（Irving Howe）断言，美国犹太文学“或许已经过了它的巅峰”（Howe，3）。但现实情况是，当代美国犹太文学依然兴旺。被这一代美国犹太作家疏离的犹太民族文化，成为美国犹太文学第二次辉煌的源泉。

作为第三代美国犹太作家的欧芝克，并不像许多同时代的其他犹太作家那样为了融入美国主流而放弃民族性。相反，她的作品因其浓郁的犹太品性而独树一帜，正如莎拉·布莱彻·科恩（Sarah Blacher Cohen）所言，欧芝克的小说呈现出“真正的犹太特性”（Cohen，1994a：180）。

欧芝克被誉为回归犹太传统的第三代美国犹太小说家的先驱。她坦陈并坚守自己的犹太人身份，“努力以犹太方式表达自己的艺术主张”（Wisse，41）。休·尼瑟森（Hugh Nissenson，1933—2013）、柯特·勒维昂（Curt Leviant，1932—　）以及霍华德·施瓦茨（Howard Schwartz，1945—　）同样在文学创作中借用犹太文化的要素，主张以文学实践彰显犹太价值，特别是从历史、道德以及宗教的视角审视犹太教。在他们之后，迈克尔·沙邦（Michael Chabon，

1963—)、阿莱格拉·古德曼（Allegra Goodman，1967— ）、丽贝卡·戈德斯坦（Rebecca Goldstein，1950— ）、托瓦·瑞奇（Tova Reich，1942— ）、内森·英格兰德尔（Nathan Englander，1970— ）等新一代犹太小说家崛起于美国文坛，共同创造了20世纪80年代至90年代美国犹太小说基于犹太性的复兴。

在1996年出版的《美国犹太文学》（*JewishAmerican Literature*）中，马克·克拉博尼克（Mark Krupnick）写道，“回归犹太传统形式与犹太传统主题，是过去二十五年间美国犹太文学的主流”（Krupnick，302）。2001年由儒勒·柴默茨基（Jules Chametzky）等编写的《诺顿文选：美国犹太文学》（*Jewish American Literature：A Norton Anthology*）则把有关这一阶段的章节命名为“徘徊与回归”（“Wandering and Return”），并称“坚定地回归犹太性，并以此作为个人成长的方式，是这一阶段文学的标志性特征”（Chametzky，979）。

犹太性的回归，呈现出多种多样的形式。有的美国犹太作家借用犹太生活素材，对犹太文化要素进行挖掘和加工；有的美国犹太作家努力重新发现犹太教的价值，从精神上回归犹太教，“成为当代美国犹太文学的一个突出主题”（Furman，2000a：174）；有的美国犹太作家则从更严格的意义上回归犹太教，“让宗教仪式和礼拜仪式成为小说自然的一部分，既是搭建小说结构的工具，又是小说主题本身”（Goodman，271），既从伦理意义上认识犹太教，又从宗教意义上践行犹太教。

毫不夸张地说，欧芝克引领了在文学实践中回归犹太性的大潮。欧芝克不仅是卓越的小说家，还是优秀的散文家。她的散文对理解、阐释她的小说，具有毋庸置疑的帮助。在散文《走向新的意第绪语》（“Toward a New Yiddish”）、《沦为偶像的文学：哈罗德·布鲁姆》（“Literature as Idol：Harold Bloom”）和《创新与救赎：文学的意义所在》("Innovation and Redemption: What Literature Means")中，欧芝克勾勒出了她的文化愿景及文学主张。

欧芝克反对大同化与共通性，倡导以文学实践凸显民族性。她认为，"流散背景下的创作或者思想，要想不朽，非凸显犹太民族性不可"(Ozick, 1983k: 168－169)。她进一步解释到，流散语境下创作的作家，如果选择大同化与共通性，就如同选择"从犹太教徒礼拜时用的羊角号的宽端吹响号角"，结果必然是"其声哑然"；如果选择特异的犹太民族性，就如同选择"从羊角号的窄端吹响号角"，结果必然是"其声悠远"(Ozick, 1983k: 177)。

欧芝克回归犹太性的愿景宏大，超越了文学的范畴。她不满足于仅从社会或心理维度审视犹太历史及文化，而是努力从犹太文化渊源中汲取营养，打造出一种文明，"一种以英语为语言载体的犹太文化"(Wisse, 41)。这种英语实质上是"犹太式英语"(Judeo-English)，或称"新的意第绪语"(New Yiddish)。作为犹太文化复兴的一部分，欧芝克倡导新的文学形式："礼拜式文学"(A Liturgical Literature)(Ozick, 1983k: 151－177)。她解释道，"礼拜式文学是一种文学形式，一种观念……它反映一种共有的声音：历史的回声"(Ozick, 1983k: 169)。在欧芝克看来，"礼拜式文学"珍视历史、反映历史。

在散文《沦为偶像的文学：哈罗德·布鲁姆》中，欧芝克表达了对于犹太人是否应该从事文学创作的困惑。她指出，"在修辞学家看来，'犹太作家'这一说法堪称'矛盾修辞'——这一说法充满尖锐的矛盾，'作家'与'犹太人'两个身份冲突激烈、你死我活"(Ozick, 1983d: 178)。在《创新与救赎：文学的意义所在》一文中，欧芝克则指出，"文学的意义在于意义""文学在于揭示人性""文学在于承认特殊性"(Ozick, 1983b: 247－248)。

20世纪80年代中叶之前，最具影响力的美国犹太作家多为男性。索尔·贝娄、伯纳德·马拉默德、菲利普·罗斯以及赫伯特·戈尔德（Herbert Gold，1924—　）为其中翘楚。他们注重“从社会、心理维度书写犹太生活”，并以此折射“被异化、被边缘化”的犹太现实（Lyons，13）。80年代中叶之后，以格蕾斯·佩蕾（Grace Paley，1922—2007）、蒂莉·奥尔森（Tillie Olsen，1912—2007）、基姆·切尔宁（Kim Chernin，1940—　）、维维安·戈尼克（Vivian Gornick，1935—　）、丽贝卡·戈德斯坦（Rebecca Goldstein，1950—　）、埃德里安娜·里奇（Adrienne Rich，1929—2012）以及辛西娅·欧芝克为代表的美国犹太女作家不断涌现，挑战了男作家一统天下的格局。

欧芝克之外的女作家多“反映犹太人以及其他少数族裔遭遇的社会问题，关注世俗意义上的犹太传统”或者“从女性主义视角，揭示犹太教的男权本质”（Yalom，1996：427）。不同于其他犹太女作家，欧芝克将自己定义为“对社会和文化加以分析的人”（Ozick，1976c：131）。小说家马克·默斯基（Mark Mirsky）称欧芝克为“思考的作家”；丹尼尔·华顿（Daniel Walden）称“走进欧芝克的文学世界，我们欣赏她的文字，玩味她的思想”（Walden，1987：4）。欧芝克分析她所处的流散语境和犹太传统文化，以严肃的方式，或直接或间接地探讨犹太人与犹太律法的关系，对于犹太教做出深刻的思考。

《哥伦比亚百科全书》称“欧芝克的小说具有高度的思想性，雅致、深刻，惯用犀利的讽刺，主要反映犹太生活、犹太思想的方方面面，诸如大屠杀及其留给人们的思考、当代社会犹太人的存在现实、犹太神秘主义、犹太传说”（The Columbia Encyclopedia，10：30 am. August 3，2011）。

欧芝克的小说以浓厚的犹太性为标志性特征。本研究尝试探讨欧芝克在小说中阐释、弘扬的犹太思想、犹太价值观，分析欧芝克小说阐释、演绎犹太思想、犹太价值观所采用的方式，以及其中蕴含的犹太逻辑智慧。

二　辛西娅·欧芝克的研究概况

在美国，从欧芝克的作品问世至今，欧芝克及其作品得到了广泛、持续的关注。目前欧芝克研究已成为美国犹太文学领域的热点选题，进入成果丰硕的新阶段。在中国，欧芝克研究起步相对较晚。

（一）美国的欧芝克研究概况

在美国，欧芝克和她的作品受到了全面、系统的研究。关于欧芝克的介绍，出现在许多文学史、百科全书和文学、文化词典之中；欧芝克的介绍或研究，还作为章节或篇目出现在专著或文学评论集中；出现了数量众多的欧芝克研究专著、博士学位论文、期刊论文。

在美国，欧芝克研究始于20世纪70年代。这一时期的研究成果多为期刊论文，研究学者主要包括哈罗德·费什（Harold Fisch）、约瑟芬·Z. 诺普（Josephine Z. Knopp）和阿尔文·赫希·罗森菲尔德（Alvin Hirsch Rosenfeld）。这一时期的欧芝克研究多表现为综述性的介绍。

1973年，哈罗德·费什发表《辛西娅·欧芝克作品中的当代犹太困境》（“Contemporary Jewish dilemmas in the writings of Cynthia Ozick”）一文，这是欧芝克研究的起点。1974年，哈罗德·费什在题为《介绍辛西娅·欧芝克》（“Introducing Cynthia Ozick”）的文章中介绍欧芝克，讨论她的第一部长篇小说和最早的短篇小说集；1975年，约瑟芬·Z. 诺普发表《辛西娅·欧芝克的犹太故事》（“The Jewish Stories of Cynthia Ozick”）；1977年，阿尔文·赫希·罗森菲尔德发表《辛西娅·欧芝克：小说与犹太思想》（“Cynthia

Ozick: Fiction and the Jewish Idea")。

哈罗德·费什、约瑟芬·Z. 诺普和阿尔文·赫希·罗森菲尔德都指出，欧芝克的作品具有浓郁的犹太性。基于欧芝克的已出版的两部小说《信任》(*Trust*, 1966) 和《异教徒拉比》(*The Pagan Rabbi*, 1971)，费什关注欧芝克所处的两难处境："神圣的并非自然的，自然的又并非神圣的"(Fisch，1973：26)，并高度评价她的"天赋和思想"(Fisch，1973：31)，因为她在"寻找犹太意义"的过程中，"即使在充分发挥自己的天赋的同时，仍然深刻表达了思想"(Fisch，1973：26－30)。诺普以《异教徒拉比》为目标文本，分析了欧芝克作为故事叙述者的犹太立场，并分别将她与艾萨克·巴什维斯·辛格(Isaac Bashevis Singer) 和索尔·贝娄(Saul Bellow) 进行了比较研究。罗森菲尔德则以《异教徒拉比》和《流血和三个中篇》(*Bloodshed and Three Novellas*, 1976) 为目标文本，指出欧芝克是一位具有犹太思想意识的作家——她强调意义(Rosenfeld，1977：77)，努力"在文学实践中对世界加以判断和阐释"(Rosenfeld，1977：81)。

自20世纪80年代中期以来，对欧芝克的研究蓬勃发展。越来越多的学者从不同的角度研究了欧芝克的作品。从那时起，她的作品受到了研究犹太文学最负盛名的评论家的关注，其中包括哈罗德·布鲁姆(Harold Bloom)、路易斯·哈拉普(Louis Harap)、桑福德·平斯克(Sanford Pinsker)、阿尔文·罗森菲尔德(Alvin Rosenfeld) 和露丝·威斯(Ruth Wisse)。他们一致认为，鲜明的犹太性特征，既是欧芝克的小说最吸引人的地方，也是她小说的局限性所在。几乎所有的评论家都认为，由于欧芝克提出的关于偶像崇拜的悖论，她的散文与小说之间存在着不可调和的矛盾冲突。然而，大多数评论家仅仅指出，欧芝克文学创作的原动力，来自她内在的矛盾冲突所产生的焦虑，而未进一步对矛盾冲突加以分析阐释。例如，哈罗德·布鲁姆调侃地指出："写小说的欧芝克，是受到了古希腊神话中的半神半人精灵的召唤，而写散文的欧芝克，则是拉比和导师"（Bloom，5）。

1986年，哈罗德·布鲁姆出版了第一部欧芝克文学评论集《辛西娅·欧芝克》（*Cynthia Ozick*），梳理了自1966年至1985年的欧芝克文学批评概况。

该书编辑收录了十三篇书评和六篇研究论文。十三篇书评中，两篇关于《信任》（Stevenson，1966；Goodheart，1967）；两篇关于《异教徒拉比》（*The Pagan Rabbi*，1971）（Kaplan，1971；Theroux，1972）；三篇关于《流血和三个中篇》（Edwards，1976；Wisse，1976；Rosenberg，1982）；两篇关于《升空：五个故事》（*Levitation*：*Five Fictions*，1982）（Epstein，1982；Alvarez，1982）；四篇关于《食人星系》（White，1983；Alvarez，1983；Apple，1983；Wimsatt，1984）。另外，还包括六篇研究论文（Knopp，1975；Pollitt，1983；Pinsker，1982；Rainwater & Scheick，1983b；Standberg，1983；Kauvar，1985）。其中包括前文涉及的约瑟芬·Z. 诺普（Josephine Z. Knopp）于1975年发表的研究论文《辛西娅·欧芝克的犹太故事》（"The Jewish Stories of Cynthia Ozick"）。

在十三篇书评中，有两篇是关于欧芝克出版的第一部长篇小说《信任》的，代表了两种截然对立的观点。在《女儿的缓刑》一文中，大卫·L. 史蒂文森（David L. Stevenson）称赞《信任》是一部颇具独创性的成功之作；尤金·古德哈特（Eugene Goodheart），则在《信任》一文中指责《信任》一书"语言与现实、表达与情感之间脱节，缺乏连续性"（Bloom，14）。

对于欧芝克的第一部短篇小说集《异教徒拉比》约翰娜·卡普

兰（Johanna Kaplan）和保罗·塞鲁克斯（Paul Theroux）给出了类似的评论。他们都对欧芝克作为故事的讲述者所表现出的活力大加赞赏。在《异教徒拉比和其他故事》（“The Pagan Rabbi and Other stories”，1971）一文中，卡普兰着重讨论了欧芝克的自然主义表现技巧；在《论〈异教徒拉比〉》（“On The Pagan Rabbi”，1972）一文中，塞鲁克斯则探讨了欧芝克强大的文学想象力及其审美境界。

对于《流血和三个中篇》，托马斯·R. 爱德华兹（Thomas R. Edwards）和露丝·威斯（Ruth Wisse）的评论视角大相径庭。以《流血》（“Bloodshed”，1976）为题，爱德华兹表达了对《篡夺（别人的故事）》美学意义上的质疑，对小说集中的其他中篇小说，爱德华兹则持褒赞态度；在《美国犹太作家欧芝克》（“Ozick as Jewish American Writer”，1976）一文中，威斯表达了对《篡夺（别人的故事）》的困惑，却选择将它和小说集中的其他中篇小说放在当代犹太小说的语境中加以研究，避免对它进行美学意义上的判断。在《与律法立约》（“Covenanted to the Law”，1982）一文中，鲁思·罗森伯格（Ruth Rosenberg）分析了《篡夺（别人的故事）》取得成功的语境，帮助读者进行赏析解读。

在《故事及其他》（“Stories and Something Else”，1982）以及《思想的潮水：评〈悬浮〉》（“Flushed with Ideas：*Levitation*”，1982）中，莱斯利·艾普斯坦（Leslie Epstein）和阿尔瓦雷斯（A. Alvarez）分别对《升空：五个故事》进行了评论。艾普斯坦指出，欧芝克对想象力抱有偏见，这令人不安。阿尔瓦雷斯则指出，虽然欧芝克的文体风格和幽默感令人钦佩，但是，“扭曲作家奇特的想象力，服务于犹太神秘主义”的做法，却值得商榷（Bloom，56）。

有关《食人星系》，哈罗德·布鲁姆出版的评论集《辛西娅·欧芝克》（*Cynthia Ozick*，1986）中共有四篇书评：埃德蒙·怀特

（Edmund White）的《头脑思考的意象》（“Images of a Mind Thinking”，1983）、阿尔瓦雷斯（A. Alvarez）的《论〈食人星系〉》（“On The Cannibal Galaxy”，1983）、马克斯·艾普（Max Apple）的《在虚空中求生》（“Wrestling Life from the Void”，1983）和玛格丽特·维姆萨特（Margaret Wimsatt）的《隐喻与一神论》（“Metaphors and Monotheism”，1984）。怀特把欧芝克比作弗兰纳里·奥康纳（Flannery O'Connor），认为她们的文学创作都表现出对宗教的虔诚。阿尔瓦雷斯认为，情节构建并不是欧芝克的优势。因此，相比于长篇小说，欧芝克更擅长短篇小说和中篇小说创作。艾普称赞《食人星系》表现出威廉·布莱克（William Blake）式的果敢与明晰的文风。维姆萨特则强调欧芝克对智慧偏爱有加，而不是陷于偶像崇拜的泥沼（Bloom，139）。

哈罗德·布鲁姆出版的评论集《辛西娅·欧芝克》（*Cynthia Ozick*，1986）中所包括的六篇研究论文，从犹太立场、作家身份的内在动力与焦虑、与文学前辈的承继关系及语言风格、在美国文学传统中的地位、犹太卡巴拉模式（the Kabbalistic pattern）与分裂人格等视角，展开欧芝克研究，研究的文本既包括她的小说，也包括她的散文。

Z. 诺普（Z. Knopp）以《欧芝克的犹太故事》（“Ozick's Jewish Stories”，1975）为题，探讨了欧芝克作为故事的叙述者所持有的复杂的犹太立场，并分别将她与艾萨克·巴什维斯·辛格（Isaac Bashevis Singer）和索尔·贝娄（Saul Bellow）进行了比较研究。

在《辛西娅·欧芝克的三个自我》（“The Three Selves of Cynthia Ozick”，1983）和《犹太传统与个人才能》（“Jewish Tradition and the Individual Talent”，1983）中，凯莎·波利特（Katha Pollitt）和桑福德·平斯克（Sanford Pinsker）研究了欧芝克的第一部散文集《艺术与激情》。波利特认为，创作这些散文的欧芝克，具有三个不同的作家身份："拉比、女权主义者和亨利·詹姆斯的追随者"（Bloom，64），他们有时互相对抗，有时共生共存。平斯克认为，欧芝克"对于犹太性的热情，严重地影响了她的艺术见解"（Bloom，124）。

凯瑟琳·雷恩沃特（Catherine Rainwater）和威廉·J. 谢克（William J. Scheick）进行了比较性研究。在《意外之中的意料之中》（"The Unsurprise of Surprise", 1983）[①] 一文中，雷恩沃特和谢克，从与文学前辈的承继关系及语言风格的视角，比较了小说家欧芝克与同时代作家雪莉·哈扎德（Shirley Hazzard）和安·雷德蒙（Anne Redmon）之间的异同。

在《辛西娅·欧芝克的艺术》（"The Art of Cynthia Ozick", 1983）一文中，维克托·斯特兰德伯格（Victor Strandberg）将欧芝克列为美国文学传统中的一位重要人物。

在《欧芝克的创造书》（"Ozick's Book of Creation", 1985）一文中，艾伦·M. 寇娃（Elaine M. Kauvar）对《普特梅瑟和赞西佩》进行了解读，重点分析了其中的卡巴拉模式。此外，寇娃认为普特梅瑟和犹太泥人[②]赞西佩，分别代表分裂人格的两个相互对立的部分。

从20世纪八九十年代起，数量众多的文学史、百科全书和文学、文化词典将欧芝克列为重要的当代美国犹太作家。

对欧芝克及其作品加以介绍的代表性文学史、百科全书和词典包括：《本尼特美国文学读者百科全书》第一卷（第一版）（*Benet's Reader's Encyclopedia of American Literature*, 1st Edition, Vol. 1, 1991）、

---

① 凯瑟琳·雷恩沃特（Catherine Rainwater）和威廉·J. 谢克（William J. Scheick）最初将这篇文章发表在1983年第25期《德克萨斯语言文学研究》（Texas Studies in Literature & Language）上（第181—211页）。原题目为《上帝的语法：哈扎德、欧芝克和雷德蒙作品介绍》（"Some Godlike Grammar: An Introduction to the Writings of Hazzard, Ozick, and Redmon."）。

② 犹太泥人：又称"高兰"，即"golem"（希伯来语中的גולם）的音译。指犹太传说中由无生命物质（通常是黏土或泥浆）神奇地创造出来的有生命的、被赋予了人性的拟人存在。

《文学传记辞典》第 152 卷第 4 辑《二战以来的美国小说家》（*Dictionary of Literary Biography*, Vol. 152: *American Novelists Since World War* Ⅱ, 4th Series, 1995）、《牛津美国文学读本》（第六版）（*The Oxford Companion to American Literature*, 6th Edition, 2004）、Gale 推出的《文学传记词典》第 299 卷：《犹太大屠杀小说家》（*Dictionary of Literary Biography*, Vol. 299: *Holocaust Novelists*, 2004）、《二十世纪英语文学牛津读本》（第一版）（*The Oxford Companion to Twentieth-Century Literature in English*, 1st Edition, 2005）、《美国女性写作牛津读本》（第一版）（*The Oxford Companion to Women's Writing in the United States*, 1st Edition, 2005）、《牛津英语文学词典》（第七版）（*The Oxford Companion to English Literature*, 7th Edition, 2009）、《美国族裔作家》（修订版）（*American Ethnic Writers*, Revised Edition, 2009）、牛津大学出版社出版的《作家及其作品词典》（*A Dictionary of Writers and their Works*, 2nd Edition, 2010）、《长篇小说评论》（第四版）（*Critical Survey of Long Fiction*, 4th Edition, 2010）、《美国作家短篇小说评论》（*Critical Survey of Short Fiction: American Writers*, 2012）、《犹太文化小说家》（*Novelists of the Jewish Culture*, 2012）、《美国小说百科全书》（*Encyclopedia of the American Novel*, 2013）以及《哥伦比亚电子百科全书》（*Columbia Electronic Encyclopedia*, 6th Edition, 2016）等。

从 20 世纪八九十年代起，欧芝克研究进入快速发展阶段。研究成果形式多样、层次丰富：1984 年至今，介绍或者研究欧芝克的成果，以十余部专著的章节或文学评论集的篇目出现；1987 年，首部欧芝克研究专著问世，此后大量关于其的专著不断涌现，至今已有十余部；1984 年至今，专题研究欧芝克及其作品的博士学位论文共计三十余篇、期刊论文一百三十余篇。

1984 年至今，介绍或者研究欧芝克的成果，以十余部专著的章节或文学评论集的篇目出现，包括以下主要语境和视角：①当代美国女性文学（Rainwater & Scheick，1985；Cohen，1994b；Kessner，1994；Klingenstein，1997b）；②犹太文化传统（Rainwater & Scheick，1985；Cohen，1994a；Klingenstein，1997a；Berger，2004；Krupnick，2005；Wirth-Nesher，2009；Franco，2012；Schulman，2012）；③犹太大屠杀（Langer，1995；Gonshak，1996；Langer，1998；Berger，2004；Alfaro & Jesús，2014）；④文化冲突（Franco，2012）；⑤宗教与文学的关系（Klingenstein，1997a；Krupnick，2005；Wirth-Nesher，2009；Ni，2015a；Ni，2015c）；⑥艺术手段（Rainwater & Scheick，1985；Kessner，1994；Berger，2004）；⑦文艺理论观（Klingenstein，1997a；Krupnick，2005；Wirth-Nesher，2009）。

1985 年，凯瑟琳·雷恩沃特（Catherine Rainwater）和威廉·J. 谢克（William J. Scheick）编著的《当代美国女作家：叙事策略》（*Contemporary American Women Writers：Narrative Strategies*）中第 88—109 页，以《辛西娅·欧芝克：发明与正统》（"Cynthia Ozick：Invention & Orthodoxy"）为题，介绍了欧芝克及其叙事策略；1994 年，在《女作家》（*Women of the Word*）的第 283—298 页，莎拉·布莱彻·科恩（Sarah Blacher Cohen）以《辛西娅·欧芝克：民族主义的先知》（"Cynthia Ozick：Prophet for Parochialism"）为题，分析了欧芝克的犹太文化立场；同年，以《母系异议：爱玛·拉扎勒斯、玛丽·西金和辛西娅·欧芝克的热情言辞》（"Matrilineal Dissent：The Rhetoric of Zeal in Emma Lazarus，Marie Syrkin，and Cynthia Ozick"）为题，卡罗尔·凯斯纳（Carole S. Kessner）在《女作家》（*Women of the Word*）的第 197—215 页，探讨了犹太女性写作视域下欧芝克的语言风格；1995 年，在《承认犹太大屠杀》（*Admitting the Holocaust*）的第 139—144 页，劳伦斯·兰格（Lawrence L. Langer）以

《辛西娅·欧芝克〈披肩〉与〈罗莎〉中的神话与真相》（“Myth and Truth in Cynthia Ozick's ‘The Shawl’ and ‘Rosa’”）为题，探讨了文学表现犹太大屠杀过程中虚构与史实的关系；1996 年，在《犹太大屠杀的新视角》（*New Perspectives on the Holocaust*）的第 232—241 页，亨利·冈萨克（Henry Gonshak）以《“疯女人”和“拾荒者”：辛西娅·欧芝克〈罗莎〉中大屠杀幸存者的哀歌》（“‘A Madwoman and a Scavenger’：The Toll of Holocaust Survival in Cynthia Ozick's ‘Rosa’”）为题，分析了后大屠杀时代，作为犹太大屠杀幸存者的生存窘境；1997 年，苏珊·克林根斯坦（Susanne Klingenstein）在《勇敢的女儿：当代美国犹太女作家》（*Daughters of Valor*：*Contemporary Jewish American Women Writers*）的第 48—79 页，以《“生活中的我并不自由”：作家辛西娅·欧芝克和她的犹太担当》（“‘In Life I Am Not Free’：The Writer Cynthia Ozick and Her Jewish Obligations”）为题，将欧芝克的文学创作置于犹太文化传统、犹太女性写作的视野，阐释了欧芝克立志以文学实践表现犹太文化品性的坚定立场；1998 年，以《有关犹太大屠杀的两个声音：辛西娅·欧芝克和亚特·斯皮格尔曼》（“Two Holocaust Voices：Cynthia Ozick and Art Spiegelman”）为题，劳伦斯·兰格（Lawrence L. Langer）在《抢占犹太大屠杀题材》（*Preempting the Holocaust*）的第 121—130 页，辨析了欧芝克和斯皮格尔曼在犹太大屠杀文学呈现方面的差异；2004 年，在《美国犹太大屠杀文学：后现代世界的表征》（*Jewish American and Holocaust Literature*：*Representation in the Postmodern World*）的第 93—102 页，艾伦·伯杰（Alan L. Berger）和格洛丽亚·克罗宁（Gloria L. Cronin）以《辛西娅·欧芝克〈披肩〉中的记忆再现》（“The Rendition of Memory in Cynthia Ozick's *The Shawl*”）为题，分析了大屠杀叙事中，创伤记忆的文学表现及其与创伤疗愈的关联；

2005 年，在《犹太文学与深层想象力》（*Jewish Writing and the Deep Places of the Imagination*）的第 72—95 页，以《辛西娅 · 欧芝克：尴尬》（“Cynthia Ozick：Embarrassments”）为题，马克 · 克拉博尼克（Mark Krupnick）分析了欧芝克面临的矛盾——作为一神教的犹太教反对偶像崇拜的本质与借助想象力势必制造偶像的文学呈现之间的冲突；2009 年，在《称之为英语：美国犹太文学的语言》（*Call it English*：*The Languages of Jewish American Literature*）的第六章（第 127—148 页），哈娜 · 沃思 · 内谢尔（Hana Wirth-Nesher）以《弘扬神圣：辛西娅 · 欧芝克》（“Pronouncing the Sacred：Cynthia Ozick”）为题，阐释了欧芝克以文学文本指涉犹太教的文学实践和文化立场；2012 年，在《种族、权利与认同：1969 年以来的美国犹太文学》（*Race*，*Rights*，*and Recognition*：*Jewish American Literature Since*，1969）的第二章（第 56—79 页），迪恩 · 约瑟夫 · 佛朗哥（Dean Joseph Franco）以《重读辛西娅 · 欧芝克：多元主义、后现代主义和多元文化遭遇》（“Re-Reading Cynthia Ozick：Pluralism，Postmodernism，and the Multicultural Encounter”）为题，研究了欧芝克作品中后现代语境下的多元文化冲突；同年，在《当代小说中的神话与颠覆》（*Myth and Subversion in the Contemporary Novel*）的第 327—339 页，彼得 · 舒尔曼（Peter Schulman）以《犹太泥人占领了纽约：犹太泥人在辛西娅 · 欧芝克和塔恩 · 罗森鲍姆作品中的复兴》（“The Golems Take New York：The Resurgence of the Golem in the Work of Cynthia Ozick and Thane Rosenbaum”）为题，讨论了欧芝克作品中借用的犹太传说；2014 年，马丁内兹 · 阿尔法罗（Martínez Alfaro）和玛丽亚 · 基苏（María Jesús）在《当代文学中的创伤书写：叙事与表征》（*Trauma in Contemporary Literature*：*Narrative and Representation*）的第 178—193 页，以《逃亡的重复与创伤的再现：保罗 · 席兰的〈死亡逃

亡〉和辛西娅·欧芝克的〈披肩〉中的大屠杀表征》（“Fugal Repetition and the Re-Enactments of Trauma：Holocaust Representation in Paul Celan's ‘Deathfugue’ and Cynthia Ozick's ‘The Shawl’”）为题，研究了欧芝克的犹太大屠杀创伤书写；2015 年，在《异教回应：当世界宗教遭遇世界文学》（*The Pagan Writes Back：When World Religion Meets World Literature*）的第三章（第 75—96 页），倪湛舸（Zhange Ni）以《文学天堂、女性犹太泥人和辛西娅·欧芝克的异教悖论》（“Literary Paradise，Female Golem，and Cynthia Ozicks Pagan Paradox”）为题，讨论了欧芝克的异教悖论，分析了宗教与文学的冲突。倪湛舸指出，这种冲突与其说是一神教传统与文学的神圣化之间的冲突，不如说是现代西方宗教模式与世俗和非西方其他模式之间的冲突。倪湛舸认为，当东方、西方融合在异教的范畴之下时，对于宗教和文学的研究，就应该相应地以世界宗教和世界文学的研究为根本切入点。

需要指出的是，文化冲突视角的研究凤毛麟角。虽然有的欧芝克研究涉及她的艺术表现手段，但是大多只是笼统地从叙事策略（Rainwater & Scheick，1985）、语言风格（Kessner，1994）、记忆再现（Berger，2004）等方面进行宏观性的讨论，并未展开系统、深入的文本分析。另外，对于欧芝克文艺理论观的讨论，只停留在对作家创作意图（Klingenstein，1997a；Wirth-Nesher，2009）以及作者作为作家与犹太人的双重身份导致的焦虑与冲突（Krupnick，2005）的阐释上，未能借助欧芝克在散文随笔中阐述的创作态度，梳理她的文学立场，进而阐释她的文艺理论观。

1987 年，首部欧芝克研究专著问世。此后大量专著不断涌现，至今已有十余部。20 世纪八九十年代，代表性的欧芝克研究专著有九部，包括桑福德·平斯克（Sanford Pinsker）的《辛西娅·欧芝克毫不妥协的小说》（*The Uncompromising Fictions of Cynthia Ozick*，

1987)、丹尼尔·华顿（Daniel Walden）的《辛西娅·欧芝克的世界：美国犹太文学研究》（*The World of Cynthia Ozick*：*Studies in Jewish American Literature*，1987）、约瑟夫·洛温（Joseph Lowin）的《辛西娅·欧芝克》（*Cynthia Ozick*，1988）、维拉·埃穆纳·基尔斯基（Vera Emuna Kielsky）的《不可避免的流亡：辛西娅·欧芝克对犹太性在非犹太社会所面临的威胁的看法》（*Inevitable Exiles*：*Cynthia Ozick's View of the Precariousness of Jewish Existence in a Gentile Society*，1989）、劳伦斯·S. 弗里德曼（Lawrence S. Friedman）的《理解辛西娅·欧芝克》（*Understanding Cynthia Ozick*，1991）、诺曼·芬克尔斯坦（Norman Finkelstein）的《全新的创造仪式》（*The Ritual of New Creation*，1992）、艾伦·M. 寇娃（Elaine M. Kauvar）的《传统与创新：辛西娅·欧芝克小说研究》（*Cynthia Ozick's Fiction*：*Tradition and Invention*，1993）、莎拉·布莱彻·科恩（Sarah Blacher Cohen）的《辛西娅·欧芝克的喜剧艺术：从诙谐幽默到礼拜式书写》（*Cynthia Ozick's Comic Art*：*From Levity to Liturgy*，1994），以及维克托·斯特兰德伯格（Victor Strandberg）的《希腊思想/犹太灵魂：辛西娅·欧芝克的冲突艺术》（*Greek Mind/Jewish Soul*：*The Conflicted Art of Cynthia Ozick*，1994）。

这些问世于20世纪80年代晚期90年代早期的文学评论著作，不仅研究欧芝克的生平（Lowin，1988；Friedman，1991；Strandberg，1994）或者对欧芝克的作品加以概述（Pinksker，1987；Walden，1987；Friedman，1991），它们大都聚焦欧芝克作品文本，审视欧芝克的创作语境及其文艺理论观，提出了具有代表性的研究视角，主要包括：①主题研究（Lowin，1988；Kielsky，1989；Kauvar，1993）；②犹太思想观念研究（Pinksker，1987；Lowin，1988；Kielsky，1989；Finkelstein，1992；Cohen，1994b）；③艺术手段研究（Kauvar，1993；

Cohen, 1994a); ④文化冲突与融合研究 (Kielsky, 1989; Finkelstein, 1992; Kauvar, 1993; Strandberg, 1994)。

在《辛西娅·欧芝克》(*Cynthia Ozick*, 1988) 一书中，法国文学评论家约瑟夫·洛温 (Joseph Lowin)，介绍了欧芝克的生平，探讨了其长篇小说《信任》、短篇小说《教育》以及短篇小说《流血》的共同主题：教育主题；研究了欧芝克在《异教徒拉比》、《悬浮》和《食人星系》中所表现的犹太美学观念；分析了欧芝克在《篡夺》(他人的故事)、《披肩》、《罗莎》和《普特梅瑟故事集》中对于犹太经典文本的文学改写，以及《斯德哥尔摩弥赛亚》所揭示的小说所具有的救赎作用。洛温将欧芝克明确地归入犹太作家的范畴——他讨论了偶像崇拜悖论，引证了少量的犹太经典文本，以此证明他的观点：欧芝克具有浓郁的“犹太思想”。

在《不可避免的流亡：辛西娅·欧芝克对犹太性在非犹太社会所面临的威胁的看法》(*Inevitable Exiles*: *Cynthia Ozick's View of the Precariousness of Jewish Existence in a Gentile Society*, 1989) 中，维拉·埃穆纳·基尔斯基 (Vera Emuna Kielsky) 强调了欧芝克的犹太文化立场，阐明了她对犹太性在非犹太社会所面临的威胁的看法。基尔斯基指出，欧芝克的小说表现反对偶像崇拜的主题，认为崇拜偶像是对犹太教的终极威胁。基尔斯基同时指出，欧芝克秉承犹太道德意识，坚信这应该是人性的基本标志。

在《传统与创新：辛西娅·欧芝克小说研究》(*Cynthia Ozick's Fiction*: *Tradition and Invention*, 1993) 一书中，艾伦·M. 寇娃 (Elaine M. Kauvar) 阐释了欧芝克小说的惯常主题，分析了“故事之间存在的辩证关系，故事讲述者在故事内部和故事之间构成对位关系的习惯” (Kauvar, 1993: xiii)。寇娃指出，欧芝克“致力于将西方文化成就与犹太教文化遗产相融合，寻求四面楚歌的艺术想象和道德责任之间的和平”（Kauvar，1993：148）。寇娃否认犹太性在欧芝克小说创作中所占据的中心地位，呼吁不要将她视为“犹太教的女发言人，文学实践的救世主，甚至不要将她视为女权主义者”。寇娃倡导从欧芝克“艺术的主流”展开对她的研究，因为这才是“辛西娅·欧芝克在当代美国文学中占据中心地位的根本原因”（Kauvar，1993：XX）。

在《辛西娅·欧芝克的喜剧艺术：从诙谐幽默到礼拜式书写》（*Cynthia Ozick's Comic Art*：*From Levity to Liturgy*，1994）一书中，莎拉·布莱彻·科恩（Sarah Blacher Cohen）聚焦欧芝克的“喜剧艺术”，解读她的小说表现出的讽刺风格和促进社会进步的特质。将欧芝克小说创作置于犹太文化的喜剧传统语境，科恩指出，正如欧芝克坚持文学必须追求比艺术本身更高的目标（tachliss）一样，她本人认为，欧芝克小说中的诙谐幽默，必然具有比让读者笑出声来更高的目标（Cohen，1994a：168）。科恩认为，欧芝克小说中的喜剧艺术特色，基于她的犹太文化立场。在科恩看来，欧芝克对某些人物的诙谐幽默的描绘，“揭示了（人类）并不超凡脱俗，也不具备十全十美的美德。人类只不过是一群生活在地球上的笨拙的生物，不断犯着同样的错误，与不可避免的混乱和挫折做着不懈的斗争”（Cohen，1994a：3）。

在《希腊思想/犹太灵魂：辛西娅·欧芝克的冲突艺术》（*Greek Mind/Jewish Soul*：*The Conflicted Art of Cynthia Ozick*，1994）一书中，维克托·斯特兰德伯格（Victor Strandberg）解读了欧芝克小说文本中存在的普遍性矛盾：西方文化和犹太文化的对立。斯特兰德伯格指出，欧芝克的“思想充满了深深的矛盾，由此衍生出充斥于她的作品的矛盾冲突。她憎恨整个西方文明，但对构成西方文明根基的犹太文明感到自豪”（Strandberg，190）。斯特兰德伯格进一步指出，欧芝克的小说，身体力行地佐证了“犹太作家”的悖论，“每一页都是对摩西十诫第二条戒律的亵渎，每一部作品都是异教诱惑的狂欢”（Strandberg，190）。斯特兰德伯格认为，要想正确理解辛西娅·欧芝克的艺术，必须了解她“基本的宗教情感”（Strandberg，19）。另外，斯特兰德伯格的创新之处，还在于将“求真原则”（l’chaim principle）引入了欧芝克小说评论，即倡导“实事求是”地对小说中的人物进行客观、现实的阐释，不必掩饰或加以浪漫化处理（Strandberg，47）。

21世纪，新增代表性的欧芝克研究专著两部：2002年，简·斯塔兰德（Jane Statlander）出版《文化辩证法：路德维希·勒维索恩和辛西娅·欧芝克研究》（*Cultural Dialectic*：*Ludwig Lewisohn and Cynthia Ozick*）；2009年，米里亚姆·思万（Miriam Sivan）出版《强烈的归属感：辛西娅·欧芝克小说中的身份肖像》（*Belonging Too Well*：*Portraits of Identity in Cynthia Ozick's Fiction*）。

在《文化辩证法：路德维希·勒维索恩和辛西娅·欧芝克研究》中，简·斯塔兰德选取路德维希·勒维索恩（Ludwig Lewisohn）和欧芝克的作品作为目标文本，分析犹太文化和非犹太文化、欧洲文化和美国文化中各自的决定性因素，探讨它们如何在目标文本中错综复杂地相互协调、相互融合。其本质是文化冲突与文化融合的研究。

《强烈的归属感：辛西娅·欧芝克小说中的身份肖像》属于犹太身份构建视角的文化研究。米里亚姆·思万借鉴当代文学理论以及传统的犹太文本和犹太文化传统，探讨欧芝克小说中的身份问题。尽管许多批评家指出，欧芝克的作品表现犹太教与世俗文化之间存在的分歧与对立，但思万认为，欧芝克从来没有试图在传统犹太教和美国世俗文化之间寻求简单的非此即彼的二元对立。在美国流散语境中，欧芝克小说的主人公形成了新的生活方式，即真正的犹太式生活方式——他们往往不是为了取得非此即彼的身份归属而挣扎，他们努力的目标，是要取得既此又彼的双重身份归属。

1984 年至今，研究欧芝克及其作品的博士学位论文共计三十余篇：其中代表性的专题研究五篇，将欧芝克研究置于当代美国文学视域进行研究的二十余篇，将欧芝克与其他作家进行比较研究的三篇。

专题研究欧芝克的博士学位论文有五篇（Kielsky，1985；Liron，1987；Fargione，2003；Spinner，2004；Kratka，2005）。

1985 年，亚利桑那州立大学的维拉·埃穆纳·基尔斯基（Vera Emuna Kielsky）所著的《不可避免的流亡：辛西娅·欧芝克短篇小说对犹太性在非犹太社会所面临的威胁的表现》[“Inevitable Exiles：Cynthia Ozick's View of the Precariousness of Jewish Existence in a Gentile World（Short Stories）”]，以欧芝克主要的短篇小说为目标文本，揭示了欧芝克在场景描写、人物塑造方面表现出的高超技巧以及包括语言运用在内的文学表现手段的丰富性。基尔斯基分析了欧芝克如何借鉴犹太神话和犹太神秘主义，突出表现犹太文化遗产在非犹太人社会中的困顿状态。基尔斯基强调，欧芝克的犹太文化立场，即回归犹太性，是解决异化问题的唯一途径。

1987 年，加州大学伯克利分校的奈奥米·利龙（Naomi Liron）所著的《辛西娅·欧芝克：自我颠覆的艺术家》（“Cynthia Ozick，the Self-Subverting Artist”），从女性主义批评视角，考察了欧芝克小说与散文随笔中表现出的自我颠覆的特征。利龙研究最大的启示，在于她指出研究欧芝克在散文随笔中表达的观点有助于解读其文艺理论观及其小说创作实践。

2003 年，马萨诸塞大学阿默斯特分校的丹妮拉·法吉奥（Daniela

Fargione）在《辛西娅·欧芝克与犹太文学：读者》（“Cynthia Ozick and Jewish Literature：A Reader”）中，将欧芝克的文学实践比作当代美国文学和犹太文化的双重代表。法吉奥选取欧芝克的诗歌、短篇小说以及散文作为研究对象，介绍欧芝克包罗万象的作品，反映出她丰富的兴趣和敏锐的精神。同时，法吉奥还以欧芝克的作品为例证，讨论了意大利翻译研究领域发生的一些重大转向。

2004 年，康涅狄格大学的詹妮·斯宾娜（Jenny Spinner）所著的《论妇女与随笔：17 世纪迄今文选》（“On women and the Essay：An Anthology from the Seventeenth Century to the Present”），勾勒了包括欧芝克在内的女性散文家写作的传统历史图景。

2005 年，波士顿大学的艾米·温特劳布·克拉特卡（Amy Weintraub Kratka）所著的《辛西娅·欧芝克的神圣美学》（“Cynthia Ozick's Sacral Aesthetic”），选取短篇小说《异教徒拉比》和《嫉妒；或，意第绪语在美国》、短篇小说《流血》和中篇小说《罗莎》以及长篇小说《食人星系》和《普特梅瑟故事集》作为目标文本，聚焦欧芝克小说的创作风格。克拉特卡指出，欧芝克的小说，无论短篇还是长篇，都在致力于解决她在创作冲动和犹太律法之间的自我矛盾。

近三十篇博士学位论文将欧芝克置于当代美国文学视域进行研究。具体细分为以下五类研究语境或视角：①多元文化语境；②犹太身份构建（通常借由保持浓厚的历史意识、传承犹太文化传统达成）；③女性主义研究；④犹太大屠杀书写研究；⑤关于艺术家、美学和创作过程的研究。

2000 年，南加州大学迪恩·约瑟夫·佛朗哥（Dean Joseph Franco）所撰写的《阅读多元文化时刻：理解美国文学》（“Reading the Multicultural Moment：A Theory of American Literature”）属于第一类，

聚焦如何在多元文化背景下葆有民族性。此外，该研究旨在探索一个民族文学的历史和背景可以对另一个民族的文学产生怎样的启示。佛朗哥将欧芝克、菲利普·罗斯（Philip Roth）、托尼·库什纳（Tony Kushner）和早期大萧条时期的犹太作家与包括亚历杭德罗·莫拉莱斯（Alejandro Morales）、海伦娜·玛丽亚·维拉蒙特斯（Helena Maria Viramontes）、阿图罗·伊斯拉斯（Arturo Islas）和切丽·莫拉加（Cherrie Moraga）在内的墨西哥裔奇卡诺作家（Chicano writers）进行了比较，发现这两个文学主体之间存在富有成效的对话关系。

研究犹太身份构建的代表性博士学位论文有十余篇（Saperstein，1984；Ehrlich，1985；Gallagher，1990；Grauer，1995；Lehmann，1997；Linafelt，1997；Rabinowitz，2000；Levinson，2000；Mackin，2001；Cappell，2002；Shere，2006；Tillman，2009）。

《对历史的渴望：美国犹太文学中的移民主题》（Saperstein，1984）（“A Craving for History：Immigrant Themes in Jewish-American Literature”）是对美国犹太文学中三个移民主题（转型、自由和联系）的跨代研究。研究介绍了马克·海普林（Mark Helprin）、欧芝克和休·尼瑟森（Hugh Nissenson）的小说作品和回忆录，将记忆和想象相结合，试图复现有价值的过去，表现现代犹太人为振兴犹太文化传统所做的努力。

《美国当代作家的犹太文学身份研究：课程设计》（Ehrlich，1985）（“A Study of Jewish Literary Identity in Contemporary Writers in American：A Curriculum”），是对索尔·贝娄（Saul Bellow）、艾萨克·巴什维斯·辛格（Isaac Bashevis Singer）和欧芝克小说的研究，梳理了1963—1983年美国犹太文学的特征，并做出了批判性的分析。

《讲述上帝的故事：希伯来圣经和弗兰纳里·奥康纳、格雷厄姆·格林和辛西娅·欧芝克小说中的叙述声音和认识论》（Gallagher, 1990)(“Telling Stories about God: Narrative Voice and Epistemology in the Hebrew Bible and in the Fiction of Flannery O'Connor, Graham Greene and Cynthia Ozick”), 选取奥康纳的《暴力夺取》(*The Violent Bear It Away*)、格林的《问题的核心》(*The Heart of the Matter*)和《结局》(*The End of the Affair*)、欧芝克的《信任》与《食人星系》作为目标文本，探讨了现代宗教小说中叙事声音与认识论的关系。

《同一开放性：当代美国犹太文学中的叙事与传统》(Grauer, 1995)(“One and the same openness: Narrative and Tradition in Contemporary Jewish American Literature”), 选取欧芝克的《普特梅瑟和赞西佩》、玛吉·皮耶西(Marge Piercy)的《他、她和它》(*He, She and It*)作为目标文本，分析了两位作家如何改写犹太泥人传说，赋予女性创造的权利，反映她们反对犹太教歧视女性的文化立场。同时指出，借助传统叙事可以有效地描摹当代女性身份的构建。

《追寻过去：历史与当代美国犹太文学》(Lehmann, 1997)(“In Pursuit of a Past: History and Contemporary Jewish American literature”)指出，欧芝克的《异教徒拉比》是探寻犹太教的宗教意义的故事。研究阐释了《圣经》和拉比评论对历史的分析理解，强调欧芝克尊重犹太大屠杀的历史史实，主张对犹太大屠杀的文学阐释也应基于此。

《幸存的哀歌：圣经文本来世的文学神学研究》(Linafelt, 1997)(“Surviving Lamentations: a Literary-Theological Study of the Afterlife of a Biblical Text”), 选取《以赛亚书》的第40—55章(*Second Isaiah*)、《塔古姆哀歌》(*Targum Lamentations*)、《拉巴哀歌》(*Lamentations Rabbah*)、伊利泽·本·卡利尔(Eliezer ben Kallir)的中世纪希伯来诗歌等作品，追溯这些作品表现的对哀歌加以补充并使之保持活力的驱动力，分析欧芝克的作品是如何延承这种驱动力的。

《犹太—美国哥特式》(Rabinowitz, 2000)(“Jewish-American

Gothic"）共有三章，其中一章题为《转型》（"Transformation"）。这一章分析了欧芝克的三部短篇小说，阐释欧芝克如何利用犹太民间传说和犹太神秘主义传统，建立与哥特式文学传统的联系。

《"弥赛亚在市郊"：战后美国的犹太文学实践》（Levinson, 2000）（"'The Messiah is uptown'：Jewish Literary Practice in Postwar America"），选取阿尔弗雷德·卡津（Alfred Kazin）、亚瑟·A. 科恩（Arthur A. Cohen）和欧芝克的作品作为美国犹太文学研究的范本，考察了其中反映的宗教敏感性。研究揭示了欧芝克面临的困惑——一方面，欧芝克提出犹太道德意识与有关艺术的各种假设构成对立；另一方面，她质疑文学作品是否可以成为再现犹太信仰的范本。

《开怀大笑：当代美国小说中的喜剧元素与民族性》（Mackin, 2001）（"Subject to Laughter：Comedy and Ethnicity in Contemporary American Fiction"），关注欧芝克作品中的喜剧元素，分析了文本中的喜剧元素如何与族裔性达成协商。

《美国犹太小说的新方向》（Cappell, 2002）（"New Directions in Jewish American Fiction"），选取欧芝克和亨利·罗斯（Henry Roth）20 世纪后期的作品作为目标文本，分析其中的礼拜式文学特征。研究指出，礼拜式文学以米德拉什式模式和犹太题材为其标志性特征。

《美国犹太经典：同化、认同和战后美国犹太文学的创新》（Shere, 2006）（"Jewish American Canons：Assimilation，Identity，and the Invention of Postwar Jewish American Literature"），考察了美国犹太经典赖以形成的文本，包括美国犹太文学文选、针对犹太作家创作的文学评论以及美国犹太作家的小说创作。研究指出，"美国犹太经典"的概念是在两种相互关联、有时表现为相互对立的力量的共同影响下形成的：一是同化，二是战后美国犹太人身份的再创造。研究还指出，不同于许多知识分子和作家，欧芝克以犹太文学发展史为基础，从中构想出通过文学创作来呈现的犹太性，而不是完全与现代知识分子的感受力相冲突。

《神奇的美国犹太人：当代美国犹太短篇小说和电影的差异之谜》（Tillman，2009）（“Magical American Jew：the Enigma of Difference in Contemporary Jewish American Short Fiction and Film”），探讨了魔幻现实主义技巧的运用。研究指出，运用魔幻现实主义技巧，一方面促成了当代美国文化语境下犹太身份的构建；另一方面，也导致对这一身份的歧义性认识：理解或误读。在分析欧芝克的短篇小说《升空》的基础上，研究指出，犹太人与非犹太人的区别在于“耻辱感”而不是“罪恶感”，研究强调，是犹太大屠杀的历史使然。

从女性主义视角进行研究的代表性博士学位论文有七篇（Kapelovitz，1985；Burch，1987；Gottfried，1994；Moelis，1996；Gerber，1999；Lautin，2007；Dashe，2008）。

《20世纪美国犹太小说中的母亲形象》（Kapelovitz，1985）［“Mother Images in American-Jewish Fiction（20th Century）”］，对包括欧芝克在内的十位犹太作家的作品进行了细致的分析，试图揭示美国犹太小说中的母亲形象因作家所处的时代和性别的不同而产生的差异。

《妇女的声音，妇女的视野：当代美国犹太妇女作家卡普兰、谢弗、容、欧芝克研究》（Burch，1987）［“Women's Voices，Women's Visions：Contemporary American-Jewish Women Writers（Kaplan；Schaeffer；Jong；Ozick）”］，分析了四位作家作品的主题，研究还指出，由于犹太女作家对世界的看法不同于男性，她们的作品更具有自反性，更倾向于寻求自我。另外，与其他宗教背景的女性相似，犹太女作家关心家庭、关注妇女的权利和福利。

《忏悔与控诉：当代美国女性小说中的暴力与救赎》（Gottfried，1994）（“Confessions and Accusations：Violence and Redemption in Contemporary United States Women's Fiction"），以包括欧芝克的《披肩》在内的当代美国女性小说为研究对象。这些小说的共同特点在于再现被忽视、被压制的民族历史或个人历史。研究阐释了欧芝克对犹太教和政治的理解，分析了她是如何使用"真实"和"虚构"的暴力行径，服务于文学创作的。

《书写自我：建构美国犹太女性文学身份》（Moelis, 1996）（"Writing Selves：Constructing American-Jewish Feminine Literary Identity"），运用强调形式和社会语境的女权主义批评理论、巴赫金对话理论和他者理论，阐释欧芝克、格蕾斯·佩蕾和 E. M. 布隆纳在作品中构建的多重多变的自我。

《从影子到实体：当代美国小说中的母亲艺术家形象》（Gerber, 1999）（"From Shadow to Substance：The Figure of the Mother-Artist in Contemporary American Fiction"），分析了格温多林·布鲁克斯（Gwendolyn Brooks）的《毛德·玛莎》（*Maud Martha*, 1953）、蒂莉·奥尔森（Tillie Olsen）的《我站在这里熨衣服》（"I Stand Here Ironing", 1956）和《给我说个谜语》（"Tell Me a Riddle", 1960）、欧芝克的《披肩》、埃德维吉·丹蒂卡特（Edwidge Danticat）的《呼吸、眼睛、记忆》（*Breath*, *Eyes*, *Memory*, 1994）等文本中的母亲艺术家形象，探讨种族和社会阶层对母亲艺术家成长所产生的影响。

《女性遗产：当代美国小说中母女关系的冲突》（Lautin, 2007）（"A Woman's Legacy：Conflict in the Mother-Daughter Relationship in Contemporary American Fiction"），分析谭恩美（Amy Tan）的《喜福会》（*The Joy Luck Club*）、托尼·莫里森（Toni Morrison）的《宠儿》（*Beloved*）、欧芝克的《普特梅瑟故事集》、简·斯迈利（Jane Smiley）的《一千英亩》（*A Thousand Acres*）以及埃德维吉·丹蒂卡特（Edwidge Danticat）的《呼吸、眼睛、记忆》等文本中的代际母

女关系，揭示了妇女群体，特别是少数族裔妇女和其他边缘化妇女群体所受到的双重歧视与压迫。

《每当你讲述一个女人的故事，其中总有另一个嵌套故事：当代犹太女性写作中的母女关系》（Dashe, 2008）（“‘Whenever You Tell the Story of one Woman, Inside is Another’: Mother-Daughter Relationships in Writing by Contemporary Jewish Women”），探讨欧芝克、玛吉·皮耶西（Marge Piercy）、托瓦·米尔维斯（Tova Mirvis）、马乔里·阿戈辛（Marjorie Agosin）、卡米特·德尔曼（Carmit Delman）和法立德·戈尔丁（Farideh Goldin）等当代犹太女作家在作品中表现的母女关系，重点表现犹太教歧视女性的传统与女权主义观念之间的紧张关系。

关注犹太大屠杀书写的代表性的博士学位论文有三篇（Nysenholc, 1996; Charlson, 1998; Katz, 2000）。《幽灵作家：在美国铭记犹太大屠杀》（Nysenholc, 1996）（“Ghostwriters: Remembering the Holocaust in America”），阐释了欧芝克对待犹太大屠杀书写的态度：一方面，对于过于简单化的记忆，她持抵制态度；另一方面，对于文学的创造力，她颇有信心。《书写空白：犹太大屠杀、表征和美国文化》（Charlson, 1998）（“Writing the Void: the Holocaust, Representation, and American Culture”），分析了欧芝克以现实主义风格塑造的大屠杀幸存者所经历的罪恶感和丧亲之痛。《尖叫大笑：美国大屠杀文学中幽默的功能与种类》（Katz, 2000）（“Screaming Laughing: the Functions and Varieties of Humor in American Holocaust Literature”），分析了欧芝克的《披肩》中女性人物表现出的幽默所具有的实际功用。

关于艺术家、美学和创作过程题材的研究，代表性的博士学位论文有两篇（Goldhor, 1992; Vigderman, 1998）。《当代美国犹太作家艺术题材小说中的修辞与审美互动》(Goldhor, 1992)(“The Interaction of Rhetoric and Aesthetic in the Artist Tales of Contemporary American-Jewish Writers”),研究伯纳德·马拉默德(Bernard Malamud)和欧芝克创作的艺术家和文艺美学题材的小说,揭示了他们对艺术创作的强烈矛盾心理及其与犹太性的关联。《缺席的形象:19世纪英国电影、历史和自传小说研究》(Vigderman, 1998)(“Images of Absences: Nineteenth-Century British Novels as Film, History, and Autobiography”),借鉴雅克·德里达(Jacques Derrida)在《他者的耳朵》(*The Ear of the Other*)中以及米歇尔·福柯(Michel Foucault)在《作者是什么?》(“What is an Author?”)中提出的理论观点,结合乔治·艾略特(George Eliot)的五部传记以及欧芝克在《脱单的普特梅瑟》(“Puttermesser Paired”)中虚构的艾略特的生平,探讨了读者与缺席作者的关系问题。

需要特别指出的是,上述研究视角多有相互交叠之处。仅举几例加以说明——《同一开放性:当代美国犹太文学中的叙事与传统》(Grauer, 1995),既是对于犹太历史、犹太传统文化的研究,又是女性主义研究;《忏悔与控诉:当代美国女性小说中的暴力与救赎》(Cottfried, 1994),兼具女性主义研究、犹太大屠杀书写两个研究视角,同时关注艺术家和文艺美学题材的创作;《神奇的美国犹太人:当代美国犹太短篇小说和电影的差异之谜》(Tillman, 2009),不仅探讨犹太身份的构建,还关注艺术表现手段(魔幻现实主义)的运用,同时,还是对于犹太大屠杀历史书写的研究;《从影子到实体:当代美国小说中的母亲艺术家形象》(Gerber, 1999),是从女性主义视角,关注艺术家、艺术创作题材的研究;《书写自我:建构美国犹太女性文学身份》(Moelis, 1996),则既是女性主义研究,又是关于犹太民族性的研究。

20 世纪 90 年代以来，在美国，将欧芝克研究置于比较研究视域的代表性博士学位论文有三篇。

1996 年，特拉华大学的拉马尔·尼斯利（Lamar L. Nisly）在《马拉默德、珀西、欧芝克和奥康纳小说中的宗教神秘主义》（“Portraying Religious Mystery in the Fiction of Malamud, Percy, Ozick, and O'Connor”）中，分析了欧芝克与奥康纳在使用叙述形式方面的相似性。尼斯利指出，她们各自体现了犹太教和天主教的宗教神秘主义色彩。

2007 年，德鲁大学的卡罗尔·A. 费熙本（Carol A. Fishbone）所著的《超越刻板的母性：托妮·莫里森的〈宠儿〉与〈所罗门之歌〉、辛西娅·欧芝克的〈披肩〉与〈食人星系〉中被胁迫的母亲身份的社会建构》（“Transcending Stereotyped Motherhood: the Social Construction of Mothers under Duress in Toni Morrison's *Beloved* and *Song of Solomon*and Cynthia Ozick's *The Shawl* and *The Cannibal Galaxy*”），关注处于奴隶制和大屠杀的直接或间接社会创伤语境下的母性问题。

2009 年，芝加哥大学的倪湛舸（Zhange Ni）所著的《异教回应：四部当代小说中的异质宗教性、异质性和异质空间》（“The pagan writes back: Hetero-religiosity, Heterology, and Heterogeneous Space in Four Contemporary Novels”），对世界宗教和超越一神教和西方文学经典的世界文学进行比较研究。研究选取萨尔曼·拉什迪（Salman Rushdie）的《撒旦诗篇》（*Satanic Verses*）、舒萨库·恩多（Shusaku Endo）的《深水河》（*Deep River*）、玛格丽特·阿特伍德（Margaret Atwood）的《女仆的故事》（*Handmaid's Tale*）和欧芝克的《普特梅瑟故事集》作为目标文本，从异质空间的批判角度来研究异质宗教与小说作为异质性的一种形式的融合，呼吁对冲突的传统和不同的语境给予应有的尊重。

除了专著、专著的章节、文学评论集的篇目、博士学位论文，20世纪80年代中期以来，欧芝克研究期刊论文共计一百三十余篇——其中20世纪80年代三十余篇、90年代四十余篇、2000—2009年四十余篇、2010年至今约二十篇。

20世纪80年代，欧芝克研究期刊论文主要包括以下代表性研究视角或类型：①书评（Pinsker，1982；Rovit，1982；Zatlin，1985；New，1989）；②作家及作品概述（Strandberg，1983；Rainwater和Scheick，1983b；Harap，1984；Epstein，1984；Lowin，1984—1985；Kauvar，1985；Lyons，1987；Uffen，1987；Cohen，1987；Walden，1987；Pinsker，1988；Scrafford，1989）；③主题阐释（Sokoloff，1986；Lowin，1986；Pinsker，1987a；Sokoloff，1988；Greenstein，1989）；④艺术手段研究（Strandberg，1983；Kauvar，1987a；Kremer，1987；Pinsker，1989）；⑤犹太文化与西方文化冲突研究（Gitenstein，1983；Weiner，1983；Pinsker，1987b）；⑥文化冲突与融合研究（Cohen，1987；Pinsker，1987a；Rovit，1989）；⑦作家创作动机与文艺理论观研究（Burstein，1987；Farr，1987；Greenstein，1989）；⑧犹太性研究（Rosenberg，1982；Kauvar，1985；Kauvar，1987b；Kremer，1987）。

需要特别加以说明的是，20世纪80年代，对于欧芝克作品中犹太性的文学呈现的研究，表现为揭示她的作品如何弘扬犹太文化传统。具体体现为以下四个关注点：①犹太律法精神（Rosenberg，1982）；②犹太泥人传说（Kauvar，1985）；③反对偶像崇拜（Kauvar，1987b）；④犹太阿嘎达（aggadah）讲述方式（Kremer，1987）。另外，对于艺术手段的研究，数量较少。1987年，艾伦·寇娃（Elaine M. Kauvar）在《历史的信使：辛西娅·欧芝克与摄影》（“Courier for the Past：Cynthia Ozick and Photography”）一文中，分析了欧芝克作品与摄影的关联；同年，莉莲·克莱默（Lillian S. Kremer）在《光彩夺目：

“信任”与辛西娅·欧芝克的阿嘎达讲述方式》（“The Splendor Spreads Wide：‘Trust’ and Cynthia Ozick’s Aggadic Voice”）一文中，阐释了欧芝克如何借鉴《塔木德》非律法部分的讲述方式进行文学创作。

20 世纪 90 年代，欧芝克研究期刊论文主要包括以下代表性研究视角或类型：①作家作品概述（Fishman，1990；Wilner，1993；Pinsker，1994；Lakritz，1994；Gordon，1994；Baumgarten，1996；Band，1997；Malcolm，1997；Klingenstein，1997b；Nocera，1997；Lee，1998；Hattenhauer 和 Shay，1999）；②文化冲突与融合研究（Budick，1995；Dokou 和 Walden，1996；Sage，1998；Gould，1999）；③女性主义研究（Klingenstein，1992）；④比较研究（Krupnick，1991；Greenstein，1991；Avery，1999）；⑤犹太大屠杀书写研究（Berger，1992；Langer，1995；Budick，1995；Weinhouse，1996；Alkana，1997；Lehmann，1998；Wirth-Nesher，1998；Rosenberg，1999）；⑥犹太性研究（Rose，1990；Finkelstein，1990；Powers，1995；Wilner，1998；Brown，1992；Morgenstern，1999）。

综观 20 世纪 90 年代欧芝克研究期刊论文成果，以下四个方面的发展值得我们引起注意。

第一，在以欧芝克小说为目标文本的基础上，新增了以她的随笔为目标文本的概述性研究。1997 年，在《舒适的杂糅：辛西娅·欧芝克的〈声名与愚蠢〉》（“Comfortable Hybridity：Cynthia Ozick’s *Fame and Folly*”）一文中，阿诺德·班德（Arnold J. Band）以欧芝克的随笔集《声名与愚蠢》为目标文本，从文化融合的视角，介绍了欧芝克的文化立场。

第二，新增了女性主义研究的视角。1992 年，在《破坏性的亲密关系：辛西娅·欧芝克、诺玛·罗森和丽贝卡·戈德斯坦小说中的母女关系》（“Destructive Intimacy：The Shoah between Mother and Daughter in Fictions by Cynthia Ozick，Norma Rosen，and Rebecca Goldstein”）一文中，苏珊·克林根斯坦（Susanne Klingenstein）从女性主义视角，探讨了目标文本中母女关系招致的灾难性浩劫。

第三，新增了比较研究的视角。1991 年，马克·克拉博尼克（Mark Krupnick），对欧芝克和艾略特（T. S. Eliot）进行了比较研究（Krupnick，1991）；同年，迈克尔·格林斯坦（Michael Greenstein）对欧芝克和菲利普·罗斯（Philip Roth）进行了比较研究（Greenstein，1991）；1999 年，伊夫林·埃弗里（Evelyn Avery）对欧芝克和马拉默德（Malamud）进行了比较研究（Avery，1999）。

第四，犹太性研究出现了新焦点。在 20 世纪 80 年代着力揭示欧芝克的作品如何弘扬犹太文化传统的基础上，90 年代的犹太性研究具体体现为以下五个关注点：①礼拜式文学（Rose，1990）；②历史意识（Finkelstein，1990；Powers，1995）；③道德意识（Wilner，1998）；④偶像崇拜（Brown，1992）；⑤米德拉什（Morgenstern，1999）。

2000—2009 年，代表性的欧芝克研究期刊论文共计四十余篇，主要包括以下代表性研究视角或类型：①书评（Craig，2001）；②作家作品概述（Greenstein，2001；Sivan，2002a；Furman，2003；Garrett，2005；Walden，2005；Garrett，2005；Cohen，2007；Moyer，2008；Zierler，2009）；③主题研究（Bardeleben，2003；Sivan，2006；Tillman，2009）；④文化冲突研究（Cheyette，2001；Franco，2008）；⑤女性主义研究（Brauner，2001b；Fiona，2003；Sivan，2004；Sivan，2006；Weltman，2009）；⑥犹太大屠杀书写研究（Brauner，2001b；Friedrich，2004；Sivan，2005a）；⑦比较研究（Brand，2003；Pinsker，2005；Budick，2005）；⑧艺术手段研究（Sivan，2002b；Jones，2002；Pinsker，2002）；⑨犹太性研究（Cooper，2000；Bienstock, 2000; Furman, 2000b; Kramer, 2001; Parrish, 2001; Katz, 2005; Halkin, 2005; Malcolm, 2002; Fiona, 2003; Weisberg, 2003; Sivan, 2005a; Raphael, 2007; Osborne, 2007; Verma, 2008; Klingenstein, 2008; Goldfrad, 2008; Arich-Gerz, 2009)。

关于犹太性的研究，具体表现为以下主要代表性关注点：①偶像制造、偶像崇拜的困扰（Cooper, 2000; Parrish, 2001; Katz, 2005; Halkin, 2005; Arich-Gerz, 2009）；②历史意识（Cooper, 2000）；③道德意识（Katz, 2005）；④父子关系主题（Arich-Gerz, 2009）；⑤犹太泥人传说（Bienstock, 2000; Sivan, 2005b）；⑥反对潘神崇拜（Furman, 2000b）；⑦历史意义上的民族性与文学发展（Kramer, 2001）；⑧文学与宗教的关系（Fiona, 2003）；⑨犹太拉比文学传统（Weisberg, 2003）；⑩重视家庭的观念（Raphael, 2007）；⑪米德拉什（Osborne, 2007）；⑫文艺理论观（Klingenstein, 2008; Goldfrad, 2008）。

2000—2009 年，欧芝克研究期刊论文对犹太性的关注呈现出以下三个特点。

第一，成果数量激增。以犹太性研究为关注点的期刊论文近二十篇，几乎占这一时期期刊论文总数的一半。

第二，增加了新的关注点。父子关系主题（Arich-Gerz, 2009）、反对潘神崇拜（Furman, 2000b）、历史意义上的民族性与文学发展（Kramer, 2001）、犹太拉比文学传统（Weisberg, 2003）、文学与宗教的关系（Fiona, 2003）、重视家庭的观念（Raphael, 2007）、米德拉什（Osborne, 2007）以及文艺理论观（Klingenstein, 2008; Goldfrad, 2008）。

第三，研究内容更加丰富，研究视角趋向于复合、交叠。例如，《历史三角结构与辛西娅·欧芝克两个故事中美国犹太身份的滑动》（Cooper, 2000）（“Triangles of History and the Slippery Slope of Jewish American Identity in Two Stories by Cynthia Ozick”），既强调犹太历史

意识，又对抵制偶像制造的犹太主题加以阐释。《犹太泥人的复兴：欧芝克的〈普特梅瑟故事集〉和皮耶西的〈他、她和它〉呈现的文化协商》（Bienstock，2000）（“Reviving the Golem：Cultural Negotiations in Ozick's *The Puttermesser Papers* and Piercy's *He*，*She and It*”），围绕犹太泥人传说的文学演绎，对欧芝克与玛吉·皮耶西（Marge Piercy）的作品之间的文化协商，加以互文性解读。《唤回宗教：族裔女作家小说中的抵制、记忆与文化改良》（Fiona，2003）（“Recalling Religions：Resistance，Memory，and Cultural Revision in Ethnic Women's Fiction”），从文化冲突的视角，探讨女作家作品中呈现的文学与宗教的关系。《置身其中还是身处其外：女性与拉比文学》（Weisberg，2003）（“Insiders or Outsiders：Women and Rabbinic Literature”），将女作家的文学创作置于犹太拉比文学传统的视域进行讨论。《布鲁诺·舒尔茨的文学收养者：辛西娅·欧芝克和大卫·格罗斯曼小说中的父子关系及其犹太性研究》（Arich-Gerz，2009）（“Bruno Schulz's Literary Adoptees：Jewishness and Literary Father-Child Relationships in Cynthia Ozick's and David Grossmann's Fiction”），将欧芝克与大卫·格罗斯曼置于比较研究视域，从互文性视角解读传统的犹太父子关系主题，阐释他们的犹太大屠杀书写特征。

2010 年至今，出现欧芝克研究期刊论文约二十篇，主要包括以下代表性研究视角或类型：①作家作品概述（Schwarz，2010；Canales，2011b；Kessner，2012；Pinsker，2013；Raphael，2014）；②犹太大屠杀书写研究（Canales，2011a；Butler，2011；Fernández，2012；Bagno-Simon，2014；Aghberi 和 Ahmed，2015；Mc Glothlin，2016）；③与亨利·詹姆斯（Henry James）创作关系研究（Pinsker，2011；Layne，2014；Rowe，2014；Kent，2015）；④女性主义研究（Butler，2011；Raphael，2014）；⑤文化冲突与融合（Hellerstein，2012；Akita，2015）；

⑥犹太性研究（Butler，2011；Joffe，2011；Kandiyoti，2012；Raphael，2014；Ni，2015b；Akita，2015）。

2010年至今，欧芝克研究的期刊论文成果，有以下三个方面的创新。

第一，作家作品概述方面有新拓展。以往的概述多关注欧芝克及其小说创作，新出现了对欧芝克组织、参与诗歌活动的生平概述。《格拉茨泰恩、辛格、豪和欧芝克：1963—1969年在纽约市Y街92号意第绪语诗歌活动》（Schwarz，2010）（"Glatshteyn，Singer，Howe，and Ozick：Performing Yiddish Poetry at the 92 Street Y.，1963—1969"），关注20世纪60年代欧芝克作为四位组织者、参与者之一，在纽约市Y街92号组织、参与意第绪语诗歌系列活动的经历。

第二，研究视角更加丰富，出现不少有关欧芝克与亨利·詹姆斯（Henry James）创作关系的研究。

第三，有关欧芝克作品中呈现的犹太性的研究，一方面，延承2000—2009年业已出现的复合研究视角，例如，《发出米德拉什的新声音：作为犹太女性主义回应的犹太女性大屠杀书写》（Butler，2011）（"Voicing a New Midrash：Women's Holocaust Writing as Jewish Feminist Response"），聚焦犹太米德拉什式模式，是关于犹太性、女性主义研究、犹太大屠杀书写的复合型研究；另一方面，将欧芝克研究置于美国犹太文学、女权主义神学与宗教批评的宏观语境中，通过研究个体作家，观照美国犹太文学、女权主义神学与宗教批评呈现犹太性的发展趋势，拓展了研究的广度。例如，《美国犹太文学中的"犹太"是什么？》（Kandiyoti，2012）（"What is the 'Jewish' in Jewish American literature？"），将欧芝克研究置于美国犹太文学视域下，探究犹太性概念的共性与个性；《偶像的遗产：犹太和基督教女权主义神学与宗教批评的第二次浪潮》（Raphael，2014）（"A Patrimony of Idols: Second-Wave Jewish and Christian Feminist Theology and the Criticism of Religion"),考察女权主义神学与宗教批评呈现犹太性的历史发展,为研究欧芝克作品中的犹太性,提供历史参照。

(二)中国的欧芝克研究概况

中国对于欧芝克及其作品的介绍、翻译始于20世纪80年代;20世纪90年代,欧芝克作品研究开始起步;21世纪,欧芝克研究进入硕果累累的新阶段。

20世纪80年代,中国的欧芝克研究表现为对欧芝克及其作品的推介。成果为期刊论文和翻译作品。1984—1987年,《读书》刊发了三篇介绍欧芝克及其作品的文章(之岱,1984;叶子,1985;叶子,1987),开启了国内介绍欧芝克及其作品的先河。1988年,中国文联出版公司出版了《当代美国获奖短篇小说选》,其中收录了冯亦代、郑之岳翻译的欧芝克的《披肩》。这是欧芝克作品首次在中国大陆翻译出版。同年,夏政在《当代犹太女作家辛西娅·奥扎克》中,介绍了几乎所有欧芝克的早期作品。

这一时期的成果,除了翻译作品,多简要介绍欧芝克的生平,讲述作品的情节,简单地阐释作品主题,概括地分析其语言特色等写作风格,或者简单介绍美国评论界对欧芝克作品的接受情况(叶子,1987)。这一时期的代表性的研究视角,是指出欧芝克坚持犹太特性的文学特质——"她十分成功地以美国化的想象力来发扬犹太传统的事物"(叶子,1987:147)。

20世纪90年代,欧芝克作品研究开始起步。这一时期,除了介绍作家作品(冯亦代,1990;钱青,1994),研究者们开始对欧芝克的作品进行初步探讨(徐崇亮,1994;曾令富,1995;徐崇亮,1996)。同时,还有新的翻译作品问世——1994年,《外国文学》第四期发表了陶洁重新翻译的冯亦代、郑之岳于1987年翻译的欧芝克的《披肩》。陶洁将小说题目新译作《大披巾》。

这一时期的研究成果的创新性，集中表现在两个方面：一是将欧芝克及其作品置于美国犹太文学的宏观语境中加以研究（钱青，1994；曾令富，1995；徐崇亮，1996），确立了欧芝克在犹太文化复兴中的地位；二是聚焦救赎主题的研究（徐崇亮，1994；曾令富，1995）。徐崇亮认为，《普特梅瑟和赞西佩》“是一篇关于征服自我，赎救过去，呼唤传统，反对崇拜的小说”（徐崇亮，1994：33）。曾令富指出，欧芝克的《升空：五个故事》是“表现救赎主题的代表作”（曾令富，1995：130）。这一阶段的研究，虽涉及诸如叙事策略（徐崇亮，1994）、文学想象力的功用（钱青，1994；徐崇亮，1994）以及对犹太大屠杀的反思（徐崇亮，1996）等欧芝克研究的关键问题，但都只是笼统地提到，未进行深入系统的研究。

21 世纪，国内的欧芝克研究迎来了新阶段。这一时期的研究成果不仅数量众多，而且呈现出更加丰富的层次，欧芝克被多部美国文学史、美国犹太文学史教科书列为重要的美国当代作家。研究成果既有翻译作品、期刊论文、会议论文，也出现了不少的博士、硕士学位论文，还出现了欧芝克研究专著。作为目标文本的欧芝克作品范围更广，研究内容更加深入，研究视角呈现出多样化的特征。

欧芝克被中国学者公认为美国犹太文学的重要代表作家。在刘海平、王守仁、张冲、杨金才、朱刚所著的《美国文学史》（2002）中，欧芝克被列为最重要的美国犹太作家之一。杨仁敬和杨凌雁所著的《美国文学简史》（2008）对欧芝克进行了具体的论述。在《20 世纪美国文学史》（2000、2003、2010）中，杨仁敬论述了欧芝克的文学成就和贡献。在《美国犹太文学》（2008）中，乔国强强调了欧芝克作品中的道德力量。

翻译作品方面，2000 年，《当代外国文学》刊登了徐匀翻译的

《帕特玛瑟·佩蕾德》。这是继《大披巾》之后，第二篇被翻译为中文的欧芝克作品。2004 年，《外国文学》第五期刊登了王祖友翻译的欧芝克的两篇短篇小说：《大披巾》《普特梅塞：工作经历、出生和来世》。这是《披肩》的第三个中文译本；《普特梅塞：工作经历、出生和来世》成为被翻译成汉语的第三部欧芝克的作品。

学位论文方面，2001—2018 年，共有现代表性的博士学位论文四篇（周南翼，2001；陈娴，2008；肖飚，2011；施锦芳，2013）、硕士学位论文十余篇、期刊论文和会议论文三十余篇，其中 CSSCI 收录论文近十篇。

博士学位论文方面，2001 年，厦门大学周南翼（Zhou Nanyi）在《追寻一个新的理想国：索尔·贝娄、伯纳德·马拉默德与辛西娅·欧芝克小说研究》（英文）（“Toward a New Utopia：A Study of the Novels by Saul Bellow，Bernard Malamud，and Cynthia Ozick”）中，研究第二代美国犹太移民的经历和他们的小说，揭示他们如何从犹太文化和美国主流文化的精髓中汲取营养，整治美国社会的现实困境。周南翼的研究主要涉及主题、作者创作意图、犹太身份构建、文化冲突等研究视角。2008 年，华中师范大学陈娴（Chen Xian）在《种族的记忆，文学的救赎——论奥兹克的“礼拜式文学”》（英文）（“The Jewish Memory and Literary Redemption—Cynthia Ozick's ‘Liturgical Literature’”）中，从文学主题、文论思想以及叙事技巧三个方面，研究了欧芝克实践犹太“礼拜式文学”的途径。陈娴指出，这正是欧芝克作为新一代美国犹太作家所具有的独特的犹太性。陈娴的研究主要涉及作者创作意图、犹太身份构建、艺术手段、犹太性等研究视角。2011 年，厦门大学肖飚（Xiao Biao）在《在流散空间凸现道德意识：论辛西娅·欧芝克小说中的犹太性》（英文）（“Highlighting Moral Ethos in Diasporic Space：On the Jewishness in Cynthia

Ozick's Fiction"）中，以欧芝克通过在流散空间凸显道德意识而在其小说中呈现出的犹太性为重点，研究了她在流散背景下，消解其犹太人、女性和作家多重身份之间的矛盾冲突的文学实践。肖飚的研究主要涉及作者创作意图、犹太身份构建、历史书写、艺术手段、女性主义、犹太性等研究视角。2013 年，上海外国语大学施锦芳（Shi Jinfang）在《文化的融合：辛西娅·奥兹克小说中犹太道德观和西方美学的研究》（英文）（"Cultural Integration：Jewish Ethics and Western Aesthetics in Cynthia Ozick's Fiction"）中，从"双重身份问题""犹太道德观和文学的想象"，以及"语言的疗伤和救赎功能"三个角度，研究了欧芝克小说如何完美地融合了犹太传统道德、犹太历史文化和现代西方美学。施锦芳的研究主要涉及主题、作者创作意图、犹太身份构建、文化冲突等研究视角。

上述四篇博士学位论文中，两篇着力研究文化冲突，分析犹太文化、美国主流文化、西方价值观在欧芝克小说中的关系与相互作用（周南翼，2001；施锦芳，2013）；两篇探讨欧芝克的创作思想和美学理论（陈娴，2008；施锦芳，2013）；两篇聚焦欧芝克小说呈现出的犹太性（陈娴，2008；肖飚，2011）。两篇聚焦欧芝克小说中的犹太性的学位论文，分别有不同的切入点：陈娴着力于欧芝克对于犹太教传统的开发和利用，肖飚强调流散背景下，欧芝克对于故园文化犹太传统以及他乡价值观美国主流文化之间的协商与融通。

2012 年，肖飚在她的博士学位论文的基础上，出版了英文欧芝克研究专著——*Highlighting Moral Ethos in Diasporic Space：On the Jewishness in Cynthia Ozick's Fiction*（《在流散空间凸现道德意识：论辛西娅·欧芝克小说中的犹太性》），进一步分析了欧芝克作品中的四对典型冲突，①作为一神教的犹太教反对偶像崇拜的本质与沦为偶像的文学呈现之间的冲突；②艺术呈现包括大屠杀在内的犹太记忆过程中历史性与艺术性之间的冲突；③欧芝克对犹太教的忠诚与其对正统犹太教性别歧视研判之间的冲突；④后现代叙事服务于犹太性呈现之间的冲突（Xiao：vi）。在此基础上，肖飚将欧芝克小说研究置于流散的批判框架下，同时考察后现代语境对其小说创作产生的影响，分析了欧芝克的创作风格。

2005—2018 年，研究欧芝克的硕士学位论文共计十余篇（施锦芳，2005；张国胜，2008；陈思颖，2010；孙又菁，2010；任莉敏，2011；卢俊岚，2013；扎依达·阿勒玛斯，2014；赵敏，2014；法巧琳，2015；党艳冬，2016；刘丹，2016；亓洋洋，2016；魏巍，2016；方翠兰，2018；郝慧敏，2018）。主要包括以下几个相互交叠的研究视角：①主题研究（施锦芳，2005；张国胜，2008；任莉敏，2011；扎依达·阿勒玛斯，2014；亓洋洋，2016；魏巍，2016；方翠兰，2018）；②作者创作意图研究（张国胜，2008；刘丹，2016）；③犹太身份构建研究（施锦芳，2005；张国胜，2008；孙又菁，2010；卢俊岚，2013；扎依达·阿勒玛斯，2014；赵敏，2014；党艳冬，2016；刘丹，2016；亓洋洋，2016；魏巍，2016）；④历史书写（含创伤记忆）研究（孙又菁，2010；卢俊岚，2013；赵敏，2014；法巧琳，2015；党艳冬，2016；亓洋洋，2016；郝慧敏，2018）；⑤艺术手段研究（施锦芳，2005；孙又菁，2010；扎依达·阿勒玛斯，2014；刘丹，2016；魏巍，2016）；⑥女性主义研究（法巧琳，2015）；⑦犹太性研究（陈思颖，2010）。

其中与本书具有密切关联的是关于犹太性的研究。陈思颖在《从隔都到天堂：谈辛西亚·欧芝克之〈披巾〉〈普特梅赛儿故事集〉与〈微光世界继承者〉的家屋诗学》（2010）中，分析欧芝克如何在三部目标文本中以文学文本建构“犹太家屋”。陈思颖指出，犹太文化的独特性之一，在于重视家庭的观念。欧芝克小说文本所建构的

“家屋”，既是人们的私密空间、隐身之处，也是作家用以葆有犹太传统的文学表现空间。欧芝克小说对多元语言背景、犹太历史文化及犹太教的呈现，赋予“家屋”充分的犹太性。“家屋”里的希伯来文、波兰文与意第绪语，犹太家庭特有的装饰，以及住在“家屋”里的人对犹太教的救赎想象，共同谱写出一部美国犹太移民生活史。

综上所述，博士、硕士学位论文包括以下主要研究视角：①主题研究；②作者创作意图研究；③犹太身份构建研究；④历史书写（含创伤记忆）研究；⑤艺术手段研究；⑥女性主义研究；⑦犹太性研究；⑧文化冲突研究。

博士、硕士学位论文中的主要研究视角在期刊论文、会议论文中均有所体现，具体表现如下：①主题研究（陈红、张爱雄，2006；颜蓓蕾，2008；张国胜，2009；杨道云、靳亦诗，2013；孙鲁瑶，2015；赵娜，2017）；②作者创作意图研究（陈红，2003a；张国胜，2009；魏新俊、张国申，2014；左燕茹，2011）；③犹太身份构建研究（林文静，2008；张娟利，2008；张国胜，2009；肖飚、杨仁敬，2011；赵静，2013；孙鲁瑶，2015；赵娜，2015；王春霞，2018）；④历史书写（含创伤记忆）研究（阙诗涛，2012；官宇，2013；肖飚，2013；孙鲁瑶，2018）；⑤艺术手段研究（陈红，2003a；陈红，2003b；王祖友，2004；陈红、张爱雄，2006；肖飚、杨仁敬，2011；肖飚，2014）；⑥女性主义研究（肖飚，2014；赵娜，2016；齐丽霞，2016；赵娜，2017；孙鲁瑶，2018）；⑦犹太性研究（肖飚、杨仁敬，2011；肖飚，2013；肖飚，2014）；⑧文化冲突研究（张国胜，2009；孙鲁瑶，2015；赵娜，2017）。同时，期刊论文还出现如下新的研究视角：①生态主义（含生态女性主义）视角（邹梦云、刘延超，2012；石潘，2015；齐丽霞，2016）；②福柯权利理论视角（马彦婷，2010）；③伦理学视角（邹梦云、刘延超，2012；彭润润，2013；赵娜，2014b；龚甜甜、邹惠玲，2018）；④女性主义视角与知识主题视角相结合（赵娜，2017）；另外，出现了欧芝克研究综述文章，对国内外欧芝克研究概况进行了比较系统的梳理（赵娜，2014a；张晶晶，2016），为进一步的欧芝克研究奠定了一定的基础。

综上所述，国内外欧芝克研究存在以下不足。其一，已有研究多偏重欧芝克的犹太背景和民族关注，缺乏对其小说中犹太性的系统研究；虽有研究探讨其小说的创作手法，但缺乏对其创作手法与创作思想、文艺美学理论之间关联性的关注。其二，对欧芝克内在矛盾的研究多关注“犹太人”与“作家”身份的对立，对其“女作家”身份的关注尚不充分。其三，对于欧芝克散文和小说的对立，未进一步探究对立的根源及其对欧芝克小说创作的意义。本书拟分析欧芝克在散文和小说文本之间形成的自我辩论，探究对立的根源及其产生的创作驱动力，关注流散语境下欧芝克作为犹太女作家的身份焦虑，考察她的文学观、历史观、自然观、女性观，尝试在原有犹太性研究的基础上，进一步研究欧芝克小说思想性和艺术性达成统一的文学表现手段。

三 基本概念阐释

本书主要涉及三个基本概念：“犹太性”（Jewishness）、“辩证性”（dialectic）与“平行逻辑”（Pilpul 希伯来语为פִּלְפּוּל）。

本书是对欧芝克小说中的犹太性的研究，其核心是“犹太性”。

（一）“犹太性”（Jewishness）

何谓“犹太性”？一方面，“犹太性”的界定不可回避，另一方面，“犹太性”的界定异常复杂，难以简单归纳、概括。

严格地说，“犹太性”是犹太民族的独特品性，是有别于其他文化的犹太文化品性，是犹太民族区别于其他民族、犹太文化区别于其他文化的标志性特征。然而，没有哪一种特性绝对地为哪一个民族、哪一种文化所独有，因而“犹太性”势必表现为犹太民族相对于其他民族、犹太文化相对于其他文化更加显性、表现频度更高的特性。这种特性是由犹太民族的历史境遇、宗教思想、传统习俗、思维观念、心理积淀以及特殊的社会处境所共同塑造的。

“关于如何界定‘犹太性’，人们唯一的共识就是没有共识可以达成。”（Brauner，2001a：3）威尔·赫伯格（Will Herberg）将“犹太性”界定为“嵌入在宗教和文化策源地并融为一个单一的宗教与文化的统一体”（乔国强，16—17）。内森·格雷泽（Nathan Glazer）把“犹太性”视为“贯串犹太生活，包括宗教、政治、文化、思想、慈善事业等各种活动之中的某种共同元素”（Glazer，91），他认为“犹太性与犹太文化、政治以及社会生活相关”（Glazer，105）。丽莎·西尔弗曼（Lisa Silverman）认为，“犹太性表现为一种分析问题的范式”（Auslander，47）。罗贝托·托斯卡诺（Roberto Toscano）则主张“犹太思想表现为动态、多元、开放。从思想和道德的角度来说，犹太性表现为焦虑感和自我论辩”（Toscano，382）。他进一步指出，“大量的希伯来经典表现出一个典型特征，即对经典的阐释彼此矛盾对立，而两者皆为真。这一切基于永远未完成、永远非系统化的探索，这样的探索始终不会陷于僵化的非真即伪的二元逻辑”，犹太思想“将永恒的矛盾对立化解为独特的和谐统一”（Toscano，382），是充满不和谐音的和声。乔国强认为，“犹太性”表现为“宗教层面的犹太性与文化层面的犹太性”（乔国强，17—18）。

就美国犹太文学中的“犹太性”而言，“犹太作家的每一项创作实际上都是在以各自的方式与犹太生活和犹太传统进行着特定的联结”（刘洪一，1995：293）。尽管美国犹太作家在创作思潮、题材内容、内涵倾向及审美方式等方面表现形式各异，并没有形成具有共性的文学特征，但是他们在创作过程中总会直接或间接、自觉或不自觉地借用犹太生活元素、犹太历史传统、犹太文化要素，对其加以挖掘和加工，使作品或多或少、或隐或显地呈现出一种独特的犹太底色。

对于美国犹太文学中的“犹太性”的认识也是见仁见智。乔国强认为，美国犹太文学中的“犹太性”主要是指“犹太作家在其作品中所表达出来的某种与犹太文化或宗教相关联的一种思想观念”，“主要体现在某犹太作家本人或其作品中人物的思维方式、心理机制以及任何能表现犹太人的生活、性格、语言、行为、场景等特点的东西”（乔国强，17）。高婷将文学中的“犹太性”定义为“创造主体在其创作过程中直接或间接地运用犹太生活素材，对犹太文化要素和犹太历史资源进行加工和表述”，从而在其作品中综合呈现出的犹太气质，将其界定为“一种犹太文化品性”，指出“在犹太文化要素中具有核心意义的是其民族的客民身份、选民观思想、流散史程及其价值观念、民族传统和民族习俗等”（高婷，18）。

笔者认为，美国犹太文学中的“犹太性”是对于犹太生活、民族历史、传统文化、价值观念、思维逻辑的文学演绎，基于犹太作家根深蒂固的民族文化情结，折射其民族情感如附骨之疽，刻骨铭心。

由于犹太作家有着各自不同的家庭背景、人生经历以及思想观念，他们在作品中对于“犹太性”的诠释和文学表征也就呈现出不同的侧重点，折射出不同的价值取向：艾萨克·巴什维斯·辛格和伯纳德·马拉默德着力表现犹太民族命运、犹太民族苦难历史和受难精神；菲利普·罗斯关注在犹太文化传统和美国现代文明双重夹击下的身份困惑和人格异化；索尔·贝娄从犹太民族的流浪历程中脱胎出"精神流浪汉"，用以表现当代精神危机。

关于"犹太性"，欧芝克有着怎样的认识呢？在散文随笔中，欧芝克谈及"犹太性"的要素，她认为"犹太性源于约法思想"（Ozick，1983a：123），主要表现形式包括，第一，历史意识；第二，抵制偶像崇拜；第三，甄别差异；第四，坚持学习（Ozick，1989a：224）。

在1970年11月发表在《评论》、后收入《艺术与激情》的早期散文《贝奇走过》（"Bech，Passing"）中，欧芝克对约翰·厄普代克（John Updike，1932—2009）所塑造的"空洞"的"犹太"主人公贝奇进行了抨击。在欧芝克看来，贝奇"虽然长着犹太人的鼻子和头发，作为一个犹太人，骨子里根本就是愚笨低能"（Ozick，1983a：117）。欧芝克进而指出，厄普代克之所以塑造出苍白的犹太主人公，是因为他自己对于犹太人的本质缺乏了解："犹太人并不仅仅表现为头发卷曲，感觉被异化、被边缘化。事实是：做犹太人就要坚守约法；如果不那么坚定，也应该意识到持守约法的可能性；最起码应该意识到约法的存在……如果说做犹太人就要守约，那么写犹太人，却不涉及这一点，就真是缘木求鱼了"（Ozick，1983a：123）。因此，"犹太性"最本源的核心特征，在欧芝克看来，就是持守约法，虔诚地遵守与上帝所立的契约。

在散文《比亚利克的暗示》（"Bialik's Hint"）中，鉴于许多美国犹太作家为了融入美国主流社会，不惜牺牲犹太历史记忆和犹太文化背景的可悲现实，欧芝克在表达失望沮丧的同时，阐释了她对"犹太性"的理解："有浓厚的历史意识，才是犹太人。还不仅如此，犹太人将自己融入独特的犹太文明。博大精深的犹太文化拥有自己的核心理念，为众多的犹太典籍诠释，为鲜明的犹太立场佐证。相比于这种对待历史的凝重态度，或可能的态度，那些'抽去了犹太内核'的作家们，他们写出来的故事该是多么轻薄，那些人物，又该是多么冷漠苍白地影射着随机的眼前与当下。”（Ozick，1989a：224）在欧芝克看来，“犹太性”意味着深厚的历史意识，历史的意义在于“判断与阐释”（Ozick，1976c：6）。

欧芝克坚持认为，拒绝偶像崇拜是伦理一神教犹太教区别于其他宗教的根本特征，也是“犹太性”的关键。在散文《沦为偶像的文学：哈罗德·布鲁姆》（“Literature as Idol：Harold Bloom”）中，欧芝克写道，“对于犹太人，最贴切也许也是最言简意赅的描述，……，就是：犹太人是拒绝偶像的人”（Ozick，1983d：188）。同样的观点也出现在其散文《走向新的意第绪语》（“Toward a New Yiddish”）中——“在我看来，抵制偶像崇拜的戒律，于今天的美国犹太小说家来说，同样无条件地适用”（Ozick，1983k：165）。

由“拒绝偶像崇拜”衍生出另一个“犹太性”的表现形式：“甄别差异”。欧芝克将“甄别差异”和“拒绝偶像崇拜”看作用以判断一种思想观念是否具备“犹太性”的两个重要标准。在散文《比亚利克的暗示》（“Bialik's Hint”）中，欧芝克写道：“第一个标准，拒绝偶像崇拜，衍生出第二个，甄别差异——理解两个概念在本质属性方面的差异”（Ozick，1989a：224），强调对差异加以区分、探究的意识。

欧芝克还强调学习、研究的重要性。众所周知，犹太民族历来重视教育，崇尚知识，强调其在文化传承中毋庸置疑的重要性。尚智的传统在《圣经·施玛篇》（*Shema Yisrael*）的晨祷和晚祷祷文中就有记述。就欧芝克的个人经历来说，读书、学习的目的越来越有针对性。她在散文《走向新的意第绪语》中谈到自己的读书经历：“我读书越来越迫切，读书的范围越来越集中……我读书的主要目的是要发现……犹太思维模式。”（Ozick，1983k：157）对欧芝克来说，读书学习，是探索、研究犹太性的手段与途径。从广义上来说，强调学习和研究的重要性是犹太尚智传统的延续。

欧芝克虽未对“犹太性”做出具体的界定，但明确表达了对于“犹太性”构成要素的认识。具体来说，“犹太性”的要素包括：“约法思想”“拒绝偶像崇拜”“历史意识”“甄别差异”的意识以及“学习、研究”的重要性。这些要素只是对欧芝克散文中所表达的观点的总结，未必完备，其中亦不乏交叠之处。“约法思想”是宗旨；“拒绝偶像崇拜”与“历史意识”表现为具体的实践；而“甄别差异”与“学习、研究”则是方法论意义上的手段与途径。

综上所述，本书中的“犹太性”，主要是指欧芝克小说表现出的和犹太传统的联结，是她的小说呈现出的独特的犹太底色。具体表现为以下三个方面：①欧芝克内在的焦虑感和自我论辩；②欧芝克借用犹太历史传统、犹太文化要素，对其加以挖掘和加工的文学实践；③欧芝克的犹太思维模式，特别是她分析问题的范式，即表现矛盾、将矛盾对立化解为和谐统一的犹太智慧。

本书聚焦欧芝克小说中所表现的矛盾、欧芝克的表现及处理矛盾的方式。本书核心是“辩证性”。

（二）“辩证性”（dialectic）

不同于常见的二分法式解读，本研究尝试在“两重性”（duality）、“二元对立”（dichotomy）的基础上，揭示欧芝克小说中呈现出的矛盾的“辩证性”。“两重性”与“二元对立”的前提是基于两个绝对对立、互不相容的二元范畴的矛盾，“辩证性”则基于两个对立并且/或者相互补充、并非互不相容的矛盾。本质的区别在于，“两重性”与“二元对立”指涉的是“不相容”、“绝对对立”和“不可能融合”，而“辩证性”则包含“悖论性共存，即不同方面、不同力量在不断融合的过程中永久变动的一种状态”（Statlander，6）。

根据雷蒙德·威廉斯（Raymond Williams）的研究，“辩证性”一词源于拉丁语的 *logic* 和希腊语的 *dialecktike*。在 14 世纪，“辩证性”被定义为“讨论、争论的艺术，进而衍生为指通过讨论探寻真理”（Williams，91）。在中世纪，“辩证性”指“形式推理的艺术”（Williams，91）。到了 17 世纪，“辩证性”则泛指“辩论、争论”（Williams，91）。随着德国唯心主义的兴起，“辩证性”所使用的范畴，不再局限于对本质加以研究过程中的辩论，也用于研究“现实中的矛盾”过程中的辩论（Williams，92）。

本研究关注欧芝克在流散语境下所遭遇的现实的矛盾，考察她在访谈、散文与小说文本之间进行的自我辩论。相较于“两重性”或“二元对立”，“辩证性”更能客观地描述欧芝克小说表现矛盾的方式。

本研究拟讨论欧芝克小说中呈现出的三组辩证的矛盾：第一，作为犹太作家的欧芝克，其身份的内在矛盾：作家与犹太人的矛盾，即文学创作的美学实践与虔诚的犹太人应秉持的犹太伦理规范之间的矛盾，研究欧芝克的文学观；第二，作为美国犹太作家的欧芝克，在流散语境所面临的非犹太文化与犹太文化之间的冲突，即潘神与摩西的冲突，具体表现为欧芝克基于文化冲突语境的历史书写与自然书写，研究欧芝克的历史观、自然观及其在小说创作中的具体表现；第三，作为犹太女作家的欧芝克，如何处理女权主义思想与正统犹太教女性观之间的矛盾，即欧芝克对犹太教的忠诚与其对正统犹太教性别歧视研判之间的矛盾，研究欧芝克的女性观及其在小说创作中的具体表现。

本研究旨在挖掘欧芝克小说表现矛盾的方式的根源，其核心是“平行逻辑”。

（三）“平行逻辑”（Pilpul 希伯来语为פִּלְפּוּל）

如果说辩证地表现矛盾是欧芝克小说文本的表现形式，那么，这一表现形式的根源之一就是犹太逻辑智慧："平行逻辑"（Pilpul 希伯来语为פִּלְפּוּל）。《犹太百科全书》（*Encyclopaedia Judaica*）将"平行逻辑"定义为"研究、阐释《塔木德》所使用的方法"，是犹太拉比、先贤在解读《塔木德》难解文本，特别是文本中存在的不一致之处、处理彼此阐释分歧时，通过争辩"使用甄别差异的办法"，对文本中的矛盾、不同的阐释、见解加以调和的手段（*Encyclopaedia Judaica*，526）。由于"平行逻辑"所使用的语境是《塔木德》文本中的矛盾之处以及犹太拉比对《塔木德》文本的不同见解，所涉及的矛盾、分歧未必是绝对二元对立、不可调和的两极。"平行逻辑"是"犹太教用于处理矛盾分歧的辩证哲学方法"（Statlander，Foreword）。

以《塔木德》为代表的犹太教典籍，通常以口传的方式被一代又一代的犹太人学习至今。研究、阐释《塔木德》的真正难点是对于矛盾、分歧的处理。作为研究、阐释《塔木德》的方法，"平行逻辑"就成为犹太释经传统中重要的犹太逻辑智慧。

"平行逻辑"的标志性特征是超越时空的辩论，强调的是人们不断给予自己想象的空间，通过比较与归纳，对尽可能多的可能性和细节加以分析，借由可能性与细节，不断挖掘矛盾，进而去逼近答案。"犹太人重视的是可能性的比较而不是什么结论或答案。犹太人关心的是：事情可能以哪些形式发生？而这么多可能的形式彼此的比较会以什么状态进行？"（刘邦凡，8）在证明自己观点的过程中，善于使用"平行逻辑"的犹太拉比有时会运用诡辩术。"他们的卓越胆识与独出心裁，有时会偏离理性和真理"（*Encyclopaedia Judaica*，526）。"平行逻辑"，究其本质，是一种求异思维，"是一种鼓励争辩精神的方法和态度"（刘邦凡，9），通过"把所有的可能性都开列出来，从而使得选择最优方案成为可能"（刘邦凡，9）。

综上所述，“平行逻辑”，作为犹太逻辑的重要内容，鼓励批判性思维，注重各种可能性和细节，鼓励争辩，承认矛盾，接受悖论。

本研究认为，欧芝克借助犹太逻辑智慧“平行逻辑”，在小说创作过程中，践行犹太思维方式，辩证地在其小说中揭示并化解了三组矛盾，表现出独特的犹太性。三组矛盾表现为：

第一，犹太教伦理与美学实践之间的矛盾，具体表现为“创作还是不创作”的焦虑；

第二，潘神与摩西所代表的故园文化（犹太文化）与他乡文化（非犹太文化）之间的矛盾，具体表现为在流散语境下如何书写历史、如何书写自然；

第三，女权主义思想与正统犹太教女性观之间的矛盾，具体表现为如何书写、塑造女性。

本研究试图证明，欧芝克坚持浓厚的犹太道德意识、历史意识、律法精神，从犹太文化传统中汲取营养，运用“平行逻辑”智慧，在访谈、散文与小说文本之间，通过自我辩论，辩证地将矛盾呈现在小说文本中，借助犹太逻辑智慧，弘扬了犹太价值、犹太思想。

四 研究基本框架

本研究尝试从非犹太人的视角，研究欧芝克小说中的犹太性。对犹太性的研究，本研究立足欧芝克访谈、散文与小说中的矛盾对立，基于对欧芝克的文学观、历史观、自然观以及女性观的分析，研究其小说中犹太性的表现，同时努力探究其基于犹太价值观、犹太思想以及犹太思维方式的根源，揭示欧芝克思想性与艺术性达成统一的手段与途径。

除去绪论和结论，本研究主体部分包括五章。

第一章“当代美国犹太小说及其犹太性的文学表现”，概述当代美国犹太文学的总体发展脉络，历时性梳理从 20 世纪 50 年代到 21 世纪美国犹太小说及其犹太性的文学表现，廓清欧芝克小说犹太性的研究背景。

第二章“创作的焦虑”，讨论欧芝克对于“犹太人”与“作家”两重身份的矛盾认识，即犹太教伦理与美学实践的矛盾冲突，阐释由此产生的“创作还是不创作”的焦虑及其在小说文本中的表现。

第三章至第五章探讨欧芝克对“创作什么”“怎样创作”的认识及其在小说创作中的具体表现。

第三章“‘米德拉什’式文学书写”，分析欧芝克如何从犹太释经传统中汲取营养，对犹太立场、犹太主张、犹太历史进行了“米德拉什”式的文学讲述和文学阐释。

第四章“潘神/摩西视域的历史书写与自然书写”，揭示欧芝克如何将犹太历史置于多元文化的语境下加以审视，如何在重构犹太民族历史、想象个人历史的历史书写中，呈现出既建构又质疑、解构的矛盾立场，对比犹太文化与非犹太文化对于历史的不同认识，凸显犹太文化的特异之处；同时，分析欧芝克小说在自然书写中表现出的对自然既抵制又妥协的矛盾态度，探讨潘神/摩西视域下的历史书写与自然书写反映的犹太品性。

第五章“思想的厄洛斯”，分析欧芝克小说的女性表征，揭示其中表现出的犹太性。

第一章　当代美国犹太小说及其犹太性的文学表现

美国犹太文学是美国文学的重要分支，在美国文学的发展中扮演重要的角色。美国犹太作家对当代美国文学做出了巨大的贡献。辛西娅·欧芝克是美国犹太文学“第二幕”的“公认的领袖”（Kremer，1993：572）。她的小说所呈现出的犹太性，成为其小说创作的标志性特征。对欧芝克小说中的犹太性的考察，基于对当代美国犹太文学的总体概述，以及对从20世纪50年代到21世纪美国犹太小说及其犹太性的文学表现的历时性梳理。

美国犹太文学是在美国多元文化背景之下形成的。它源于犹太人移居到美利坚土地上的移民经历，并在随后与犹太文化遗产和美国价值观的互动中得到滋养。

第一节　美国多元文化语境中的犹太人与犹太文化

以“大熔炉”著称的美国，以其多元文化背景为特色。历史上共发生过三次欧洲犹太移民涌入美国的移民浪潮。伴随着三次欧洲犹太移民的涌入，犹太人将犹太文化带到了美利坚的土地上，丰富了美国文化，对美国多元文化的形成作出了重要的贡献。

第一次犹太移民浪潮，发生在17世纪30年代到1776年美国革命之间的一个半世纪，主要是来自西班牙和葡萄牙的犹太移民涌入美国。其中许多移民并非直接来自西班牙和葡萄牙，他们是从巴西、荷兰和英国涌入美国的犹太人。历史上，他们是在1492年被驱逐出西班牙、1497年被驱逐出葡萄牙，逃到了巴西、荷兰和英国，之后涌入美国的。尽管人数不多，但是“他们对自己时代的生活方式、思想意识以及美国革命的爆发做出了真正的贡献”（Brownstone，2）。

第二次犹太移民浪潮，发生在19世纪30年代到19世纪80年代初，主要是来自德国和其他讲德语的欧洲国家的犹太移民涌入美国，总数约为二十五万至三十万人。“德语系犹太人在美国西进运动、内战期间以及战后美国工业起步进程中发挥了重要的作用”（Brownstone，2）。

第三次犹太移民浪潮表现为一次大规模的犹太移民经历，发生在19世纪80年代初到20世纪20年代中期。来自俄罗斯和东欧的犹太移民不堪忍受迫害，大量涌入美国，总数为二百五十万人。美国国会在20世纪20年代初通过了限制性移民法，终结了从这些地区进一步大规模移民的可能性。最终，第三批犹太移民与早先抵达美国的德语系犹太人，以及来自西班牙、葡萄牙的犹太人相互融合，形成了当今犹太民族、美国犹太文化的根基。随后，还有数以万计的俄罗斯犹太人和少数以色列犹太人涌入美国，加入美国犹太人的行列（Brownstone，4）。

在数千年的历史长河中，犹太人从众多不同的地域和情境，将犹太文化带到了美国的多元文化语境。正如大卫·M. 布朗斯通（David M. Brownstone）所说，除了“对自由的渴望”、“顽强的意志”、“强烈的自尊”、“满怀的憧憬”以及“对家庭和社会的浓厚感情”，犹太人还带来了“技能与才干”（Brownstone，4—5）。从古代起，犹太人中就不乏杰出的科学家、医生、哲学家、翻译家、地图绘制师和教师。在人类文明的各个领域，犹太人都起着主导作用。犹太人被公认为杰出的财政金融天才，是最伟大的商人。另外，犹太人天赋超群。在西班牙、德国、俄罗斯，以及犹太人来到美国之前所生活过的任何其他地方，都有许多优秀的犹太画家、雕塑家、作家和形形色色的表演艺术家。“在相当长的历史阶段，他们主宰着喜剧，在漫画和漫画产业中占有重要地位。”（Norwood，xiii，10：10 am. June，13，2010）犹太人对美国艺术和音乐的影响深远。另外，犹太人在诸如精神分析、心理学、物理学和经济学等领域的影响有目共睹。在这些领域，获得诺贝尔奖的犹太裔美国人人数令人惊叹。此外，犹太人对人类学和社会学的贡献，也同样显而易见。犹太人的天赋，犹太人的技能与才干，构成了犹太传统的一部分。

正如沃思·内谢尔（Wirth Nesher）和迈克尔·克莱默（Michael Kramer）所说，“现代和当代美国文化的里程碑是犹太裔美国人经验的产物”（Wirth-Nesher 和 Kramer，2）。犹太人在各类艺术表现形式中均有骄人的优秀之作：在小说领域，有格特鲁德·斯坦（Gertrude Stein，1874—1946）的《三条生路》（*Three Lives*）、索尔·贝娄（Saul Bellow，1915—2005）的《赫索格》（*Herzog*）、菲利普·罗斯（Philip Roth，1933—2018）的《再见哥伦布》（*Goodbye Columbus*）、纳撒尼尔·韦斯特（Nathanael West，1903—1940）的《寂寞芳心小姐》（*Miss Lonely Hearts*）、辛西娅·欧芝克（Cynthia Ozick，1928— ）和格蕾斯·佩蕾（Grace Paley，1922—2007）的短篇小说以及保罗·奥斯特（Paul Auster，1947— ）的《纽约三部曲》（*New York Trilogy*）；在诗歌领域，有艾伦·盖恩斯伯格（Allen Geinsberg，1926—1997）的《嚎叫》（*Howl*）和埃德里安娜·里奇（Adrienne Rich，

1929—2012）的《潜入沉船》（“Diving into the Wreck”）；在戏剧领域，有阿瑟·米勒（Arthur Miller，1915—2005）的《推销员之死》（*Death of a Salesman*），莉莲·海尔曼（Lillian Hellman，1905—1984）的《儿童时光》（*The Children's Hour*），大卫·马梅特（David Mamet，1947— ）的《美国水牛》（*American Buffalo*）。此外，在电影领域，有伍迪·艾伦（Woody Allen，1935— ）的《安妮·霍尔》（*Annie Hall*）和史蒂文·斯皮尔伯格（Steven Spielberg，1946— ）的《外星人》（*E. T.*）；美国音乐剧的杰作包括乔治·格什温（George Gershwin，1898—1937）和艾拉·格什温（Ira Gershwin，1896—1983）创作的《波吉和贝丝》（*Porgy and Bess*）、阿伦·杰伊·勒纳（Alan Jay Lerner，1918—1986）和弗雷德里克·洛伊（Frederick Loewe，1901—1988）创作的《窈窕淑女》（*My Fair Lady*）、伦纳德·伯恩斯坦（Leonard Bernstein，1918—1990）、斯蒂芬·桑德海姆（Stephen Sondheim，1930— ）和亚瑟·劳伦茨（Arthur Laurents，1917—2011）创作的《西区故事》（*West Side Story*）；在美国歌曲方面，欧文·柏林（Irving Berlin，1888—1989）的《上帝保佑美国》（“God Bless America”）和鲍勃·迪伦（Bob Dylan，1941— ）的《随风飘逝》（“Blowin' in the Wind”）堪称翘楚。

尽管被美国历史学家和教科书边缘化甚至忽视，犹太人对美国社会所产生的深刻影响是毋庸置疑的。犹太人“对美国文学、戏剧、电影和电视产生了重大影响”（Norwood，xiii，10：10 am. June，13，2010），进而对美国社会产生重要影响，犹太人深刻地塑造了美国文化。

第二节 美国犹太文学的发展

最早的犹太移民的文学遗存，主要是针对荷兰西印度公司的请愿书，抗议州长的排他性政策，要求获得经济权利和政治权利。

第一部由犹太人创作的文学作品于18世纪出版，作者署名犹大·莫尼斯（Judah Monis，1683—1764）。那是有关改信基督教的犹太人的言论，书名为《真相，全部真相，纯粹真相》（*The Truth*，*The Whole Truth*，*and Nothing But the Truth*）。尽管有些学者对作者的身份持怀疑态度，犹大·莫尼斯（可能是葡萄牙人后裔的意大利犹太人），成为美国历史上第一位犹太作家（Norwood，538，10：10 am. June，13，2010）。但是，总体来说，当时的犹太文学尚未形成气候。

随后出版的犹太人的重要作品是译作。1766年，以撒·平托（Isaac Pinto，1720—1791）将希伯来语的《沙巴、罗什·哈沙那和基普祈祷文》（*Prayers for Shabbath*，*Rosh-Hashanah*，*and Kippur*）翻译成了英语。他指出，对于许多人来说，希伯来语无法完全理解；对于有些人来说，则完全无法理解。他把用英语翻译犹太人的祈祷文视为自己的神圣使命。

19世纪的头一二十年，犹太文学领域出现了美国书写与犹太书写并存的局面。塞缪尔B. H. 犹大（Samuel B. H. Judah，1799—1876）、乔纳斯B. 菲利普斯（Jonas B. Philips，1805—1869）和艾萨克·哈代（Isaac Hardy，1788—1828）创作出他们所理解的“毋容置疑的美国文学作品”。与此同时，莫迪凯·曼纽尔·诺亚（Mordecai Manuel Noah，1785—1851）则自封为“直言不讳的犹太事业的拥护者”，另辟蹊径，频频书写犹太主题，成为战前美国最杰出的犹太人（Norwood，540，10：10 am. June，13，2010）。

19世纪的第二个二十五年间，伴随着犹太移民的第二次浪潮，美国犹太文学发生了实质性的变化。以犹太题材为主题的文学作品，受到越来越多的读者的喜爱。在随后的几十年里，美国犹太人创作、阅读的文学作品数量持续激增。此外，基于犹太出版业在美国的发展，犹太作家所塑造的人物形象和影响的艺术范畴也发生了深刻的变化。犹太出版业的先驱人物包括艾萨克·迈尔·怀斯（Isaac Mayer Wise，1819—1900）和艾萨克·利瑟（Isaac Leeser，1806—1868）。利瑟于1843年创办《西方和美国犹太倡导者》（*The Occident and American Jewish Advocate*），并于1854年创办《美国犹太人》（*American Israelite*）。内森·迈尔（Nathan Mayer，1838—1912）被公认为早期犹太裔美国小说家中最有成就的一位，他还创作乐评、剧评和诗歌。艾玛·拉扎勒斯（Emma Lazarus，1849—1887），无论在犹太读者眼中，还是在非犹太读者眼中，都是最有才华的杰出作家（Norwood，544，10：10 am. June，13，2010）。

20世纪见证了美国犹太文学的发展。1912年，玛丽·安婷（Mary Antin1881—1949）出版了自传体小说《应许之地》（*The Promised Land*），描述了她接受美国文化同化的经历。1917年，亚伯拉罕·卡汉（Abraham Cahan，1860—1951）创作的《大卫·列文斯基的发迹》（*The Rise of David Levinsky*），从正统犹太教价值观的角度，揭示了纽约犹太人同化的利与弊：集聚财富而导致的世俗意义上的发迹，是以精神堕落为代价的。1930年，迈克尔·戈尔德（Michael Gold，1894—1967）出版了《没有钱的犹太人》（*Jews Without Money*），讲述了第一次世界大战前夕生活在曼哈顿东区的犹太人的生活，揭示了穷人和移民子女的生存现实，试图唤醒犹太人追求公平正义的权利的意识。1934年，亨利·罗斯（Henry Roth，1906—1995）出版的《就说是睡着了》（*Call It Sleep*），从30年代的视角，回顾了几十年前犹太聚居区的生活和犹太移民的经历，被誉为同类小说的佳作。纳撒尼尔·韦斯特（Nathanael West，1903—1940）在《寂寞芳心小姐》（*Miss Lonelyhearts*，1933）和《蝗虫日》（*The Day of the Locust*，1939）中，“凭借非同寻常的洞察力，表现了新英格兰人和犹太人之间的密切关系。而这个重要的事实，一直以来被非犹太人和犹太人同样遗忘”（Brooks，2354）。

20 世纪 50 年代，美国犹太文学走向繁荣和成熟（杨仁敬，508）。伯纳德·马拉默德（Bernard Malamud，1914—1986）、索尔·贝娄（Saul Bellow，1915—2005）、艾萨克·巴什维斯·辛格（Isaac Bashevis Singer，1904—1991）以及菲利普·罗斯（Philip Roth，1933—2018）是其中的杰出代表。

伯纳德·马拉默德深刻地了解当时的社会问题：无根、不忠、虐待、离婚等，他在小说中涉及犹太神秘主义元素，表现爱与受难的重要性。在他的笔下，爱被赋予了救赎的力量，受难具有精神净化的功用。在发表于《纽约时报》上的《马拉默德其人》（“Picture of Malamud”，1986）一文中，菲利普·罗斯称马拉默德为“具有严苛道德意识的人”，指出他“需要对人类良心的最终需求，进行长期而严肃的拷问”。1959 年和 1967 年，分别凭借《魔桶》（*The Magic Barrel*）和《基辅怨》（*The Fixer*），马拉默德荣膺美国国家图书奖。1967 年，《基辅怨》同时获得普利策小说创作奖。1969 年，凭借《抽屉里的男人》（“Man in the Drawer”），马拉默德获得欧·亨利短篇小说奖。

索尔·贝娄于 1976 年获得诺贝尔文学奖。此外，贝娄还获得了美国国家图书奖、普利策奖和国家艺术奖章。他是唯一三次获得美国国家图书奖的作家，也是唯一六次获得美国国家图书奖提名的作家。洞悉现代文明以及由现代文明衍生出的癫狂、物质主义等弊端，贝娄在他的作品中表现现代人的困惑，展现人类克服自身弱点、抵御现代文明的弊端的能力。贝娄小说中的主要人物大都具有英雄气概，很多时候与社会的消极力量形成鲜明对抗。这些人物通常是犹太人，被异化、被他者化的犹太人。贝娄拒绝被贴上“犹太作家”

的标签，尽管他的作品充满对美国生活、美国文化的热情讴歌，但不可否认的是，贝娄作品的一个重要主题是犹太人的生活和犹太身份构建。

作为20世纪最著名的意第绪语作家，艾萨克·巴什维斯·辛格描绘了被毁灭的东欧犹太世界，反映了犹太移民的恐惧、渴望和矛盾心理。他的作品借鉴犹太民间传说和犹太神秘主义传统，戏剧性地从现实走向梦幻。他笔下的人物往往是犹太大屠杀幸存者，他们既被梦魇的过去所困扰，又迷失于眼前的美国现实。

菲利浦·罗斯以1959年出版的中篇小说《再见，哥伦布》（*Goodbye，Columbus*）赢得了美国国家图书奖。这部书幽默地描摹了犹太裔美国人的生活，书中不乏不敬之词。1969年，随着备受争议的《波特诺伊的抱怨》（*Portnoy's Complaint*）的出版，罗斯作为当代美国重要作家的身份得以确立。他两次获得美国国家图书奖，三次获得美国笔会/福克纳奖。因1997年的小说《美国牧歌》（*American Pastoral*），罗斯获得普利策奖。2001年的小说《人性的污秽》（*The Human Stain*），获得英国WH史密斯文学奖（the United Kingdom's WH Smith Literary Award）年度最佳图书奖。无论从哲学意义上，还是小说形式上来看，罗斯的小说模糊了现实与小说虚构之间的界限，对主人公的犹太身份与美国身份进行了发人深思的探索。

总之，当代美国犹太小说在经历了一系列的发展变化之后，在20世纪迅速发展成为美国文学的重要组成部分。当代美国犹太小说，“既是美国文化的产物，又是（犹太传统文化）与美国文化相对抗的结果”（Berger，1990：221）。美国犹太小说呈现出典型的二重性。犹太传统文化与当代美国文化之间的冲突，构成了美国犹太小说二元性的基础。一方面，是犹太传统文化的召唤，另一方面，是当代美国文化价值的期待。在20世纪迅速崛起、发展成为一个独特而卓越的作品体系之前，美国犹太小说经历了一系列的发展变化。这些变化主要围绕着美国价值观和犹太传统价值观的相互交织、相互作用与相互影响而发生与发展。

辛西娅·欧芝克（Cynthia Ozick，1928— ）是20世纪70年代以来美国最重要的犹太作家之一。鉴于此，下文分别梳理20世纪70年代前以及20世纪70年代以来当代美国犹太小说及其犹太性的文学表现，厘清欧芝克小说犹太性的文学表现赖以形成的历史背景。

第三节 20世纪70年代前当代美国犹太小说及其犹太性的文学表现

20世纪50年代，美国犹太小说多表现同化所带来的成功以及对美国生活方式、美国价值观的探索，通常表现在移民子女的声音之中。他们与上一代的联系越来越薄弱：索尔·贝娄同名小说中的奥吉·马奇（Augie March），蒂莉·奥尔森（Tillie Olsen，1912—2007）《给我说个谜语》（"Tell Me a Riddle"，1960）中的老夫妇的子女，格蕾斯·佩蕾（Grace Paley，1922—2007）和伯纳德·马拉默德（Bernard Malamud，1914—1986）小说中的不少人物，均属于这类情形。

20世纪60年代和70年代早期，犹太传统文化与当代美国文化之间的冲突经常以有利于美国文化期待的方式得到解决，尽管其中掺杂非常复杂的感情。索尔·贝娄、伯纳德·马拉默德和菲利普·罗斯的小说充分说明了这一现象。他们的作品引起评论界的关注与好评，受到读者的欢迎。

包括约翰·克莱顿（John Clayton）所著的《索尔·贝娄：捍卫人类》（*Saul Bellow*：*In Defense of Man*，1967）、马克斯·舒尔茨（Max

Schulz）所著的《激进的成熟：当代犹太裔美国小说家研究》（*Radical Sophistication*：*Studies in Contemporary Jewish-American Novelists*，1969）、桑福德·平斯克（Sanford Pinsker）所著的《施莱米尔的隐喻》（*The Schlemiel as Metaphor*，1971）以及露丝·威斯（Ruth Wisse）所著的《作为现代英雄的施莱米尔》（*The Schlemiel as Modern Hero*，1971）等在内的不少文学评论作品，倾向于将索尔·贝娄、伯纳德·马拉默德和菲利普·罗斯作为“独特文学模式的主要范例”。这一现象为“二十世纪四十年代和五十年代与生活在美国城市中的犹太移民有关的总体文化精神，提供了佐证。它强调道德意识，肯定困境中的个人，即所谓的‘施莱米尔’，讴歌他们的尊严与高贵，因为他们独自对抗来自现代世界的非人格化力量”（Levinson，3）。

马克斯·舒尔茨（Max Schultz）指出，“当代最杰出的犹太裔美国小说家，在奉行大规模生产的现代文明社会，探索良心与人性的主题”（Levinson，6）。另外，舒尔茨进一步指出，这是典型的犹太主题：“历史宗教传统和特定历史经验的遗产。”（Levinson，3）索尔·贝娄、伯纳德·马拉默德和菲利普·罗斯在小说中描摹世俗题材、表现“施莱米尔”模式、弘扬道德意识——他们的文学实践与舒尔茨的观点不谋而合。他们的创作反映了犹太主题，他们是当代杰出的美国犹太小说家。

尽管贝娄、马拉默德和罗斯的小说利用典型的犹太题材，反映了犹太主题，但是，他们否认其“犹太作家”的身份，更愿意接受“美国作家”的称谓。在不同场合，他们以不同方式表达了类似立场。犹太题材在其作品中存在，作家却拒绝“犹太作家”的称谓，不得不说，这与20世纪60年代犹太人被美国主流文化边缘化的社会现实密切相关。

有批评家曾断言美国犹太小说的终结。例如，1977年，欧文·

豪（Irving Howe，1920—1993）声称“犹太小说的高潮可能已经过去”，因为它依赖于移民的经验（Howe，16）。不少犹太作家努力融入美国主流社会，诺曼·米勒（1923—2007）便是其中的典型代表。

作为小说家、记者、散文家、诗人、剧作家、编剧和电影导演，诺曼·米勒（Norman Mailer，1923—2007）雄踞美国文坛近60年。米勒出生于新泽西州长枝的一户显赫的犹太人家庭，外祖母被当地人尊崇为拉比。在五十九年的创作生涯中，米勒共出版了十一部长篇小说。然而，其中没有任何一部作品呈现出一丝一毫的犹太痕迹。

1948年，米勒出版了《裸者与死者》（*The Naked and the Dead*），连续六十二周荣登《纽约时报》畅销书榜。该书取材于作者在第二次世界大战中的军队服役经历，被誉为美国最优秀的战时小说之一，并被现代图书馆评为“百篇最佳英语小说”之一。1980年，凭借基于杀人犯加里·吉尔摩（Gary Gilmore）生平而创作的小说《刽子手的歌曲》（*The Executioner's Song*），米勒获得普利策小说奖。1992年，米勒获得由塔尔萨图书馆信托基金（Tulsa Library Trust）颁发的佩吉·V.海默里希年度杰出作家奖（Peggy V. Helmerich Distinguished Author Award）。2005年，他获得美国国家图书基金会颁发的美国文学杰出贡献奖（Medal for Distinguished Contribution to American Letters）。

此外，米勒被誉为创造性非虚构作品的革新者，这种类型的写作也被称为新新闻体。它将小说的艺术风格和手段与基于客观事实的新闻体相结合，将真实历史事件、自传和政治评论与小说丰富的艺术表现力相结合。罗伯特·洛威尔（Robert Lowell）称赞米勒是美国最优秀的记者。

诺曼·米勒成为融入美国主流文化的典范，他的作品以其不合主流常规的文体、对美国生活颇具争议的观点而闻名。米勒享有很高的文学声誉，但是，文化基因中的犹太底色，在他的文学创作实践中完全呈现为缺席的状态。

第四节　20世纪70年代以来当代美国犹太小说及其犹太性的文学表现

20世纪70年代，涌现出以亚瑟·A.科恩（Arthur A. Cohen）、休·尼瑟森（Hugh Nissenson）和辛西娅·欧芝克（Cynthia Ozick）为代表的犹太作家，他们主张将犹太传统伦理作为文学创作的标准。他们的小说具有“独特的犹太文学节奏、神学关注和仪式意识”（Berger，1990：221），开启了被露丝·威斯（Ruth Wisse）称为美国犹太小说的“第二幕”（Wisse，41）的新阶段。

威斯指出，新阶段的美国犹太作家是在老一辈所秉承的犹太文化遗产的基础上成长起来的。他们所建构的文学，必然以前辈的犹太文化遗产为根基。“新阶段的犹太作家不必再刻意地保护自己，免受真实存在或存在于想象之中的狭隘的民族主义的指控。他们可以更加自由地探索犹太教的个性及特异之处。”（Wisse，41）因此，在美国犹太文学的“第二幕”，“对犹太思想、犹太文学先驱和犹太历史的表现与观照，往往构成文学世界的中心”（Kremer，1993：571），出现了“对犹太主题和价值观的普遍观照，对犹太教宗教文本的指涉，以及对米德拉什叙事模式（the midrashic narrative mode）的阐释”（Kremer，1993：571），预示着犹太文学在美国的复兴，在美国思想和文学历史上留下深刻的印记。索尔·贝娄、伯纳德·马拉默德和菲利普·罗斯等老一辈著名作家的世俗性主题、人文主义观点已不再是美国犹太文学的主流。莫里斯·迪克斯坦（Morris Dickstein，1940—　）认为，这些作家“将犹太人带进了现代美国文学，但却将犹太教拒斥在外”（Dickstein，34）。如威斯所说，新阶段美国犹太作家的兴趣不在于“社会学甚至心理学意义上的犹太文化遗产，而在于犹太教的国家设计和宗教命运，及其可行的神话表现形式”（Wisse，40）。

因此，美国犹太文学的“第二幕”，不仅表现为以犹太人物为主人公或以犹太题材为写作背景的作品数量剧增，而且表现为这些作品拥有新视角：以文学形式指涉、表现、阐释犹太教教义及其宗教启示。犹太教宗教文本被融入文学文本加以指涉、表现和阐释。世俗主题和“施莱米尔”模式，被“更为宗教化的作品”（Levinson，4）所取代。正如丽莲·克莱默（S. Lillian Kremer）所指出的，当代美国犹太小说对于犹太性的文学表现，呈现出一个重要特征，即“强调道德意识，同时在文学文本中，指涉犹太教宗教文本”（Kremer，1993：571）。

然而，美国犹太文学的“第二幕”中，以文学文本对犹太教的宗教文本加以指涉、表现和阐释的模式并不统一。其中，阿尔弗雷德·卡津（Alfred Kazin，1915—1998）和亚瑟·A. 科恩的文学文本中，呈现出两种截然不同的代表性模式。

阿尔弗雷德·卡津将世俗主题中折射的犹太性斥为“美国文化的产物，源于感情用事发展起来的情感传统”（Levinson，7）。卡津提出了他所称的“希伯来文化”，即希伯来圣经的先知所代表的宗教立场。在他的自传体文本《都市步行者》（*A Walker in the City*，1951）中，他把自己写进了这个传统。卡津把自己描绘成一个接受了犹太教启示的男孩，通过颂念翻译的祈祷文，直接遇到了犹太上帝。卡津的文学文本中对于犹太教的指涉，充满了浪漫主义的色彩。这正是他在关于爱默生和惠特曼的评论文章中所极力倡导的。这是基于私人的、非现实的经验。卡津信奉犹太教经文的正典，同时，他也坚持唯信仰论，即单纯依靠信仰而不必遵从道德法规就能得到拯救。简而言之，犹太作家卡津以浪漫主义的笔触，基于主人公私人的、非现实的经验，表达了自己的宗教立场。

亚瑟·A. 科恩在文学文本中指涉犹太教的模式与卡津截然不同。在从事小说创作之前，科恩自诩为“犹太神学家”。不同于卡津所采用的浪漫主义模式，科恩的模式介于“神学与文学”之间（Levinson，8）。他认为，犹太人同时拥有超自然命运和自然命运。他致力于“用文学形式来表现犹太宗教生活的具体范例”（Levinson，8）。其中，最典型的是“流放”（“Exile”or“Galut”），这正是他在《西蒙·斯特恩时代》（*In the Days of Simon Stern*，1973）中，通过文学形式所阐释的神学意义及其形形色色的可能表现形式。简而言之，犹太作家科恩凭借神学家的敏感与认知，在文学文本中创造了一个神话，阐释了他所理解的流放观念，那是形而上学意义上的犹太流放观念（Levinson，7－8）。

总之，阿尔弗雷德·卡津和亚瑟·A. 科恩分别以浪漫主义和神学的方式将犹太教融入他们的文学文本之中。他们所采用的两种不同模式，成为以文学文本对犹太教的宗教文本加以指涉、表现和阐释的典型模式。卡津和科恩，成为美国犹太文学的“第二幕”中、在文学文本中，指涉犹太教宗教文本的代表性作家。

20世纪80年代，美国犹太文学进入其历史发展的“第三幕”（Berger，1990：221）。

首先，已经成名的著名小说家，包括休·尼瑟森（Hugh Nissenson）、辛西娅·欧芝克、柴姆·波托克（Chaim Potok）、托瓦·瑞奇（Tova Reich）和安妮·罗伊夫（Anne Roiphe）等，在小说创作中，表现出鲜明的犹太性。他们越来越多地借用传统的犹太人物形象、借用犹太经典文本，来讲述当代故事——“亚伯拉罕和圣经、阿基瓦和塔木德被赋予超越新教及美国方式的价值，并借助它们对后者加以判断。对于错综复杂的犹太历史加以米德拉什式的阐释，对于犹太人的生存现状，进行深刻的神学意义的拷问，而不再一味关注‘基督徒会怎么想’”（Berger，1990：222）。

其次，涌现出许多新兴作家：托马斯·弗里德曼（Thomas Friedmann，1953— ）、阿莱格拉·古德曼（Allegra Goodman，1967— ）、罗达·勒曼（Rhoda Lerman，1936—2015）和史蒂夫·斯特恩（Steve Stern，1947— ）。他们坚定地“借鉴犹太神话和神秘主义的素材，展开文学想象”（Berger，1990：222）。

最后，80年代美国犹太小说的另一个特点，是关注犹太大屠杀。这是20世纪犹太历史上除去以色列建国之外，另一个重大历史事件。20世纪60年代之前，几乎没有美国犹太小说涉及犹太大屠杀的主题。1961年，爱德华·华伦特（Edward Wallant，1926—1962）出版了《典当商》（*The Pawnbroker*）。从那时起，出现了大量以犹太大屠杀为主题的小说，包括贝娄的《萨姆勒先生的星球》（*Mr. Sammler's Planet*，1970）、菲利普·罗斯的《鬼作家》（*The Ghost Writer*，1979）以及阿特·斯皮格尔曼（Art Spiegelman，1948— ）的《鼠族》（*Maus*，1991）。这些作品明确地围绕犹太大屠杀，提出一系列有关历史记忆、文化记忆的发人深思的问题。对这些作品所做的文学评论，集中关注犹太大屠杀本身，提出了许多重要的问题，包括记忆的使用和滥用、文学表现的局限性等。然而，对文学评论的关注，在一定程度上，掩盖了小说家创作的文学原动力。犹太作家仅仅被定位为犹太民族集体创伤的历史见证人和文学代言人。

以文学形式表现犹太大屠杀，其中的犹太性表现在于，“美国犹太作家将纪实素材改写成小说文本，其中融合了真实的历史人物，并在很大程度上依赖真实的证人证言材料来完成对于犹太大屠杀的虚构性文学构建”（Kremer，1993：576）。例如，苏珊·佛洛姆博格·舍费尔（Susan Fromberg Schaeffer，1940—2011）在《安妮雅》（*Anya*）中对维尔纳犹太人区（Vilna ghetto）和凯瑟沃德劳工营（Kaiserwald labor camp）所做的描述，就是基于她在对大量犹太大屠杀幸存者的采访中所了解的事实。诺玛·罗森（Norma Rosen，1925— ）将艾希曼（Eichmann）审判中的纪实材料写进《触及邪恶》（*Touching Evil*，1990）。莱斯利·艾普斯坦（Leslie Epstein，1938— ）的《犹太人的国王》（*King of the Jews*，1979）是根据罗兹犹太人区（Lodz ghetto）的历史文献写成的。玛吉·皮耶西（Marge Piercy，1936— ）在她的史诗战争小说《走向士兵》（*Gone to Soldiers*，1988）中树立了研究型小说的范例。小说中涉及的许多平民和军事战线，都是真实存在过的。总的来说，在美国犹太小说发展的“第三幕”，犹太大屠杀的历史在文学文本中得以表现，而且“通过小说棱镜所呈现的，是对史实的忠实”（Kremer，1993：577）。

自20世纪90年代以来，年轻的犹太作家，如阿莱格拉·古德曼（Allegra Goodman，1967— ）、史蒂夫·斯特恩（Steve Stern，1947— ）和迈拉·戈德伯格（Myra Goldberg），一直“在被他们的文学前辈和家族祖先已经抛弃的犹太教中，寻找身份建构的可能性”（Levinson，2）。在美国犹太文学发展的历史上，正如1997年11月版《提昆》（*Tikkun*）的封面所示，这标志着该杂志的编辑们所欢迎的“犹太文学的复兴”（Levinson，1）已到来。

21世纪，美国犹太文学中所呈现的犹太性，表现在犹太传统与形形色色的创新相互融合。以罗纳德·苏克尼克（Ronald Sukenick，1932—2004）为代表的犹太作家，质疑并反对传统小说写作的惯例。在罗兰·巴特斯（Roland Barthes，1915—1980）宣布“作者之死”后，苏克尼克进一步宣布“小说之死”。对他来说，现实、时间、人的个性均已消亡。以保罗·奥斯特（Paul Auster，1947— ）为代表的犹太作家，则“综合了后现代主义的文学手段、存在主义的理论和流动的、可读的写作风格”（Finkelstein，1995：49）。在他们看来，文学创作的虚构世界，受到偶然性和荒诞性的支配。奥斯特的作品中不乏传统的“父子关系”“受难与救赎”等犹太主题；在小说创作实践中，奥斯特尤其关注犹太人对写作应持有的态度：“见证、铭记、以神圣而严肃的方式来玩文本游戏。”（Finkelstein，1995：49）以E. L. 多克托罗（E. L. Doctorow，1931—2015）为代表的犹太作家，则使用现实主义的手法，阐释后现代主义的社会现实。

综上所述，20 世纪 60 年代以及 70 年代早期，美国犹太文学中的犹太性表现为世俗主题、“施莱米尔”模式以及强调道德意识；70 年代，美国犹太文学中的犹太性表现为以不同形式的文学文本，指涉犹太教宗教文本；80 年代，美国犹太小说中的犹太性表现为转向犹太传统人物和犹太经典文本，运用犹太神话以及犹太神秘主义的素材进行文学想象，并坚持忠实于历史事实，将历史纪实文献材料用于大屠杀的文学表现；从 90 年代开始，随着犹太教被重新加以利用以寻求构建犹太身份的可能性，出现了犹太文学的复兴。21 世纪，美国犹太文学的特点表现为各种形式内容的创新。综观当代美国犹太文学的发展及其犹太性的文学表现形式，不难看出，强调道德意识、将犹太教融入文学文本、以文学形式表现犹太大屠杀时忠实于史实，是当代美国犹太文学在犹太性的文学表现中，历时性地呈现出的三个相互独立的具体表现方面。

辛西娅·欧芝克是 20 世纪 70 年代以来美国最重要的犹太作家之一，是美国犹太文学“第二幕”中公认的领袖，是回归犹太传统的第三代美国犹太小说家的先驱。欧芝克坦陈犹太作家的身份，她的小说呈现出“真正的犹太特性”（Cohen，1994a：180）。本书重点研究欧芝克小说中的犹太性及其文学表现。欧芝克保持了犹太教深厚的历史意识、道德意识，糅合进自己对写作、历史、自然和女性的理解，将当代美国犹太小说中犹太性文学表现的主要特点加以叠加和拓展，继承并丰富了犹太性文学表现的内涵，展现出独特的创作风格。

第二章　创作的焦虑

本章讨论欧芝克对于“犹太人”与“作家”两重身份的矛盾认识，即犹太教伦理与美学实践的矛盾冲突，阐释由此产生的创作的焦虑，揭示欧芝克凭借犹太“平行逻辑”，在艺术创作题材小说文本中表现出的创作的焦虑，分析艺术想象力的陷阱，探讨欧芝克主张对艺术想象力加以规约所折射出的文学观及其犹太根源。

第一节　“犹太作家”:“矛盾修辞”

犹太人可以从事文学创作吗？这看似寻常的问题，在欧芝克的文学创作中起着非同寻常的作用，构成她创作的核心关注点，衍生出她许多作品的主题。

在《艺术与激情》（*Art & Ardor*）、《隐喻与记忆》（*Metaphor & Memory*）等文学评论集中，欧芝克多次谈到自己的书写困惑，尤其是作为“犹太作家”的两难境地。在《沦为偶像的文学：哈罗德·布鲁姆》（“Literature as Idol：Harold Bloom”）一文中，欧芝克指出，“在修辞学家看来，‘犹太作家’这一说法堪称‘矛盾修辞’——这一说法充满尖锐的矛盾，‘作家’与‘犹太人’两个身份冲突激烈、你死我活”（Ozick，1983d：178）。

欧芝克所说的“矛盾修辞”源于她对“犹太人”和“作家”两重身份各自核心特质认识的矛盾冲突。本质上，是犹太教伦理与美学实践的矛盾冲突使欧芝克陷于“创作还是不创作”的两难境地。

欧芝克从小接受了正统的犹太教育，犹太宗教文化背景和犹太历史经验是她所有作品的鲜明底色。两千多年来，犹太人遭受了多次毁灭性的灾难和迫害，流散在世界各地，犹太语言、文字已经分化。作为犹太民族的信仰和生活方式，犹太教在塑造犹太民族心理构造、文化特征、伦理道德等方面起着至关重要的作用，使犹太民族性得以维系。

犹太教是世界上最早出现的一神教，其核心内容是犹太人在上古时期提出的“独一神”（monotheism）思想，被视为犹太民族对世界文化最卓越的贡献之一（徐新，2014：229）。犹太教“独一神”思想的提出，意味着它对偶像崇拜秉持无条件的反对立场。“摩西十诫”作为最早的宗教律法之一，是上帝在西奈山直接向以色列人下达的道德命令，体现的是上帝与以色列人的“约法”，是《圣经》中的基本行为准则，是犹太教的基石。第一诫就确立了上帝的“独一神”身份：“我是你的上主，你的天主，除了我之外，你不可有别的神”（《申命记》第5章第7节），强调了“在犹太教中上帝是维系宗教信仰、伦理道德和律法制度的绝对神性权威”（黄陵渝，44）；第二诫：“不可为自己雕刻偶像，也不可做什么形象模拟上天、下地和地底下、水中的百物。不可跪拜那些像，也不可侍奉它们”（《申命记》第5章第7节），则申明了犹太教“抵制偶像崇拜”的主张。

一方面，欧芝克坚持犹太教对于“偶像崇拜”无条件抵制的立场，将拒绝偶像崇拜视作犹太身份的标志性特征。在1993年的一次访谈中，欧芝克将“抵制偶像崇拜”称作犹太传统的核心理念：“标志性的犹太思想，在犹太传统之外是不可复制的，……一个核心的标志性犹太思想，就是拒绝偶像崇拜。”（Kauvar and Ozick，1993：378）早在访谈进行前的十五年，在散文《沦为偶像的文学：哈罗德·布鲁姆》中，欧芝克也表达了类似观点，“对于犹太人，最贴切也许也是最言简意赅的描述，……就是：犹太人是拒绝偶像的人”（Ozick，1983d：188）。“犹太人”以抵制偶像崇拜为标志性特征。

另一方面，在承认艺术想象力价值的同时，欧芝克认识到艺术想象力的威胁，认为文学创作有可能沦为偶像制造的工具。欧芝克承认艺术想象力之于文学具有至关重要的作用，指出艺术想象力是“文学的血肉”（Ozick，1983b：247）。她同时指出，艺术想象力“极度危险”，因为它“贪恋拆解意义，粉碎阐释……奇幻莫测地制造出一个又一个偶像”（Ozick，1983b：247），艺术想象力可能成为偶像制造的源头。依靠艺术想象力进行文学创作的作家，有可能沦为偶像制造者。

作为“犹太人”，欧芝克坚持抵制偶像崇拜；作为“作家”，欧芝克有可能沦为偶像制作者。身份的两重性、犹太教伦理与美学实践的冲突衍生了欧芝克创作的焦虑。

欧芝克认为艺术想象力的最大威胁在于它有可能成为邪恶的同谋：“艺术想象力，不仅虚幻，不仅虚构。它更是一种力量，穿透邪恶，负载邪恶，变成邪恶本身。……艺术想象力，寻求并且说出那些不能说的话、做出那些不能做的事。”（Ozick，1983b：247）

陷于犹太教伦理规范与美学实践的矛盾，欧芝克选择了创作。她将“创作的渴望”比作“一种类似爱神厄洛斯（Eros）[①] 赋予的

① Eros 是希腊神话中掌管性爱的爱神厄洛斯。

激情”（Teicholz，161）。犹太律法、伦理规范与文学创作审美实践之间的冲突，成为欧芝克文学创作的源泉与动力。创作的焦虑，在她的小说实践中，成为一个突出的主题。

欧芝克被称为“思考的作家”（mark mirsky）。她的作品，是她的思想的载体。欧芝克在访谈、散文中表达的“犹太作家”的两难境地及其书写困惑，在她的小说文本中均有体现。不同的小说文本，亦呈现对同一问题的对位观点。欧芝克在访谈、散文及小说文本之间，进行着“创作还是不创作”的自我辩论。

面对犹太教伦理规范与美学实践的矛盾，欧芝克从犹太逻辑智慧中汲取营养，运用“平行逻辑”，将创作涉及的诸要素一一拆解，归纳、比较各要素的利、弊，含混亦混杂其中，以小说文本，实现与自己的辩论，思索创作的可为与不可为，以小说创作实践诉说创作的焦虑。

欧芝克将创作活动细节化为必不可少的四个要素：“创作”、“创作者”、“语言”以及“想象力”，列举、分析每个要素的可能优势、弊端（或含混），有肯定、有警示、有怀疑，在文本之间形成与自我的辩论。

第二节　创作

在欧芝克的小说中，创作被再细节化为创作的主观意愿：无意而为的创作、创作过程：即时非理性的创作以及创作之后的失忆、以及对（被）创作身份的解构。欧芝克以这三个方面作为创作弊端即创作不可为的佐证；而作为创作优势即创作可为的佐证，欧芝克将创作细节化为：创作具有促进个体成长、疗愈创伤的积极作用。

一 创作的主观意愿：无意而为的创作

创作的主观意愿，被细节化为无意而为的创作，从而否定创作的主观动机、否定创作者投入的有意识的努力，将创作想象成非主观意愿导致的意外。

中篇小说《普特梅瑟与赞西佩》（*Puttermesser and Xanthippe*）中的露丝·普特梅瑟（Ruth Puttermesser），是欧芝克多部小说中的主人公。在欧芝克的笔下，普特梅瑟制造了泥人赞西佩，是一个创造者。

依据犹太传说，布拉格拉比犹大·罗维（Rabbi Judah Loew of Prague），在创造泥人之前，先“在梦中向天使请教”（Ozick，*Puttermesser and Xanthippe*，100）；在创造泥人的过程中，“祈祷、行浸礼，以求得内在的纯洁和神圣”（Ozick，*Puttermesser and Xanthippe*，101）。传说中泥人的制造过程艰难而漫长，需要拉比和他们的学生们连续几个夜晚在荒野用黏土塑造泥人的形体，然后虔诚祈祷（Ozick，*Puttermesser and Xanthippe*，100－104），之后需要严格的仪式，才能如愿造出泥人。

欧芝克塑造的创造者普特梅瑟，却轻轻松松，不费吹灰之力，就用家中花盆里的土，造出了泥人，制造泥人纯属偶然，创造活动，全然无意而为之。欧芝克笔下的普特梅瑟，很久以后才记起，那时（制造泥人时），她“陷于一阵搅乱人心、莫名的冲动”，放下正读着的柏拉图的《泰阿泰德篇》（*Theaetetus*），从一个窗台跑到另一个窗台，把花盆一个个敲碎，把花盆里的土倒到浴缸里，然后开始创造泥人（Ozick，*Puttermesser and Xanthippe*，94）。欧芝克所塑造的创造者形象，其创造行为似乎缺乏内在动机和主观意愿。

虽然欧芝克笔下的创造者显得缺乏创造意愿与动机，仿佛并未投入刻意的艰苦努力，然而，欧芝克为普特梅瑟安排的情节构成文本的潜在线索：普特梅瑟职业生涯的失意、普特梅瑟日后作为市长成为纽约的拯救者、普特梅瑟渴望有个女儿的幻想："所有这些女儿都是童年的普特梅瑟。她幻想有个四年级的女儿，然后七年级，然后高中二年级，"（Ozick，1982c：91）等等，这些潜在的文本线索都与制造泥人有着必然的内在关联，构成客观存在的创造的驱动力。欧芝克抽离普特梅瑟作为创造者的主观意愿以及为此付出的有意识的努力，反映陷于创作的焦虑的欧芝克将创作、创造力与主观意愿与所投入的有意识的努力相隔绝的可能性的文学想象，虽显有悖理性，却不啻为她消解创作焦虑的一种可能性。

二　创作过程：即时非理性的创作以及创作之后的失忆

在创作的主观意愿与所投入的有意识的努力之外，欧芝克还细节化地关注创作过程。创作过程中的状态以及创作过程后的状态，在欧芝克的小说中，被细节化为即时非理性的创作以及创作之后的失忆。

普特梅瑟制造泥人时，"陷于一阵搅乱人心、莫名的冲动"（Ozick，1997b：94）；《异教徒拉比》（"The Pagan Rabbi"）中的艾萨克·科恩菲尔德（Isaac Kornfeld）"陷于非理性的经历之前，有一段时间沉醉于阅读虚构作品"（Liron，164）。创造出泥人之后，普特梅瑟立刻就失去了记忆：看到泥人，她完全没有意识到这是自己创造的，甚至纳闷公寓房间怎么会如此凌乱，像是被窃贼翻过，花花草草不见了，花盆翻倒着，诧异自己的指甲缝里怎么会有泥土，完全不知道是自己制造了这个不成形的泥人（Ozick，1997b：93）。

创作时的非理性状态、创作后的失忆状态，欧芝克列举这样的细节，与抽离创造者的主观意愿与所付出的有意识的努力一样，有一个潜在的意图，那就是制造一种印象：小说中所塑造的与创作、创造力相关联的人物，并非有意而创造，他们对自己所从事的创造活动浑然不觉。同理，将这两种状态细节化地与创作、创造力相联系，构成欧芝克消解创作焦虑的另一种可能性。

三 对（被）创作身份的解构

在小说中对小说所塑造的主人公的身份以及创作者、艺术家的身份加以否定与解构，也是欧芝克为了消解创作焦虑而将审美实践加以细节化，在小说文本中呈现出的一种可能性。

在短篇小说《普特梅瑟：她的工作经历、家世和来生》（“Puttermesser：Her Work History，Her Ancestry，Her Afterlife”）中，故事的叙述者呼吁“别把普特梅瑟当作什么想象出来的形象来看待，她可是实实在在存在的”（Ozick，1982c：38）。潜台词明白无误：普特梅瑟，小说中的主人公，并不是个故事人物，她不存在于虚构的想象空间，她不是主人公，她是真实的人，存在于现实世界。同样，故事结尾处的反诘：“嗨！普特梅瑟的传记作家！你现在拿她怎么办呢?”将普特梅瑟界定为一个真人，而不是一个故事中的人物。在小说中，解构、否认小说主人公的主人公身份，其目的在于解构、否认小说的虚构性建构，否认创作行为本身。

像普特梅瑟一样被解构、否认了本来身份的，还有短篇小说《镜头》（“Shots”）中的故事叙述者：一个摄影师。欧芝克笔下的摄影师这样谈论摄影和自己的体会：“我干起摄影这一行，就像我迷上什么一样——没什么特别的天资，也没什么想法。拍照片——我拍照片的时候，我是说——跟艺术没什么关系，跟现实的联系就更少。

聪明人说的‘构图’，我根本不管，对‘以小见大’之类的论调，我统统嗤之以鼻，在摄影室无聊地打发时光，更让我觉得痛不欲生。至于说照相机就是机器——嗯，我知道该从哪个小孔看出去，知道该怎么用手指按快门。其他的嘛，就都是这个那个的了。我干起这么有创见的这一行，可并不是因为知道摄影在步绘画的后尘，也不是因为在黑屋子里洗照片，或者跑到野外去攒些叮当响的岩石块儿，让我觉得有什么乐子。”（Ozick，1982d：39）无论从技术层面，还是艺术层面，欧芝克都让摄影师自我解构、否认了自己作为从事艺术创造的摄影家的身份。欧芝克赋予摄影师从事艺术创造的理由只有一个：迷恋。除此之外，她只把照相机当作具有摄影最基本功能的机器使用（“知道该从哪个小孔看出去，知道该怎么用手指按快门”），否认自己具有从事艺术创造的禀赋和才能（“没什么特别的天资，也没什么想法”）、漠视摄影的历史及其与其他艺术门类的关联（“并不是因为知道摄影在步绘画的后尘”）、割裂创造与艺术和现实的联系（“跟艺术没什么关系，跟现实的联系就更少”）、排斥创作活动中必需的技术技巧与艺术追求（“聪明人说的‘构图’，我根本不管，对‘以小见大’之类的论调，我统统嗤之以鼻”）、拒斥创作活动带来的乐趣和享受（“在摄影室无聊地打发时光，更让我觉得痛不欲生”“不是因为在黑屋子里洗照片，或者跑到野外去攒些叮当响的岩石块儿，让我觉得有什么乐子”）。对自己在小说中塑造的艺术创作者的身份进行解构，足见欧芝克陷于创作的焦虑的程度之深。摄影师对于自我身份的解构，基于欧芝克对于艺术创作活动必备要件的一一细节化归纳，然后安排摄影师一一加以自我否定而达成，其中犹太“平行逻辑”的思维轨迹跃然纸上。同解构小说中主人公的身份一样，解构小说中艺术创作者的身份，深层的目的在于否认创作活动本身，缓解创作的焦虑。

对创作加以怀疑和否定的同时，依照“平行逻辑”，欧芝克势必会从它的对立面出发，归纳、比较其优势，将其可能性加以细节化，并在小说文本中加以呈现，构成她与自己辩论的另一个立场。

四 创作的优势：促进个体成长与疗愈

作为与创作弊端的对位，欧芝克的小说文本中，创作优势的可能性被细节化为：创作对于个体成长与独立的积极作用、创作的疗愈功效。

在《食人星系》（*The Cannibal Galaxy*）中，绘画的经历改变了比尤拉（Beulah）的成长轨迹。绘画成为重大的转折点，帮助比尤拉从周围成年人强加给她的窠臼中挣脱出来，找到一条走向独立的道路，最终成为成功的艺术家。上文讨论过的制造了泥人赞西佩的普特梅瑟，借助她所制造的泥人赞西佩的帮助，当上了纽约市长，实现了自己的理想。欧芝克如此安排她笔下的人物命运，一方面表明她认同创作对个体的成长与独立具有积极的作用；另一方面则折射出她对于创作的焦虑所进行的“平行逻辑”式思维的小说文本轨迹。

欧芝克对于创作的焦虑所进行的“平行逻辑”式思维的小说文本轨迹还显现在她对于创作优势可能性的另一种细节化处理：在她的小说中，创作被赋予了疗愈创伤的功效。

中篇小说《罗莎》（*Rosa*）是短篇小说《披肩》（“The Shawl”）的续篇。

《披肩》讲述“二战”中罗莎·卢布林（Rosa Lublin）在纳粹集中营的悲惨经历：遭纳粹士兵强暴后，罗莎生下女儿玛格达（Magda）。在披肩掩护下，玛格达活到了15个月。因罗莎14岁的侄女斯黛拉（Stella）拿走了披肩，玛格达被纳粹士兵发现、被活活扔到了电网上：玛格达“被高高扬起，远远看去就像蝴蝶在飞翔过程中划出的一段银色的弧”（Ozick，1990b：9）。罗莎亲眼目睹了这惨绝人寰的一幕。她听到电网里各种悲号的声音发了疯地咆哮，却“只是站着，她要是跑，他们会开枪；她要是去捡起玛格达柴火棍似的尸骨，他们会开枪；她要是让沿着脊梁骨升上来的狼嚎爆发出来，他们会开枪”[①]（Ozick，1990b：10；王祖友，2004：14），她拿起玛格达的披肩，堵住嘴，“直到咽下狼嚎，尝到玛格达口水里肉桂和杏仁的味道”（Ozick，1990b：10；王祖友，2004：14）。

其续篇《罗莎》，讲述战争结束多年以后的1977年，作为大屠杀幸存者的罗莎在迈阿密的生活：与世隔绝、沉浸于创伤、最终走出创伤、重返正常的生活。

罗莎想要对人诉说“二战”中梦魇一样的悲惨经历，却遭遇公众的冷漠。她砸毁了自己在布鲁克林的旧货店，搬到了迈阿密。特瑞博士（Dr. Tree）对她集中营的经历感兴趣，想把罗莎作为他的研究“样本”。这让罗莎感到屈辱——她只是“手臂上有着蓝色数字”的“实验样本”（Ozick，1990a：36），而不是一个有血有肉的人。在罗莎眼中，特瑞博士是寄生虫，热衷于“从别人的创伤中攫取快感”（Ozick，1990a：36）。罗莎选择将自己与生活隔绝起来，蜷缩进大屠杀的创伤记忆中行尸走肉地活着。然而，亲眼看见了女儿惨死的经过，创伤的记忆萦绕不去。

欧芝克将罗莎塑造成了创作者，她给死去的女儿写信，宣泄痛苦，统整自我意识。在信中，现实中找不到寄托的浓烈感情得以表达，郁结于心的情绪得以纾解，罗莎渴望的感情纽带得以缔结。在

① 文中欧芝克作品的汉译，除《披肩》参考了王祖友的译文外，其余均为笔者自译。王祖友《披肩》译文见《外国文学》2004年第5期。

信中，她将玛格达称为“我的金子，我的财富，我的珍宝，我的秘密芝麻，我的天堂，我的黄色花朵，我的玛格达：风华正茂的豆蔻女王”（Ozick，1990c：66）。

在信中，罗莎虚构玛格达的身世。“咱们家很有地位。你的奶奶，是我母亲最好的朋友，她是改变了信仰的犹太人，嫁给了一个非犹太人。也就是说，你要是喜欢，可以作犹太人，也可以作非犹太人，这由你决定。你有权选择，他们说选择是唯一真正的自由。”（Ozick，1990c：43）显然，罗莎虚构的玛格达的父亲的身世，迥然有悖于读者从文本中了解到的事实：玛格达是“二战”集中营纳粹暴行的产物。欧芝克笔下的罗莎如此虚构玛格达的身世，无外乎旨在否认创伤的根源：纳粹暴行以及玛格达已经不在人世的事实。罗莎赋予玛格达自由选择的权利，显然在哀叹自己所处的毫无选择的无奈现实境况。

在信中，现实中永远无法实现的愿望得以实现。罗莎虚构玛格达成年之后的理想生活：十六岁的花季、三十一岁当上内科医生，先生也是内科医生，住在纽约郊区的一幢大房子里，成为哥伦比亚大学的希腊哲学教授（Ozick，1990c：39）。欧芝克笔下的罗莎，通过种种创作者的虚构，完成了一个痛失爱女的母亲，最低限度的心理上的修复。

写信给已经不在人世的女儿，罗莎被欧芝克塑造成一个创作者。罗莎的创作活动，实践着苏珊·汉克（Suzette Henke）倡导的“写作疗法”。作为对创伤的回应，罗莎在创作过程中，寻找重塑自我、重构意识形态主体以及重新评价过去的可能性，最终走出了创伤，回归正常的生活。

欧芝克将创作对于创伤的疗愈功效，作为创作活动的一种可能优势，以小说的形式加以演绎，以此作为创作活动弊端的对立立场，与相应的小说文本构成对位，寻找创作的理由和希望，消解创作的焦虑。

第三节 创作者

面对创作的焦虑，欧芝克不仅关注创作活动本身，将其弊端与优势的种种可能性，以细节化的形式在小说中加以列举、归纳、对比，欧芝克同样关注创作活动的主体——创作者。一方面，欧芝克将她对于成为创作者可能性的怀疑，在小说文本中加以细节化，将创作者塑造成名不副实的艺术家；另一方面，欧芝克将她对于成为创作者可能性的肯定，在小说文本中加以细节化，将创作者塑造成有能力、肯担当的杰出的人，以此构成小说文本之间的自我辩论。同时，对创作者与创作的关系、创作者控制局面的能力，欧芝克也在小说文本中加以对位性、细节化呈现，深化了欧芝克在小说文本之间进行的自我辩论。

一 名不副实的艺术家与有能力、肯担当的创作者的对位

欧芝克将创作者塑造成名不副实的艺术家。在出版的第一部小说《信任》（*Trust*）中，欧芝克塑造了令人心生疑惑的艺术家形象。

最突出的是对小说叙述者的母亲艾莉戈娜（Allegra）的塑造。凭借二十一年前写成的社会小说《马里亚纳·哈洛》（*Marianna Harlow*），艾莉戈娜成了人们眼中的作家。为了表现艾莉戈娜在哲学意义上有所作为，小说中充斥着爱情、嫉妒、阴谋和谋杀。不过，欧芝克借艾莉戈娜女儿之口，对她的创作水平以及作家身份提出了质疑。在她女儿看来，这部小说“完全没有文体可言，散乱的人物对

话，简直和我妈妈颠三倒四的自言自语没有任何区别，它最大的影响不过在于对鲍勃西双胞胎（Bobbsey Twin）的影响而已。嗯，不错，它是关于双胞胎的。居然它还红极一时”（Ozick，1983j：27－28）。女儿的评价否定了小说的文学价值，否定了小说的影响力，艾莉戈娜的作家、创作者身份自然变得不那么名副其实。

《信任》中不那么名副其实的艺术家还有易德·麦克戈文（Ed McGovern），《蒲式耳筐》（Bushelbasket）杂志社的编辑。《蒲式耳筐》是一本文学杂志，由艾莉戈娜提供资金，指望通过它出版自己的作品。作为编辑的麦克戈文，被欧芝克塑造成一个机会主义者。他利用艾莉戈娜的文学虚荣，佯装编辑文稿，其实在写着自己的俳句诗。作为文学编辑，他完全不能胜任。他能和艾莉戈娜讨论的，只是有没有必要使用大写字母，有没有必要使用逗号。

《信任》中的另一个艺术家尤甫利亚·卡普（Euphoria Karp）则因不那么名副其实而受到欧芝克的愚弄奚落。欧芝克把她塑造成诗人，不过，她的创作显得怪诞滑稽。她创作、发表的诗歌被欧芝克称为“医学妙语”。她最著名的一首诗，题名为《多亏了安慰剂》，诗行呈试管样排列，其中的诗句如下：

> 每个人都向安慰剂欢呼致敬
> 温和，喜人，疗效显著的安慰剂。
> 唱起来，呼，哈。
> 唱起来，坐在塔楼的格子间，
> 唱起来，在尼博山，拿着登山杖，
> 桂冠和赞美，献给美妙的
> 安慰剂。（Ozick，1983j：302）

问题的关键是，在欧芝克的笔下，诗人尤甫利亚·卡普受到艾莉戈娜和麦克戈文的热烈追捧。其中的讽刺意味不言自明。

名不副实的艺术家形象并不只出现在《信任》中。短篇小说《男子汉气概》（“Virility”）中的埃德蒙·盖尔特（Edmund Gate），被欧芝克塑造成剽窃婶婶坦特·丽夫卡（Tante Rivka）诗作的伪艺术家；《篡夺（别人的故事）》［“Usurpation（Other People's Stories）”］中的艺术家也将别人的故事据为己有。

欧芝克将创作者塑造成名不副实的艺术家，表达了她对凡夫俗子挑战创造世界的上帝、从事创作的可能性的怀疑。同时，欧芝克也间接地对创作活动本身予以了否定。

用以辩证地调和矛盾冲突的犹太“平行逻辑”，在尽可能多地穷尽了某一个立场的细节化可能性之后，一定会走向另一个分歧、对立的立场，寻找其中的可能性，并尽可能细节化地加以归纳、比较。与否定创作活动、怀疑创作者从事创作的能力及其可能性的立场相对立，欧芝克将创作者塑造成有能力、肯担当的正面形象，同时，对文学作品的积极作用，也加以肯定。

普特梅瑟当上纽约市长之后，腐败的官员无法像她期待的那样，和她一同实现振兴纽约的理想，她决意任命华莱士·史蒂文森（Wallace Stevens）、乔治·艾略特（George Eliot）、弗吉尼亚·伍尔夫（Virginia Woolf）以及其他艺术家为部门负责人，因为这些艺术家“灵魂高贵、心怀梦想”。欧芝克如此安排小说的情节，潜文本折射出她对艺术家所持的肯定、褒赞的态度：在她眼里，作为创作者的艺术家更能秉承公正的立场、除恶扬善，更有能力肩负社会责任、实现理想。

《男子汉气概》中，欧芝克对阅读体验的描述，同样构成支持文学创作的正面立场在小说文本中的细节化呈现。婶婶坦特·丽夫卡所创作的诗歌，读起来让人惊奇地感觉到“肺部在扩张”，“仿佛没精打采的马儿被抽了一鞭子，血脉贲张地狂奔起来”（Ozick，1995e：246），那是“健康、纯洁的体验，全然没有罪恶感”（Ozick，1995e：256）。细说起她创作的诗歌，“有些是叙事诗，民谣一样，讲述的故事跌宕起伏、振奋人心。还有些是抒情诗，新颖奇特的情诗，还没有哪个西方诗人有勇气尝试过这样写情诗”，“简直让人无法忘怀”（Ozick，1995e：256）。字里行间，是欧芝克对于创造力、对于艺术表现力的承认及肯定，那是完全不会引起恐惧和焦虑，却感人至深的艺术感染力，反映出欧芝克对于创造力、艺术表现力的信心。

欧芝克将作为创作者的艺术家塑造成“灵魂高贵、心怀梦想”的人，表达了她对进行创作活动可能性的肯定，与她在塑造名不副实的艺术家过程中所呈现出的对从事创作活动可能性的怀疑构成对位关系。欧芝克通过肯定艺术表现力，承认其对读者的积极意义，站在创作可为的立场上，与创作不可为的立场构成对位关系。

至于创作者与创作的关系，欧芝克对其可能性的细节化归纳与比较，也呈现出对位的特征。一方面，在欧芝克的小说中，创造者与所创造的对象最终双双走向毁灭。这样的情节设置，实质上是欧芝克对创作实践可能导致的毁灭性结局发出的警告。另一方面，欧芝克的小说主张创作者有可能通过创作更好地认识自己、释放自己的潜能，完成自我成长，肯定创作实践对于创作者的积极意义及其价值。

二　走向毁灭的创造者与完成自我成长的创造者的对位

面对创作可为与不可为的焦虑，欧芝克既表现出对创作可为的怀疑，也对创作可能导致的灾难性后果发出警告。根据奈奥米·利龙（Naomi Liron）的研究，“欧芝克小说中，创造者和所创造的对象之间，几乎无一例外地，陷入莫名的迷恋与彼此毁灭的命运。作为创作者的艺术家迷上某种思想，陷于其中与之融为一体。最终，迷恋的对象心怀恶意地向创造者反戈一击。原先的思想不复存在，创造者与创造的作品最终双双走向毁灭”（Liron，155）。奈奥米·利龙进一步详细分析了普特梅瑟与她制造的泥人赞西佩（Liron，155－157）、《食人星系》中的母亲海斯特·利尔特（Hester Lilt）和女儿比尤拉（Beulah）的命运轨迹（Liron，158）。在欧芝克笔下，创造活动仿佛是澳大利亚土著居民扔出后能飞回的飞镖，害人反害己，令创造者自食其果。

与此形成对位立场的是欧芝克在小说中所表现的主张——通过创造，创造者可以释放自己压抑的欲念，通过所创造的对象，创造者可以弥补现实中自己的缺失，构成同一个自我的不同部分，完成自我成长。同时，创造者可以通过创造，释放自己的潜能、实现理想。欧芝克小说中的露丝·普特梅瑟，就释放了自己压抑的欲念，创造了同一个自我的不同部分，经历了自我成长。

在中篇小说《普特梅瑟与赞西佩》（*Puttermesser and Xanthippe*）中，普特梅瑟供职于纽约市政部门，坚定地选择独身，狂热地追求精神生活，感觉自己四面楚歌：恋人莫里斯·拉波波特（Morris Rappoport）离她而去、她得上了牙周炎、职场亦不如意。最重要的是，普特梅瑟制造了泥人赞西佩。

欧芝克笔下的普特梅瑟极端追求智识、追求精神生活。吸引她的，不是日常生活，而是思想。拉波波特离开她的直接原因是她宁可在床上读柏拉图的《泰阿泰德篇》也不和他亲热。在拉波波特眼里，普特梅瑟爱智识胜过爱激情，“她会因为思想而习惯性地脸红，好像思想就是激情”（Ozick，1982b：99）。

欧芝克的散文《大师的教诲》（“The Lesson of the Master”），可以给普特梅瑟的独身状态以及她对智识的迷恋做出注脚：“詹姆斯非常恰当地把婚姻视作有激情投入、普通人的日常牵绊、最寻常的经历、最受命运安排的那一类。……所以说大师的教诲是一个对立的选择：选择普通人的牵绊，去生活；或者，选择艺术，放弃生机勃勃的生命的激情、惶恐以及忍耐。”（Ozick，1983h：292 – 293）从这个意义上说，欧芝克笔下的创造者普特梅瑟，放弃了生活中的激情、“放弃了普通人的牵绊”，她选择了拥抱精神生活。

普特梅瑟所患的牙周炎，在医生眼里，关乎“无法控制的牙窝”，在欧芝克的故事叙述者口中，是“等待喷发的火山”（Ozick，1997b：79），在评论家看来，则是“暗流涌动的潜伏的激情”（Kauvar，1985：43），那是她潜意识中压抑的欲念。

另外，普特梅瑟缺失美好的童年。追忆往事时，她慨叹“纵火犯烧掉她家在布鲁克林的公寓时，也烧掉了她的童年”（Kauvar，1985：42）。

欧芝克笔下的普特梅瑟，通过创造，释放了她压抑的欲念、弥补了她在现实中的缺失。普特梅瑟超乎寻常地沉迷于智识，不食人间烟火，拒绝普通人的生活、拒激情于千里之外。作为她的对立面，泥人赞西佩的厨艺令人艳羡地高超（Ozick，1997b：127），清洁、购物样样精通。而且，赞西佩激情四射，有着永不满足的情欲（Ozick，1997b：140）。同样，普特梅瑟缺失的美好童年，在泥人身上得以弥补。泥人“有着一副亘古不变的样子，仿佛一直就躺在那里，躺在普特梅瑟自己的床上，它长着孩子的身体”（Ozick，1997b：93）。“那亘古不变的样子，暗示泥人长着的孩子的身体，是对普特梅瑟内心伤痛的外化，对普特梅瑟内心因缺失美好童年而生的哀痛的外

化。”（Kauvar，1985：45）

在欧芝克笔下，创造活动使创造者释放了内在潜能。在创造泥人赞西佩的过程中，普特梅瑟充分利用自己的思想、智识的潜能，改写了犹太泥人传说。

普特梅瑟注意到泥人赞西佩的不完善，于是，她动手改造起来。她的注意力集中到赞西佩的嘴巴上，那是“最需要完善的地方”（Ozick，1997b：94）。嘴巴与表达紧密相关，普特梅瑟不仅重塑了赞西佩嘴巴的形状，也改写了犹太泥人传说中与表达有关的部分。和犹太传说中的泥人没有语言能力一样，赞西佩不能开口说话。不过，经普特梅瑟改造过的赞西佩，被赋予了另一种表达能力：她会写，可以用古老的语言在便笺纸上写出她想要表达的愿望。

赞西佩所写的“我来自于泥土，也来自于你的思想”（Ozick，1997b：98），揭示犹太泥人传说相信泥人是精神产物的信念。普特梅瑟在精神上异乎寻常地追求智识，她所创造的赞西佩就印证了智识的力量。当然，智识也是普特梅瑟对犹太泥人传说加以改写的前提和基础。

凭借智识，普特梅瑟不仅赋予赞西佩表达的能力，而且赋予她坚持自己主张的权利。尽管普特梅瑟想要给自己制造的泥人起名利亚（Leah）：“她一直幻想着有一个名叫利亚的女儿”，她还是同意泥人按自己的意愿起名为“赞西佩”（Ozick，1997b：97－98）。“赞西佩”是苏格拉底妻子的名字，那个“唯一有勇气反驳苏格拉底的人”（Ozick，1997b：105）。

在犹太泥人传统中，伊本·盖比洛尔（Ibn Gabirol）制造的女泥人，扮演着性奴、侍女的角色。由于自己崇尚智识，普特梅瑟将她所创造的赞西佩从这种传统的桎梏中解放出来。她创造的赞西佩独立、心怀远大抱负，很快就厌倦了打扫卫生、煮饭、购物等家政活动，因为她不仅来自泥土，也来自普特梅瑟的思想（Ozick，*Puttermesser and Xanthippe*，98）。

在欧芝克笔下，普特梅瑟和她创造的泥人赞西佩，被塑造成追求智识的同一个自我的不同组成部分。两个人的语言、思想难分彼此。赞西佩惯用的词语，诸如“合宜的”“半裂的”“火烧病”，普特梅瑟不经意地也会使用；普特梅瑟脑子里刚刚想到、法律圈很流行的那些术语，赞西佩也开始用。慢慢地，赞西佩的语言风格变了，普特梅瑟无法分辨，哪些思想是自己的，哪些是赞西佩的。在普特梅瑟开口表达自己的思想之前，赞西佩好像已经知道她在想什么了。赞西佩解释道，“我是你的秘书……我表达你的思想……我仿效你、记录你”（Ozick，1997b：123）。

欧芝克笔下的创造者，不仅让自己创造的对象“仿效、记录”，还借由所创造的对象，发掘了自己的潜能，完成了个人成长，实现了理想。在赞西佩的帮助下，普特梅瑟凭借比法定票数多出一万四千五百六十二票的骄人表现，成为纽约市长（Ozick，*Puttermesser and Xanthippe*，128），将纽约治理成了理想中的乐园。

在欧芝克的小说中，创造者和所创造对象的关系，既有双双毁灭的悲惨结局，也有通过创造，释放压抑的欲念，弥补创造者现实缺失、实现抱负的例证。这是欧芝克运用犹太“平行逻辑”，对创造和所创造对象辩证性矛盾关系的可能性加以细节化想象的结果。

创造者与所创造的对象的关系，很大程度上取决于创造者控制局面的能力。创造者控制局面的能力，也成为欧芝克面对创作的焦虑，运用“平行逻辑”，对创作的可为、不可为的可能性加以细节化权衡过程中加以考量的一个方面。

三 创造者的控制能力：否定与肯定并存

对于创造者对局面的控制能力，欧芝克在小说中表现出既否定又肯定的态度。欧芝克的否定态度，表现为她笔下的创造者，对局面失去控制；其肯定态度则表现为，一度令局面失控的创造者，采取主动行动，重新控制局面。

在赞西佩开始纵欲之后，创造者普特梅瑟就对局面失去了控制。赞西佩欲壑难填，诱惑纽约位高权重的高级官员，破坏了普特梅瑟在纽约建立起来的新秩序，令纽约再度陷入普特梅瑟就任市长之前的腐败、混乱之中。另外，赞西佩越长越大，这与犹太泥人传说相符。犹太传说中危险的泥人会“力大无穷”“长到无法控制”，“除非受到神圣的力量的制约，否则会盲目疯长，极具破坏性”（Scholem，1969：202）。

普特梅瑟对疯长不已、纵欲无度的赞西佩束手无策的情节安排，反映了欧芝克对创造者控制局面能力的怀疑和否定。然而，哀叹“从利亚之梦的小小种子，长出了庞大、狡诈的赞西佩，贪欲巨大、诡计多端的赞西佩”（Ozick，1997b：156），普特梅瑟做出了理智的决定，并付诸行动：毁掉自己制造的泥人！

失控情节的设置，是欧芝克对创造者具有一定局限性的怀疑。在失控之后，欧芝克笔下的创造者理智抉择、显现出有效的执行力，表现欧芝克对创造者潜在能力的肯定。

不仅如此，欧芝克赋予普特梅瑟重新控制局面的可能性，源于普特梅瑟对于自己陷于偶像崇拜行为的自我认识，以及选择遵守犹太律法、坚决抵制偶像崇拜的决心。也就是说，普特梅瑟重新取得对于局面的控制，源于她在创造活动与犹太律法的冲突之间，坚定地选择犹太律法。

摧毁赞西佩之前，普特梅瑟“独自站在夜晚芬芳的气息里”，“后花园一片漆黑”，“仿佛可以远远看到猎户座的带纹三明星”（Ozick，1997b：149）。她数着一架接一架起飞的飞机，“每一架都发出强烈的光束，就像从摩西额头散播出来的光芒，冲上深不可测的宇宙”（Ozick，1997b：149）。艾伦·寇娃（Elaine Kauvar）认为，其中的“意象暗指摩西受诫的西奈山”，普特梅瑟在此情此景中想起摩西以及她对宇宙的新认识，“深不可测的宇宙”，“记录着她自我认知的演进轨迹，显示出她承认自己没能抵制偶像崇拜的诱惑，揭示必须摧毁她制造的泥人的原因”（Kauvar，1985：50）。在这个意义上，赢得重新控制局面能力的创造者，被塑造成抵制偶像崇拜的犹太伦理楷模，构成对创作者抱有的信心，也折射出欧芝克所坚持的犹太律法神圣不可侵犯的坚定立场。

创作究竟可为还是不可为？欧芝克将创作细节化为创作诸要素：创作活动、创作者、文学创作的媒介——语言、想象力。创作的焦虑，很大程度上来自欧芝克对创作诸要素既肯定认可又否定怀疑的含混态度。

第四节　语言

在接受凯瑟琳·雷恩沃特（Catherine Rainwater）和威廉·斯凯科（William J. Scheick）的采访时，欧芝克认为艺术语言等同于死亡与欺骗。她说，“隐喻和讽刺，两厢联手的时候，几近艺术的全部”（Rainwater and Scheick，1983a：263）。“隐喻的问题在于，使用它，几乎可以对语言不加任何限制”（Rainwater and Scheick，1983a：263）。欧芝克将隐喻称为“癌症”，说它是“谋杀的手段”，坚信

“隐喻可以杀戮”（Rainwater and Scheick，1983a：263）。

欧芝克的小说文本，也表现出对语言表现力的怀疑。这是欧芝克创作的焦虑的另一种文本细节化的表现。这是在权衡创作权限（有没有资格创作）之外，对文学创作的媒介——语言的可能正反立场的细节化归纳、比较，是对创作得以实现的具体媒介的考量。

据奈奥米·利龙的研究，欧芝克的小说语言，“与其说是交流的手段，倒不如说是引起混淆的根源。句中常常使用双关语，含沙射影，旁敲侧击，模棱两可，说东言西”（Liron，196）。语言甚至被贬斥为实现理想的障碍：在欧芝克的小说中，主人公在追寻的过程中，必须抛弃语言，才能豁然开朗，投入他们想要追寻的“情感世界或体验天地”。面临此类抉择的小说人物包括《异教徒拉比》中的拉比艾萨克、《升空》（“Levitation”）中的露西，还有《码头女妖》（“The Dock-Witch”）中的乔治（Liron，200）。

然而，如果语言真的如此不堪，如此充满危险而且表达无力，便不复有文学经典的存在。在欧芝克通过小说文本实现的与自我的论辩中，她的“平行逻辑”必然包含着对立立场的存在。

欧芝克对待语言的态度，在她充满矛盾的论断中可见一斑：“语言可以精彩绝伦地澄清真相，它也可以，同样精彩绝伦地，撒下弥天大谎。隐喻是我们说真话的一种最有力的手段；它也是我们撒谎的一种最有力的手段。在小说中——小说本身就是用来说真话的谎言——这两者，隐喻都可以办得到。”（Rainwater and Scheick，1983a：263）

在欧芝克的小说中，她对语言充满矛盾的态度，表现在将语言与沉默构成对位，将语言与诸如绘画、摄影等视觉艺术形式构成对位。沉默，究其本质，是语言的缺位；而绘画、摄影等视觉艺术形式，比起语言文字，因其有形，似乎更容易跌入偶像崇拜的陷阱。

一 语言与沉默的对位

《食人星系》阐发了欧芝克对当代犹太教育的反思。比尤拉·利尔特（Beulah Lilt）是一个沉默寡言的小姑娘，最终，因为她独树一帜的绘画，出其不意地成了赢得国际声誉的名画家。

比尤拉从孩提时代就沉默寡言，甚至连咿咿呀呀也没有。在校长约瑟夫·布里尔（Joseph Brill）眼里，这个孩子又聋又哑，“语言缺位”（Ozick，1983g：84－85）。她平时一言不发，对别人的语言也没有反应，同龄人、大人们都觉得她智力低下，什么活动也想不起她。她的标志性特征就是“沉默”和“缺位”（Sokoloff，1986：240）。

奈奥米·索科洛夫（Naomi B. Sokoloff）认为，《食人星系》是“关于沟通与无效沟通的细致研究”（Sokoloff，1986：240）。小说中的其他人物试图影响比尤拉，让她和自己一样交流、思考，而比尤拉则作为观察者，折射不同观点的冲突。其中最突出的冲突，是校长布里尔和母亲海斯特·利尔特（Hester Lilt）对比尤拉的沉默所做出的不同阐释。沉默，本质上就是语言的缺位。对沉默的不同阐释，揭示了对语言的不同见解。这正代表欧芝克关于语言正面、反面两个对位性的观点。

布里尔对语言持正面的观点，认为沉默是思维不发达的表现。也就是说，语言能力与思维能力密切相关，语言能力是思维能力的外在表现。语言具有表达思维的功能。

在寄给布里尔的文章《论沉默的结构》中，利尔特表达了自己的主张：“沉默并不是随意的，沉默是在塑造一种形状。仿佛环绕翅膀看似空无一物的空气，描绘出翅膀的形状”（Ozick，1983g：101）。换言之，利尔特认为，沉默是对现实的回应，也是一种表达的方式。

也就是说，语言，就功能及表现力而言，未必优于作为语言缺位的沉默。

由此，语言的表现力，作为沉默的对位，就被悖论性地细节化为：一方面，具有表达思维的功能；另一方面，未必比语言的缺位更胜一筹。由此，欧芝克创作的焦虑在创作的权限之外，又增添了一个维度：文学创作依赖的语言媒介。

在小说的结尾，欧芝克笔下的布里尔逐渐认识到“形状、颜色、光亮、限定的暗影，最重要的是事物的形状——所有这一切都被当作一种语言。她（比尤拉）在说话”（Ozick，1983g：156）。布里尔的新认识，是对于语言表现力认识的拓展：在语言的表现力受限的情况下，总有其他的方式，可以弥补语言的不足。

比尤拉的名字，意思是“被占有、被控制”（Liron，191）。她一直被语言的缺位所控制，最终通过绘画，挣脱了控制，赢得了话语权，也赢得了主体性。绘画，作为语言的替代形式，被赋予了更强大的表现力。在欧芝克小说中，与语言形成对位的，不仅有语言的缺位，还有绘画、摄影等视觉艺术形式。

二　语言与视觉艺术（绘画、摄影）的对位

在《食人星系》中，绘画与沉默（语言的缺位）一起，构成语言的对位。在语言的表现力受限的情形下，欧芝克赋予绘画比语言更强大的表现力。寡言的比尤拉，通过绘画赢得尊重与成功就是明证。但是，这样的对位，是加剧还是缓解了欧芝克创作的焦虑呢？毕竟，与语言文学相比，绘画，因其有形，具有更高的制造偶像的危险性。其更强大的表现力，意味着什么呢？

比尤拉的母亲利尔特是个知识分子，在哲学圈小有名气，能言

善辩，善于辞令，与沉默寡言的女儿形成对位。母亲以语言为媒介，表达自己的观点和见解；女儿无法借助语言表达自己。观察母女的巨大反差，布里尔突然有所感悟：母亲的灵感来源于寡言的女儿——“你说的、创造的、思考的、写出来的，每一点都来自于比尤拉——隐喻！意象！理论！”（Ozick，1983g：114）布里尔的感悟，反映了欧芝克对语言表现力的认识。而对它的阐释必然充满含混：一方面，语言必须借助表现外在的存在而存在；另一方面，语言有能力将所观察到的抽象化为洞察力。怀疑还是肯定？贬低还是褒赞？含混难辨。

含混的态度还表现在欧芝克对小说情节的安排上。小说的结局是比尤拉借助绘画，赢得了国际赞誉，而以语言为媒介的母亲，流于无名。而这一切，都是由小说家欧芝克借助语言的媒介，呈现给读者的。

令含混的态度更加含混的是另一个情节的安排。沉默寡言的比尤拉成名之后，即用绘画作为媒介，取得世界的认可之后，在电视访谈节目中，当一个评论家试图阐释她的画作时，欧芝克笔下的比尤拉，出人意料地使用了她从未擅长过的语言作为媒介，予以了有力反驳。言之凿凿，毋容回击。因而令读者产生一系列的疑问：“掌握使用语言的技能有什么前提条件吗?”“语言的使用受到哪些因素的制约?”“语言和其他的艺术表现形式的关系如何？它们彼此你死我活还是相辅相成?”“语言的表现力究竟何在?”答案含混而无解。犹太人更喜欢提问，而不是回答问题——也许，这是唯一不含混的答案。

欧芝克还将语言与摄影构成对位关系。在《镜头》（“Shots”）中，故事的摄影师叙述者，给萨姆（Sam）拍照时，都会“机敏地倾听文字背后的悲叹”，然后“抹去文字，捕捉情绪”（Ozick，

1982d：46－47）。她追求的是文字之外的情绪。在她看来，静默、无须文字的摄影，能够捕捉到显而易见的表象之外的东西，那是文字无能为力的。同样，借助语言，欧芝克赋予了摄影更强大的表现力。同样，语言与摄影的对位，传达出欧芝克对语言表现力亦正亦反的自我辩论。

在小说文本中，欧芝克将语言与语言的缺位、语言与绘画、摄影等视觉艺术形式构成微妙的对位关系。对于对位关系，读者会有见仁见智的阐释。语言的缺位、绘画及摄影被赋予了更强大的表现力，似乎，这些支持了欧芝克创作的焦虑。然而，这一切都是由欧芝克以语言为媒介，而不是任何其他更具表现力的艺术形式，在小说实践中加以呈现的。这一事实，又雄辩地说明了语言表现力足够强大。另外，相较于因有形性而更加容易陷于偶像崇拜陷阱的视觉艺术，语言作为文学创作的媒介，是不是因为相对远离危险，而具备了另外一种优势呢？以对尽可能多的可能性加以细节化的归纳、比较为特征的犹太"平行逻辑"，本质上鼓励争辩精神，这既是欧芝克在文本中实现自我辩论的基础，也为潜在的读者与欧芝克文本辩论提供了可能的诠释。"小说本身就是用来说真话的谎言"（Rainwater and Scheick，1983a：263），区分真话与谎言，本身就是对小说美学的挑战。

欧芝克不仅关注文本生成过程中的语言表现力，也对文本阐释过程中语言潜在的意义和功能以及语言潜在的威胁和破坏性加以细节化考量。

三　文本阐释过程中语言的潜在功能及威胁

《斯德哥尔摩的弥赛亚》（*The Messiah of Stockholm*）的主题是文

学作品的阐释与接受。在这部小说里，欧芝克对文学阐释过程中语言潜在的意义和功能、语言潜在的威胁和破坏性，加以细节化归纳、比较。

小说的主人公拉尔斯·安迪麦宁（Lars Andemening）为斯德哥尔摩一家报纸的周一专栏写书评。清晨至午后，他读书，然后疲倦地睡去，夜里写关于来自中欧作家的文学评论。他几乎不与人交流，和身外的世界隔绝，生活里只有文学。“很久以前，他就已经将自己放到了文学的圣坛上。”（Ozick，1988b：7）

在欧芝克笔下，拉尔斯的经历既折射出语言潜在的意义和功能，也反映了语言潜在的威胁和破坏性。

拉尔斯是个孤儿，十六岁那年，因继母说他的长相不像是瑞典人，他离家出走（Ozick，1988b：69）。被两任妻子抛弃，与同事关系疏离，拉尔斯极端孤独，总觉得自己有一个“被囚禁的灵魂”，自己属于别处（Ozick，1988b：4）。

哥舒姆·舒勒姆（Gershom Scholem）是20世纪犹太神秘主义思想先驱，他在《犹太神秘主义的主要趋势》（*Major Trends in Jewish Mysticism*）中指出，“对于灵魂来说，最可怕的命运在于‘被逐出家园’或者‘无所遮蔽’，这远比堕入地狱遭受折磨还要可怕得多，……对于灵魂来说，这样的绝对放逐就是最悲惨的噩梦”。在他看来，“绝对的无家可归”是“道德堕落、精神堕落的邪恶表征”（Scholem，1976：250）。

舒勒姆还指出，卡巴拉认为，语言具有“神秘的价值”，“它引领我们来到上帝面前，因为它来自上帝”，“它反映上帝创世的语言”（Scholem，1976：17）。

无家可归的拉尔斯借助文字，建构起自己的身份。他给自己取名“拉尔斯”，瑞典语的意思是“精神、内在感，不同于字面的、有形的维度”（Walden，1987：171）。同样，借助文字，凭借想象力，基于自己读过的书，他杜撰自己的历史，虚构自己的父亲。他认定自己的父亲是布鲁诺·舒尔茨（Bruno Schulz），是1942年被党卫军枪杀在波兰小镇德劳浩布茨（Drohobycz）的犹太作家、艺术家。仔细研读了舒尔茨的作品，拉尔斯从中找到了自己身份之谜的答案。无论看到舒尔茨写他“想借谁的肩膀，靠上一小会儿”（Ozick，1988b：36），还是看到舒尔茨说，“那个等待发现的人，是个下一代的年轻人”（Ozick，1988b：37），拉尔斯都会毫不犹豫、信心满满地坚持，“我就是他说的那个人”（Ozick，1988b：37）。

透过语言媒介，拉尔斯“在书中搜索着父亲的故事”（Ozick，1988b：5）——他“觉得自己很像父亲：所有的故事都讲的是人越来越小，最终幻化成精神”（Ozick，1988b：5）；透过语言媒介，拉尔斯努力建立自己和舒尔茨的联系——他觉得，自己的面庞和书里描述的舒尔茨的样子丝丝入扣。他甚至从女儿画的画儿里发现了舒尔茨的天赋：“看看这些幽灵似的线条……有劲儿的小拳头画出来的：基因的力量。”（Ozick，1988b：46）舒尔茨点燃了他所有的热情，竭尽全力去了解有关舒尔茨的一切，甚至学起波兰语。拉尔斯建立起和舒尔茨深厚的感情，用以抗拒他绝望的现实境况：漂泊无依、遭人抛弃、无家可归。

语言的意义在于，正是借助语言文字，拉尔斯才建立起自己与先辈的联系，建立起归属感，摆脱了“绝对的无家可归”的境况，将自己从“道德堕落、精神堕落”中解脱出来。借助语言文字，拉尔斯编织出一个虚幻的现实，以此感到慰藉，从悲惨的现实中逃脱。

然而，当拉尔斯沉浸于由语言文字建构起来的个人身世，相信“经历即语言，语言即经历”，安于享受“语言就是他的日常经历、他的虔诚信仰、他自我的一部分”（Rose，101）的时候，欧芝克设置的一个情节，将他从语言文字构建起来的虚幻现实中唤醒：他接到爱尔康德女士（Elkund）的电话，一位名叫阿黛拉（Adela）的女士，自称是舒尔茨的女儿，来到斯德哥尔摩，给她手里的父亲的手稿找一个翻译。

“阿黛拉”是舒尔茨的遗稿《鳄鱼街》中一个主要人物的名字。拉尔斯拒绝相信阿黛拉是舒尔茨的女儿，在他看来，舒尔茨“不可能再有一个孩子。那讲不通……只有我”（Ozick，1988b：53）。见到阿黛拉的时候，阿黛拉用语言为媒介告诉拉尔斯，舒尔茨在一所高中担任美术教师时，曾让一位给他当模特的学生怀孕（Ozick，1988b：80）。这让拉尔斯感觉更加难以置信，他不得不开始怀疑，由语言文字建构起来的现实到底有多么客观，到底有多么脆弱：“真相！……诽谤，这是诽谤！……这样一个人——这样一个人——怎么可能和一个孩子有染！”（Ozick，1988b：102）

阿黛拉视为事实的，也是借助语言文字得以构建的。这与拉尔斯的做法如出一辙。正是这样的类似性，令拉尔斯幡然醒悟：借助语言文字所构建的现实，并不一定就是客观现实。语言文字，可能会创造出一个令人借以逃避眼前现实的理想世界，但那毕竟不是真实的客观现实。拉尔斯已经认识到语言潜在的威胁。

欧芝克赋予拉尔斯完成自我救赎的机会。认识到语言潜在的威胁，拉尔斯终于走下“文学的圣坛”，“回到了日复一日的正常生活”（Ozick，1988b：132），慢慢“有了一点名气”（Ozick，1988b：131），“寻常的生活，看起来非同寻常”（Ozick，1988b：132）。

第五节　想象力

文学创作要得以实现，除了语言的媒介，想象力亦不可或缺。

“读欧芝克的作品，没有谁能不受到她的想象力的影响。”（Kauvar，1985：377）欧芝克早期的短篇小说《异教徒拉比》呈现出显著的复调特征，揭示欧芝克关于“想象力”与“犹太性”关系的困惑与思考。

一方面，欧芝克承认想象力的价值——“想象力是文学的血肉”；另一方面，她也指出，想象力“极度危险”，因为它“贪恋拆解意义，粉碎阐释……奇幻莫测地制造一个又一个偶像”。“想象力不仅虚幻，不仅虚构。它更是一种力量，穿透邪恶，负载邪恶，变成邪恶本身……想象力寻求并且说出那些不能说的话、做出那些不能做的事”（Ozick，1983b：247）。

《异教徒拉比》没有传统小说的人物塑造、复杂的环境背景，讲述了一个情节简单的故事——犹太拉比艾萨克·科恩费尔德才华横溢，前途无量，却不可救药地迷恋上了自然，终日在公园徜徉，与橡树精灵结合，最终抛下犹太信仰，抛下妻女，用祈祷披肩在公园的树上自缢身亡。

故事中的三个主要人物，都是犹太人——主人公艾萨克·科恩费尔德，故事的无名叙述者——艾萨克的朋友，以及艾萨克的遗孀申黛尔。小说的复调特征表现为人物被符号化地呈现，各自以独立的主体间性呈现对立、平等的声音和意识。

申黛尔出生在集中营，是犹太大屠杀幸存者，坚信在“犹太”和“异教”之间存在不可逾越的“篱笆”，两者之间不存在任何中间地带，非此即彼。借用她的比喻，她在“篱笆”之内，严格地恪守犹太性。她“没有母亲，没有父亲，但她有上帝——以她的年龄和性别，她惊人地博学”（Ozick，1995c：7）；故事的叙述者“我”，代表“篱笆”之内与“篱笆”之外的双重立场——从犹太神学院辍学，接受了无神论，又与异族女子成婚，摒弃了曾经持守的犹太性；

艾萨克则"爬上了律法的篱笆"，艾萨克的身份究竟是"异教徒"还是"拉比"，成为故事的主要矛盾。

申黛尔和"我"，作为符号化的人物，代表两种相互对位的声音和意识，艾萨克的声音和意识则通过他的信（申黛尔读前半部分，"我"读后半部分）参与故事的叙事中。欧芝克所选择的书信形式，实现了对话的"共时性"，把缺席的艾萨克的声音和意识呈现为在场，实现了不同声音、意识的平等对话。

在《异教徒拉比》中，欧芝克选择了第一人称限制叙事视角，通过"我"的视野，向读者呈现了对于"犹太性"与"想象力"关系的复调思考。"我"一边读艾萨克的信，一边听申黛尔的评价，其间有艾萨克通过信传递的声音，意识、"我"的内心独白，申黛尔的评价以及作者的声音及意识。故事中的人和事，直接或间接，或显或隐，全部进入"我"的视野，所有声音都被纳入"我"的话语空间，成为"我"的对话对象。故事的叙述过程表现为"我"和其他人物展开辩论与自辩、审视与自审、认同与否定的过程。字里行间隐含着自我辩驳、暗中质疑、心灵对话的多声部特征。

在"我"看来，艾萨克有着"超乎寻常的想象力"，这正是艾萨克的标志。他给女儿们讲的故事里有"娶了枯萎草叶的海龟"、"会说话的云"、"会变成姑娘的树"、"因为没有腿而流泪的石头"和"有灵魂的猪"（Ozick，1995c：13）。而申黛尔"生来惧怕想象力"（Ozick，1995c：14），艾萨克超乎寻常的想象力被申黛尔称为"邪恶的杜撰"（Ozick，1995c：14）。谈到艾萨克写作，申黛尔说他写的只是童话，充满鬼怪、精灵、神仙，"我"惊异于她的轻蔑与仇恨。

艾萨克和申黛尔因拥有不同的想象力及其对待想象力的不同态度与立场对位性地呈现在"我"的意识中，"我"对于他们各自犹太性的判断就如同“我”的茶杯一样——老式钩花花边把申黛尔的餐桌分成两部分，“我”的茶杯被她放在中间（Ozick，1995c：10）。

艾萨克的困惑与痛苦正是欧芝克创作早期陷于“想象力”与“犹太性”之间的矛盾，困惑挣扎的写照。艾萨克的信、“我”看到和听到的申黛尔的反应、评价以及“我”的话语、内心独白以及行为反应构成复调的叙事语式，折射构成复调的声音与意识之间的相互碰撞、交汇与对抗，反映欧芝克寻求消解“想象力”与“犹太性”对立的尝试与努力。

艾萨克的言与行、行动的方式在“我”追忆往事的叙述中、在“我”的意识里自我矛盾、自我辩驳。艾萨克告诫“我”，“人得有生活”，而他自己居然自尽，用祈祷披肩结束生命，“对自己的生命犯下罪”，却同时践行了“犹太人要葬在祈祷披肩里”这一主张。

艾萨克的意识，更多地通过他的信而得以呈现。他的感受对立而矛盾，最令他心驰神往的与橡树精灵的结合也不例外：“我确信是被什么强壮的动物强暴了”，然而，与此同时，“身体的每一个组织都最真切地感到了满足，绝妙的妖娆”（Ozick，1995c：29），感受到“欲念与满足、细腻与强悍、主宰与顺从以及其他所有不同凡响的对立的情感体验”（Ozick，1995c：30）。他也坦陈他的痛苦：“我反复在确定明晰与怀疑迷惑之间游移，承认这一点，让我感到痛苦不已。我无法相信自己得出的结论……总是把每一个确定的结果归因于其他不那么确定的原因”（Ozick，1995c：25－26）。他祈求同情，“同情我吧，回来，回来，”他绝望地呼唤橡树精灵。

欧芝克赋予艾萨克的超常的想象力，还表现在他对不同类别的灵魂所进行的归类划分，以及他基于“自由灵魂”而对相关历史的主观重构——在他看来，“地球上有两类灵魂：自由灵魂和内置灵魂”。“人类的悲剧在于，灵魂存在于身体之内，……我们的身体包藏着灵魂”，“而植物的灵魂，……可以以任何心仪的形式、任何形状，随处肆意漫游”（Ozick，1995c：21）。信读到这里，“我”请求申黛尔停下来，“求你，求你不要毁掉一个逝去者的尊严”，“不是我毁掉他的尊严，他根本就没有尊严可言”。“求你！……他难道不是导师？他难道不是学者？”“他是异教徒”（22）。

艾萨克崇拜自然，而自然崇拜是被犹太教视为禁忌的“偶像崇拜”的一种表现形式。为了弥合潘神与摩西的对立，他坚称“万物皆有灵……根本不可能存在偶像崇拜”（Ozick，1995c：20－21）。他解构“摩西十诫”第二诫“拒绝偶像崇拜”的训诫，坚持认为，摩西并不是由于无知才没有训教自由灵魂的存在。……如果告知了先祖们的确存在着自由灵魂，先祖们就不会“遵从上帝的旨意，离开埃及”，进而挣脱被奴役的枷锁了（Ozick，1995c：22）。

艾萨克的想象奇幻而浪漫，背离“犹太性”的核心立场——“拒绝偶像崇拜”，重视历史却虚构为自己所用的历史。艾萨克在漆黑的惶恐中挣扎，然而，从申黛尔脸上，“我”看到的却只是轻蔑（Ozick，1995c：28）。在“我”看来，艾萨克“思索，他是个犹太人”，他是“学者、拉比、卓越的犹太人”，对此申黛尔发出愤怒的嘲笑，认为“他从来就不是犹太人”（Ozick，1995c：13）。

作为复调的声音、意识的一部分，更重要的是，作为复调叙事语式的交会点，“我”在倾听与叙述之间不断思索并表述“想象力”的内容与功用以及“想象力”与“犹太性”关系的对抗与辩驳。

听完艾萨克信中关于“自由灵魂”以及“摩西训诫”的部分，“我”终于明白，“他的目的……是将神秘感驱散”，这正契合申黛尔对她自己宗教体验的描述——“越是虔诚，越是怀疑。”“我”忍不住惊叹“他是个天才”（Ozick，1995c：25）。这恰恰折射出欧芝克对“虔诚的怀疑”的尊重、对“漆黑”“惶恐”“挣扎”的悲悯和同情。艾萨克用行动实践着“篱笆”内恪守犹太性的申黛尔所说的，“正是有了怀疑，那些攀附在律法篱笆之上的窒息的藤蔓才被不断剪除，才有了律法的纯粹”（Ozick，1995c：25）。

对于申黛尔，“我”却渐感疏离，终于“遗憾地轻轻鞠了一躬”，告诉她，“只有无情才是虚妄”，同时提醒她，“科恩费尔德夫人，您的丈夫是犹太拉比”，请求她“去那座花园吧，夫人”，“您丈夫的灵魂在那里……”（Ozick，1995c：37）。

“我”对申黛尔态度的改变，是由于意识到她的无情。无情的本质是由于缺乏想象力、无法移情、缺乏同理心。可见，对于“想象力”，“我”——作者欧芝克声音、意识的代言人，有着矛盾的态度。对于艾萨克“超乎寻常的想象力”中违背犹太宗旨，指向“偶像崇拜”的部分，“我”“为他感到羞愧”（Ozick，1995c：17），而对于他“虔诚的怀疑”而做的挣扎，“我”同情并且钦佩。在“我”的眼里，艾萨克是异教徒，也是犹太人，“他一直是个奇人”（Ozick，1995c：37）。

《异教徒拉比》是欧芝克第一部短篇故事集的题名故事，代表了欧芝克创作早期对于“犹太人”与“作家”身份的困惑和“虔诚的怀疑”，集中反映了她对“想象力”和“犹太性”的思索。小说呈现出的复调特征，是欧芝克运用犹太“平行逻辑”，将“想象力”与“犹太性”的可能性分歧与对立，加以细节化的文学演绎的结果。

创作活动由四个必不可少的要素构成，“创作”、“创作者”、“语言”以及“想象力”。围绕这四个要素，欧芝克在小说文本中，运用犹太“平行逻辑”，将正、反、含混诸立场尽可能多的可能性加以细节化的文学想象，诉说着创作的焦虑；就创作究竟可为还是不可为，进行着文本之间的自我辩论。同时，读者对于欧芝克文本中的含混立场，也会有见仁见智的阐释，构成欧芝克文本与潜在的读者阐释之间的辩论。无论欧芝克主张创作可为还是创作不可为，她都以文学创作的形式，构成了创作已为的事实。创作的焦虑的中心矛盾，不再集中表现为“创作还是不创作”的问题，而是转化为“创作什么”“怎样创作”等问题。对这些问题的追索，有助于我们了解欧芝克的文学观。

不加制约的艺术想象力，具有制造偶像的潜质，文学创作面临沦为偶像制造工具的危险；不加制约的艺术想象力有可能与邪恶同谋，沦为邪恶本身。以想象力为血肉的文学创作，对于陷于创作的焦虑的犹太作家来说，需要将美学实践置于伦理规范的制约之下。

在《沦为偶像的文学：哈罗德·布鲁姆》的结语部分，欧芝克写道：

> 如果有什么“犹太作家”这样的“奇想”（chimera）[①]，那一定类似斯芬克斯或者半狮半鹫的怪兽。……，（“犹太作家”）有的时候像亚伯拉罕（Abraham）那样净化人（purifying），更多的时候像特拉赫（Terach）那样幻化人（conjuring）。不过“犹太作家”始终知道，两者水火不容、兵戎相见。（Ozick，1983d：198）

亚伯拉罕是《圣经》中犹太人的始祖，代表犹太价值观、犹太

① Chimera，厄喀德那和堤丰的后代；在希腊语里，Chimera 的意思是“山羊”，它拥有羊身、狮头（赫西奥德的《神谱》中，有记载说它有三个头）和蛇尾，会喷火，最终被骑着飞马的贝勒洛方所杀。也有人说它是九头蛇许德拉的后代，或说是厄喀德那和她的儿子双头犬所生。在中世纪的叙事诗、绘画、雕刻和建筑中常会出现。Chimera 的来源众说纷纭，其中一种说法认为它产于利西亚火山区，该火山的山脚下盛产蛇类，较高的山坡上盛产山羊，荒凉的山顶则是火山口，有狮子出没其中，因此 Chimera 可能是这一地区的隐喻。chimera 在英语里有“妄想，奇想”的意思，能够把蛇、山羊和狮子这几种风马牛不相及的东西拼凑在一起的确非“奇想”莫属。

伦理规范；而特拉赫则是偶像制造者、偶像崇拜者。在欧芝克看来，“犹太作家”需要对审美实践范畴“幻化”的艺术想象力加以“净化”，进行必要的制约、补充，使之符合犹太律法、伦理规范的要求。

要化解创作的焦虑，欧芝克一方面需要证明创作的可行性，另一方面需要寻找创作出不朽作品的可能性。

鉴于欧芝克创作的焦虑缘起于她认为文学创作有可能沦为偶像制造的工具、想象力有可能成为邪恶的同谋，要证明创作的可行性，就要使文学创作摆脱制造偶像的危险，同时制约邪恶。

要摆脱制造偶像的危险，就要了解偶像的特征。在《走向新的意第绪语》中，欧芝克指出，与犹太传统中浓厚的历史意识相对立，“偶像没有历史，只维系它自己的存在”（Ozick，1983k：155）。在《沦为偶像的文学：哈罗德·布鲁姆》中，欧芝克指出，偶像“不能创造历史，也不能改变历史”（Ozick，1983d：190）。因此，作为纠正与补充，“净化”了的艺术想象力，重视记忆，深深地植根于历史，表现对历史深切的缅怀与尊重。

至于制约邪恶，欧芝克倡导道德的力量。在《创新与救赎：文学的意义所在》中，欧芝克指出，“文学实质上是道德生活”（Ozick，1983b：245）；“文学范畴的作品，短篇故事如此、长篇小说亦然，人们总会期待其中闪烁着道德的光芒”（245）；“若非精心构思，以对读者有所启发教诲见长，小说既不会有趣，也难以成为不朽之作”（241）。评论家认为，“欧芝克独特的贡献在于，她从犹太立场出发，将想象力改造成了道德工具”（Musleah，17：06 Dec. 7，2016）。

除了强调道德的意义，欧芝克还指出，“不朽的故事是那些涉及救赎的故事……救赎就是与希腊宿命观相对立的思想，强调人们拥有改变自己生活的自由，与通常意义上诸如真、善、美等等美德无甚关联”（Ozick，1983b：245）。“救赎意味着变化与融通”（245）。“即人与事受自身意志的支配而发生改变的可能性，或背离，或趋近，或解脱，救赎意味着成为行为的主体而不是被动的客体”（Ozick，1983b：246），“救赎决然对立于宿命与固化”（Ozick，1983b：246）。

总之，在欧芝克看来，“犹太作家”需要对审美实践范畴“幻化”的艺术想象力加以“净化”，进行必要的制约、补充，使之重视历史、涉及救赎、具有道德力量，才能符合犹太律法、伦理规范的要求。

另外，创作内容和创作手段，无法不受到作家创作的历史、文化背景的影响和制约。20 世纪 60 年代，欧芝克刚刚开始创作，文化同化的大潮给第二代美国犹太人的生活带来了深刻的变化，犹太性被边缘化。大部分第二代美国犹太人已融入美国主流文化，跻身于美国中产阶级的行列。随着犹太人经济、社会地位的提升，随着越来越多的犹太人和异族通婚，越来越多的犹太人，只是“象征性”地信奉犹太教，保持对犹太教、犹太文化价值、犹太行为规范最低限度的尊重。据统计，20 世纪 60 年代末，超过一百万出生在美国的犹太人已彻底放弃了犹太传统（周南翼，2011：28）。对大多数美国犹太人来说，他们身份的第一性是美国人，其次，才是犹太人。正如塞缪尔·海尔曼（Samuel C. Heilman）所说：

> 只在犹太生活中某些特定的时刻，人们才会想起自己是犹太人或者对犹太身份加以强调，这就已经足够了——比如，举家迁徙、婚礼、葬礼——或者在整个社区受到威胁的某些特定的情形下，比如遭到反犹袭击、以色列或者其他犹太人聚居地陷入危难的情况下，才需要犹太身份……人们并不准备过多地对此加以强调。他们既不把犹太教作为一种宗教来信仰，也不会自觉地了解、认识犹太伦理规范，更不会在自己的行为举止

> 中自觉地加以践行。犹太身份，对他们怎样看待、理解世界和现实，不再具有决定性的意义。犹太身份，不再那么影响他们对世界、自己和别人的感受。(Heilman，1995：66 - 67)

文化同化的结果，是大部分美国犹太人放弃了犹太信仰、犹太文化价值、犹太伦理规范。莫里斯·柯特泽（Morris Kertzer）拉比在1952年就指出，“美国犹太人，只忠诚于美利坚，没有‘如果’‘而且’以及‘但是’。以色列是先辈们远古的家园，信仰的摇篮……但是，精神渊源和情感纽带，毕竟与政治忠诚不同”（Heilman，1995：17）。

在犹太教、犹太性被边缘化的语境下，欧芝克独树一帜地呼吁，在流散语境下，犹太人创作的小说，除非坚持犹太内核，否则不可能不朽（Ozick，1983k：155）。

在散文集中，欧芝克所论及的“犹太性”的要素主要包括：“约法思想”“拒绝偶像崇拜”“历史意识”“甄别差异”的意识以及“学习、研究”的重要性。通过分析欧芝克对于“犹太性”的认识，不难发现，持守约法，虔诚地遵守与上帝所立的契约，是欧芝克坚持的犹太性的核心特征——正是虔诚地遵守摩西十诫中第二诫对于偶像崇拜的坚决抵制，构成了欧芝克创作的焦虑的缘起；“拒绝偶像崇拜”“历史意识”作为犹太身份的标志，势必成为欧芝克小说的中心主题；“甄别差异”与“学习、研究”，作为方法论意义上的手段与途径，则是欧芝克坚持犹太内核的途径、分析问题的手段、逻辑推理的前提。

欧芝克所强调的犹太性，即创作出不朽作品的前提，在小说创作实践中，需要借助她所倡导的受到犹太律法、伦理规范补充、制约的艺术想象力来完成，这样的想象力重视历史、涉及救赎、具有道德力量。在表现犹太伦理规范与文学创作的美学实践之间的矛盾的过程中，欧芝克坚持浓厚的犹太道德意识、历史意识，这是对当代美国犹太小说中犹太性文学表现的两种主要表现形式，即坚持道德意识、坚持历史意识，加以叠加和拓展的具体表现。

下一章将探讨欧芝克如何运用重视历史、涉及救赎、具有道德力量的想象力，从犹太传统文化中汲取营养，对犹太立场、犹太主张、犹太历史进行的“米德拉什”式的文学讲述和文学阐释。

第三章 “米德拉什”式文学书写

欧芝克坚持用犹太价值观、犹太伦理规范对艺术想象力加以规约，即在文学作品中凸显道德的力量，倡导犹太立场；在文学作品中关注犹太民族的共同利益，弘扬犹太主张；在文学作品中尊重犹太历史，铭记犹太历史。贯串欧芝克小说的是她对于小说使命的认识：“小说关乎行为和行为后果”（Ozick，1983b：246），小说的使命在于揭示行为与行为后果之间的关系。贯串欧芝克小说的还有她始终如一、努力彰显的犹太救赎观，即个人拥有改变生活、改变命运的自由。

欧芝克从犹太释经传统中汲取营养，对犹太立场、犹太主张、犹太历史进行了“米德拉什”式的文学讲述和文学阐释。在小说中，欧芝克凸显道德力量，集中体现在对于抵制偶像崇拜的犹太立场，进行“米德拉什”式的文学解析；欧芝克关注犹太民族的共同利益，突出反映在对于“修复世界”（tikkun olam）和“社会责任”（arevut）的犹太主张，进行“米德拉什”式的文学讲述；欧芝克主张铭记犹太历史，主要表现在将犹太历史上的重大历史事件、犹太大屠杀，置于当代语境，对其历史影响、现实意义加以“米德拉什”式的文学判断与阐释。

第一节 “米德拉什”

“米德拉什”（Midrash，希伯来语音译），意为“解释”“阐述”（黄陵渝，41）。《米德拉什》是犹太教中解释、讲解《塔纳赫》（Tanakh，《圣经·旧约》）的布道书卷，是犹太教的通俗性典籍。

《米德拉什》的内容分为《哈拉哈》（Halachah，希伯来语音译）和《阿嘎达》（Aggadah，希伯来语音译）两部分。《哈拉哈》，意为“规则”，解释如何将律法应用于现实生活之中，讲解经文中的律法、教义、礼仪与行为规范。《阿嘎达》，意为“宣讲”，由犹太教拉比讲解的《塔纳赫》中的各种传奇、逸事、历史、民俗故事和叙述性的布道两部分组成（黄陵渝，41）。《阿嘎达》的基本内容约在2世纪固定下来，最早的单行本出现于8世纪。在《巴比伦塔木德》中，30%的内容出自《阿嘎达》。《阿嘎达》的体裁大都为宗教诗文、寓言和民间故事，具有艺术性，属于拉比文学。

《哈拉哈》和《阿嘎达》最初都以口传的形式流传，2世纪《米德拉什》初具雏形，6—10世纪成书。在《米德拉什》中，拉比们将新的语境下出现的新观念引进犹太教，并且接受互不相容的阐释。

“《米德拉什》，无论是直接的解释、布道，还是更有创造力的叙述，都在以某种方式解释犹太律法……其目的是要创造出一部文献，在圣殿被毁之后，指引流散的犹太人前行”，而对犹太律法的阐释，则呈现出拉比文学“多声部提出问题、相互辩论”的特点。《米德拉什》是“想象、虚构与特定历史、语境以及道德密不可分的实践”（Rosenberg，114）。

《米德拉什》最初是对犹太典籍的解释。谈到《米德拉什》的释经传统，丹尼尔·博亚林（Daniel Boyarin）指出，“《圣经》的叙述文本有很多空白，具有对话性。《米德拉什》的任务就是填补这些空白”（Boyarin，17）。约瑟夫·阿尔卡纳（Joseph Alkana）则强调《米德拉什》中的“艺术虚构部分，特别是那些为了说教而进行的艺术虚构”。阿尔卡纳认为，《米德拉什》可以填补两类文本空白，一类是文本中可以借助思考填补的空白，另一类是文本引起歧义与困惑的空白。除此之外，阿尔卡纳认为，《米德拉什》还有另一种功能，即结合当下的宗教信仰与现实状况，对文本进行阐释，阿尔卡纳称之为“《米德拉什》的道德功能”。阿尔卡纳认为，发挥《米德拉什》的道德功能，是对犹太传统的传承，可以帮助人们走出当下所面临的困境（Alkana，969）。

《米德拉什》是一部恢宏的文献，解释、阐释犹太教律法、教义、礼仪与行为规范，告诉犹太人应该怎样去行动。《米德拉什》既有文体严谨庄重的《哈拉哈》，也有基于艺术创作的《阿嘎达》，是延续犹太教传统的文化读本。然而，“《米德拉什》惯用（道德说教性的）寓言或比喻，受限于它对单一形式的依赖”（Ozick，1989a：238）。

梅莎·罗森博格（Meisha Rosenberg）主张将“米德拉什”看作“一种模式，一种犹太文学得以兴旺繁荣的方式”（Rosenberg，117）。《米德拉什》是延续犹太教传统的文化读本，“米德拉什”则是从《米德拉什》的释经传统中衍生出的犹太智慧。

在散文《比亚利克的暗示》（“Bialik's Hint”）中，欧芝克阐释了哈伊姆·比亚利克（Chaim Bialik）的观点。基于《哈拉哈》和《阿嘎达》在《米德拉什》中并非绝对对立，而是相互融合的事实，欧芝克指出，可以使用“米德拉什”的方式，创造出崭新的犹太文学形式：“比亚利克主张，‘《阿嘎达》的价值在于，它来源于《哈拉哈》。不能被纳入《哈拉哈》轨道的《阿嘎达》没有效力’。如果我们……把《阿嘎达》理解成故事或者传说，把《哈拉哈》理解成公论或者律法，或者，把《阿嘎达》理解成想象的产物，把《哈拉哈》理解成责任的范畴，那么，……比亚利克的观点就令人耳目一新。反过来推理，《哈拉哈》可以将《阿嘎达》纳入它的轨道。"（Ozick，1989a：228）这恰恰解释了欧芝克倡导对艺术想象力加以补充和制约，使之符合犹太律法、伦理规范的主张。在欧芝克看来，创作的想象力可以由犹太教的律法、教义，礼仪与行为规范所激发，创作的想象力只有反映犹太教的律法、教义、礼仪与行为规范中所蕴含的犹太精神、犹太价值，才有意义，才能焕发生命力。

在小说文本中，欧芝克从"米德拉什"式释经传统中汲取营养，以犹太教律法、犹太价值观为创作想象力的源泉，通过小说创作，对犹太教律法以及犹太传统中的核心理念，进行了"米德拉什"式的文学阐释，折射出欧芝克捍卫犹太传统、坚守犹太价值观的坚定立场。同时，欧芝克结合创作当下的宗教信仰与现实状况，发挥"米德拉什"的道德功能，对犹太历史上的重大历史事件进行了"米德拉什"式的文学阐释，折射出欧芝克的历史观。

下文将逐一分析欧芝克在小说文本中，如何运用"米德拉什"方式，对"摩西十诫"第二诫抵制偶像崇拜的犹太律法、犹太传统中的两个相互关联的核心理念："修复世界"（tikkun olam）和"社会责任"（arevut），以及犹太历史上惨绝人寰的重大历史事件——犹太大屠杀加以文学讲述和阐释。

第二节 抵制偶像崇拜

欧芝克的小说，对于抵制偶像崇拜的犹太立场，进行了"米德拉什"式的文学解析，凸显了欧芝克倡导的对艺术想象力加以制约的道德力量。

欧芝克抵制偶像崇拜的坚定立场，植根于深厚的犹太文化传统。《圣经》传统和《塔木德》智慧，构成欧芝克文学想象力的源泉，也构成欧芝克立场、观点的主要思想基础。

《圣经》将偶像崇拜列为最严重的罪行之一。摩西十诫（《出埃及记》Exodus，20：1－22；《申命记》Deuteronomy，5：6－21）中的第二诫明确禁止偶像崇拜："我是耶和华你的神，曾将你从埃及地为奴之家领出来。除了我以外，你不可有别的神。你不可为自己雕刻偶像，也不可做什么形象，仿佛上天、下地和地底下、水中的百物。不可跪拜那些像；也不可侍奉它，因为我耶和华你的神，是忌邪的神。"（《出埃及记》Exodus，20：2－5）

《圣经》中多处涉及对偶像崇拜加以抵制的立场。概括起来，偶像崇拜表现为三种形式：①崇拜偶像；②以异教仪式礼拜犹太人的上帝；③制造偶像。《圣经》中列出的必须抵制的偶像崇拜的具体表现为：①以异教的仪式崇拜偶像（《出埃及记》Exodus，20：5；《申命记》Deuteronomy，12：30；cf. Sanh. 61b）；②以侍奉上帝的仪式，为另一个神献上祭品（《出埃及记》Exodus，22：19），包括屠宰祭品、摆设香炉、供奉祭酒（Sanh. 7：6；cf. Sanh. 60b）；③向偶像表示敬意（《出埃及记》Exodus，20：5）（诸如亲吻偶像、爱抚偶像等行为，尽管并无意真正崇拜偶像）（Sanh. 7：6；cf. Sanh. 63a）。对制造偶像的行为，《圣经》明确加以抵制［《出埃及记》Exodus，20：4，23（20）］。在犹太拉比看来，制造偶像供自己崇拜、制造偶像供他人崇拜的行为同样应该加以禁止（Sifra，7：1）（Idolatry，09：07 am. August，11，2011）。

《塔木德》同样明确禁止崇拜偶像。《塔木德》"将犹太人定义为不崇拜偶像的人"，"将偶像崇拜视作最严重的三宗罪之一"（Kauvar，1987b：112）。《塔木德》将偶像崇拜（Avodah Zarah）作为一个独立训文（tractate）的主题，在《破坏篇》（又译《涅济金》）（*Nezikin*）中单独加以讨论，详细列举了不能销售或租赁给偶像崇拜者的物品；介绍了避免和偶像崇拜者过密接触的方式方法；阐述了偶像的基本属性；甚至规定了哪些酒品与偶像崇拜行为存在联系，足见偶像崇拜危害之严重。《塔木德》警示人们，崇拜偶像即意味着否定上帝、拒斥《托拉》站到犹太律法的对立立场上，其后果必然是灵魂的幻灭。《塔木德》中，《先父的伦理》（*Avot*）和《偶像崇拜》（*Avodah Zarah*）都将放逐（Galut）归因于偶像崇拜。这与犹太民族长期被放逐、颠沛流离的流散历史经验息息相关。

了解欧芝克对于小说的使命、意义的认识，无疑对解读她的小说有所助益。在《创新与救赎：文学的意义所在》（“Innovation and Redemption：What Literature Means”）一文中，欧芝克指出，“小说关乎行为和行为后果”，小说的使命在于揭示行为与行为后果之间的关系。她同时强调，在阐释、解析我们生活在其中的外在世界的过程中，小说具有救赎的功用，即承认人类拥有“改变自己命运的自由”（Ozick，1983b：246）。欧芝克认为，小说的使命在于对身外的世界加以阐释、解析。同时，欧芝克肯定人在行为与行为后果的关系中并非只能被动承受，而是具有主观能动性。

欧芝克抵制偶像崇拜，主张小说应该关注行为及行为后果并肯定人在其中的主动性。她的立场和主张，亦可以从德国拉比利奥·拜克（Leo Baeck）有关犹太教的洞见，特别是他的著作《犹太教与基督教》（*Judaism and Christianity*）中找到渊源。

在《神秘与律法》（“Mystery and Commandment”）一文中，拜克指出，没有律法，就没有创造活动、历史、未来以及生活中生生不息的生命力。拜克将律法定义为这一切的先决条件。拜克认为，律法即“人们要践行的使命”（Baeck，171－172）。在《浪漫的宗教》（“Romantic Religion”）一文中，拜克进一步指出，克服被动性，构成人类生活的主要使命，以此确保信仰和行动保持一致、建立与现实的联系并借此获得启示、调解冲突。鉴于犹太教浓厚的伦理使命意识，拜克称犹太教为优于基督教的“古典宗教”（a classical religion），而基督教由于绕开冲突、规避行动，建构起的世界超越现实、幻象横生而被拜克称为“浪漫宗教”（a romantic religion）。基督教语境下的人，被动地等待外在的权威，因而放弃了自我的主体性，被动地接受不可改变的命运。个性仅限于空洞的渴念。犹太教语境下的人，强调在创造活动中，律法发挥决定性的作用，承认救赎的力量，即坚信人拥有改变自己命运的自由（Baeck，189－292）。

拜克所说的律法，具体到欧芝克的小说中，表现最为突出的，是摩西十诫中的第二诫，即对于偶像崇拜的坚决抵制。欧芝克将《圣经》《塔木德》等犹太典籍中坚决抵制偶像崇拜的立场以及拜克有关犹太教的思想作为艺术想象力的源泉，对抵制偶像崇拜的犹太立场进行了“米德拉什”式的文学阐释。

首先，欧芝克对于抵制偶像崇拜的“米德拉什”式的文学阐释，表现在她借助文学形式，形象化地塑造偶像、偶像制造者、偶像崇拜者、偶像崇拜者与偶像制造者，填补了《圣经》《塔木德》等犹太典籍中有关偶像的基本特征、偶像崇拜的具体表现形式的空白，与其中的犹太立场、犹太价值观构成对话呼应关系。另外，欧芝克对于抵制偶像崇拜的“米德拉什”式的文学阐释，还表现在她在小说中表现出的对于偶像崇拜的犹太救赎。

欧芝克在散文中，概括了偶像的本质性特征，并在小说实践中，以形象化的人物及情节加以刻画与阐释。

在《沦为偶像的文学：哈罗德·布鲁姆》一文中，欧芝克将偶像的基本特征总结如下：“偶像只指向自身、除自身之外再无其他意义；偶像总有一个完美的先驱作为自己的模板；偶像与人类行为、人类历史进程无关；偶像剥夺人同情的能力。”（Ozick，1983d：191）欧芝克解释到，偶像的第一个特点是，“它是一个自足的系统”（Ozick，1983d：189），“就像玩具或者玩偶一样——实际上，偶像就是玩具、玩偶——诱惑人们去模仿、变成它的样子”（Ozick，1983d：189），偶像对现实世界和人类生活没有兴趣，“没有生命的物质支配统治着生者”（Ozick，1983d：189）；偶像的第二个特点是，“它总是先于偶像崇拜者而存在”（Ozick，1983d：189），仿佛权威一样，扮演着“前辈与先驱”的角色（Ozick，1983d：189）；偶像的第三个特点是，“它无法想象历史”（Ozick，1983d：190），无论它看起来有着多么繁复的形式，其实“它一成不变”（Ozick，1983d：190），“既不能创造历史，也不能改变历史”（Ozick，1983d：190）；偶像的第四个特点，与古代以儿童为祭品、向莫洛克神（Moloch）献祭的做法有关，表现为令人变得无情，这是偶像“最令人厌恶的”特点（Ozick，1983d：190）。同时，在《寻常之谜》（“The Riddle of the Ordinary”）一文中，欧芝克指出，只要是“我们听任其隔绝在上帝和我们自己之间，取代了上帝的”，便是偶像（Ozick，1983i：207）。

抵制偶像崇拜是欧芝克小说中反复出现的主题。在小说中，欧芝克形象化地塑造偶像、偶像制造者、偶像崇拜者、偶像崇拜者与偶像制造者，将偶像的特征、偶像崇拜的表现形式具象化地通过人物、情节加以刻画与阐释。对于抵制偶像崇拜的犹太立场，进行“米德拉什”式的文学阐释。

具体而言，《微光世界的继承者》（*Heir to the Glimmering World*）中的詹姆斯（James）被塑造成偶像；《普特梅瑟故事集》中的普特梅瑟（Puttermesser）被塑造成偶像制造者；《医生的妻子》（“The

Doctor's Wife"）中的席尔瓦（Silver），即“帕格”、《罗莎》中的罗莎（Rosa）以及《异教徒拉比》中的艾萨克·科恩菲尔德（Kornfeld）和申黛尔（Sheindel）均被塑造成偶像崇拜者；《斯德哥尔摩的弥赛亚》中的拉尔斯（Lars）则被同时塑造成偶像崇拜者和偶像制造者。

一　偶像

《微光世界的继承者》（*Heir to the Glimmering World*）中的詹姆斯（James）被塑造成偶像。詹姆斯是父亲的畅销系列儿童图书《小熊男孩》的原型。小时候，詹姆斯并不介意“站在父亲的画板后面，看水彩，灰色的水彩，神奇地涌满画面。看自己在画面里开花一样慢慢地鲜活起来：那是他自己，那个小毛头男孩，父亲让他摆什么姿势就摆什么姿势……所有那些令人好奇的父亲的理想”（Ozick，2005：117）。然而，六岁时，他意识到，他再也不是吉米了，因为所有那些给自己的孩子读《小熊男孩》的人们，已经把他当成了小熊男孩。“在学校里，每个人都管他叫小熊男孩，好像他是人们抱上床的填充动物玩具，好像他不是一个真实存在的男孩，只是和他父亲在画作里创造出来的一模一样……他觉得（他的感觉是对的），他再也不是吉米了。”（Ozick，2005：118）慢慢地，他意识到，他的存在，只是为了配合父亲的工作。“父亲设计的游戏并不是他的游戏……甚至他的衣服，宽松的罩衫、提到膝盖的袜子、双带扣的鞋”（Ozick，2005：121）、为了在父亲的画儿里显得气色红润，妈妈给他涂上的胭脂、“甚至他的头发”。他意识到“他只是一个附庸”，“他不是一个正常的男孩，他是他父亲的画儿、他父亲的话语、他父亲对于男孩的注脚”，“小熊男孩从来都不是他自己”（Ozick，2005：

121)。詹姆斯终日借助毒品和酒精麻醉自己，空虚度日，最后以自杀结束了生命。

欧芝克通过描写詹姆斯的内心世界，借詹姆斯之口，表达了自己对偶像的认识。詹姆斯是父亲创造出来、受到家长和孩子们狂热追捧的玩偶，是“一个只指向自身、除自身之外再无其他意义”的偶像。作为玩偶的詹姆斯，没有自我，其意义只在于作为偶像制造者的父亲的创造物而存在。

二 偶像制造者

《普特梅瑟故事集》中的露丝·普特梅瑟被塑造成偶像制造者。

《普特梅瑟故事集》由五个独立的故事构成：《普特梅瑟：她的工作经历、家世和来生》、《普特梅瑟和赞西佩》、《成双入对的普特梅瑟》（“Puttermesser Paired”）、《普特梅瑟和慕斯考维特表妹》（“Puttermesser and the Muscovite Cousin”）以及《天堂里的普特梅瑟》（“Puttermesser in Paradise”）。主人公露丝·普特梅瑟是一个三十四岁的单身女律师，独自住在纽约布朗克斯区。她迷恋西方文化中的哲学、文学经典，追求“世俗理想主义”，相信在人世间可以建立起公正、高效、廉洁、勤政的政府。普特梅瑟是律师事务所里唯一的女员工，隔绝于她的同事以及他们的活动之外，闲来只是和自己下下象棋，做做《纽约时报》上的字谜游戏。普特梅瑟的父母均已退休，住在佛罗里达，她也没有什么朋友，“与犹太历史、与现实的犹太生活没有丝毫的联系”（Powers，82）。她沉浸于自己的精神世界，爱智识胜过爱激情，“她会因为思想而习惯性地脸红，好像思想就是激情”（Ozick，1997b：44）。普特梅瑟极端追求思想与智识，沉醉于阅读和想象，将自己疏离在日常现实生活之外。

普特梅瑟先后虚构出自己的女儿、杜撰出与金泽尔（Zindel）叔叔的联系、制造出帮助她实现理想的泥人赞西佩。普特梅瑟“运用想象力，篡夺了至高无上的上帝才拥有的创造的特权”，被欧芝克塑造成偶像制造者（Katz，124）。

她“虚构自己的女儿。出于自恋：所有这些女儿都是童年的普特梅瑟”（Ozick，1997b：36）。

普特梅瑟的父母都出生在美国，“父亲几乎成了个地道的美国佬”（Ozick，1997b：17）。她杜撰出“一周给她上两次希伯来语课”（Ozick，1997b：14）的金泽尔叔叔——原先是一位犹太教堂的执事。在普特梅瑟那个基本上被同化了的家庭里，金泽尔叔叔拒绝被同化，他是“老师，与正统犹太教的律法、实践、传统紧密相连”（Powers，83），这无疑对与犹太历史相割裂、又游离于现实犹太生活之外的普特梅瑟构成极大的吸引力，这是普特梅瑟和她的犹太身世之间唯一的联系。

然而，叙事被突然打断。“作者”以第一人称直接闯入第三人称叙事，元小说侵入式叙事直指“普特梅瑟的传记作家”，指责他过度杜撰，质疑普特梅瑟所虚构的与犹太历史的联系：“停，停，停！普特梅瑟的传记作家，停！请别再说了。的确，传记不是记录，需要虚构，可你虚构得太多了。可以虚构一个符号，但不能虚构整个场景：别再谄媚地编造普特梅瑟的传奇了。”（Ozick，1997b：16）

叙述者采用作者露迹的方式，摆脱小说叙事文本的束缚，侵入叙事，打断叙事结构的连续性，借这一声音与普特梅瑟的传记作家构成对话。不难看出，这个元小说侵入式叙事声音颇具责备意味。它进一步提醒普特梅瑟的传记作家，实际上普特梅瑟根本没有机会认识这个“金泽尔叔叔”，因为“金泽尔叔叔长眠在史德顿岛。普特梅瑟从未和他说过话；她出生前四年他就已经去世了。他根本就是杜撰出来的”（Ozick，1997b：36）。普特梅瑟的传记作家解释到，普特梅瑟之所以虚构了“金泽尔叔叔”，是因为“可怜的普特梅瑟发觉自己生活在一个没有过去的世界里”（Ozick，1997b：36）。她的父母都已接受了同化，而她“需要与历史的联系”（Ozick，1997b：36）。为了建立和犹太传统的联系，“普特梅瑟必须得有一个祖先，她需要联系——犹太人必须有过去”（Ozick，1997b：17）。侵入式叙事声音辩驳到，“普特梅瑟根本不记得金泽尔叔叔；普特梅瑟的妈妈也不记得他。‘金泽尔’只是已经去世的老祖母念叨过的一个名字而已。普特梅瑟的父母没有祖先”（Ozick，1997b：18）。

侵入式叙事声音尖锐地指出，建立与犹太历史的关联，不过是传记作者不符合事实的期待。真实的情况是，在普特梅瑟的家庭里，历史意识已经断裂。不仅这个“与正统犹太教的律法、实践、传统紧密相连”的老师——金泽尔叔叔不存在，建构与犹太历史联系的意识也根本不存在。

仔细审视普特梅瑟所杜撰的金泽尔叔叔，不难发现，对于普特梅瑟，金泽尔叔叔的作用在于——一周给她上两次希伯来语课（Ozick，1997b：14）。普特梅瑟虚构的与金泽尔叔叔相处的细节，主要集中在语言层面，且主要关乎语言表层意义上的词义称谓、字母的形状特征。

首先，金泽尔叔叔建议，学希伯来语，她应该去城里，“那里有正规的语言培训机构……就像在以色列一样”（Ozick，1997b：15）。普特梅瑟心想，她可不会去以色列，因为“她在市政大楼有工作”（Ozick，1997b：16）。对她来说，现实的工作更重要。

其次，他们谈论普特梅瑟的名字。金泽尔叔叔认为“普特梅瑟”这个名字像个笑话，因为它的意思是“切黄油的餐刀”。他建议她换个可爱的好名字。普特梅瑟则调侃，那就换成“玛格瑞恩梅瑟”

(Margarine-messer)(Ozick, 1997b: 15),意思是“切植物奶油的餐刀”。从“餐刀”说到武器,金泽尔叔叔建议普特梅瑟“去查字典”“到书里查一查”,之后,历数包括“剑”“戟”“弯刀”“长矛”“细长的剑”“钝头剑”“枪上的刺刀”“匕首”等诸种武器的名称称谓(Ozick, 1997b: 15)。

另外,普特梅瑟虚构的细节中,特别描述了希伯来字母的形状。gimel 和 zayen 是一对双胞胎,一个踢左腿,另一个踢右腿;或者用孕妇的肚子形状来帮助记忆,两个方向相反(Ozick, 1997b: 16)。

虚构与杜撰,只是满足了虚构与杜撰作为想象而带来的虚妄的审美体验。沉浸于此的普特梅瑟,迷恋的是运用想象力,驰骋于那个借助虚构与杜撰构建起来的虚幻世界、从现实中逃开的体验,那个偶像所属的“自足的系统”。普特梅瑟关于金泽尔叔叔的幻想,本质上,是她惯于沉醉于想象力的自然反映,是她“日常乐趣的翻版”(Katz, 125)。

普特梅瑟虚构与金泽尔叔叔的联系,并不是为了构建起与犹太历史的关联,也不是为了填补与现实犹太生活相疏离的遗憾——普特梅瑟并不觉得这有什么遗憾——她疏离于犹太历史、犹太现实生活的程度之深,已在她自己的感知之外,她对此已毫无意识。普特梅瑟只是沉浸在想象世界里,沉浸在想象希伯来语作为语言带来的审美体验上。作为偶像的想象力以及由想象力构建起来的希伯来语的审美体验,其意义只在于充当普特梅瑟沉醉其中、与现实世界和日常生活相隔绝的自足的系统。

普特梅瑟的虚构与杜撰,恰恰证明,她所虚构与杜撰的,原本就是缺席;恰恰证明,在普特梅瑟的生活中,与犹太历史的现实关联,只能凭借虚构与杜撰而存在。

欧芝克笔下的偶像制造者普特梅瑟,还创造出了泥人。她随意地用家中花盆里的土，“陷于一阵搅乱人心、莫名的冲动”（Ozick，1997b：94），创造出了泥人赞西佩。犹太传说中，布拉格拉比犹大·罗维（Rabbi Judah Loew of Prague）所创造的泥人，目的极其明确：保护犹太人免受毁灭之灾。普特梅瑟创造泥人的行为缺乏内在动机和主观意愿。创造泥人后，普特梅瑟陷入失忆状态，不知道是自己制造了这个不成形的泥人。一定要深究普特梅瑟创造泥人的动机的话，只能说，她随意而为的创造，不过是她惯于沉醉于想象力、沉醉于偶像那一个“自足的系统”的又一个自然反映，是她“日常乐趣”的又一个“翻版”。其中如果有什么目的可寻的话，非利己、以自我为中心莫属。

普特梅瑟让泥人赞西佩留下来的理由，充满了利己的、以自我为中心的意味：“你会做饭吗?”“我应该做的，我都会做。”“好吧……那样的话，你可以留下来。你可以留下来，直到我决定不要你了。现在去做午饭吧。做点儿我爱吃的，只能做得比我好。”（Ozick，1997b：49）后来，借助赞西佩周密的“复兴、改革、振兴与救赎”计划的帮助（Ozick，1997b：74－75），普特梅瑟成就了自己“世俗理想主义”的抱负，将纽约建设成了理想中的天堂。

陷于自己的想象，沉醉于那个游离于历史与现实之外的“自足的系统”，普特梅瑟创造出和童年的自己一样的女儿们、虚构与杜撰出和她分享语言表层意义上的审美体验的金泽尔叔叔、不经意地创造出可以满足自己利己主义需求的泥人，欧芝克笔下的偶像制造者普特梅瑟，见证着欧芝克对于偶像崇拜的“米德拉什”式文学阐释。

三 偶像崇拜者

《医生的妻子》（“The Doctor's Wife”）中的席尔瓦（Silver），即

“帕格”、《罗莎》中的罗莎以及《异教徒拉比》中的艾萨克·科恩菲尔德和申黛尔均被塑造成偶像崇拜者。

《医生的妻子》(“The Doctor's Wife”)展现了陷于偶像崇拜的医生品克斯·席尔瓦(Pincus Silver)的生活状态。家里人称品克斯为“帕格”。故事中春天和秋天的两个场景非常耐人寻味。春天，年近五十岁的帕格独身一人，用欧芝克散文里的话来说，无法沉浸到“普通人纠缠于其中的激情”中去，无法去“经历最寻常的、命运的安排”(Ozick，1983h：292)。他与生活保持着距离，“他想，也许一切都是暂时的……他还年轻，他在给未来做准备，他会有后代的……他会得到拯救……他坚信，他最圆满的婚姻就在前方”(Ozick，1995b：182－183)。秋天，帕格对自身的反省便不再像春天那样乐观。“空气里弥漫着法官仿佛复仇的气息”，他为逝去的青春哀叹。他开始细细叙说自己所失去的韶光：三十岁时，自己好像“开放的集市广场，等待征服者来占领”；四十岁时，“依然没有历史”，依然相信会有奇迹发生，爱上了契诃夫传记中一张“无名友人”的照片(Ozick，1995b：187－189)，彻底沦为偶像崇拜者。

值得注意的是，爱上照片的行为，直接导致帕格与妹妹专门请来参加他的生日聚会、介绍给他认识的格尔达·斯坦薇(Gerda Steinweh)女士擦肩，错失缔结良缘的机会，使“医生的妻子”成为泡影。甚至在妹妹将格尔达介绍给他时，他还在想象着和“无名友人”的虚幻婚姻，内心默念着：“生活！……，生活，生活，你在哪里？你去了哪里？你为什么不等等我？给我生活！”(Ozick，1995b：198，202)欧芝克塑造的帕格，陷于自己虚构出来的幻想、自我欺骗、自我蒙蔽，陷于偶像那个自足的系统，疏离于现实世界和正常人的普通生活之外，是一个不折不扣的偶像崇拜者。

《罗莎》中的罗莎也被塑造成偶像崇拜者。偶像“是一个自足的系统”（Ozick，1983d：189），偶像无视现实世界、无视人的正常生活。罗莎疏离于普通人的寻常生活：只在不得不去洗衣房时才离开公寓房间。罗莎沉醉于自己的幻想，把死去的女儿玛格达奉为偶像：痴迷于在集中营包裹玛格达的披肩；用波兰语给玛格达写信（Ozick，1990a：66），称她为“我的上帝，我的……女王”；假想她还活着，否认她已死去的现实；甚至想象她成年之后、不同阶段的生活（Ozick，1990a：39）。罗莎眼中的时间，停留在大屠杀阶段，“之前是梦，之后是玩笑，只有过程挥之不去”（Ozick，1990a：58）。玛格达被凝固在时间里，奉为偶像。罗莎的正常生活断裂，陷于偶像崇拜的泥沼。

另外，《异教徒拉比》中的艾萨克·科恩菲尔德和他的妻子申黛尔也被欧芝克塑造成偶像崇拜者。

露丝·威斯（Ruth Wisse）指出，19 世纪末 20 世纪初的希伯来、意第绪文学惯于以受到自然界感性诱惑的犹太法学博士为主人公（Wisse，41）。在埃博拉默唯茨（S. Y. Abramovitch）、比亚利克（Chaim Bialik）以及车尼考夫斯基（Saul Tchernikhovsky）等作家的诗歌、小说中，这样的主题屡见不鲜——“自然界的太阳、风暴、树木、河流，作为自由的象征，与自我否定的犹太文化形成对立。”（Wisse，41）显然，《异教徒拉比》是这一主题的现代翻版，讲述犹太拉比艾萨克·科恩菲尔德迷恋自然之美，无法自拔，最终自尽的故事。

艾萨克·科恩菲尔德研究《密西拿》历史，著有多部享有盛誉的犹太法学家释经书卷，是杰出的犹太拉比。然而，他不可救药地迷上了自然——自然崇拜是犹太律法明令禁止的偶像崇拜行为。他荒疏了《塔木德》研究，整日在公园流连直到黎明，祈求自然回应他的呼唤。终于，他得到了树神（Iripomonoeia）的回应，并与它合二为一，“身体的每一个组织都最真切地感到满足，绝妙的妖娆”（Ozick，1995c：29）。当他的灵魂贪婪地想要拥有树神时，他的呼唤却再也没有了回应。“意欲将犹太神性和自然结合在一起，艾萨克却两者皆失。”（Cooper，188）万念俱灰，艾萨克用祈祷披肩在一棵树上自缢。

艾萨克沉醉于想象，他想象“会说话的云”“娶了枯萎草叶的海龟”“因为没有腿而流泪的石头”“会变成姑娘的树”“有灵魂的猪”（Ozick，1995c：13）。他的想象“充满精灵、仙女和天神”（14）。艾萨克的想象，从本质上讲，是自然崇拜，基于泛神论的立场，与犹太教伦理一神教的本质相悖。

艾萨克想象“地球上有两类灵魂：自由灵魂和内置灵魂”（Ozick，1995c：21）。他还借助想象，重构《圣经》中的犹太历史，颠覆“摩西十诫”中第二诫“拒绝偶像崇拜”的训诫，坚持认为“摩西并不是由于无知，才没有训教世界上是存在自由灵魂的……如果先祖们被告知世界上是存在着自由灵魂的，他们就会说‘让我们留下，即便我们的身体在埃及为奴，灵魂也可以自由地徜徉在锡安’，那样他们就不会‘遵从上帝的旨意，离开埃及’，挣脱被奴役的枷锁了”（Ozick，1995c：22）。艾萨克对灵魂类型的想象、对《圣经》中犹太历史的篡改，不过是为了满足自己崇拜自然的需要，为自己的偶像崇拜行径开脱、寻找一个堂而皇之的理由。那个他沉醉其间的想象世界，只是一个“既不能创造历史，也不能改变历史”的“自足系统”而已（Ozick，1983d：190）。

另外，由于崇拜自然，艾萨克日夜在公园踯躅流连，荒疏了《塔木德》研究，逃避了对家庭的责任，表现出“对现实世界和人类生活没有兴趣”（Ozick，1983d：189），将自己困于那个“除自身之外再无其他意义”的虚幻世界，成为偶像崇拜的牺牲品。

与沉醉于想象的艾萨克截然不同，他的妻子申黛尔“天生惧怕想象力”（Ozick，1995c：14）。她在纳粹集中营出生，是犹太大屠杀的幸存者——被纳粹士兵扔到电篱笆上，碰巧军队暴乱，电篱笆断电捡了一条命，“电篱笆上的倒刺在脸上留下一个星状的疤痕”（Ozick，1995c：7）。她将犹太律法视为不可逾越的“篱笆”（Lyons，19），坚信在“犹太”和“异教”之间，不存在任何中间地带，两者非此即彼。“在她那个年龄的女性里，申黛尔令人惊讶地博学。”（Ozick，1995c：7）她用“篱笆”来诠释犹太律法，足见她对《密西拿》文献非常熟悉。在《先父的章节》（*Pirke Avot*）等文献中，“篱笆”的隐喻反复出现，用于解释上帝的训诫的重要性，以及采取相应的措施对其加以保护的必要性（Levinson，170）。

显而易见，申黛尔坚决捍卫犹太性，毫不动摇地站在犹太律法这道“篱笆”之内。说起艾萨克沉醉其中的想象力，她充满仇恨（Ozick，1995c：14），认为“他翻过了律法的篱笆”（Ozick，1995c：24），沦为异教徒，“毫无尊严”可言（Ozick，1995c：22）。

欧芝克认为，只要是“我们听任其隔绝在上帝和我们自己之间，取代了上帝的”，便是偶像（Ozick，1983i：207）。申黛尔将《托拉》周围的“篱笆”——对犹太律法的虔诚，当作上帝，将其奉为神明，“申黛尔对于篱笆的极端信仰，破坏了她的道德意识……她将律法的篱笆当作了偶像来崇拜”（Levinson，178）。在这个意义上，申黛尔也是一个偶像崇拜者。

正如欧芝克所言，偶像崇拜“令人变得无情”（Ozick，1983i：207）。申黛尔对艾萨克的挣扎——“正是有了怀疑，那些攀附在律法篱笆之上的窒息的藤蔓才被不断剪除，才有了律法的纯粹”（Ozick，1995c：25）——充满了无情的嘲讽。艾萨克去世后，他的朋友——故事的叙述者，见到申黛尔，“她的语调里满是令人惊讶的讽刺”（Ozick，1995c：10），看起来“她并不显得六神无主，而是满口嘲弄挖苦”（Ozick，1995c：18）；读艾萨克的信，她的声音，让故事的叙述者想起“父亲那绝不原谅的腔调”（Ozick，1995c：21）；“艾萨克什么书都读”，俨然“一个半醉在印刷品里的人”，而他死后，“家里没有一样艾萨克留下的物件，连一本书也没有”。故事的叙述者反复问申黛尔：“你不同情他？你一点儿也不同情他？”她的回答竟是：“让世界同情我！”（Ozick，1995c：37）

如果申黛尔不是听任对犹太律法的虔诚取代了上帝，作为艾萨克的妻子，她的理解与同情，也许能给苦苦挣扎于“犹太拉比”与“异教徒”旋涡的艾萨克一些积极、有益的影响与帮助。申黛尔的无情，实质上源于她惧怕想象力，不具备运用想象力对他人的困境与挣扎做设身处地、感同身受的移情体验与理解的能力。

欧芝克将艾萨克和申黛尔都塑造成了偶像崇拜者。艾萨克因崇拜自然、秉承“万物皆有灵”的泛神论立场而陷入偶像崇拜的深渊；申黛尔则因将对犹太律法的虔诚奉为神明，取代了上帝本身而丧失了对至亲的理解和同情，进而听任艾萨克在偶像崇拜的深渊里挣扎，最终放弃了希望。究其本质，根源在于对待想象力的态度、运用想象力的能力及其对想象力加以规约的意识。

通过《异教徒拉比》，欧芝克对陷于自然崇拜的偶像崇拜、听任对犹太律法的虔诚取代上帝而丧失同情与理解的偶像崇拜进行了“米德拉什”式的文学阐释，折射出欧芝克对于想象力与偶像崇拜的关系的思考。

《异教徒拉比》以“米德拉什”的方式，阐释了作为“文学创作的血肉”的想象力与偶像崇拜的关系，关乎文学生产。《斯德哥尔摩的弥赛亚》则从文学阐释、文学接受的角度，阐释偶像崇拜与语言、文本解读的关系。《异教徒拉比》阐释自然崇拜，《斯德哥尔摩的弥赛亚》解析文本崇拜，其中的主人公拉尔斯（Lars）被同时塑造成偶像崇拜者和偶像制造者。

四 偶像崇拜者与偶像制造者

《斯德哥尔摩的弥赛亚》中写文学评论的孤儿拉尔斯·安迪麦宁，“很久以前，就已经将自己放到了文学的圣坛上”（Ozick，1988b：7）。通过阅读波兰犹太作家布鲁诺·舒尔茨的作品，拉尔斯认定他发现了自己的身世之谜，认定自己的父亲就是舒尔茨。他幻想他看得到舒尔茨的眼睛，并且通过舒尔茨的眼睛来看世界。以舒尔茨作品的语言为媒介，基于拉尔斯对舒尔茨作品文本的解读，拉尔斯将舒尔茨的小说文本奉为偶像，沉醉于由此而杜撰出的父子关系。欧芝克笔下的拉尔斯既是一个偶像制造者，也是一个偶像崇拜者。

拉尔斯的偶像崇拜行为，以“米德拉什”方式，借助文学演绎，阐释欧芝克所概括的偶像的基本特征。

第一，偶像“是一个自足的系统”（Ozick，1983d：189），“诱惑人们去模仿、变成它的样子”（Ozick，1983d：189）。偶像无视现实世界、无视人的正常生活。“没有生命的物质支配统治着生者。”（Ozick，1983d：189）显然，已经死去的舒尔茨，占据拉尔斯生活的中心，诱惑他去崇拜并模仿，就像小说中的海蒂（Heidi）对拉尔斯的评价，“你想成为他……这是模仿，就像对着镜子摆姿势”（Ozick，1988b：41）。拉尔斯沉醉于这个“自足的系统”，几乎不与人交流，和身外的世界隔绝。

第二，偶像“先于偶像崇拜者而存在”，仿佛权威一样，扮演着“前辈与先驱”的角色（Ozick，1983d：189）。作为举世闻名的小说家、艺术家，舒尔茨对拉尔斯，其“前辈与先驱”的感召力不言自明。拉尔斯对舒尔茨的崇拜无以复加，他乐此不疲地收集舒尔茨的所有相关资料，为了找到一篇关于舒尔茨的美国评论，拉尔斯甚至去垃圾桶中翻捡。

第三，偶像“既不能创造历史，也不能改变历史”（Ozick，1983d：190）。拉尔斯所杜撰的父子关系，虽然帮助他暂时从漂泊无依的现实境况中逃脱，寻得些许慰藉与安慰，但毕竟无法创造历史，也无法改变他是孤儿、两次被妻子抛弃、无家可归的历史。

第四，偶像令人变得无情（Ozick，1983d：190）。陷于通过文本崇拜而杜撰出的父子关系，拉尔斯对女儿淡漠，几乎不再想起和她有关的往事。对待周围的人，他“就像牵线木偶”，而他们，在他眼里，也不过是“一群蜡像”（Ozick，1988b：68）。

由于陷于文本崇拜，拉尔斯听任他借助追索语言线索杜撰出的父子关系，取代了上帝，隔绝出现在他和上帝之间，他将舒尔茨的作品文本，当作了他在现实生活中的弥赛亚。

欧芝克在描写拉尔斯阅读舒尔茨的手稿的场景时，用了许多和进食有关的隐喻，意在揭示拉尔斯和他所阅读的文本之间关系的本质，是偶像与偶像崇拜者的关系——“什么也妨碍不了他，什么也无法让他放慢阅读的速度。他饥渴地读着，速度惊人，咀嚼着钓钩和刀锋，舌头和声音，真正的弥赛亚！迅疾，贪婪！”（Ozick，1988b：105）同样，类似的描述还包括：“他贪婪地吞咽下去，祭司一样”，“某个激情澎湃的教派的祭司，对他来说，接近神的时刻，比经文本身更加重要”（Ozick，1988b：117）。与其说拉尔斯是在阅读文本，对文本加以理解，不如说，他是在崇拜文本，借文本满足自己寻找归属感的需求。

文本崇拜以及拉尔斯所杜撰的与文本作者之间的父子关系，在欧芝克笔下，显现出偶像崇拜的本质。

欧芝克强调，“小说关乎行为和行为后果”（Ozick，1983b：246），小说的使命在于揭示行为与行为后果之间的关系。

不同的行动导致了不同形式的偶像崇拜。普特梅瑟为想象而想象，虚构女儿、杜撰金泽尔叔叔、制造泥人；帕格爱上契诃夫传记中“无名友人”的照片，与可能的美满婚姻失之交臂；罗莎陷于创伤记忆，将死去的女儿奉为偶像；艾萨克基于泛神论“万物皆有灵”的立场，崇拜自然，并为自己的行为开脱——篡改《圣经》历史；申黛尔盲目听任对于犹太律法的虔诚取代了上帝本身；拉尔斯奉语言为神明，陷于文本崇拜。

虽然在欧芝克的小说中，偶像、偶像制造、偶像崇拜呈现出不同的形式，但是，有一点是共同的：陷于偶像崇拜的代价，是牺牲了普通人的寻常生活——在散文《寻常之谜》（“The Riddle of the Ordinary”）中，欧芝克将其“等同于尘世的基本生活物质；它给予我们生命，让我们的生命得以延续，让我们悠闲安逸地认识到我们是谁、我们做什么、我们的同伴是谁、他们做什么”（Ozick，1983i：201）——因为，偶像作为普通的寻常生活的对立面，表现为一个“自足的系统”（Ozick，1983i：189），对现实世界和人类生活没有兴趣。

在欧芝克的小说中，陷入偶像崇拜的主人公无一例外地牺牲了普通的寻常生活：詹姆斯被剥夺了正常男孩的生活与乐趣，成为父亲创作的附庸；普特梅瑟独身一人，宁可读柏拉图，也不与情人亲热；帕格始终在等待妻子；罗莎只在不得不去洗衣房时才离开公寓房间；艾萨克终日在公园流连至黎明；申黛尔失去了丈夫；拉尔斯将自己祭献给了文学。因为牺牲了普通人的寻常生活，欧芝克小说所塑造的偶像、偶像制造者和偶像崇拜者，被困于偶像、毫无生机、陷于幻象、陷于与现实生活相隔绝的自我放逐。他们所遭受的惩罚，是《塔木德》中警示人们的灵魂的幻灭。欧芝克“对放逐做出了合乎犹太教传统的米德拉什式阐释”（Kauvar，1987b：113）。

欧芝克对于抵制偶像崇拜的“米德拉什”式的文学阐释，还表现在她在小说中表现出的对于偶像崇拜的犹太救赎。

五　偶像崇拜的犹太救赎

除了强调行为和行为后果，欧芝克还强调，小说应肯定救赎的功用、承认人类拥有“改变自己命运的自由”（Ozick，1983b：246）。她的犹太救赎观与利奥·拜克（Leo Baeck）对于犹太教区别于基督教、强调克服被动性、倡导主动改变命运的见解一脉相承。犹太救赎观是与希腊宿命观相对立的思想，“与通常意义上诸如真、善、美等等美德无甚关联”（Ozick，1983b：245）。救赎意味着人“成为行为的主体”（Ozick，1983b：246），主动行使改变生活、改变命运的自由（Ozick，1983b：245）。

不同的行动，导致不同的偶像崇拜形式。面对同样被牺牲了的寻常生活，不同的行动，亦导致不同的后果。是否克服被动性、积极行使“改变自己命运的自由”（Ozick，1983b：246），成为陷于偶像崇拜的人物不同结局的决定性因素。这也是欧芝克通过给不同的人物安排不同的结局、以“米德拉什”方式对偶像崇拜的犹太救赎加以文学演绎与阐释的具体表现，彰显了欧芝克弘扬犹太救赎观的主张。

综观作为偶像崇拜者的帕格的生活状态以及他从三十岁到五十岁的人生轨迹，不难看出，他漠然抽身于生活之外，对未来充满渴念与期待，但仅限于此，二十年间只是被动地等待命运的垂青。甘于陷入幻想、拒绝主动采取行动放弃偶像崇拜行为、放弃改变自己命运的自由，最终既没有爱情也丢掉了生活，堕入被放逐的深渊。

普特梅瑟的命运同样可悲。二月的一天，和纽约许多公寓一样，普特梅瑟的房间闷得不透气，她把读书的椅子后面的窗户稍稍打开了一条缝。窃贼爬了进来，杀死了普特梅瑟，还强奸了她（Ozick，1997b：215）。如此悲惨的结局，与普特梅瑟的行为有密切的关联——“普特梅瑟永远不会从根本上改变自己”（Katz，125），她一而再、再而三地重复同一个错误：为想象而想象——她虚构自己的女儿、杜撰金泽尔叔叔、制造泥人赞西佩，“普特梅瑟的困境在于，她对某种氛围分外忠诚”（Ozick，1997b：12）。

帕格与普特梅瑟的命运，根源既在于他们陷于偶像崇拜，更在于他们“浪漫宗教”的立场：不采取主动、积极的行动、寄希望于命运的垂青，或固执地沉醉于为想象而想象的氛围。如果说是偶像崇拜让他们的生活失去生机，使他们置身生活之外，那么，他们的“浪漫宗教”的立场则使他们的生活失去希望，使他们置身于救赎之外，陷于被放逐的命运。

欧芝克所塑造的帕格、普特梅瑟，既折射出她坚定地抵制偶像崇拜的立场，又通过展现与犹太教相对立的“浪漫宗教”的可悲立场，弘扬了犹太教立场以及犹太精神：抵制偶像崇拜，倡导积极行使改变生活、改变命运的自由。

和帕格、普特梅瑟构成对位关系的，是拉尔斯与罗莎。

拉尔斯改变了自己、改变了自己的生活——他开始同情周围的人，感同身受地体会他们的苦恼、痛苦：他同情他的同事，古纳尔·海姆利格（Gunnar Hemlig）和安德尔斯·费斯凯恩格尔（Anders Fiskyngel），看到他们蜡一样的脸庞，蜡一样的眼睛，还有他们充满痛楚、埋怨、若有所失的蜡一样的泪水，看到他们的无助，拉尔斯的“心底涌起一股温柔的感情”（Ozick，1988b：68）；他同情书店店主海蒂（Heidi）“日渐老去”（Ozick，1988b：40）。他对自己也开始有了同情，同情自己“日日夜夜脑子里只有纯文学”（Ozick，1988b：11），同情自己错过了“中产阶级的普通境遇”（Ozick，1988b：120）。他开始能够欣赏普通人的寻常生活，并享受其中的乐趣。他“回到了日复一日的正常生活”（Ozick，1988b：132），慢慢“有了一点名气”（Ozick，1988b：131），“寻常的生活，看起来非同寻常”（Ozick，1988b：132）。

和拉尔斯一样，欧芝克所塑造的罗莎也没有被动地等待命运的垂青，没有丧失行动力，而是克服了被动性，积极行使改变生活、改变命运的自由。

大屠杀前，罗莎在波兰过着优越、幸福的生活。罗莎的父母是有地位、有教养的犹太人，可他们仇视犹太身份，是“波兰反犹的产物”“激进同化的楷模”。罗莎记忆中的父亲，是一个“彻头彻尾的波兰人”（Ozick，1990a：40）、“身上没有一丝一毫犹太人居住区‘格托’（ghetto）的痕迹”（Ozick，1990a：21）。在罗莎看来，犹太人“蒙昧”“愚蠢”，自己与他们格格不入：“像我们这样的家庭……想象一下把我们和一群莫克维兹斯们、拉拜恩维兹斯们、帕斯基们和芬克勒斯坦们关在一起，老人发着恶臭，孩子奄奄一息，……眼睑化着脓，瞳孔可怕地放大。……我们无比愤懑，同样的厄运居然降临在我们身上。我父亲可是个真正的大人物，我母亲高挑、体面、优雅，人们禁不住向她鞠躬，即便还不知道她是谁。”（Ozick，1990a：66－67）

显而易见，父母灌输给罗莎的，是对于犹太身份和犹太文化的偏见。罗莎对犹太人、犹太文化的偏见集中体现在她对来自犹太底层的西蒙·帕斯基（Simon Persky）的歧视。帕斯基是罗莎在洗衣房结识的钮扣商，他看意第绪语的报纸，是个“渴望过普通人生活的普通人”（Kauvar，1987b：116）。起初，她轻视他，认为他们之间没有共同语言，无法交流，甚至傲慢地对他说“我的华沙不是你的华沙”（Ozick，1990a：19）。

然而，罗莎在轻视普通犹太人的同时，始终无法忘记她在华沙见过的那些普通犹太农妇。她们“图唯姆（Tuwim）的诗一行也读不明白，更不晓得维吉尔（Virgil）是谁”（Ozick，1990a：69）。可从她们买东西的袋子里戳出来的莴苣，让罗莎垂涎欲滴（Ozick，1990a：68）。罗莎意识到，在美利坚，没有人会再把她看作波兰人，她自己已经“变成了莴苣农妇”（Ozick，1990a：69），只有重新认识犹太身份、犹太文化，才能有真正的归属。

罗莎主动重新审视自己对犹太身份、犹太文化的认识，终于改变自己的生活——她开始给帕斯基讲述大屠杀中的经历；她接通了电话，告诉斯黛拉她愿意回纽约去；这一切都表明她愿意重新建立与世界的联系。终于，当帕斯基来看她的时候，她让他进屋，“玛格达不在那儿……玛格达走了”（Ozick，1990a：70）。

接受了普通犹太人帕斯基，罗莎认同了自己的犹太人身份，摒弃了父母灌输的反犹观念以及对犹太身份的憎恶。“玛格达走了”，罗莎放弃了被犹太律法明确禁止的“偶像崇拜”行为，完成了自我救赎，重返正常的生活、回归犹太价值，渐渐走向创伤复原，走出了被放逐的梦魇。

帕格与普特梅瑟代表了“浪漫宗教”的立场：绕开冲突、规避行动，被动消极，等待命运的垂青，建构起的世界超越现实、幻象横生；拉尔斯与罗莎则体现了与之对立的犹太教立场：注重行为、主动行动、积极实现自我救赎，行使改变生活、改变命运的自由，最终回归普通人的寻常生活。

艾萨克·科恩菲尔德和申黛尔则代表了欧芝克矛盾、含混的立场。艾萨克·科恩菲尔德陷入自然崇拜、为崇拜自然而篡改《圣经》中的历史，一方面，代表了“浪漫宗教”的立场：沉醉于超越现实、幻象横生的想象世界；另一方面，代表了“古典宗教”犹太教积极采取行动的立场：他对于灵魂类型的划分、对于《圣经》历史的重构，实质上，在为犹太典籍提供特定语境下的新阐释，是犹太价值观所倡导的求异思维、思辨意识的体现——他客观地尊重了自己的困惑与怀疑，“正是有了怀疑，那些攀附在律法篱笆之上的窒息的藤蔓才被不断剪除，才有了律法的纯粹”（Ozick，1995c：25）。艾萨克·科恩菲尔德兼具两种立场，欧芝克为他安排的结局也充满悖论：他用自己的祈祷披肩在一棵树上自缢而亡。相互冲突的矛盾双方，自然崇拜与犹太忠诚，在艾萨克·科恩菲尔德死亡的特定方式里，达成了和解。至于申黛尔，她对犹太律法的无条件忠诚，本是欧芝克倡导的，可她所代表的完全排斥想象力的立场，则是作为作家的欧芝克无法认同的。于是，她盲目地听任对犹太律法的虔诚，取代了上帝，一方面，她失去了丈夫，被放逐在普通的寻常生活之外；另一方面，欧芝克笔下的她，期待世界的同情。

《微光世界的继承者》《医生的妻子》《普特梅瑟故事集》《异教徒拉比》《斯德哥尔摩的弥赛亚》以及《罗莎》等都以“米德拉什”的方式，在小说文本中，对《圣经》《塔木德》等犹太典籍坚决抵制偶像崇拜的立场做出文学阐释，揭示了偶像崇拜的悲剧性后果。同时，通过建立人物行为与后果之间的关系，解析了“浪漫宗教”与作为“古典宗教”的犹太教对待行动、救赎的不同立场。抵制偶像崇拜的“米德拉什”式文学阐释，既折射出欧芝克反对偶像崇拜的坚定立场，也弘扬了欧芝克恪守的犹太救赎观。

欧芝克的小说，不仅对抵制偶像崇拜做出了“米德拉什”式的文学阐释，还着力凸显“修复世界”（tikkun olam）和肩负“社会责任”（arevut）的犹太主张。

第三节 “修复世界”和“社会责任”

欧芝克关注犹太民族的共同利益，对于“修复世界”（tikkun olam）和肩负“社会责任”（arevut）的犹太主张，进行了“米德拉什”式的文学阐释。

一 “修复世界”和“社会责任”的犹太内涵

“tikkun olam”和“arevut”均为希伯来语，“tikkun olam”的意思是“对世界加以修复”（Tikkun olam，17：18 August 3，2013）；“arevut”是与之相伴而生的犹太概念，意指“社会责任”。“修复世界”和“社会责任”是2世纪研究《密西拿》（*Mishnah*）的学者们倡导的两个犹太观念。其目的在于呼吁犹太人肩负社会责任，对社会现实中不尽如人意之处，加以修复和改良，从而延续与上帝的契约，进而保障犹太种族得以绵延不绝地存在、发展和繁荣（*Encyclopaedia Judaica* Vol. 13）。“修复世界”和“社会责任”的前提在于，犹太人肩负起社会责任，“不仅是个人道德、精神以及物质意义上的福祉，也是在普遍意义上造福于社会”（Tikkun olam，17：18 August 3，2013）。

16世纪的卡巴拉神秘主义思想，将弥赛亚救赎思想引入犹太神秘主义思想体系。之前的“犹太神秘主义思想，关注万物的起源以及创造的本质”，而弥赛亚救赎思想则“关注万物的结局”（Scholem，1976：8）。“修复世界”（tikkun olam），与修补的行为有关，是16世纪著名的卡巴拉神秘主义思想先驱艾萨克·吕利亚（Isaac Luria，

1534—1572）用以解释创造及其内涵的核心概念之一。在艾萨克·吕利亚看来，创造包含三个关键步骤：“上帝退隐”（Tsimtsum）；“器皿瓦解”（Shevirah）；“修复世界”（tikkun olam）（Scholem，1976：10－12）。“上帝退隐”（Tsimtsum）是创造的第一步。没有“上帝退隐”，上帝便无所不在，就没有容纳万物的宇宙（Scholem，1976：11）。“上帝退隐”之后，出现“原始空间”（primordial space）（Scholem，1976：10），在那里“上帝的残留物依然存在”（Scholem，1976：10－11）。正是由于依然留存着上帝的痕迹，宇宙才有可能得以发展（Scholem，1976，11）。艾萨克·吕利亚用“上帝退隐”的概念，解释了上帝与有形的物质世界的并存。“器皿瓦解”（Shevirah）是创造的第二步。“依据犹太神秘主义的基本原则，万物都需要遮盖，万物都有一层包裹着的壳。”（Scholem，1976：11）上帝将他的光盛在器皿里，普照宇宙。卡巴拉思想认为，上帝的系统，也是一个有机运行的系统。“只有器皿瓦解，它们所盛的种子，上帝的光，才能发挥作用。”（Scholem，1976：11）“器皿瓦解”的结果，自然就是“破碎的器皿散布到原始空间的各个角落，随它们同去的是上帝的光芒。没有什么处在适当的位置；万物皆被放逐”（Scholem，1976：11）。16世纪的卡巴拉神秘主义“赋予‘放逐’新的含义”（Scholem，1976：8）——“放逐不仅是对罪恶的惩罚，对信念的考验，也是一种神秘的使命。”（Scholem，1976：13）创造的第三步，“修复世界”（tikkun olam），则借由“上帝的光普照世界，再回归上帝”而达成和谐，完成“弥赛亚救赎，即秩序与和谐的复位”（Scholem，1976：12），最终，万物回归各自适当的位置。

在《论卡巴拉及其象征》（*On the Kabbalah and Its Symbolism*）中，哥舒姆·舒勒姆（Gershom Scholem）指出，“从上帝创世开始，每一个生命都是一个被放逐的生命，需要被接引、被救赎”（Scholem，

1969：112）。从创世以来，人类一直肩负着一种使命——找寻上帝的光芒、用它们来修复瓦解的器皿——卡巴拉的隐喻，修复世界。因此，“修复世界”的主张，旨在重建个体的人对普遍意义上的人类所肩负的责任，以及与之相伴的，人对上帝的责任。“修复世界”的主张，成为保障犹太民族延续种族的生存、延续与上帝所立的契约的有效途径。

哥舒姆·舒勒姆（Gershom Scholem）进一步指出，“借助《托拉》，人类可以将宇宙恢复到它最初的设计”（Scholem，1976：12）。《托拉》是指导犹太人日常生活、行为规范的犹太教律法与教导，涉及人与上帝的关系、人与人的关系。《托拉》公认的观点是，人与人的关系，远比人与上帝的关系更加棘手。也就是说，“修复世界”的前提，是遵循《托拉》的教诲。《塔木德》记载，一个非犹太人向《密西拿》先贤伊莱尔（Hillel）拉比请教，“您能不能简明扼要地给我讲讲《托拉》的精髓？您能不能一边一只脚站立，一边告诉我犹太教的全部？”伊莱尔拉比答道，“己所不欲，勿施于人。其他的都是评注——现在去学习吧”（Telushkin，1991：117－120）。伊莱尔拉比所阐释的《托拉》的精髓、犹太教的实质，显然是针对处理人与人的关系，突出强调了《托拉》和犹太教倡导的两点主张：对自己的了解以及辩证的思维方式。肩负起社会责任，“修复世界”，最困难的在于处理人与人的关系。了解自己、辩证地思考，是实践“修复世界”的先决条件。

“社会责任”将犹太人联系起来，将个体的努力联系起来。“社会责任”来自《塔木德》格言，“Kol Yisrael Arevim Zeh baZeh”——字面意思是，“所有的以色列人，都彼此相联系”。《塔木德》在与起誓有关的《示巴训文》（Tractate *Shebu'oth*）中有所记载。《密西拿》中与此相对应的部分写道，“违背《托拉》的教诲，他自己遭受惩罚，不过这里（起伪誓），遭受惩罚的就不仅是他，还有所有人”。紧接着的是《塔木德》先贤所提的问题，“违背《托拉》的教诲，难道不是所有人遭受惩罚吗？看哪！《利未记》里写着呢，‘他们会一个接一个地绊倒’（*Leviticus*，26：37）；也就是说，一个因为另一个的罪过；这教导我们，所有的犹太人互为保证人”（*Shebu'oth*，39a）。关于这一部分，还有一个注释，做出了更加明确的阐释：“因此，为一切罪过，全世界（所有的以色列人）都遭受惩罚，因为所有的以色列人对彼此都负有责任，所有的以色列人联系在一起，避免不当的行为……他们遭受惩罚……因为他们本有能力避免（犯罪），而他们却没有这样做。”（*Shebu'oth*，39a）基于对彼此的责任，所有的犹太人都彼此联系在一起。

伊莱尔拉比解决债务问题的创举，历来被视作“修复世界”的典型范例，对如何实现“修复世界”的目标颇具启发意义。在《托拉》中，有关债务偿还问题，有一个规定，借贷行为发生七年之后，如果债务尚未清还，则还债义务自行赦免。这样的规定，虽然目的在于“避免出现永远处于经济底层的债务人阶层”（Telushkin，1991：118），但是其实际的结果却是，富人不会再给穷人借贷，除非有收回借贷的保障。在这种情形下，伊莱尔拉比创造性地推出了“普洛斯布尔”（prosbul），即在原先规定的基础上，添加附带条款，规定七年尚未偿清的债务须移交法庭处置，只要债权人向法庭申诉要求收回借贷，法庭即承认债务存在，并负责敦促债务人在债务到期时将贷款返还债权人。“普洛斯布尔”（prosbul），抓住关键问题，充分考虑其中潜在的矛盾对立，辩证地权衡矛盾双方的利益，在公正的前提下，既坚持了《托拉》帮贫扶弱的宗旨，又修补了《托拉》律法的漏洞。其中起决定性作用的关键因素包括：明辨潜在的矛盾对立、区分现实情况和可能性、抓住关键问题、辩证地思考。

下文以《食人星系》为例，分析欧芝克对于两个彼此相互关联的犹太主张，“修复世界”和“社会责任”所进行的“米德拉什”式文学演绎。

二 约瑟夫·布里尔：“修复世界”和“社会责任”犹太主张的实践者

在《食人星系》中，欧芝克将主人公约瑟夫·布里尔（Joseph Brill）塑造成“修复世界”和“社会责任”的实践者，以小说创作，阐释了“修复世界”和“社会责任”的内涵和意义。虽然受限于自身诸多的局限性，约瑟夫·布里尔积极行动，努力实施一项“修复世界”、肩负“社会责任”的计划。如果他的计划取得成功，将超越他个人的福祉，造福整个社会。

约瑟夫·布里尔在“二战”中失去了亲人，成为孤儿。在纳粹占领的法国，修道院的修女们把他藏在地下室。在那里，他读遍了牧师的藏书，构想出被他称为“复合型大纲”的规划蓝图——将传统犹太文化与现代西方文化相互融合的计划。多年以后，他创立了一所位于美国中西部的犹太小学，出任校长，开始推行他的“复合型大纲”计划。

《食人星系》出版于1983年，在其八个月前出版的《比亚利克的暗示》（“Bialik's Hint”）中，欧芝克高度赞扬了“将启蒙运动的成果与犹太优秀传统文化相融合”的做法（Ozick，1989a：237），足见欧芝克对布里尔的“复合型大纲”有着最基本的立场认同。另外，通过塑造努力推行“复合型大纲”计划的约瑟夫·布里尔，欧芝克对16世纪卡巴拉神秘主义思想赋予“放逐”的新含义——放逐意味着使命，进行了阐释。作为失去亲人的大屠杀幸存者，欧芝克笔下的布里尔，不仅仅是个人身世意义上的孤儿，更是在六百万犹太同胞惨遭屠戮、大部分犹太人接受了同化、犹太文化被边缘化的流散语境下，被放逐的犹太孤儿——肩负着承担“社会责任”“修复世界”的使命、隐喻意义上的犹太孤儿。

2世纪研究《密西拿》的学者们倡导“修复世界”和“社会责任”的犹太观念，目的在于延续与上帝的契约，保持犹太种族的生存与发展；欧芝克强调，“流散背景下的创作或者思想，要想不朽，非凸显犹太民族性不可”（Ozick，1983k：168－169）。欧芝克笔下承担“社会责任”、执行“修复世界”使命的布里尔，关注的是社会责任感与犹太人的共同福祉。一天下午，看着校车远去，他这样描述他的使命意识：“他知道自己手中握着什么：那是奇迹般勃发的生命，此刻孕育着的、尚不明晰的未来，人类的美好本身。‘世界就栖息在校舍里孩子们的气息之上’——这句《塔木德》里的断简残篇，让他的精神，仿佛树上的一片叶子，植根于温厚的土地，羽毛一样轻轻升腾。”（Ozick，1983g：4）其中，有强烈的社会责任感，有对被遗忘的《塔木德》语句与智慧的深深缅怀，还有对人类未来怀抱的希望以及对自己使命的坚定信念。所有这一切，都基于他清晰地认识到，在文化同化、后大屠杀的流散语境下，关键的问题在于尽最大努力保护、传承犹太传统文化。

然而，与此同时，布里尔清醒地认识到自己的局限性。他眼中的自己是一只“迷失的壳”（Ozick，1983g：5）。但是，布里尔没有止步于此，而是积极地对现实情况与可能性加以辩证地分析：“他自语道，已成就、将成就，如果用上帝的话来表达的话，它们同样有说服力，这就是上帝特别的说话方式，以此表达两者同等重要；那么谁有权来判定哪一个更加得体、更胜一筹呢？我们认定的现实只是局部的可能性，这局部的可能性被粗糙地嵌进了没有语言表达能力的现实存在——物理学家基于重力和化学物质的原始框架而建立起来的模型而已。重力和化学物质！原子和力！粗糙的系统。星系的运行，可能很容易就当仁不让地取代其他存在于现实中、未经实验证明的原理。而校长自己[①]，会不会也当仁不让地取代其他某个也许曾经站在那儿、站在冰冷沙滩上的谁?”（Ozick，1983g：5）意识到自己的局限，他对自己所付出的努力感到心满意足，也对未来充满信心。意识到他所肩负的社会责任，他更关注的是未成就的部分。意识到自己的局限性，是基于此时此地的现实层面的考虑，对于未成就的认识，则是超越此时此地、基于可能性的考虑。他客观冷静地分析现实情况，未来的可能性才有根基与保障。布里尔客观地分析现实的情况与未来的可能性，反映出他的思考具有建设性。

海斯特·利尔特（Hester Lilt）批评布里尔浅尝辄止，选择过早地停下，太轻易放弃努力。现实情况并非完全如此。

的确，布里尔曾因选择放弃而未能发挥自己的潜力。年少时，无意中接触到色情文学，并被同性伙伴克劳德（Claude）亲吻，这让布里尔想起《利未记》中关于非法性关系的告诫（*Leviticus*，15）。从此布里尔“放弃了文学”，选择学习天文学，因为天文学以“冰冷、冰冷的天空”为研究对象（Ozick，1983g：16），就像无暇而永恒的《托拉》一样。但是，在人生的关键时刻，布里尔并没有选择过早地停下。发现家人都已被纳粹带走，“楼梯井一片寂静，仿佛睡着了。他跑上三段楼梯，到处都是沉寂……每个人都不在了”（Ozick，1983g：23），布里尔并没有选择过早地停下，“他越发不可抑制地想要喊出来，他的家人都消失了”（Ozick，1983g：23－24），可他没有这样做。他装上《塔木德》讲述斋戒日与哀悼日的卷本

① 原文中“原理”principle与“校长”principal同音，欧芝克使用了同音双关的修辞手段。

(*masechet Ta'anit*)，为了不引起注意，在街道上缓缓踯躅。“悲恸将他扬起——妈妈！又缓慢无情地将他抛下——爸爸！弟弟！妹妹!”(Ozick，1983g：24）同样，在后来躲在修道院地下室的日子里，甚至在创立了学校、明明白白意识到自己的局限性的情况下，布里尔都没有选择过早地停下，没有选择浅尝辄止。相反，布里尔努力将他在修道院地下室饱览犹太教训文及其他书籍的经历中萌生出的梦想，一步步推进，将未来的可能性，辩证地建立在对现实情况的客观分析的基础上。

布里尔出任校长、实施他的“复合型大纲”计划的学校，被命名为“埃德蒙·弗莱小学”。埃德蒙·弗莱（Edmond Fleg）是犹太裔法国学者，呼吁“在后犹太大屠杀语境下，努力实施（犹太）再教育和（犹太）精神重建”(Sungolowsky，91)。埃德蒙·弗莱的著作，是布里尔躲在修道院地下室里所读的老牧师藏书里的一部分。通过埃德蒙·弗莱的著作，老牧师认识到了犹太思想的生命力；埃德蒙·弗莱的著作，支撑布里尔度过那些黑暗、凄惨的日子；在一定程度上，埃德蒙·弗莱的著作促成了布里尔的“复合型大纲”计划的萌芽。对于埃德蒙·弗莱所倡导的文化融合的思想，布里尔钦佩不已，“他将洞见融合在一起，却什么也没有牺牲”(Ozick，1983g：27)。正是埃德蒙·弗莱重建犹太精神、文化融合的主张，激发了布里尔设计“复合型大纲”的灵感，鼓励他尝试将犹太传统文化与现代西方文化相融合。在布里尔身上，16 世纪卡巴拉神秘主义赋予“放逐”的新含义——放逐是“对信念的考验，也是一种神秘的使命”(Scholem，1976：13)，均得到了体现。沦为犹太大屠杀的幸存者，被放逐的布里尔经受命运对于犹太信念的考验，肩负起“修复世界”的使命，设计出旨在延续犹太文化传统的“复合型大纲”计划，并积极加以推行。

布里尔所推行的“复合型大纲”计划，旨在将优秀的犹太传统文化与现代西方文化相融合，“希伯来希洛（Shiloh）[①] 的河水，从西方文明的源头涌出”（Ozick，1983g：36），其实质是文化的融合。这对布里尔来说，是一个巨大的进步。早先，对于对立，他完全无法接受——比如，演员雷切尔（Rachel）和《圣经》人物雷切尔，克劳德和《利未记》。正如杜波依斯（Du Bois）所指出的，越是成熟越是能够接受同样代表真理、却彼此互不相容的矛盾对立。如果真如海斯特·利尔特所言，如果布里尔真的选择过早地止步，也许，就不会有“复合型大纲”计划。布里尔是一个积极的行动者。

在文化同化大潮的冲击下，犹太传统文化趋于边缘化。在后犹太大屠杀的流散语境下，出于珍视犹太传统文化，布里尔承担起“社会责任”，肩负起“修复世界”的使命，目的在于延续、传承犹太传统文化。在实施“复合型大纲”计划的过程中，犹太传统价值观得以弘扬，犹太教育理念得以贯彻。

首先，犹太文化历来有尚智的传统，强调以文本为中心，重视文本的价值。欧芝克也曾指出，要想延续犹太生活方式，任何旨在复兴犹太文化的努力，都必须重视文本，将文本放在核心的位置上。在后犹太大屠杀的流散语境，只有予以文本足够的重视，才能全面复兴犹太文化重视学习、重视研究的传统。

布里尔构想出“复合型大纲”，恰是基于他在修道院地下室的读书经历，其本质是以文本为中心的实践；在埃德蒙·弗莱小学，格尔沙克（Gorchak）、锡兰霍尔（Seelenhohl）以及格力堡斯特（Glypost）等老师所采用的教学方法，均倡导以文本为中心的复诵。例如，格尔沙克拉比授课时，讲到考试的内容，“给出所有以色列儿女出埃

① Shiloh：希洛，希伯来语，意为“和平之地”。

及后，在旅途上宿营的地点，从西奈的旷野开始算起。答对一个得两分”（Ozick，1983g：43）。之后，小说作者欧芝克不厌其烦地给出了答案，“正确的答案是：（Kibroth-hattaavah）、（Hazeroth）、（Rithmah）、（Rimmon-perez）、（Libnak）、（Rissah）、（Kehelath）、（Mount Shepher）、（Haradah）、（Makeheloth）、（Tahath）、（Terah）、（Mithkah）、（Hahmonah）、（Moseroth）、（Bene-jaakan）、（Hor-haggidgad）、（Jotbath）、（Abronah），等等”（Ozick，1983g：43）。将文本中的地名，以复诵的形式一一列出，欧芝克意在强调文本与复诵的重要性，明确地表达自己坚定的犹太价值观。

作为《塔木德》的基础，《密西拿》是犹太教经典之一。《密西拿》是将犹太教口传传统口传托拉（Oral Torah）书面化后集结而成的。“密西拿”一词的词根，源自动词 shanah，意思是“重复”，或是“复诵”（Mishnah，10：52 am. April 20，2017）。可见犹太传统文化对于“复诵”的重视。

另外，《食人星系》中格尔沙克拉比等老师所鼓励的以文本为中心的复诵式学习方法，折射出具有浓厚犹太文化特征的教育理念“mitoch she lo lishma ba lishma”，其含义是，不以天堂而始，得以天堂而终。也就是说，教育的动机未必在于培养受教育对象的宗教情结，但是，成功的教育，从实际效果来看，最终总是能够培养出受教育对象的宗教意识。这不足为奇，因为犹太教本身就以“因行称义”为其标志性特征。在教育中以犹太传统文化倡导的方式，渗透犹太价值观，这样的教育势必会使教育对象受到犹太文化的浸染，他们自然会吸纳犹太教重视行为的本质精粹，进而“将犹太教（及其伦理价值）作为一种文化选择”（Lowin，1984—1985：79）。

布里尔对于自己的认识，既有基于此时此地的现实层面的考虑，即对于自己的局限性的认识，也有超越此时此地，基于可能性的考虑，即对于未成就部分的信心。除此之外，布里尔还能够坦然地对待自己作为凡人的能力极限。他不理解睿智如海斯特·利尔特的母亲，怎么会有愚钝如比尤拉（Beulah）的女儿，他不知道上帝赋予了比尤拉怎样的天赋，他承认自己欣赏不了比尤拉的画作。承认自己无法与无所不能的上帝相媲美，布里尔“让自己的好奇心止步，他放弃了”继续无谓地好奇下去（Ozick，1983g：85）。

布里尔所有的学生中，只有比尤拉一个人取得了成功，成了享有国际声誉的画家。可是，比尤拉当年并没有通过埃德蒙·弗莱小学的入学考试，一直沉默寡言，在学生中一直落在“尾巴”的位置上（Ozick，1983g：91）。比尤拉成功后，接受电视采访时，表示她不记得什么“复合型大纲”计划。

比尤拉的艺术，在海斯特·利尔特看来，仿佛“不会产生行为后果的语言表达”或者“婴儿‘纯粹的’牙牙学语……不可阐释、不可理解”（Ozick，1983g：48）。与任何可以想象的阐释相隔绝，比尤拉的艺术，为艺术而艺术，无关意义，无关历史，无关契约精神，和欧芝克的艺术主张构成截然对立。比尤拉的成功以及她拒绝承认布里尔的“复合型大纲”计划对她产生的影响，似乎宣告了布里尔“修复世界”计划的破产。但是，成功与失败总是相对而言的。比尤拉成为具有国际声誉的画家、受到热捧的那个语境，是文化同化的语境，是犹太传统文化被边缘化的语境。无关意义，无关历史，无关契约精神，为艺术而艺术的艺术，是制造偶像的艺术，是彻底丧失了犹太传统文化根基的艺术，处于犹太传统文化的对立面，当然与弘扬犹太传统文化的布里尔以及他的“复合型大纲”计划互不相容，势不两立。

在《食人星系》中，欧芝克塑造了一个比布里尔更有潜力承担“社会责任”、肩负“修复世界”使命却漠然抽身局外的学者。她的不作为，更衬托出布里尔的可敬。

海斯特·利尔特是一位研究语言逻辑的知识分子（Ozick, 1983g: 47)，出版了很多有关犹太教与世俗文化相融合的著作，诸如,《释经的隐喻》(*Metaphor as Exegesis*)、《神圣化的意义》(*Divining Meaning*)。她研究《圣经》注解的意义，研究《密西拿》，详细地引述《米德拉什》中阿基瓦拉比（Rabbi Akiva）和他的学生的故事——看到狐狸神气十足地在圣殿山的废墟上溜达，学生们忍不住哭泣起来，可阿基瓦拉比却大笑不止。“难道这些动物不是亵渎了我们最庄严的圣殿?”学生们不解地询问他大笑的原因，“因为先知尤那依（Uriah）的预言和先知撒迦利雅（Zechariah）的预言。先知尤那依预言，‘锡安将被耕为田，耶路撒冷将堆满块垒’。先知撒迦利雅预言，‘少男少女们还会在耶路撒冷的街道玩耍’”。阿基瓦拉比回答道，“你看，既然先知尤那依的预言业已成真，先知撒迦利雅的预言也会成真”（Ozick，1983g：68)。毫不夸张地说，海斯特·利尔特精通犹太文化，对犹太历史谙熟于心。承担“修复世界”的使命，比起布里尔，她是更理想的人选。至少，她本可以成为最有利的支持者，帮助推动实施布里尔的“复合型大纲”计划。然而，海斯特·利尔特始终疏离在布里尔的“复合型大纲”计划之外。如果布里尔真如她所说，过早地停下，而她，根本就不曾开始。

“社会责任”呼吁将犹太人个体的努力联系在一起，《食人星系》对此也进行了“米德拉什”式阐释。其表现在于，布里尔的“复合型大纲”计划，需要他个人的努力，更需要学生以及家长的配合，才能有效加以实施，达到预期的目的。

作为学者的海斯特·利尔特，满腹经纶，谙熟犹太历史，精通犹太文化，却将自己疏离在布里尔的“复合型大纲”计划之外。与海斯特·利尔特相对应的布里尔，了解自己，努力了解别人，坦然接受自己无法与无所不能的上帝相媲美的事实。他善于抓住关键问题，对现实情况及可能性、对自己及对他人进行构建性的辩证思考。他坚持以文本为中心、重视文本的犹太主张，实践“不以天堂而始，得以天堂而终”的犹太教育理念。被放逐的“犹太孤儿”布里尔，深知自己的局限性，经受信念的考验，承担起“社会责任”、肩负起“修复世界”的使命，积极地在文化同化与后犹太大屠杀的流散语境下，推行旨在融合犹太传统文化与现代西方文化的“复合型大纲”计划，期望延续、传承犹太传统文化，超越个人福祉，造福于整个犹太民族。

通过塑造布里尔及其推行将犹太传统文化与现代西方文化加以融合的“复合型大纲”计划的努力，欧芝克对“修复世界”和肩负“社会责任”的犹太主张，进行了“米德拉什”式的文学阐释。

欧芝克还发挥“《米德拉什》的道德功能”（Alkana，969），结合创作当下的现实状况，对犹太历史上的重大历史事件——犹太大屠杀，进行了“米德拉什”式的文学解析。

第四节 犹太大屠杀

欧芝克主张用文学讲述犹太历史，铭记犹太历史。她的小说将犹太历史上的重大历史事件——犹太大屠杀，置于当代语境，对其历史影响、现实意义进行了“米德拉什”式的文学判断与阐释。

犹太大屠杀是犹太历史上的重大历史事件，也是人类历史上惨绝人寰的种族灭绝行动。犹太大屠杀是纳粹德国在第二次世界大战中，对“犹太人问题的最终解决方案”，是对欧洲犹太人进行的集体灭绝，导致占当时欧洲犹太人总数三分之二的、近六百万犹太人惨遭屠戮，还导致了另外五百万非犹太人的死亡。

当代美国犹太小说对于犹太大屠杀主题的表现，呈现出阶段性的特征。20世纪五四十年代，表现这一主题的文学作品很少，索尔·贝娄（Saul Bellow，1915—2005）的《受害者》（*The Victim*，1947）为其中先驱。60年代初，随着纳粹分子接受审判、幸存者回忆录和访谈录等的出现，涌现出了大批直接描写大屠杀的历史小说，形成了犹太大屠杀小说的创作高潮。从80年代中期开始，犹太大屠杀小说转向关注大屠杀对幸存者后代造成的影响。

概括起来，美国犹太小说叙写大屠杀历史的方式有以下六种。第一，直接描写大屠杀及其后遗症。例如，杰拉德·格林（Gerald Green，1922—2006）的《大屠杀》（*The Holocaust*，1978）直接、全面地描写大屠杀从开始到结束的整个历史过程；艾萨克·巴什维斯·辛格（Isaac Bashevis Singer，1904—1991）在《冤家：一个爱情故事》（*Enemies*：*A Love Story*，1972）中，揭示了大屠杀的后遗症之一，即对婚姻的破坏。第二，再现大屠杀幸存者的记忆。代表作品包括爱德华·刘易斯·沃兰特（Edward Lewis Wallant，1926—1962）的《当铺老板》（*The Pawnbroker*，1961）、埃利·维赛尔（Elie Wiesel，1928— ）的《夜》（*Night*，1956）、索尔·贝娄的《赛姆勒先生的行星》（*Mr. Sammler's Planet*，1970）。第三，讴歌帮助犹太人逃亡的机构或个人，例如，索尔·贝娄的《比拉罗萨内线》（*The Bellarosa Connection*，1989）。第四，记录纳粹战犯的审判，例如，菲利普·罗斯（Philp Roth，1959—2010）的《夏洛克行动》（*Operation Shylock*，1993）。第五，表现幸存者后代的愤怒和救赎，例如，塞恩·罗森鲍姆（Thane Rosenbaum，1960— ）的《被动吸烟》（*Second Hand Smoke*，1999）。第六，对大屠杀经典文本加以后现代改写。菲利普·罗斯在《鬼作家》（*The Ghost Writer*，1979）中，对现代犹太经典文本《安妮日记》（*The Diary of Anne Frank*，1947）进行了后现代的解读（刘文松，221—233）。

犹太大屠杀，在欧芝克的小说中反复出现。她的第一部长篇小说，《信任》（*Trust*），揭示大屠杀导致的身份困境。《食人星系》充满幸存者的回忆。《斯德哥尔摩的弥赛亚》涉及丧生于大屠杀的作家引发的身份建构幻想。在欧芝克的短篇小说中，涉及犹太大屠杀及其后犹太大屠杀语境的，更是不胜枚举。获欧·亨利短篇小说奖、1981 年美国最佳小说奖的短篇小说《披肩》讲述"二战"中罗莎·卢布林（Rosa Lublin）、侄女斯黛拉和女儿玛格达在纳粹集中营的悲惨经历。中篇小说《罗莎》（*Rosa*）是短篇小说《披肩》的续篇，讲述战争结束多年以后罗莎的生活。《罗莎》获 1984 年美国最佳小说奖。1989 年，欧芝克将两者合成一部中篇小说出版，仍以《披肩》命名，成为犹太大屠杀书写的典范。

尽管如此，欧芝克并不主张"基于史实，创作虚构性的小说，或者将犹太大屠杀加以神话、诗化处理"（Ozick，1988a：284），她反对以文学创作来再现、渲染对犹太民族造成深重灾难的血腥大屠杀。她认为"犹太大屠杀只应是留存于档案文献中的历史"（Kauvar，1985：390），因为她担心小说创作会损害史实，"通常意义上，虚构的小说会扭曲历史"（Kremer，1999：149）。尽管欧芝克主张对于犹太大屠杀"不要去篡改、创造或者想象"，尽管西奥多·阿多诺（Theodor Adorno）早有断言，奥斯维辛之后再写诗都是野蛮。欧芝克不得不承认，她"没有办法不写"（Ozick，1988a：284），犹太大屠杀的历史"走进你的视野，涌入你的脑海"（Teicholz，185），"汹涌着，等待你愤怒的回应，因为犹太兄弟的鲜血从土地之下愤怒地呐喊"（Ozick，1988a：284）。

要以小说的形式表现犹太大屠杀，作家们面临的最棘手的问题，莫过于"以虚构的想象力来表现历史事件，究竟有多少权威性可言"

(Alexander，xiii)。

欧芝克呼吁犹太作家行动起来，“拯救犹太大屠杀，令其避免沦为虚构的文学”渲染的对象（Ozick，1969：19），那是与犹太立场相对立、为艺术而艺术、“顾影自怜、专注于自身美学意义上的创造价值的文学”(Kremer，1999：174)。欧芝克坚定地选择了犹太立场，发挥《米德拉什》的道德功能，对犹太大屠杀进行了“米德拉什”式的文学解析。

下文以中篇小说《披肩》为例，分析欧芝克对犹太大屠杀所进行的“米德拉什”式的文学解析。

中篇小说《披肩》，由短篇小说《披肩》和中篇小说《罗莎》组成。短篇小说《披肩》以零度写作的方式，不动声色地直接记录了罗莎·卢布林、侄女斯黛拉和女儿玛格达在纳粹集中营的生活以及玛格达被纳粹士兵扔到集中营的电网上杀死的惨状；中篇小说《罗莎》讲述1977年，五十八岁的罗莎在佛罗里达的生活——起先，罗莎住在布鲁克林，经营一家旧货店。她热切地想要向顾客讲述她在集中营的悲惨经历。由于顾客毫无兴趣，罗莎愤怒地捣毁了旧货店，搬到佛罗里达，过起了与世隔绝的生活：沉浸于对死去的玛格达的无限缅怀，用波兰语给她写信，想象她成年之后的生活，甚至杜撰她的身世。罗莎只在不得不去洗衣房的时候，才离开公寓房间，却在那里遇见了西蒙·帕斯基（Simon Persky)，一位在大屠杀前来到美国的华沙难民。在帕斯基的帮助下，罗莎终于重返正常的生活。《罗莎》不仅讲述罗莎战后的心理创伤，也再现了罗莎战前的生活以及她对底层犹太人、犹太文化的重新认识。

单从小说的篇幅来看，讲述大屠杀经历的部分，即短篇小说《披肩》，约占小说的十分之一；讲述大屠杀后经历的部分，即中篇小说《罗莎》，约占小说的十分之九。足见欧芝克以文学的形式表现犹太大屠杀，目的不在于追求对于犹太大屠杀这一主题加以艺术渲染，而在于对这一犹太历史上的重大历史事件，在当代语境下，加以审视和阐释——正如欧芝克所说，历史的意义，在于对历史事件，加以“判断与阐释”（Ozick，1976：6）。

对于犹太大屠杀，欧芝克的“米德拉什”式的判断与阐释包括以下三个方面：第一，犹太历史需要铭记；第二，犹太历史不容滥用；第三，需要将个人创伤置于民族关注的视域之下。

一 犹太历史需要铭记

首先，欧芝克从犹太大屠杀亲历者以及公众两个视角，强调犹太历史需要铭记。

作为犹太大屠杀的亲历者，斯黛拉和罗莎被塑造成两个对位的人物，分别代表默里·鲍姆加滕（Murray Baumgarten）所区分的“自由思想者”和“批判思想者”——“自由思想者”放弃历史；“批判思想者”直面历史，既忠于历史又同样忠于未来。“自由思想者”与“批判思想者”折射的是两种文化立场——“自由思想者”代表的是典型的面向未来的美国式立场；“批判思想者”代表的是标志性的处于流散语境的犹太立场，它需要在历史与未来、犹太文化与非犹太文化之间，完成协商融通，从而铭记历史、传承传统、走向未来（Baumgarten，1982：26）。

欧芝克珍视犹太历史、犹太文化，是一个典型的“批判思想者”。在《披肩》中，欧芝克将故事的主人公罗莎塑造成“批判思想者”，她陷于历史的创伤记忆；而斯黛拉选择忘却历史、拥抱当下的生活，只作为“罗莎的心理陪衬而存在”（Kremer，1999：157）。

生存在当下，罗莎陷于过去的创伤记忆，实质上生活在过去。

在迈阿密街头，看到离开家人的退休老人，罗莎不禁感慨，“他们是自己选择的”（Ozick，1990a：29），而她则是被野蛮的外力粗暴而猝不及防地隔绝在现实世界之外。她的生活，只在记忆中。就像埃利·维赛尔（Elie Wiesel）塑造的埃利泽（Eliezer）一样，无法忘却历史，“如果哪一天，我真的做到了遗忘，我会痛恨我自己”（Wiesel，303）。在罗莎看来，“没有了生活，一个人在哪里都能活下去。如果生活只剩下了思念，他们就活在思念里”（Ozick，1990a：27－28）。在大屠杀结束近四十年之后，罗莎仍陷于创伤的梦魇，她“曾经以为最糟的不过如此，之后不会有比这还糟的。但现在明白了，更糟的还在后头”（Ozick，1990a：14）。

欧芝克笔下的罗莎执念于创伤的过去，反映出在文化同化的流散语境下，欧芝克对于犹太历史、犹太文化前景的忧虑。欧芝克的忧虑，还表现在对于选择遗忘的大屠杀亲历者斯黛拉的刻画以及对公众对于大屠杀叙述所表现出的冷漠与无视的控诉与批判。

小说中并没有直接描述斯黛拉的内心世界以及她的梦想。通过她写给罗莎的信以及罗莎的评论，读者认识的斯黛拉，与执念于过去的罗莎构成对位关系：她避免谈起过去，尽力忘却过去，开始努力享受现实中的新生活。正如埃利泽（Eliezer）所说，任何一个有过纳粹集中营经历的人，“都会带回一些人性的疯狂”（Wiesel，303）。罗莎和斯黛拉，从各自的纳粹集中营经历中，带回不同形式的人性的疯狂，彼此判断对方精神失常。罗莎砸毁自己开在布鲁克林的旧货店，被报纸的报道称为“疯狂的女人”，斯黛拉威胁她，“再有一次此类公开场合的疯狂举动，就把你送进精神病院”（Ozick，1990a：32－33）。罗莎不赞同斯黛拉压抑痛苦的记忆，选择逃避，她对斯黛拉说，“魔鬼潜入了你的躯体，控制了你的灵魂，而你却全无知觉”（Ozick，1990a：15）。罗莎眼中的斯黛拉，“想要将记忆抹去”（Ozick，1990a：58），“过去存在过的任何一丝痕迹，对她来说，都是耻辱”（Ozick，1990a：41）。

斯黛拉的疯狂，欧芝克借罗莎做出判断与阐释，表现为抹杀、忘却大屠杀的痛苦记忆，从广义来说，表现为抹杀、割断与历史的联系。

欧芝克对抹杀、割断与历史的联系的“米德拉什”式阐释表现在以下两个方面。

第一，抹杀、割断与历史的联系冷酷无情。虽然，斯黛拉并没有在中篇小说《罗莎》的叙事进程中起到关键的作用，但两个故事中相互呼应的感官感受描写，却使斯黛拉始终在场，成为冷酷的代名词。短篇小说《披肩》的开篇写道，“斯黛拉，冷，冷，地狱般的冰冷”（Ozick，1990b：3），在其续篇中篇小说《罗莎》中，谈到斯黛拉，罗莎总是使用与“冷”有关的感官体验来描述：“她总是冷。冷酷沁入了她的心”（Ozick，1990b：6－7），她被称作冷酷无情的“死亡天使”（Ozick，1990a：15）。

第二，抹杀、割断与历史的联系无异于罪恶的同谋。在短篇小说《披肩》的情节安排中，是因为斯黛拉想要取暖，拿走了玛格达的披肩，才导致玛格达被纳粹士兵发现而死亡；在中篇小说《罗莎》中，罗莎则总是梦到斯黛拉吃掉了玛格达，斯黛拉“煮着她的舌头、耳朵、右手，有着圆嘟嘟手指的小胖手”（Ozick，1990a：15）；与此类似的描述还有罗莎直抒胸臆的表述，“斯黛拉一直在等着玛格达死去，好用牙齿去撕咬那纤小的腿”（Ozick，1990a：5）。

作为大屠杀亲历者的斯黛拉，为了忘却痛苦的创伤记忆，选择逃避与遗忘，实质上表现为冷酷无情，无意中充当了罪恶的同谋。斯黛拉抹杀、割断与历史的联系，是“战后道德意义上不作为”的一种表现（Kremer，1999：156）。“犹太教强调作证的责任和义务”（Gottfried，1994b：40），通过塑造选择遗忘、拒绝为犹太历史作证的斯黛拉的形象，欧芝克旨在强调，在犹太大屠杀亲历者渐渐离世、犹太大屠杀被日益加以艺术渲染的当下，还历史以本来面目，越发显得必要与紧迫。

铭记犹太历史，还需要普通公众的共同努力。在《披肩》中，对于公众对犹太大屠杀历史表现出的漠然与无视，欧芝克进行了控诉与批判。

大屠杀幸存者罗莎，在布鲁克林经营一家旧货商店，她想要对顾客讲述自己的大屠杀经历遭到冷漠的拒绝。公众都是“聋的”，拒绝与她承担这沉重的历史，“没人记得不久前发生的事”，“没人理解，无论怎样解释”（Ozick，1990a：27）。

公众的漠然与无视，表现的是面向未来的美国式“自由思想者”的立场。正是这样的漠然与无视，将罗莎推进了绝望的深渊。她砸毁了开在布鲁克林的旧货商店，熄灭了与人沟通、交流的希望，将自己隔绝在迈阿密犹太人生活之外，认定自己在他们眼中，不过是一个“手臂上的一串蓝色数字”（Ozick，1990a：36），她将自己关进公寓的房间，过着行尸走肉般的生活。甚至在她遇到愿意真诚相助的西蒙·帕斯基的时候，也绝望地以为，“无论我说什么，你都不会想听”（Ozick，1990a：27）。面向未来的美国式“自由思想者”的立场，导致了公众对犹太大屠杀历史的漠然与无视，使犹太大屠杀幸存者罗莎，在逃离了纳粹集中营之后，堕入了另一个死亡营。从这个意义上讲，公众的漠然与无视，是另一种形式的冷酷无情，另一种形式的罪恶的同谋。

其次，欧芝克警示读者，犹太历史不容滥用。

二　犹太历史不容滥用

欧文·哈尔珀林（Irving Halperin）指出，“在我们这个时代，犹太大屠杀记忆被花哨讨巧的小说、脱口秀节目、电视'纪录片'日益平庸化了；还有些'社会研究人员'，以此作为自己的'研究项目'，撰写一些糟糕透顶的有关幸存者精神分析的空话。欧芝克的作品特别受到欢迎，这是道德想象力的胜利"（Halperin，10：30 am，July，16，2011）。欧芝克的道德想象力，表现在运用"米德拉什"的方式，在小说中，通过情节的安排以及人物的塑造，对滥用犹太大屠杀记忆的不当做法，予以文学演绎并加以抨击。这既表现在艺术创作领域，也表现在科学研究领域。

在艺术创作领域，欧芝克塑造了罗莎，设置了她给死去的女儿玛格达写信的情节。然而，对于历史的讲述，在文本中呈现出历史复数性的问题，即中篇小说《罗莎》中，在写给玛格达的信中，罗莎讲述的历史，和短篇小说《披肩》中所呈现的并不一致，文本中的历史呈现出明显的模糊性——对同一事件、同一人物的身世，文本中呈现出不同的叙述版本。

对于玛格达的生与死，文本呈现出不确定性。在短篇小说《披肩》中，作者以零度写作的方式，不动声色地直接记录了玛格达被纳粹士兵扔到集中营的电网上杀死的惨状。而在《披肩》的续篇《罗莎》中，母亲罗莎却说玛格达还活着，住在纽约郊区的一幢大房子里，并且写信给她。在信中，罗莎一会儿说玛格达当上了内科医生，一会儿又说她成了"哥伦比亚大学的希腊哲学教授"（Ozick，1990a：39）。

玛格达的身世，也呈现出文本的不确定性。在《披肩》中，斯黛拉说玛格达是罗莎被纳粹士兵强暴后所生，她有蓝眼睛和黄头发（Ozick，1990b：4）。而在《罗莎》中，罗莎却在信中告诉玛格达："你的奶奶，是我母亲最好的朋友，她是改变了信仰的犹太人，嫁给了一个非犹太人。也就是说，你要是喜欢，可以作犹太人，也可以作非犹太人，这由你决定。”（Ozick，1990a：43）在信中，罗莎还告诫玛格达不要相信斯黛拉的谎言，说斯黛拉是出于对玛格达的妒忌才那么说的。

无论是斯黛拉在撒谎，还是一直陷于大屠杀后遗症的罗莎在编故事，文本的不确定性，确定无疑地指向一个事实——犹太大屠杀历史，在艺术领域被滥用，会被扭曲而沦为艺术的附庸。这是无论如何必须严肃加以杜绝的——这正是欧芝克通过“米德拉什”式的文学演绎所阐释的犹太大屠杀的现实问题之一。

在科学研究领域，欧芝克塑造了研究“幸存者在自然环境的综合病症”的特瑞博士（Dr. Tree），安排了他给罗莎来信，要求将她作为自己的研究对象、展开科学研究的情节。在信中，特瑞博士表示他对罗莎的集中营经历感兴趣，想把罗莎作为他的研究“样本”，请她回忆自己在集中营里的经历，为他的研究提供数据和论证材料。在罗莎眼中，特瑞博士只关注自己的研究，热衷于“从别人的创伤中攫取快感”（Ozick，1990a：36），是只“寄生虫”（Ozick，1990a：36）。欧芝克笔下的罗莎，愤怒地将特瑞博士的来信付之一炬（Ozick，1990a：39），表明幸存者以及作家欧芝克对这类学者和科学研究的态度。

杜绝在艺术创作领域、科学研究领域滥用犹太大屠杀的历史题材，是欧芝克通过“米德拉什”方式，对犹太大屠杀在当代的现实道德意义加以文学演绎，向人们发出的警示与呼吁。

另外，欧芝克主张，只有将犹太大屠杀的个人创伤，置于民族关注的视域之下，创伤才能得以疗愈，受创者才能回归犹太社会生活。

三　民族关注与个人创伤疗愈

下文以《罗莎》中罗莎的创伤疗愈经历为例，阐释欧芝克如何通过“米德拉什”方式，演绎犹太大屠杀在当代的现实意义——民族关注是个人创伤疗愈的基础。

经历了惨绝人寰的创伤得以幸存，罗莎表现出典型的创伤表征：歇斯底里、隔绝、延迟性、混乱。歇斯底里是心理创伤的表现，由于过去无法承受的创伤事件，受创者无法将自我与现实联系起来。想要讲述大屠杀经历却遭到顾客的拒绝，罗莎愤怒地捣毁了自己的旧货商店，歇斯底里的特点不言而喻，反映她无法找到创伤复原途径而导致的迷失。创伤事件导致“幸存者对基本的人际关系的质疑……打破了家庭、友谊、爱以及对共同体的依赖……打碎了在与他人关系中形成和保持的自我建构”，罗莎拒绝交流，除了去洗衣店终日独自困在公寓，仿佛身处地狱，与他人隔绝是她心理创伤的核心经验。创伤事件造成受创者“时间、自我和外部世界”经历的断裂，导致创伤事件记忆的“滞后”。在大屠杀结束近四十年之后，罗莎仍陷于创伤的梦魇，她“曾经以为最糟的不过如此，之后不会有比这还糟的。但现在明白了，更糟的还在后头”（Ozick，1990a：14）。由于存在着创伤事件记忆的延迟性，罗莎同时存在于两个现实，两个时间维度。现在的经历常常模糊、感觉迟钝，而侵入的过去记忆则强烈而清晰。创伤记忆作为侵入记忆无法与正常记忆融合，导致罗莎的双重思维，即身体、精神和灵魂处于分离状态，她的自我分裂，头发蓬乱，房间凌乱，对现在和将来都没有兴趣，沉迷于回忆之中。歇斯底里，延迟性，与他人隔绝，混乱的空间秩序、时间感受折射出罗莎在创伤自我中分裂的自我意识。

罗伯特·利夫顿（Robert Lifton）指出，“创伤自我，……是在巨大创痛中，以最原始的方式嵌入创伤之中的自我。直到受创者重新统整，创伤自我，才能真正从创伤表征和内心冲突中复原”。德瑞·劳（Dori Laub）、朱蒂斯·赫曼（Judith Herman）认为，创伤，只有“在关系中”，才有可能康复，建立与外部世界的联系成为创伤复原的基础。这与拉康镜像阶段理论对于“自我”的诠释异曲同工。为了构建自我，人必须与他者接触，这是从外界的镜子影像中寻找认同的过程。罗莎的创伤复原与她对自我的重塑息息相关，她需要从他者所构成的“外界的镜子影像”中获得认同。

首先，罗莎遇到了西蒙·帕斯基，一位在犹太大屠杀前来到美国的华沙犹太难民。同为犹太人，他们同样见证了犹太民族的悲剧历史。帕斯基对罗莎表现出深切的人道主义关怀，成为她创伤复原过程中的有效他者。

他愿意倾听并给出善意的建议。听到罗莎说“我有自己的麻烦”，他主动选择倾听，“跟我说说”（Ozick，1990a：22）；他纠正她错乱的对时间的感受，“你不是在集中营，……，那一切早就过去了”，“你不能活在过去的记忆里”（Ozick，1990a：23）；他建议罗莎重新审视创伤的侵入记忆，“既可以从不好的角度去描述，也可以从好的角度去描述。从好的角度出发，你就会感觉舒坦”（Ozick，1990a：56），“些许的遗忘，有时是必需的”（Ozick，1990a：58）；他甚至提出要带她去图书馆（Ozick，1990a：57），告诉她，“人要是老是自己呆着，就会胡思乱想”（Ozick，1990a：27）；并且提醒她，“做一个平常人”（Ozick，1990a：57）。帕斯基友好、真诚地对待罗莎，在她创伤复原的过程中，扮演着有效他者的角色，带给她重生的希望。

作为受创者的罗莎，对犹太身份、犹太观念进行了理性的审视，重新评价与调整了自己的行为，接受了有效他者的帮助。罗莎抛弃了父母灌输的对于犹太人、犹太文化的偏见，不再傲慢地歧视来自犹太底层的帕斯基，不再声称，“我的华沙不是你的华沙”（Ozick，1990a：19），不再固执地认为他们之间没有共同语言，无法交流。

罗莎接受了帕斯基的善意，开始愿意改变自己的生活——她开始向帕斯基讲述犹太大屠杀中的经历。另外，罗莎走出了对玛格达的偶像崇拜，回归了犹太立场。她接通了电话，告诉斯黛拉她愿意回纽约去。罗莎努力重建与世界的联系，完成了对于自我的重新统整，完成了对于自我的犹太救赎。

欧芝克将罗莎的个人创伤疗愈置于犹太民族关注的视域——罗莎的创伤复原以有效他者，即来自犹太底层、同样见证犹太民族历史悲剧的帕斯基的人道主义关怀为外因，以罗莎的犹太救赎为内因得以实现。罗莎的犹太救赎，表现为反省父母灌输的对于犹太身份和犹太文化的偏见，重新评价、调整自己的行为，摒弃反犹观念以及对犹太身份的排斥，终止“偶像崇拜”的行为，重返犹太生活，实现创伤疗愈。欧芝克对于罗莎大屠杀创伤的“米德拉什”式书写，折射她一贯的民族关注，反映她对犹太信念的笃定坚持。

欧芝克借助“米德拉什”方式，对犹太大屠杀在当代的现实道德意义加以文学演绎，向人们发出警示与呼吁：其一，犹太大屠杀历史需要铭记，大屠杀亲历者和普通公众都应肩负起铭记历史的使命。大屠杀亲历者是历史的见证者，有为历史作证的责任与义务；普通公众对犹太大屠杀历史的无视与漠然，是冷酷无情的表现，其实质无异于与罪恶同谋。其二，无论是艺术创作，还是科学研究，都不应该滥用犹太大屠杀的历史题材。艺术创作对犹太大屠杀的过度渲染，只会扭曲历史，导致历史文本的失真与模糊；缺乏人文情怀、滥用犹太大屠杀历史的科学研究，只会引起大屠杀幸存者的抵制，陷入伪科学的泥沼。其三，只有在民族关注的视域下，犹太大屠杀的个人创伤才能得以疗愈，受创者才能获得新生，回归犹太社会生活。欧芝克笔下的犹太大屠杀，是犹太民族的历史集体记忆。这种记忆，绝不背叛曾经的苦难，这种记忆，也绝不在苦难中沉沦。欧芝克对于犹太大屠杀的“米德拉什”式书写，源自过去而指向未来。

《米德拉什》是犹太教中解释、讲解《塔纳赫》（Tanakh，《圣经·旧约》）的布道书卷，是犹太教的通俗性典籍。《米德拉什》最初是对犹太典籍的解释，之后，衍生出与释经活动相关的其他功用，主要包括：填补犹太典籍中的文本空白，为了说教而进行艺术虚构，以及结合当下的宗教信仰与现实状况，对犹太典籍中的文本、价值观等进行具有当代意义的现实阐释等，因此，“米德拉什”就演变成为一种阐释、解析的模式——从《米德拉什》的释经传统中衍生出的犹太智慧。

欧芝克从犹太释经传统中汲取营养，在小说中，以“米德拉什”方式，解析了抵制偶像崇拜的犹太立场，凸显了道德力量；以“米德拉什”方式，阐释了“修复世界”和肩负“社会责任”的犹太主张，表现出对于犹太民族的共同利益的关注；以“米德拉什”方式，将犹太历史上的重大历史事件—犹太大屠杀，置于当代语境，对其历史影响、现实意义加以剖析与阐释。

在解析抵制偶像崇拜的犹太立场、关注犹太民族的共同利益、强调铭记犹太历史、尊重犹太历史的主张的过程中，欧芝克始终努力揭示人物行为与行为后果之间的关系，彰显犹太救赎观，即个人拥有改变生活、改变命运的自由。因此，不同的人物，在欧芝克的笔下，呈现出不同的命运与结局，折射不同的立场、观点、主张。

欧芝克对于犹太立场、犹太主张、犹太历史进行的“米德拉什”式的文学讲述和文学阐释，体现了她坚持用犹太价值观、犹太伦理规范对艺术想象力加以规约，使之重视历史、涉及救赎、具有道德力量的文学主张。欧芝克的“米德拉什”式文学书写，是她作为犹太作家，以文学创作弘扬犹太价值观、彰显犹太立场、讲述犹太历史的不朽实践。另外，“米德拉什”式的文学讲述和文学阐释，基于欧芝克对于犹太释经传统的借鉴与文学演绎，是她将犹太教传统融入文学文本的具体表现。

然而，欧芝克生活的流散语境，必然引发她对犹太文化与非犹太文化差异性的思考与辨析。第四章将考察文化冲突语境下欧芝克对于历史与自然的书写，讨论犹太性的文本表现及其犹太根源。

第四章　潘神/摩西视域的历史书写与自然书写

作为犹太作家的欧芝克，在小说中讲述犹太历史、彰显犹太立场、弘扬犹太价值观。作为作家的欧芝克面临的现实在于，“上帝只有一个，而缪斯却来自希腊，而不是希伯来”（Ozick，1976c：10）。也就是说，艺术灵感的来源并不仅限于犹太传统、犹太观念。

在接受汤姆·泰卡尔茨（Tom Teicholz）采访时，谈到作家的类型，欧芝克将自己比作“考古学家”（Teicholz，173），并解释说，“这是因为自己喜欢思考不同的文明。不同的文明在对比中变得明晰。故事是关于文化的思想片段”（Teicholz，174）。

欧芝克对比犹太文化与非犹太文化，将犹太文化的特异之处表现得更加明晰。在欧芝克的小说中，反映文化对比的故事多以潘神与摩西的冲突的母题出现，表现非犹太文化与犹太文化的对立。最初，这一母题表现为创作的焦虑的主题，基于犹太人是否可以从事创作的困惑。之后，衍生出更多的主题，基本围绕对于本能、历史以及自然所持的不同态度以及因此而呈现的不同表现形式而展开。在欧芝克的作品中，非犹太/潘神代表的异教立场信奉多神崇拜、顺应本能、迷恋自然；犹太/摩西代表的犹太立场抵制偶像崇拜、强调道德、重视历史。本章讨论潘神/摩西视域下欧芝克的历史书写与自然书写。

第一节 潘神/摩西视域的历史书写

欧芝克将历史意识定义为犹太身份的标志。在《隐喻与记忆》（*Metaphor & Memory*）中，欧芝克指出，“有深厚的历史意识，才是犹太人”（Ozick，1989a：224）。保罗·门德斯·弗洛尔（Paul Mendes-Flohr）在《当代犹太宗教思想》（*Contemporary Jewish Religious Thought*）中指出，历史意识将传统、仪式以及传说一代又一代地传承下去（Flohr，378），启迪现在与未来。

欧芝克将历史事件犹太大屠杀、重构的犹太民族历史和想象的个人历史置于潘神/摩西的视域，对比犹太文化与非犹太文化对于历史的不同认识，凸显犹太文化的特异之处。

一 犹太大屠杀书写：历史意识——犹太人的身份标志

欧芝克将犹太大屠杀视作犹太历史上的中心事件，认为犹太大屠杀和犹太历史上的“出埃及记”与“西奈山受诫”具有同样重要的历史意义。在散文《争论》（“Debate”）中，欧芝克写道：“犹太历史的意义之一即是，犹太历史并不仅仅包括走出埃及的犹太祖先，也包括我们；犹太历史不仅仅包括西奈山的犹太祖先，也包括我们…… 我们和犹太历史同在。”（Ozick，1977：79）

下文以欧芝克的三篇短篇小说——《手提箱》（“The Suitcase”）、《被雇佣的》（“A Mercenary”）以及《升空》（“Levitation”）为目标文本，分析欧芝克潘神/摩西视域下的犹太大屠杀书写。

《手提箱》围绕两个对位的人物展开——两个被美国主流文化同化了的人物，一个犹太人，一个非犹太人。一个是业余画家戈特弗里德（Gottfried）的犹太情人吉纳维夫（Genevieve），另一个是出生在德国的退休建筑师，非犹太人——戈特弗里德的父亲，亨克（Hencke）先生。两者的交锋、对立出现在为戈特弗里德的首个画展而举办的聚会上。吉纳维夫来参加聚会，是为了帮助戈特弗里德开拓绘画职业前景；而亨克先生要去欧洲度假，来和儿子道别。亨克先生随身携带的手提箱“重得仿佛偶像”（Ozick，1995d：11），谁都看得出来，这让他有些不知所措，倍感尴尬。

吉纳维夫和亨克先生都没有亲历过犹太大屠杀，对犹太大屠杀的了解也都是在和平稳定的美国背景之下，但是，他们对于历史的理解、阐释及评价成为犹太人、非犹太人的分野，折射出欧芝克对于犹太文化特异性的认识。

欧芝克笔下的吉纳维夫和亨克先生“仿佛两块磁铁，相互吸引又彼此排斥”（Kielsky，32）。

亨克先生被吉纳维夫美丽的外貌所吸引：“好看的肤色，漂亮的睫毛”，羡慕儿子的同时，又担心儿子被她左右（Ozick，1995d：120）。“我非常欣赏你，吉纳维夫。我一点儿恶意也没有。”（Ozick，1995d：119）他感觉到她的轻蔑，却不愿深究被她轻蔑的原因，因为他自以为自己问心无愧。“你想让我怎么样？”“我六十八了。六十八年来，我都做了些什么？我从未伤害过任何人。我建塔。塔！从不参与任何破坏性的活动。”（Ozick，1995d：110）同时，他已在美国生活多年，“不再觉得自己是德国人”，甚至因为没有给儿子取个美国名字而是取了德国名字而感到惭愧（Ozick，1995d：103）。

吉纳维夫对亨克先生心怀轻蔑，并不是因为他试图拆散自己和他儿子，也不是因为他“轻飘飘的灵魂”（Ozick，1995d：105），而是因为他是德国人，因为他的德国做派。在她看来，他是个“依原则行动的人”，而“全世界的压迫者都是依原则行动的人”（Ozick，1995d：123）。她轻蔑他，最重要的理由是她认为“他同情纳粹，他排犹反犹”（Ozick，1995d：109）。吉纳维夫把亨克先生等同于德国人、德国做派、德国纳粹主张。

对于历史，两人的理解、阐释及评价完全对立。最令亨克先生难以忍受的是“吉纳维夫动不动就扯起历史”（Ozick，1995d：123），还有她对待犹太大屠杀中德国纳粹所犯下的罪行坚决不予原谅、毫不妥协的态度：“她是那种战争已经结束了二十年，还是不会购买德国大众汽车的人。”（Ozick，1995d：109）

戈特弗里德的妻子凯瑟琳（Catherine）误把分析心理学的创始者、瑞士心理学家卡尔·古斯塔夫·荣格（Carl Gustav Jung）当成了犹太人，因为在她看来，心理学是犹太人擅长的领域，著名的心理学家肯定应该是犹太人。吉纳维夫纠正了她，“荣格不是犹太人”。随后，吉纳维夫、凯瑟琳（Catherine）以及亨克先生的对话颇令人深思：

> “他不是犹太人？你是说他过去不是吗？现在难道他不是已经死了吗？”
>
> “他不是犹太人，”吉纳维夫说，“所以过去他一直活着。”
>
> “我以为他早死了。”
>
> “每个人都会死，”亨克先生说。（Ozick，1995d：108－109）

凯瑟琳、吉纳维夫持有相同的观点，即身为生活在犹太大屠杀时期的德国犹太人，其潜台词就是已经死去。而亨克先生因为拒绝面对惨绝人寰的犹太大屠杀、漠视这段悲惨的历史，便抽离历史，仅从生老病死乃人生自然规律这一视角看待死亡："每个人都会死"，与是不是犹太人无关，与历史上是不是出现过纳粹暴行无关。他的言辞折射出漠视历史、疏于判断、放弃追责的立场观点。

亨克先生认为，那场发生在欧洲的战争不过是众多武装冲突中的一场，没有谁应该对它承担责任。在他看来，"历史，如同生物进化，是一种自在的力量"（Ozick，1995d：109），"为历史，能去责备谁呢？"（Ozick，1995d：109）那场战争对他的最大触动，也只关乎他还留在德国的家人。仅此而已。毕竟，犹太人不是唯一的受害者，受害的还有德国人。"他的妹妹，一个无辜的女人，一个知识分子，笃爱犹太人海涅的作品，背诵得出《阿波罗神》《两个骑士》和《大卫王》等十几部，在科隆的一场空袭中失去了家园，失去了十一岁的女儿。"（Ozick，1995d：109）

对于历史，亨克先生放弃判断；对于罪责，亨克先生拒绝甄别，模糊界限，偷换概念。这迥然相悖于欧芝克的主张——历史的意义，在于对历史事件，加以"判断与阐释"（Ozick，1976c：6）。

欧芝克的历史书写中，伴随着自然书写。两人眼中的德国，呈现出迥然不同的样貌。亨克先生眼中的德国，还是他童年记忆中的模样，什么也无法改变（Ozick，1995d：126）。"田地里长满香菜，毛茸茸的黄色土地，在风中耸动着肩膀"（Ozick，1995d：117）。他童年记忆中的德国，会"时不时出现在梦中，他什么也不穿，骑着一匹没有鞍子的马，抓紧马儿湿漉漉的黑色鬃毛，嘴里喊着'快，快！'奔驰过草地，……奔驰过磨坊，踏上那一片无边无际的绿色原野，那里开满金凤花，雾一样迷蒙"（Ozick，1995d：103）。那是田园牧歌式的德国，如此宁静、祥和，在那里，野蛮、残暴无立锥之地。

吉纳维夫眼中的德国远没有这般田园诗意。在她眼中，土地不是黄色，而是灰色。风把从焚尸炉的烟囱里冒出来的人的骨灰撒了满地。“别跟我说什么德国的烟囱，我知道从那些德国烟囱里冒出来的都是什么烟！”（Ozick，1995d：126）大地散发出的不是什么芷茴香的芬芳，而是烧焦的人体的味道，男人的，女人的，孩子的；“快，快！”也不是吆喝马儿的，而是吆喝成千上万的犹太人，把他们驱赶进毒气室时声嘶力竭的呐喊。所以，她对亨克先生说，“你那造洗发香波的妹夫……你在你热爱的美利坚当建筑师，建塔、不搞破坏的当儿，他就在科隆造香波。咱们来说说你妹夫的香波吧。有什么秘方？用了什么人的脂肪？什么犹太猪油？”（Ozick，1995d：118－119）

吉纳维夫眼中的历史，可绝不是什么亨克先生所说的没有谁需要承担责任的“自在的力量”。那是令人发指的丑恶罪行，是纳粹德国自恃优等民族对六百万犹太人的野蛮屠戮，是处理犹太问题的“最后解决方案”，是惨绝人寰的种族灭绝。

对吉纳维夫/欧芝克来说，正是犹太大屠杀的苦难经历，将犹太人与非犹太人区分开来。铭记历史，是犹太人的集体记忆孕育出的民族文化基因。深厚的历史意识，自然就成为犹太文化特异性的一个表现。自然，犹太人自觉地建立起历史与现实的联系。在日常生活的方方面面，犹太人都能听到历史的警钟长鸣、看到历史的影形、做出现实语境下对于历史的阐释。这反映在吉纳维夫和亨克先生对戈特弗里德绘画作品的不同反应及评价上。

亨克先生认为儿子画画不务正业，觉得儿子“应该有个工作”（Ozick，1995d：106）。他甚至有种可怕的感觉，觉得戈特弗里德“用离奇的小剪刀把一幢老写字楼的设计图剪成了碎片”（Ozick，1995d：105）；他不懂儿子的艺术，“不知道如何评价儿子的劳动成果”（Ozick，1995d：105），也就既不接受，也不反对。对于儿子的艺术本身，他不做任何判断。

吉纳维夫则更加投入、更加注重行动。一方面，她鼓励戈特弗里德绘画，创立“无名小卒画廊”，筹划组织画展，甚至费心费力借用诸如贝多芬、歌德等名人对于艺术所做的评论来帮助促进戈特弗里德的职业发展；另一方面，对于戈特弗里德的作品，她又有自己的阐释与判断。和亨克先生谈起戈特弗里德的作品，她这样说道：“你知道戈特弗里德的画儿让我想起什么？……纳粹十字符碎片，就是这样”，她振振有词地说，“他做什么，都是那么可怕地精确。最后就是一团纳粹十字符碎片”（Ozick，1995d：108，109）。倾力支持之外，吉纳维夫有自己独立的分析与判断。其中的民族情绪不言自明——“精确”指向德意志民族精神、“十字符”指向纳粹暴行，历史意识使然；她的分析由表入里，由画作到画中折射的精神气质，从现象到内在蕴含的本质，是犹太尚智的历史传统孕育的理性思维习惯使然。

同样，深厚的历史意识，作为犹太文化特异性的一个具体表现，也反映出在吉纳维夫眼中的参观戈特弗里德画展的人群，和亨克先生所看到的完全不同。欧芝克这样描述来参观画展的人群：“戈特弗里德的画作整齐地拍成一个长列，参观的人们缓慢地从它们跟前走过，仿佛一根凹凸不平的粗绳子。”（Ozick，1995d：108）在亨克先生眼中，那是“动物园里的人群……彼此相互凝视，仿佛笼子里关着什么超乎想象的野兽”；对吉纳维夫来说，那“好像是集中营……每个人都透过带刺的铁丝网望眼欲穿，明知无望却还是指望谁来救自己出去。那就是他们的样子”（Ozick，1995d：108）。感同身受的悲悯，自然让犹太人吉纳维夫随时随地、自觉地建立起历史与现实的联系，仿佛重历集中营的犹太历史悲剧；而缺乏历史意识，漠然地充当历史的旁观者的亨克先生，自然沉溺于世俗文化，虽随身携带象征历史的沉重的手提箱，却“喜欢带上干净的新东西去旅行”（Ozick，1995d：126 –127）。

《手提箱》反映的是一个有高度犹太自我认同感的女士和一个出生在德国的非犹太男人对于犹太大屠杀的不同认识；《被雇佣的》则将隐藏自己犹太人身份的犹太大屠杀幸存者与他的非犹太人情人、他的非裔知识分子助理与美国普通民众对于历史的不同认识相并置。

《被雇佣的》（“A Mercenary”）讲述历史对人的行为的影响。故事围绕隐藏自己犹太人身份的犹太大屠杀幸存者斯坦尼斯瓦夫·卢申斯基（Stanislaw Lushinski）、他的非犹太人情人路易莎（Louisa）、卢申斯基的非洲助理——非洲知识分子莫里斯·尼甘姆比（Morris Ngambe）以及美国公众对待犹太大屠杀的不同理解、不同态度而展开。

卢申斯基是来自波兰的犹太大屠杀幸存者，在联合国担任驻非洲一个小国的外交官，精通本国语言，熟悉当地宗教，他认定自己已经是一个非洲人了。他眼中的非洲，充满奇幻的色彩：“苍鹭、羽毛、鸟儿的红腿、宁静的湖泊、光秃秃的桃花心木、金色的项圈、非洲鼓、黑色的躯体、箍唇的妇女、缠腰带。”（Ozick，1976a：41）

卢申斯基冷静务实、善于把握时机，事业成功。他劝导尼甘姆比“对于不可避免要发生的，不要硬拼”，“要等待合适的机会，慢慢修补”（Ozick，1976a：36）。在国内、国际事务上，卢申斯基都游刃有余，让同事们觉得，“他代表的那个国家，比实际要大很多，需要倾心予以尊重”（Ozick，1976a：22）。在个人生活上，卢申斯基也如鱼得水，在纽约有情人，据说在瑞士还有一个同性伴侣，在他担任大使的那个非洲国家，更是呼风唤雨。

卢申斯基挖空心思、隐藏自己的犹太身份。他“一直对犹太人表现得很冷淡，从不与他们为伍。在联合国会议上，也背对着以色列的大使"（Ozick，1976a：41），表达自己主张时，义正词言、立场明确。卢申斯基感觉自己很自由，"比大多数人都自由"（Ozick，1976a：37），卢申斯基感觉自己经历了人世间最惨烈的罪恶，自己已经无所畏惧。再也没有什么人可以伤害到他。"每个幸存者都是自由的。对一个人来说，可能发生的一切，都已经在幸存者身上发生过了。未来，再也创造不出什么更糟糕的情境。他现在所拥有的就是无所畏惧。"（Ozick，1976a：37）

然而，卢申斯基并不是真的无所畏惧。尽管他坚称，"对于言语，我并不感到畏惧"（Ozick，1976a：37），但是，只要听到有人说"犹太人"这个词、只要有人让他想起犹太文化传统，他就感觉自己需要某种形式的忏悔。"我只要一说那个词，你就要去洗澡"，路易莎说，"只要我说'犹太人'，你就去洗澡，你感到害怕"（Ozick，1976a：40）。

欧芝克为卢申斯基安排的这个特定的"洗澡"的仪式，颇具"双重的反讽意味"。一方面，它指涉基督教的施洗仪式，意指旧的自我的死亡、新的自我的诞生；另一方面，它指涉犹太风俗米克瓦（Mikva），即沐浴净身，意指借由清洁身体达成灵魂的净化（Kielsky，61）。

卢申斯基尽力忘却大屠杀的痛苦记忆。然而，大屠杀的痛苦记忆，却时常在噩梦中重现。时常，他会被情人路易莎从梦魇中摇醒，"眼泪从鼻孔中流下，舌头卷曲着，在空气里发出可怕的吸吮的声音"（Ozick，1976a：29）。

卢申斯基并未选择忘却作为历史事件而存在的犹太大屠杀。他给路易莎看关于犹太大屠杀的书籍（Ozick，1976a：38），并且告诉她，自己这样做，是为了让她知道，她身处其中的现实。"我不谈论其中的人，我谈论其中的事。"（Ozick，1976a：39）他给美国普通公众讲述犹太大屠杀——“感觉自己作为一个外国知名人士得到了认可”，自己应该肩负起“实施教育”的义务（Ozick，1976a：20）。虽然犹太人不会请他去讲，在“市民俱乐部，那些有着动物名字的俱乐部，有着印度名字的俱乐部；国际主义者学会，沙文主义者学会；在退伍老兵，和平主义者，素食主义者，女权主义者，动物实验活体解剖者”（Ozick，1976a：45）中间，他赢得了众多的听众。

另外，他严格区分历史和艺术虚构，反对借犹太大屠杀的历史题材进行扭曲历史、美化暴行的艺术渲染。他关注的是对于历史的记录、是冷峻的事实：“没有人会因为故事而神圣，……只存在因为数据而神圣的人。”（Ozick，1976a：38）

欧芝克笔下的卢申斯基陷于一种矛盾。作为亲历过犹太大屠杀的人，他选择忘却痛苦的记忆，甚至隐藏自己的犹太人身份，放弃犹太信仰。但是，对于作为历史事件而存在的犹太大屠杀，卢申斯基不仅绝不选择忘却，还坚持还历史以客观真实的面目，抵制艺术渲染和滥用历史题材。

欧芝克笔下的卢申斯基诉说着欧芝克对于犹太文化特异性的理解：犹太文化深重的历史意识，是任何外在的力量都无法抹杀与改变的。现实中的成功与荣耀，无法抹去犹太大屠杀的苦难历史记忆。放弃犹太信仰、隐藏犹太身份，也无法改变犹太文化根深蒂固的影响，历史意识已成为植入犹太人骨髓的集体文化基因。

欧芝克将犹太文化的特异性置于文化比较的语境之下。小说《被雇佣的》中，卢申斯基的非犹太人情人路易莎来自德意志；他的助理莫里斯·尼甘姆比来自非洲，在牛津大学接受了西方教育；听他讲述犹太大屠杀历史的普通美国公众对他这个在联合国代表非洲黑人的白人充满好奇。

路易莎是卢申斯基的情人，非犹太人。在故事中，充当着至关重要的角色，她是唯一了解卢申斯基真实身份的人。故事中卢申斯基真实的内在自我，借助路易莎得以展现。路易莎“是个德意志女伯爵——姓氏前有‘冯’（von）……她曾经在加利福尼亚经营一家著名的化工公司……有着总裁式的处世哲学”（Ozick，1976a：21）。

与卢申斯基深重的历史意识形成鲜明对照，路易莎缺乏历史意识。只要卢申斯基让她读有关犹太大屠杀的历史书籍，她都会郑重地说，“我对历史毫无兴趣，我只对你感兴趣”（Ozick，1976a：38），“历史是我痛恨的”（Ozick，1976a：39）。关于历史，路易莎与卢申斯基的分歧主要体现在三个方面：第一，历史与现在的联系；第二，历史本身与历史故事的区别；第三，犹太人与全人类的关系。

第一，历史与现在的联系。卢申斯基无法摆脱苦难的历史记忆，路易莎不理解他为什么总是将犹太大屠杀和自己联系在一起，还总让她读关于犹太大屠杀史实的书籍。她禁不住问他，“死亡，死亡，死亡。你到底关心什么？你不是活着出来了吗？”（Ozick，1976a：38）

第二，历史本身与历史故事的区别。卢申斯基对于历史故事不屑一顾，反对“从真实发生的历史事件中制造虚构小说”（Ozick，1976a：38）；对路易莎来说，历史就是扣人心弦的故事，尽管其中不乏历史事实。她无法将“故事”和“故事的来源”加以区分（Ozick，1976a：38）。同为描述犹太大屠杀纳粹集中营的作品，中篇小说《夜》（*Night*）和记录史实的《毁灭》（*The Destruction*）同样让她泣不成声（Ozick，1976a：38）。

第三，犹太人与全人类的关系。第二次世界大战期间，路易莎“在英国念书”（Ozick，1976a：41），对于纳粹暴行，她赞同那是一场灾难，但是她并不认为那是全人类的灾难：“并不是全世界都被灭绝了。那不像是洪水。毕竟，那不是全人类，那只是一个种族。犹太人不是全世界，他们不是全人类”（Ozick，1976a：38－39）；而卢申斯基则从自己丰富的人生阅历中得出结论："每当人们想起全人类，……人们总是没有例外地，忽略了犹太人"（Ozick，1976a：39），将犹太人从全人类中排除出去，忽略了犹太人，所谓"最后解决方案"的罪恶，就只是对犹太人犯下的罪恶，而不是对全人类犯下的罪恶。

卢申斯基为了隐藏自己的犹太身份，坚持认为自己"不是犹太人的一部分"，而是"人类的一部分"（Ozick，1976a：40）。卢申斯基的立场与支持文化同化的论调如出一辙——要结束几千年犹太人受歧视、被压迫的历史，一方面，犹太人要承认，事实上，他们同其他人并没有差异；另一方面，犹太人应该主动抛弃那些所谓标志性的特征。对此，坚持凸显犹太民族、犹太文化区别于其他民族、其他文化的特异性的欧芝克，借路易莎之口，做出了反驳："你想要的，只是现实的你所不具备的，这是问题的关键！只是因为你的实际身份！"（Ozick，1976a：41），"你痛恨自己是犹太人"（Ozick，1976a：40）。

欧芝克将"甄别差异"看作"犹太性"的两个重要标准之一。在散文《比亚利克的暗示》（"Bialik's Hint"）中，欧芝克写道："第一个标准，拒绝偶像崇拜，衍生出第二个，甄别差异。"（Ozick，1989a：224）

卢申斯基隐藏自己的犹太身份、拒绝甄别犹太文化品性和其他文化品性的区别，显然有悖于欧芝克对于犹太性的认识。卢申斯基不彻底的犹太性源于苦难的犹太大屠杀记忆，揭示纳粹暴行对犹太民族历史的践踏、对延续犹太民族文化的威胁。

放弃犹太信仰、努力隐藏着犹太身份，卢申斯基依然无法摆脱犹太大屠杀的苦难记忆；依然坚持客观、真实地讲述犹太大屠杀的历史，表现出深重的历史意识。这与来自德意志的非犹太人路易莎形成鲜明的对照。与卢申斯基形成鲜明对照的，还有来自非洲的莫里斯·尼甘姆比。

莫里斯·尼甘姆比是卢申斯基的助理，是接受了基督教的知识分子，来自完全没有反犹、排犹传统的非洲，同时，尼甘姆比并未完全摆脱非洲原始部落信奉的泛神论的影响。

与具有深重历史意识的卢申斯基不同，尼甘姆比缺乏历史意识，对历史持漠然的态度。尼甘姆比在牛津大学取得了政治学学位（Ozick，1976a：18），不过他把学到的“政治学”变成了“诗歌，或者，至少是心理学；更准确地说，是街谈巷议。……他记住了玛格丽特公主的狗的名字。对他来说，那条叫作希特勒的狗，虽说不幸疯了，却着实是个天才，因为它知道怎么蛊惑所有的人追逐癫狂”（Ozick，1976a：42）。至于令卢申斯基铭心刻骨、噩梦萦绕的犹太大屠杀，对尼甘姆比来说，“也许真的发生过，也许并没有发生过”（Ozick，1976a：43）。尼甘姆比“也许会读传记，但他从不关心任何一个生命中，行为的后果”（Ozick，1976a：42）。

然而，每一个个体，都是由各自的历史所塑造、成就的，都承载着历史的烙印，并且作为历史的后果，见证历史的行为。这正是欧芝克的历史意识在小说中的文学演绎。《被雇佣的》中，卢申斯基和尼甘姆比对于往事的记忆，诠释着各自现今的行为及方式。

卢申斯基和尼甘姆比同样出身富贵，都拥有幸福美好的童年。卢申斯基的父亲是银行家，母亲在华沙最好的地段拥有最奢华的宅第（Ozick，1976a：26）；尼甘姆比的父亲是酋长兄弟的儿子，受殖民地总督提携，经商富贾，娶了七个妻子。尼甘姆比的母亲知书达理，有自己的宗教信仰，最受宠幸。尼甘姆比是他们的长子（Ozick，1976a：18）。

尼甘姆比的幸福童年在恬静的非洲乡村无休止地延续，而卢申斯基童年的幸福，在他六岁那年，戛然而止。德国人入侵华沙，他的父母将他留给了森林边上小村庄里的一对农民夫妇（Ozick，1976a：27）。然而，农民夫妇害怕受到牵连，卢申斯基被扔进了森林，经历了同胞的陷害、俄国人的折磨、纳粹的迫害。

苦难的历史塑造了卢申斯基。比如他害怕听到“犹太人”这个词，“说起‘农民’这个词，卢申斯基显得充满恐惧”（Ozick，1976a：36）。他无法忘记被他们“哄骗着、追逐着”，“被吊在棚屋的椽子上”（Ozick，1976a：37）。他无法忘记逃脱之后，在“地狱一样可怕的欧洲”，“像被捕食的动物一样，逃进阴影中去”（Ozick，1976a：42）。

尼甘姆比则影射基督教的典型特征——基督教由于绕开冲突、规避行动，建构起的世界超越现实、幻象横生而被利奥·拜克（LeoBaeck）称为“浪漫宗教”。与之相对位的是被拜克称为“古典宗教”的犹太教。鉴于犹太教浓厚的伦理使命意识，拜克称犹太教为优于基督教的“古典宗教”（Baeck，189－92）。

尼甘姆比的母亲信奉泛神论，“在村子里被奉为神明，村子里有她的画像出售”（Ozick，1976a：20），人们相信她会保佑那些虔诚的信众。尼甘姆比“时常会向母亲祈祷”，信奉泛神论的母亲“让他感觉到简素温和的舒适自在”（Ozick，1976a：20）。他眼中的非洲，因为拒绝欧洲的民族主义立场而“无关政治”（Ozick，1976a：33），“只关乎至亲的土地本身、风俗人情、仪式礼仪、兄弟姐妹、家庭观念”（Ozick，1976a：33）。而其中的“家庭观念”又衍生出一个更加超群的观念，“人们更愿意接受全人类是一个大家庭的理念”（Ozick，1976a：33）。“非洲就是光明、芬芳的气息，甜蜜的透雨，还有雨后复现的光明、灿烂、闪闪发光让人感觉受到净化的暖洋洋的感觉。”（Ozick，1976a：42）

尼甘姆比被欧芝克塑造成了“非洲理想主义者”（Kielsky，51）。他眼里的纽约，和人们描述的并无二致，“纽约就是他们所说的样子——荒原、丛林”（Ozick，1976a：23）。尼甘姆比在纽约孤独地漂泊，找不到归属感。在纽约这个“属于犹太人的城市”（Ozick，1976a：49），他“被一个波多黎各电梯员训斥着，驱赶到服务区的入口”（Ozick，1976a：22－23）；遭到参加“非洲第一，哈莱姆滚开”示威游行的黑人的攻击。尼甘姆比既不属于犹太人的纽约，也不属于哈莱姆黑人的纽约。

卢申斯基和尼甘姆比都被欧芝克塑造成了陷于文化真空和种族真空、追求文化同化却找不到归属感的人物。与卢申斯基的历史意识形成鲜明对照的，还有普通美国公众对历史的戏谑与曲解。

出于“实施教育”的初衷，卢申斯基向普通美国公众讲述犹太大屠杀。然而，未曾经历过这场浩劫的普通美国人，对于犹太大屠杀到底有多么残忍、影响是多么深远，“所知甚少，或者说，愿意了解的甚少”（Ozick，1976a：48）。在他们眼中，卢申斯基讲述的犹太大屠杀不可思议，他们仿佛置身观赏惊悚电影的影院，“他们大笑。不是因为他在讲笑话，甚至不是因为他的诙谐”（Ozick，1976a：17）。在他们眼中，卢申斯基是“他们喜欢的粗鲁、愤怒的喜剧演员”，他讲述的犹太大屠杀历史，只是恐怖的故事，仿佛“乖戾荒谬的亲戚们那些令人捧腹不禁的奇闻异事”（Ozick，1976a：28）。他们眼中的历史，不过是令人捧腹的喜剧故事。

欧芝克将犹太历史置于多文化的语境下加以审视。无论是相比于对历史毫无兴趣、无法理解历史与现在的联系、不愿区分历史本身与历史故事的差异、认为对犹太人犯下的罪恶并不是对全人类犯下的罪恶的德意志非犹太人路易莎，还是相比于将政治视为街谈巷议、漠视历史、不关注行为的后果、满眼基于泛神论立场的非洲理想主义色彩的知识分子莫里斯·尼甘姆比，还是相比于将历史视作喜剧故事、对历史加以戏谑与曲解的美国民众，对比映衬之下，犹太性并不彻底的卢申斯基，虽然放弃了犹太信仰，甚至尽力隐藏自己的犹太身份，都表现出无论如何都无法磨灭的深重的历史意识以及坚持客观、真实地讲述犹太大屠杀历史的立场。这正是犹太文化相对于其他文化的特异性所在：强调铭记历史，努力使犹太民族记忆得以延续。

小说中莫里斯·尼甘姆比用以评价卢申斯基无法找到他在联合国代表的非洲国家的归属感的理由——“仅仅从政治意义上代表非洲是不够的。从政治意义来说，采取某种文化立场是可以做到的。然而，没有人能够掌控信仰”（Ozick，1976a：47）——颇值得深思。欧芝克借莫里斯·尼甘姆之口，表达了自己的主张：隐藏犹太身份，放弃犹太信仰，都只是徒劳的表象，犹太民族情感刻骨铭心，犹太民族文化根深蒂固，犹太信仰坚不可摧。

《升空》（“Levitation”）围绕沉醉于犹太历史的犹太人与他皈依犹太教的妻子而展开，揭示历史传统对人的行为的影响。

《升空》的主要人物是一对住在纽约的小说家夫妻：丈夫吉米·芬戈尔德（Jimmy Feingold）是犹太人；妻子露西（Lucy）是基督教长老会牧师的女儿，为了嫁给芬戈尔德，皈依了犹太教。他们因为爱情而结合，“彼此感觉因为有了对方而无比幸运”（Ozick，1982a：6）。芬戈尔德虽然深深为自己的犹太历史传统感到自豪，“却一直清楚地知道，自己不想娶一位犹太妻子”（Ozick，1982a：3）；露西则“希望嫁个非基督徒”（Ozick，1982a：3），从很小的时候起，露西就感觉自己“属于《圣经》的民族”，她把自己当作“犹太人”（Ozick，1982a：3）。

他们意气相投，彼此感觉到浑然天成的契合（Ozick，1982a：

6）——“他们都写小说，写起小说来不无困惑、不辞辛苦”（Ozick，1982a：4），“他们都追求准确，都运用心理现实主义手法，都认真地反映真实，弘扬美德，甚至都追求机敏睿智”（Ozick，1982a：4），都坚持同样的原则：“永远不把作家作为自己的写作对象。”（Ozick，1982a：4）他们感觉彼此既是爱人又是文友，就像乔治·艾略特（George Eliot）和乔治·亨利·洛斯（George Henry Lowes）那样，他们甚至怜悯那些没有找到作家伴侣的作家。

然而，犹太人芬戈尔德和皈依了犹太教的露西，却有着迥然相异的趣味。

他们在趣味上的差异，不仅表现在“露西觉得自己注重文体的优美，而芬戈尔德不是这样”（Ozick，1982a：6），“芬戈尔德缺乏‘哲性’思维，他喜欢事件本身；露西喜欢沉思默想”（Ozick，1982a：7），还表现在他们关注的对象存在根本性的差异——芬戈尔德沉醉于犹太历史，尤其是犹太人受难的历史；露西则专注于情感的困惑。

两人各自出版了一部小说，芬戈尔德写的是犹太人所经历的历史灾难；露西写的是家庭生活。家里几面墙的书架上，都放满了有关犹太历史的书籍，那是芬戈尔德的（Ozick，1982a：6）；露西“只读过一本书——那是《爱玛》（*Emma*）——她反反复复地读”（Ozick，1982a：7）。对于犹太民族的历史，芬戈尔德有着永不衰竭的热情，露西只关注“居家妇女的内心世界”（Ozick，1982a：8）。

对于犹太人来说，“唯有历史活动的历程和遗迹才是其实际存在的真实见证”（顾晓鸣，74）。芬戈尔德醉心于犹太人受难的历史。他既关注史实的历史记载，也喜欢阅读相关的历史故事。他了解中世纪发生在西班牙那场对犹太人的屠戮，在正在创作的小说中，他就详细地描述了“六万犹太人如何在一天之内就失去了性命”（Ozick，

1982a：5）；他了解十字军对欧洲犹太人犯下的罪行（Ozick，1982a：11）；他了解在1247年的春天，一位法国贵族如何扣留了维埃纳省所有的犹太人，割下男人的生殖器，撕裂女人的乳房（Ozick，1982a：11）；他了解在1279年的伦敦，由于被控告将一个基督徒儿童钉死在十字架上，犹太人如何被五马分尸（Ozick，1982a：13）。读起这些史实或者故事，他“如痴如醉，仿佛吸血鬼一样”（Ozick，1982a：13）；他也愿意“时不时谈起历史上令人憎恶的暴虐罪行”（Ozick，1982a：11）。在芬戈尔德看来，历史的意义，在于对历史事件加以判断与阐释。

露西完全无法理解芬戈尔德对于犹太历史、犹太民族苦难历史的狂热。他反复叙说的“残忍暴虐的罪行令她感到筋疲力尽，枪杀、毒气室还有集中营让她感到厌倦”（Ozick，1982a：19）。

欧芝克笔下的芬戈尔德夫妇被塑造成无名、平凡的普通人。“不能说他们被遗忘，因为他们从未引起过人们的注意”（Ozick，1982a；Ozick，1982a：8）。他们的新书出版半年以后，就被当作处理品廉价处理，每本只卖八十九美分（Ozick，1982a：8）。可是，芬戈尔德夫妇不甘心做无名、平凡的普通人。他们在家里组织聚会，邀请圈子里的名流，却只来了一些二流的客人。

在这次聚会上，犹太人分戈尔德与皈依了犹太教的露西表现出本质性的差异，反映出欧芝克对犹太文化特异性的认识。

在聚会上，犹太人和非犹太人分成了两个圈子。犹太人集中在起居室，非犹太人聚集在餐厅，还有一些犹太人偷偷跑来加入了非犹太人的圈子。

起居室的犹太人热烈讨论的问题是，当犹太人遭受暴虐的苦难的时候，上帝为什么保持缄默（Ozick，1982a：12）；餐厅里的非犹太人“喝着啤酒或者可乐或者威士忌加水”（Ozick，1982a：19），讨论着诸如“卓别林的姿势”（Ozick，1982a：11）、“浪漫的个人主义的影响”（Ozick，1982a：19）等与艺术、自由有关的话题，或者谈论着诸如“哪个导演在执导哪部片子，哪个演员主演哪个角色”（Ozick，1982a：10）等与影视圈有关的轻松话题。

显然，欧芝克在对犹太文化、非犹太文化进行对比与甄别。犹太文化深厚的历史意识与非犹太文化顺应自然本性的世俗化特征形成鲜明的映衬。加入了非犹太人圈子的犹太人，在欧芝克笔下，是“那些在赎罪日前夜，跑去看电影的人”（Ozick，1982a：12），是放弃了犹太立场、接受了文化同化的人。

露西是一个皈依了犹太教的基督教长老会牧师的女儿，虽然从感情上与犹太人紧密相连，可是，她不得不承认，“她无法理解他们，也不能体会他们的情感”（Kielsky，74）。站在起居室里热烈地讨论着犹太大屠杀的犹太人和餐厅里那些“人道主义者、幽默的人”（Ozick，1982a：12）之间，露西终于理解了为什么“每一个正常人，每一个有判断力的人……都想要远离”（Ozick，1982a：12）犹太人。

召唤露西远离犹太人的，恰恰是她皈依犹太教之前的历史传统——基督教的影响。在《浪漫的宗教》一文中，利奥·拜克将基督教称为“浪漫宗教”，并进一步指出，“浪漫主义不理解 *Geschichte*，即活着的历史，只能接受 *Historie*，即死去的历史——一个故事”（Baeck，218）。对露西来说，包括芬戈尔德在内的犹太人沉醉其中、热烈讨论的历史，只是一个个过去的故事，与现实没有联系，与自身没有联系，自然不具备生命力与吸引力。即便皈依了犹太教，露西依然无法像犹太人一样感受犹太民族的历史、领悟犹太民族历史对于现实的启迪意义。

自然，起居室里的犹太人，作为“上帝的选民”，感受到犹太历史与现实、与自身、与族群、与全人类的联系，感受到犹太历史中蕴含的强大的烛照现实的生命力——每个人，无论是“杂货商”，还是“小说家”，都极端热切地倾听着一个难民关于犹太大屠杀的讲述（Ozick，1982a：14）；而在露西看来，那只有“恐怖、残忍和尸体”（Ozick，1982a：14），和她看过的电影没有区别：“一样的推土机，将一样的骨瘦如柴的人铲起。”（Ozick，1982a：14）“问题在于，她什么也感觉不到。”（Ozick，1982a：14）因此，毫无触动的露西无法理解残忍、暴虐的历史何以让犹太人感到兴奋与激动。在露西看来，“那个房间…… 那个犹太人的房间，……随着那个难民的低声讲述，悬浮起来…… 仿佛水上的方舟”（Ozick，1982a：15）。在露西看来，升空的犹太人“遭到了来自死亡之地的使者的绑架”（Ozick，1982a：15），自己则留在了生命之地。露西仅仅将历史视作过去的历史事件，在她眼中，沉醉于历史的犹太人最频繁使用的词语是“死亡，死亡，死亡”（Ozick，1982a：19），她无法理解犹太人在阐释历史、对历史进行评判的过程中焕发出的生机与活力。露西理解的生机与活力，集中反映在欧芝克为她安排的想象之中。

当“芬戈尔德和难民的起居室在头顶上悬浮的时候”（Ozick，1982a：18），露西想象“自己…… 来到一座小城市公园。那是五月初，一个星期日的下午。露西……等着惯常的音乐表演开始……美国国立博物馆的一位人类学家解释说，今天没有寻常意义上的‘表演’，没有‘表演者’。参与演奏的是来自墨西拿（Messina）、来自卡拉布里亚（Calabria）的‘真正的农民’、牧羊人。他们将演奏…… 歌唱。十几个人鱼贯上了台”（Ozick，1982a：16－17）。人类学家解释说，“他们唱的歌曲大多关乎情色，他们跳的舞蹈性暗示的意味浓郁”（Ozick，1982a：17）。露西从狂热的舞者身上看到了“他们对自然的崇拜、对大地之神酒神式的膜拜”（Kielsky，77）。

她振奋地发现，西西里人通过崇拜“掌管繁殖生育的麦当娜（Madonna)”（Ozick，1982a：18）来崇拜自然。她振奋地发现，“永恒究竟是什么：麦当娜之前有维纳斯（Venus)；维纳斯之前有阿芙罗狄蒂（Aphrodite)；阿芙罗狄蒂之前有阿施塔特（Astarte)”（Ozick，1982a：18)。露西终于意识到，“上帝进入自然而成为上帝”（Ozick，1982a：18)，她自己“放弃自然，为了信仰犹太人的上帝，放弃了真正的宗教”（Ozick，1982a：18)。

欧芝克将犹太文化对于历史的尊崇与非犹太文化对于自然的崇拜相并置，彰显了犹太文化的特异性：历史的意义在于对历史事件的阐释与判断，因此，历史就不仅仅表现为过去的事件，而是与现实、与个体、与族群、与全人类紧密相连、足以令人振奋的力量源泉，如同自然中蕴含的原始生命力量，令生命勃发、生机盎然。同时，欧芝克表现出犹太文化特异性不可复制的立场——非犹太人，即便皈依了犹太教，也无法像犹太人一样感受、思考、判断。

在欧芝克看来，“犹太性不仅表现为一种宗教信条，它更表现为一种生活方式，日常行为方式”（Kielsky，1985：27－28)。欧芝克将犹太大屠杀置于潘神/摩西的视域之下——其小说中构成核心冲突的主人公代表不同的犹太/非犹太文化背景：同样接受了美国文化同化、有高度犹太自我认同感的美国女士与出生在德国的非犹太男人；隐藏自己犹太人身份的犹太大屠杀幸存者与他的非犹太人情人、他的非裔知识分子助理与美国普通民众；沉醉于犹太历史的犹太人与他皈依犹太教的妻子——欧芝克的小说表现不同犹太/非犹太文化背景的主人公在日常生活中所呈现出的对于历史的不同认识，揭示了历史、历史传统对人的行为的影响，反映犹太人与非犹太人对于历史的不同理解、阐释及评价。通过对比映衬，欧芝克的小说彰显了犹太文化的特异性的一种表现形式：对于历史、记忆的高度重视，在日常生活中自觉地建立历史与现实的联系。是否具有这样的历史意识，成为犹太人与非犹太人的分野。历史意识成为犹太人的身份标志。在欧芝克看来，历史的意义在于对历史及历史事件做出“判断与阐释”（Ozick，1976c：6）。欧芝克将犹太大屠杀历史置于多文化的语境下加以审视，揭示犹太人与非犹太人对于犹太大屠杀历史的不同理解、阐释及评价，演绎了作家所坚持的立场——历史的意义在于阐释与判断。

在欧芝克的小说中，潘神/摩西视域下的历史，不仅包括历史事件犹太大屠杀，还包括重构的犹太民族历史和想象的个人历史，其历史书写呈现出既建构又质疑、解构的矛盾立场。

二　重构的犹太民族历史：判断与阐释

《异教徒拉比》中的犹太拉比艾萨克·科恩菲尔德，不可救药地迷恋自然。为了调和“异教徒”与“拉比”的身份矛盾，艾萨克重构了《圣经》中的犹太民族历史，颠覆了“摩西十诫”中第二诫“拒绝偶像崇拜”的训诫。他声称，“不真实的历史、不真实的哲学、不真实的宗教向我们断言，……万物皆有灵。……在上帝的造化中，根本不存在偶像崇拜，所以就不可能犯这一重错”（Ozick，1995c：20－21）。同时，他声称，“摩西并不是由于无知，才没有训教世界上是存在自由灵魂的。……如果先祖们被告知世界上是存在着自由灵魂的，他们就会说‘让我们留下，即便我们的身体在埃及为奴，灵魂也可以自由地徜徉在锡安’，那样，他们不会‘遵从上帝的旨意，离开埃及’，挣脱被奴役的枷锁了”（Ozick，1995c：22）。艾萨克对《圣经》中犹太历史的重构，颠覆了“摩西十诫”第二诫“拒绝偶像崇拜”的存在基础。

欧芝克将艾萨克重构的《圣经》中的犹太历史与他的犹太/异教徒身份相联系，在《异教徒拉比》中设置对位的声音和意识，构成对辩。以复调的方式，对艾萨克的身份是“异教徒”还是“拉比”形成对位的判断与阐释，表达了对于重构的犹太民族历史的判断与阐释。

在“篱笆”之内、严格恪守“犹太性”的申黛尔，将艾萨克视作异教徒，“觉得他从来就不是犹太人”；故事的叙述者“我”，从犹太神学院辍学，接受了“无神论”，又与异族女子成婚，代表着“篱笆”之内与“篱笆”之外的双重立场。在“我”眼中，艾萨克“爬上了律法的篱笆”，既是异教徒——他崇拜自然，陷于偶像崇拜，又是“学者、拉比、杰出的犹太人”——因为，他“是个学生，……他思索，他是个犹太人”。欧芝克为艾萨克安排的特定的死亡方式充满悖论：他用自己的祈祷披肩在一棵树上自缢而亡，让自然崇拜与犹太忠诚这一对矛盾，在死亡中达成了和解。

重构犹太民族历史，作为历史意识的体现，诉说着犹太品性，然而，重构犹太民族历史的目的，是为站到犹太立场的对立面上寻找借口与依据，如此重构的历史便只是杜撰的历史，是对历史的篡改与扭曲，只能指向扭曲、不确定的犹太身份。

三　想象的个人历史：建构与解构

潘神/摩西视域下，欧芝克笔下被质疑既建构又解构的历史，除了主人公重构的犹太民族历史之外，还包括主人公想象的个人历史。

在《普特梅瑟：她的工作经历、家世和来生》中，欧芝克笔下的普特梅瑟杜撰出与金泽尔叔叔的联系：金泽尔叔叔“一周给她上两次希伯来语课”（Ozick，1982c：14）——金泽尔叔叔原先是一位犹太教堂的执事。在普特梅瑟被同化了的家庭里，他坚持拒绝被同化。与金泽尔叔叔的联系，构成普特梅瑟和她的犹太身世之间唯一的关联。然而，由于普特梅瑟想象个人的历史，仅仅是她“日常乐趣的翻版”（Katz，125），是为想象而进行的想象，从本质上来说，那是犹太文化坚决抵制的偶像崇拜行径。因此，叙述者采用作者露迹的方式，以第一人称直接闯入第三人称叙事，指出在普特梅瑟出生前四年，金泽尔叔叔就已经去世了，普特梅瑟与他的联系，“根本就是杜撰出来的”（Ozick，1982c：36）。元小说侵入式叙事的手法，解构了金泽尔叔叔存在的可能性，同时指出，普特梅瑟建构与犹太历史联系的意识也根本不存在。借助元小说侵入式叙事，欧芝克解构了自己在小说文本中建构起来的普特梅瑟想象的个人历史。

同样，《斯德哥尔摩的弥赛亚》中的拉尔斯，通过阅读波兰犹太作家布鲁诺·舒尔茨的作品，想象自己的个人历史，认定自己的父亲就是舒尔茨。《罗莎》中的罗莎想象已死于集中营的女儿玛格达的身世及成年后的生活。玛格达本是纳粹暴行的产物，在给玛格达的信中，罗莎想象玛格达的父亲是她母亲“最好的朋友的儿子”（Ozick，1990a：43）；在罗莎的想象中，本已死去的玛格达住在纽约郊区，当上了内科医生，成了“哥伦比亚大学的希腊哲学教授”（Ozick，1990a：39）。然而，由于拉尔斯将舒尔茨的小说文本奉为偶像，罗莎把玛格达奉为偶像，两者均站到了犹太教抵制偶像崇拜立场的对立面，欧芝克在小说中赋予拉尔斯自我救赎的选择，他放弃了关于舒尔茨父子关系的想象；罗莎则在有效他者帕斯基的帮助下，完成救赎，重返犹太社区生活，“玛格达不在那儿……玛格达走了”（Ozick，1990a：70）。对拉尔斯、罗莎命运的安排，解构了欧芝克在小说中建构的他们各自想象的个人历史。

重构的犹太民族历史，与犹太、非犹太的身份相联系，犹太身份受到质疑，犹太身份的确定性被解构。想象的个人历史，被欧芝克建构，又因其与犹太身份的标志性特征——抵制偶像崇拜——相对立，表现出非犹太的特征，继而被欧芝克所解构——作者或借助元小说侵入式叙述的声音介入文本，或通过安排主人公完成救赎，解构小说主人公在小说作者操纵下所建构的想象的个人历史。其本质是小说作者欧芝克对于历史既建构又解构的矛盾做法。建构的立场，表现出欧芝克对于历史、记忆的高度重视，是浓厚的历史意识的体现；质疑、解构的立场，表现出欧芝克对于杜撰的历史的判断与阐释——历史不容虚构与篡改，表现出欧芝克反对对于历史加以艺术渲染的立场。欧芝克既重视浓厚的历史意识，又在历史书写中抵制将历史艺术化，弘扬抵制偶像崇拜的犹太立场。

维克托·斯特兰德伯格（Victor Strandberg）将犹太文化的核心品性归结为“求真”（“L'Chaim”）意识。在散文《沙勒姆·亚拉克姆的革命》（“Sholem Aleichem's Revolution”）中，欧芝克用意第绪语“l'khayim”表达过同样的概念（Ozick，1989b：197）。斯特兰德博格表示他赞同哈伊姆·托波利（Chaim Topol）对“求真”意识所做的阐释——“反映生活”（Strandberg，1994：47），并进一步指出，“求真”不仅意味着“反映生活”，更意味着“反映生活实际的样貌，而不是经过了纯净化、理想化处理之后的生活”（Strandberg，1994：47）。斯特兰德博格解释道，“‘反映生活’等同于‘尊重现实’，继而等同于‘揭示真相’。最重要的是，犹太文化的核心品性蕴含着面对现实、追求真理的民族精神”（Strandberg，1994：47）。

尊重现实、揭示真相的“求真”意识，反映欧芝克抵制对历史加以艺术化处理的文学主张，揭示欧芝克在小说中解构主人公凭借想象建构的个人历史的动因，也为欧芝克潘神/摩西视域的自然书写，提供了有力的诠释。

第二节　潘神/摩西视域的自然书写

关于自然书写，需要尊重的现实是，对待自然犹太文化存在歧异的立场。

《先父的伦理》(*The Ethics of the Fathers*) 表现出自然崇拜与犹太立场的对立——“雅各拉比 (Rabbi Jacob) 说过：那些行走着的，或者潜心勤学的人，突然停下来，感叹‘那棵树多美啊！’或者‘那片荒芜的土地多美啊！’这样的人，依据圣典，已经对自身构成戕害”（Mishnah，10：52 am. April 20，2017）。相反，犹太教祈祷书 (*The Siddur*，*The Machzor*) 中，“充满对自然界的江河之美、树木之美、生物之美、女性之美，甚至非犹太女性之美的赞美与祈祷，这些祈祷书认为，所有的美都来自于上帝”（Kielsky，1985：104）。

将自然崇拜置于犹太立场的对立面，是历史语境使然。2 世纪，异教猖獗，威胁到犹太一神教的地位与发展。将自然崇拜从心理上等同于对自身的戕害，表现出 2 世纪犹太学者为延续犹太教生存、发展所做的历史努力（Kielsky，1985：105）。抛开 2 世纪异教猖獗的具体历史语境，完全绝对地将自然崇拜置于犹太立场的对立面，并不符合犹太价值判断（Kielsky，1985：105）。赞美自然，与犹太性并不绝对对立。

在散文《生活在两种文化之中》(“Living in Two Cultures”) 里，欧芝克指出，“出于道德净化的需要，犹太人选择站在自然的对立面。犹太人这样选择，是出于尊重历史的原因”（Ozick，1971：91）。欧芝克同时指出，“选择站在自然的对立面，实在有悖人类天性。……圣洁至善的并非出乎本性，出乎本性的并非圣洁至善”（Ozick，1971：91－92）。

对待自然，犹太文化存在歧异的立场。一方面，2 世纪特殊的历史语境，呼唤特殊的文化立场，抵制异教对于犹太教构成的威胁：《先父的伦理》中将自然崇拜与犹太立场相对立；另一方面，犹太教祈祷书中充满对自然之美的赞美与祈祷，犹太立场并不绝对排斥对自然的赞美。欧芝克客观地面对这样歧异的立场，在自然书写中，尊重犹太文化对于自然存在矛盾立场的现实，表现出对自然既抵制又妥协的矛盾态度。

一 潘神的诱惑：致人毁灭的自然

欧芝克的小说表现对立，“无论她如何命名这些冲突与对立：自然与历史、异教与犹太教、潘神与摩西……，她都在讨论同一种性质的对立：一方面是自然本能的吸引，另一方面是秩序、理性和道德净化的召唤”（Weiner，1983：179）。潘神/摩西视域对自然的抵制，表现在将自然塑造成充满潘神的诱惑、致人毁灭的自然。陷于自然崇拜的人屈从于自然本能，放弃对秩序、理性和道德净化的追求，最终走向毁灭。

下文以《异教徒拉比》和《码头女妖》（“The Dock-Witch”）为目标文本，分析欧芝克潘神/摩西视域的自然书写对于自然的抵制。

《异教徒拉比》的题记摘自《先父的伦理》（*The Ethics of the Fathers*）——“雅各拉比（Rabbi Jacob）说过：那些行走着的，或者潜心勤学的人，突然停下来，感叹‘那棵树多美啊！’或者‘那片荒芜的土地多美啊！’这样的人，依据圣典，已经对自身构成戕害。”（Ozick，1995c：1）（Mishnah，10：52 am. April 20，2017）题记奠定了小说的基调：自然崇拜因背弃犹太传统价值观，必然导致悲剧性的后果。小说中的犹太拉比艾萨克·科恩菲尔德牺牲灵魂，以换取不受犹太律法约束的自由——崇拜自然，最终既丧失了灵魂，又被他迷恋的自然所抛弃。自杀的结局，演绎对自身构成的戕害。

主人公的名字，“科恩菲尔德”（Kornfeld），就是来自自然的意象。在德语、意第绪语中，“科恩菲尔德”（Kornfeld）意指“麦田”（Kielsky，108）。在小说中，追求秩序、理性和道德净化的犹太拉比科恩菲尔德，因迷恋自然而荒疏了《塔木德》研究，整日在公园流连直到黎明。“泛着臭气、杂草丛生的草地，在他眼里，成为仙子出没的令人心醉神迷的花园。”（Kielsky，109）科恩菲尔德祈求自然回应他的呼唤。树精（Iripomonoeia）充满诱惑——她的皮肤“仿佛茄子表皮那样细腻完美，颜色也近乎相同”，她“看起来就是变成了孩童样子的花朵”，“温柔的面庞仿佛清晨的日华，泛着奇异的磷光”，“她说的话，听起来仿佛田野散发出的阵阵芳香”，“她既非裸呈，亦未遮体”，“和所有田野里的花儿一样，裸露着私处”（Ozick，1995c：31）。终于，他得到了树精的回应。

崇拜自然的艾萨克·科恩菲尔德屈从于自然本能，与树精合二为一，“身体的每一个组织都最真切地感到满足，绝妙的妖娆”（Ozick，1995c：29），实现了自己将灵魂从肉体中解放出来、获得自由灵魂的夙愿。然而，艾萨克·科恩菲尔德拒绝接受自己那个风尘仆仆、有着老者样貌、“在满是尘埃的旧书袋重压之下佝偻前行的灵魂”（Ozick，1995c：34）——他的灵魂“读着律法书，呼吸着尘埃，看不到花朵，也不会留意田野里鸣叫的蟋蟀”（Ozick，1995c：35）——艾萨克·科恩菲尔德惊呼“那不是我的灵魂！我不要那样的灵魂！”（Ozick，1995c：36）欧芝克笔下崇拜自然的犹太拉比，背离了追求秩序、理性和道德净化的犹太价值观。

然而，崇拜自然、沉醉于自然本能、放弃犹太立场，必然导致对自身的戕害。艾萨克·科恩菲尔德抛弃了自己的灵魂，灵魂只能“永远孤独地踯躅”（Ozick，1995c：36）；艾萨克·科恩菲尔德被他崇拜的自然/树精抛弃，用祈祷披肩在一棵树上自缢，结束了自己的挣扎。

通过塑造背弃犹太传统价值观、崇拜自然，最终戕害了自身的艾萨克·科恩菲尔德，欧芝克透过文本中的自然书写，表明了潘神/摩西视域的文化立场——坚持犹太性、抵制自然："律法的声音……远比蟋蟀动听；律法的气息，远比苔藓朗洁；律法的味道，远比清泉甘洌。"（Ozick，1995c：36）

《异教徒拉比》讲述了一个杰出的犹太人的挣扎，《码头女妖》则表现一个大有前途的非犹太人的沉沦，对犹太人构成警示。

《码头女妖》的主人公乔治（George）是供职于纽约一家船务公司的年轻律师。家里人世世代代居住在内陆俄亥俄南部的小村庄，他是第一个到东部发展的开拓者。乔治刚从耶鲁大学法学院毕业两三年，极端理性，"追求完美，津津有味地咀嚼推敲法律文书的脚注"（Ozick，1995a：132）。他所供职的船务公司，为好几家大型集团公司提供服务，乔治的收入不断暴涨，合作伙伴都羡慕他前途无量（Ozick，1995a：132）。

起先，虽然乔治被大海以及可以带人们去远方的轮船所吸引，但他并不渴望出海航行。一是他担心会因为出海航行错过了职场上的发展机会——他立志当上公司的"船长"（Ozick，1995a：133）；二是因为他受不了大海的味道（Ozick，1995a：133）。乔治对自己的日常生活感到心满意足：每天晚上，一部接一部地阅读康拉德的小说，"温暖的想象流动在喜悦的神经"（Ozick，1995a：134）；午餐时间，和同事聊聊女王号轮船——玛丽女王号、伊丽莎白女王号、威廉明娜女王号、费德莉卡女王号，等等。对他来说，那些女王号轮船的法律文书，"温柔地穿过他的岁月，宛若那些斑驳的船帆"（Ozick，1995a：132）。乔治满足于通过法律文书感受到的大海："通过文书感受到的大海，比甲板之下的水手，感觉到的还要强烈"

(Ozick, 1995a: 132)。乔治为自己和大海的联系感到自豪：“凭借圆珠笔尖有良心的职业操守，就可以为大海效力。”(Ozick, 1995a: 132) 动一动笔，年轻有为的律师就可以让签署了租船合同的船只穿梭于阿梅利亚港、基切沃、丰沙尔、横滨、墨西拿、克里斯蒂安桑、雷克雅未克、特拉维夫 (Ozick, 1995a: 134)。他签署的意见，可以让轮船启航，“让最深处的筋腱开始微妙、剧烈地震颤”，也可以让“引擎在码头熄火” (Ozick, 1995a: 132)。乔治热爱自己的工作，享受作为律师带给他的秩序、理性和职业抱负，享受与同事的和睦相处，享受平静闲适的日常生活。

然而，这一切，在乔治在港口给叔叔送行时偶然遇到一个女人之后，一去不返。欧芝克给这个女人命名为隐喻自然崇拜的温蒂妮 (Undine) 或者西尔维娅 (Sylvia)。温蒂妮，又称水女神，水中精灵，是中世纪欧洲炼金术士帕拉塞尔苏斯 (Philippus von Hohenheim) 炼金术理论中的“水”元素，也指欧洲古代传说中掌管宇宙四大基本元素的“四精灵”之一，与“火”“风”“地”并列。温蒂妮常被描绘成居于水边的美丽女性精灵。传说中，温蒂妮本身没有灵魂，需要通过与凡人男性结合、孕育子女来获取灵魂。西尔维娅的意思是“鸟儿”或“木头”，“与潘神意义上的女神、林间精灵相联系”(Kielsky, 132)。

欧芝克笔下的温蒂妮/西尔维娅幻化为女人的形象——“一个四十岁左右的女人，瘦小，穿着上浆过度的衣服而显得膨胀起来”(Ozick, 1995a: 137)，“银色的眼睛勾了深色的眼线，夜晚的鸟儿一样” (Ozick, 1995a: 137)。她说自己有丈夫，也叫乔治，一个药剂师，药房就开在码头附近，还有几个已经出嫁的女儿。暗示水中精灵温蒂妮（“鸟儿一样”的西尔维娅)，已经通过与凡人男性结合、孕育子女获得了灵魂。送别叔叔一周后，给表妹同学送别的乔治再次在码头遇到温蒂妮/西尔维娅。她说服乔治和她一起看船员解缆放船之后再离开，虽然乔治感觉到她过于热情，还是和她聊起了看轮船离去的感触。对乔治来说，看到一艘希腊轮船离港已经足够了。欧芝克笔下的温蒂妮/西尔维娅表现出典型的潘神立场：对她来说，“希腊…… 超越了时间，希腊…… 不朽而永生”（Ozick, 1995a：140）。

欧芝克将自然崇拜隐喻为性的诱惑与沉沦。乔治对温蒂妮/西尔维娅的欲望，与日益强烈的出海、亲近海的愿望相伴而生。

乔治一步步陷入自然崇拜的泥沼。起先，乔治发现温蒂妮/西尔维娅“身上有某种睿智而令人愉快的特质”（Ozick, 1995a：140），他只是在给亲戚、邻居们送行时，远远地瞥见“她的衣服总是出奇地干净板硬——她的衣袖和裙子都板硬得像是深色亚麻布的船帆”（Ozick, 1995a：143）。慢慢地，如果乔治去码头给熟人送行，却没能看到她，第二天，乔治都会牺牲中午的工作时间，不惜在工作上“比同事们落后”（Ozick, 1995a：146），去码头苦苦找寻她。有时，她会出现在陌生的人群中，笑着，在水泥地上跺着脚，看得见她素净的脚趾（Ozick, 1995a：143）。更多的时候，她不在那里。乔治总会非常失望（Ozick, 1995a：144）：“女王号们已经无法让我感到满足，我对（温蒂妮/西尔维娅）充满了难以克制的好奇。”（Ozick, 1995a：144）他开始厌倦自己的工作，那些女王号轮船的文书，在他眼中，再也不是船帆，它们在他手下“拍翅振翼、脉搏浮动，仿佛不受约束的床单”（Ozick, 1995a：146）。他开始亲近水，晚上不再在家里读书，而是在河边踯躅，然而，“河水远远不够”（Ozick, 1995a：146）。他去了港口，登上了一艘渡船，可是“那不是大海，远远不够狂野，远远不够咸涩”（Ozick, 1995a：147）。第一次，他毋庸置疑地感受到自己出海航行的愿望——“我强烈地感受到这愿

望，如同强烈地感受到对一种味道的欲望：我需要体味盐粒的精髓。”（Ozick，1995a：147）

终于，他“没有耐心走路，于是叫了一辆出租车奔向码头”（Ozick，1995a：148），由于交通阻塞，提前一个街区下车，一路狂奔而去。讽刺的是，“正有一艘犹太轮船离港驶向圣地”（Ozick，1995a：148）。那个下午，乔治和温蒂妮/西尔维娅成了情侣（Ozick，1995a：149）。

从此，乔治沦为温蒂妮/西尔维娅“大帆船上划桨的奴隶”，他的桨，成为她海里的一根原木（Ozick，1995a：156）。她彻底将他击垮——他抛开所有的秩序和理性，沉沦于全无节制的欲望。乔治这样描述自己的感受：“我现在什么也看不到；她的嘴变成一扇大开的窗，我将自己从那窗里抛出去…… 我看不到，感觉虚弱，但是她的身体让我充满欲望；…… 可怕的虚弱的感觉又来了，它不断复现…… 我精疲力竭。”（Ozick，1995a：164－165）

温蒂妮/西尔维娅不仅控制了乔治的身体，还破坏了他正常的生活：她弄坏他公寓的窗户、关掉冰箱、关掉空调、扔掉所有金属的物件，因为它们统统都不自然（Ozick，1995a：149，154）。为了报复乔治，她甚至彻底砸毁他的公寓：“大的物件，她砸碎；小的物件，她磨成粉。”（Ozick，1995a：167）

乔治屈从于自然本能，放弃追求秩序、理性和职业抱负，平静闲适的正常生活不复存在，与同事的和睦关系不复存在，理想成为泡影。乔治眼中的同事们无异于“奇怪的非人类，就像某些无人熟知的海洋动物”（Ozick，1995a：150）；曾经让乔治踌躇满志的工作也变得索然无味：“那些纷至沓来、喃喃低语的文件——它们全都那么枯燥抽象，不过关乎买与卖，只是尸体一样的合同……船长、飞溅的咸涩的浪花，还有女王，一切都是迷雾，一切都是虚无。”

（Ozick，1995a：157－158）

最终，温蒂妮/西尔维娅赤身裸体地去乔治的公司，导致乔治丢掉了工作，毁掉了他的前程，把乔治变成了同事们眼中的“魔鬼”与“地狱”（Ozick，1995a：160）。而她自己，则变成了一艘女王号轮船上的船头木雕。那个被温蒂妮/西尔维娅称为丈夫的药剂师乔治，和律师乔治一样形容枯槁，一样挣扎在欲望的旋涡。

隐喻自然崇拜的温蒂妮/西尔维娅对乔治构成的诱惑以及乔治的沉沦，表现了欧芝克抵制自然、反对自然崇拜的立场。然而，将自然表现为充满诱惑、致人毁灭的自然，本质上是将自然与人相割裂、相对立。自然并非对立于人类而存在。“人与自然本质上不可分割。人与自然的疏离只是我们为文明付出的代价。”（Scholes，217）欧芝克潘神/摩西视域的自然书写，既表现对于自然的抵制，又表现自然与人的和谐关系。

二 休戚与共：映照精神的自然

在欧芝克的自然书写中，自然也呈现出另外一幅图景：自然与人休戚与共，映照人的精神世界；自然目睹陪伴人的经历，激励、启迪人的成长，见证人的认知、阐释活动。

《普特梅瑟与赞西佩》中，欧芝克笔下的自然给人以安慰，同时作为爱情的见证而出现。

自然给了倦怠的普特梅瑟以安慰、信心和希望。普特梅瑟的日子枯燥乏味：没有孩子、职场颇为失意——“没有什么因她而繁盛灿烂。”（Ozick，1997b：80）这种日子令她感到倦怠。她渴望过上一种能让她感觉自己被需要、“自己肩负着某种责任的生活”（Ozick，1997b：80）。普特梅瑟从自然中找到了安慰——她养殖绿叶植物，把它们摆满了每个窗台。她欣喜地发现，“只要自己足够用心，她就能把植物侍弄得绿意盎然、生机勃勃”（Ozick，1997b：81）。

普特梅瑟的恋人拉波波特则把自然界的植物当作他们爱情的见证——他送普特梅瑟鳄梨树，得知她将树的土壤用来做了泥人，伤心地慨叹普特梅瑟“抹掉了所有的痕迹”（Ozick，1997b：137）。

承认自然能够映照人的精神世界、与人达成和谐关系，前提是承认自然具有感知力。“自《圣经》诞生以来，犹太人就相信自然生机勃勃，具有灵性……如果我们拒绝相信自然具有感知力，我们并非出于捍卫犹太信念而摈弃了异教主张，被我们打着理性的幌子、自诩秉承科学世界观所摈弃的，恰恰是根深蒂固的犹太价值观。”（Benstein，83）欧芝克在小说中所表现的自然与人的和谐关系，基于承认自然具有灵性、具有感知力的犹太认知。

欧芝克似乎对树情有独钟。在她的多部小说中，树都作为自然的象征，映照主人公的精神世界，与主人公的精神活动相伴相生，成为主人公经历的见证者，激励、启迪主人公的成长，见证人的认知、阐释活动。

树和犹太人的关系密不可分。树频繁地出现在《希伯来圣经》最初的五部经典——《摩西五经》（*Five Books of Moses*）——中生命之树、区分善恶的知识之树构成伊甸园中亚当、夏娃的福祉与罪孽的缘起；挪亚（Noah）用歌斐木建造了方舟，橄榄枝昭示着大洪水的终结；几代人之后，耶和华为了告诫约拿（Jonah）应该更多地体恤尼尼微（Nineveh）的民众，毁掉了牵涉他更多同情与关注的葫芦藤；据《米德拉什》记载，雅各进入埃及的时候，带着柽柳树。犹太人离开埃及的时候，用这些树搭起了沙漠里的帐篷（mishkan）。另外，形状酷似树的犹太教烛台（Menorah），是犹太人的标志。犹太教烛台，“起源于《圣经》中的生命之树”（Yarden，35）。根据

《出埃及记》(Exodus)第二十五章第31、33、37节，摩西制作了七个分支的金灯盏。起初在犹太荒漠旷野会幕中使用，后来在耶路撒冷圣殿中使用。

在欧芝克的小说中，作为自然的象征，树映照人的精神世界，见证主人公的经历。

对《被雇佣的》的主人公斯坦尼斯瓦夫·卢申斯基来说，波兰的森林和非洲的林木，因为目睹了他不同的经历而映照他截然不同的精神反应。作为来自波兰的犹太大屠杀幸存者，他头脑中波兰的森林映照着恐怖与忧惧——那里到处都是想要吞噬他的狼狗，还有狼一样疯狂追捕他的人；作为踌躇满志的联合国驻非洲的外交官，他眼中非洲的自然郁郁葱葱、温和宽厚，那是让他感到安逸的“夜晚的花树，散发的浓郁的芳香”(Ozick，1976a：15)，还有“树木芬芳的气息”(Ozick，1976a：51)。

《信任》中，窗外的一棵橡树，见证了母亲艾莉戈娜(Allegra)和古斯塔夫·尼古拉斯·提尔贝克(Gustave Nicholas Tilbeck)的恋情。那是“一棵漂亮的树，不太高，有些纤细，看起来非常神圣”(Ozick，1983j：337)。艾莉戈娜感觉自己和那棵橡树一样地神采奕奕，那是生命中“神圣的美”(Ozick，1983j：337)。她还进一步解释道，“所谓神圣，就是有生命力的万事万物；所谓美，就是那些让你自己想要保持生命力、永远生机勃勃的事物”(Ozick，1983j：385)。树上有一个被剪去了枝丫的树杈，长满了苔藓，艾莉戈娜把它称作“绿角”。两人热恋时，提尔贝克会把红艳艳的浆果做成的花环挂在“绿角”上(Ozick，1983j：339)。恋情终结时，那棵橡树也被砍掉。那棵树，俨然成为艾莉戈娜恋情的告示牌，见证了她的经历，映照了她的精神世界。

欧芝克笔下的树，作为自然的象征，不仅见证主人公的经历，还映照人的精神世界，激励、启迪主人公的成长。

《信任》讲述小说的无名叙述者寻父、完成自我身份构建的故事。故事中的三个男主人公代表了三种文化背景：威廉姆（William），艾莉戈娜的第一任丈夫，小说的无名叙述者的养父，新教徒，是一个富有的白人，与艾莉戈娜离婚后依然负担着母女俩的经济开销，代表“稳定、可预见性以及令人厌倦的可靠”（Sivan，2009：126）；伊诺克·范德（Enoch Vand），艾莉戈娜的现任丈夫，小说的无名叙述者的继父，犹太人，热衷于政治与社会变革；古斯塔夫·尼古拉斯·提尔贝克（Gustave Nicholas Tilbeck），艾莉戈娜的婚外情人，小说的无名叙述者的生父，放浪形骸的泛灵论者。

小说的无名叙述者继承了威廉姆的姓氏，避免了私生女的窘迫；从犹太父亲伊诺克·范德那里受到犹太文化的熏陶——“植根于历史的道德意识”，尤其是“受难意识”以及“对于生存的基本问题的思考”（Sivan，2009：129）；在大学毕业典礼前夕，她受到二十二年来一直在她的生命中缺席的生父的邀请，在敦尼克里斯（Duneacres）岛见面，“了解事物的品味”（Ozick，1983j：530）。

小说的无名叙述者的寻父之旅——与三个父亲认同的过程，必然也是她完成自我身份构建的一部分。

与威廉姆的认同，通过被他的儿子吸引、却遭到拒绝的情节安排得以表现。威廉姆再婚后的儿子，被塑造成威廉姆的翻版。小说的无名叙述者爱上了他，却被拒绝，在一定程度上宣告认同的努力失败。

生父古斯塔夫·尼古拉斯·提尔贝克，和其他长辈迥然不同——他的精神世界出乎想象地丰富，完全没有任何常规可以约束他——他“漂泊流浪，令人着魔，充满诱惑，他无情地以自我为中心，他丝毫不考虑行为的后果甚至对他自己会产生什么后果也不加考虑，从这个意义上来说，他全无自我，仿佛风驰电掣的汽车”（Halkin，52），小说的无名叙述者知道“自己会爱他”（Sivan，2009：125）。

对于犹太父亲伊诺克·范德，她有很深的认同——他的格言警句，对于她，仿佛“道德晴雨表”（Sivan，2009：125），贯串整部小说的叙述，同时对于情节的推进构成预示。例如，伊诺克·范德所说的——“理想的幻灭，并不在于理想没能实现，而在于它们被成功地实现了”（Ozick，1983j：560）——即预示小说的无名叙述者与生父在敦尼克里斯岛的见面，终究以理想的幻灭告终。

小说的无名叙述者在成长的过程中，物质条件优越，感情上颇受冷落。养父和继父在小说的无名叙述者看来，都不过是“冒牌的父亲”（Ozick，1983j：476）。“智慧生成的前提是了解自己与父亲有关的身世”（Davis，5），小说的无名叙述者渴望见到生父、了解生父，渴望与他的认同，而这理想，却在成功见到生父时，伴随着来自自然的启迪，走向了幻灭。

在《信任》中，欧芝克将小说的无名叙述者智慧的生成——对于生父的了解与判断——建立在她的自我意识形成的前提之上。小说的无名叙述者的自我意识，则通过映照她精神世界的树得以表现。

小说用近两页的篇幅来描绘树。她站在树旁等待生父。起先，树被描述成一个观察者：“光芒，从树的肩膀升起来，悬在树梢。光影奇妙地移动，近切地就在我的眼前，所以，要想看，我就得从这晃耀的光线里望出去。”（Ozick，1983j：424）小说的无名叙述者和树分享同一个视角。随后，树被描述成一个思考者：“它和我一起思考。”（Ozick，1983j：424）与小说的无名叙述者同观察、同思考，树成为小说的无名叙述者自我意识投射的载体。

有评论家指出，此情此景之下，光芒晃耀的树，暗指《圣经》

中燃烧的灌木（Sivan，2009：127）。还有评论家指出，树的光影变化改变了小说的无名叙述者（Kauvar，1993：19）。笔者认为，如同神从燃烧的灌木中召唤摩西、差遣他带领犹太人对抗埃及法老王、逃出埃及，去到上帝耶和华允赐给亚伯拉罕后裔的地方——一片流着奶与蜜的地方，欧芝克笔下小说的无名叙述者眼中光芒晃耀的树，映照着她的精神成长与自我意识、使命意识的形成——“我有天赋、有能力；树崇拜我，因为我能幻化出树中的火焰，也能让它熄灭……这在我的掌控之中，我能让它明澈地升腾，也能随心所欲地让它笼罩上阴影，让它熄灭。”（Ozick，1983j：425）树的光影的变化，既是自然的物质之像，也是小说的无名叙述者的精神之像——“树活着，因为我活着。因为我，树光芒晃耀”（Ozick，1983j：424），“我赋予了树生命”（Ozick，1983j：425）——树的光影的变化，启迪了小说的无名叙述者的自我意识，映照着她肯定自我、趋向成熟的精神世界。

欧芝克笔下的自然，还映照小说的无名叙述者对于生父提尔贝克的认识与判断。看到提尔贝克和珀斯先生（Mr. Purse）在既没有场地线也没有球网的空地上打网球，小说的无名叙述者做出判断——既没有场地线也没有球网的空地，正是“提尔贝克生活的本质，没有规则、没有界限。”（Kauvar，1993：23）一度“实至名归的园子”，在小说的无名叙述者看来，“到处都是破败的葡萄棚架、死去的荆棘……在一片小树林的中央，触目惊心地矗立着石雕的废墟，像是打碎了的希腊神龛”（Ozick，1983j：510）。生父邀请她来的理由，本是帮助她“了解事物的品味”（Ozick，1983j：530），而他的品味，在深受犹太继父影响的女儿的认识与判断中，渐趋否定。父亲的形象，渐趋倒塌。

最终，生父试图与小说的无名叙述者调情，女儿目睹了生父与威廉姆儿子的未婚妻苟合，父亲的形象彻底崩塌。小说的无名叙述者终于意识到生父只在乎取乐，而她自己不过是当年十七岁的生父“纯纯粹粹的兴之所至”（Ozick，1983j：512）的产物。对于生父的所有梦想，终于在认识了生父之后，瞬间幻灭。

虽然，欧芝克并没有把小说的无名叙述者塑造成一个典型的犹太人物，但是，在她身上犹太品性依稀可辨。“植根于历史的道德意识”，尤其是“受难意识”以及“对于生存的基本问题的思考”（Sivan，2009：129），是她从犹太继父那里接受的犹太文化熏陶，也是她最终摒弃了生父的品味的重要原因。在揭示小说的无名叙述者的精神世界——尤其是她的自我意识的投射、对于生父的认识与判断的过程中，自然（主要是树），起到了重要的映照与启迪的作用，反映出潘神/摩西视域的自然书写中，欧芝克肯定自然映照人的精神世界的主张。

《信任》中的树与自然，映照主人公的精神世界，激励、启迪其成长，本质上关乎人的自我认知。《天堂的普特梅瑟》（“Puttermesser in Paradise”）则以自然映照主人公的精神世界，表现人对命运及世界的认知与阐释。

《天堂的普特梅瑟》讲述普特梅瑟在公寓被残忍地杀害、强奸之后，进入天堂，回顾自己的历史，对命运以及天堂的认知与阐释。欧芝克运用双关的修辞手段，将自然与犹太文化传统融合在一起。欧芝克笔下的普特梅瑟来到 PARDES（Ozick，1997a：220）——欧芝克同时指出，希伯来语中，PARDES 的字面意思是“果园、庭园”（Ozick，1997a：220）；PARDES 也是“首字母缩略词，指理解认知的方式”（Ozick，1997a：220）。

在犹太传统文化中，PARDES 是拉比犹太教、《托拉》研究中所使用的认知、阐释方法，指对《圣经》等宗教经典的四个意义层面的解释方法（*Encyclopaedia Judaica*，Vol. 13，91）。有时，PARDES也拼作PaRDeS，即由PRDS所构成的首字母缩略词，意指认知、理解过程中，意义阐释的四个层面：P代表Peshat（פְּשָׁט），指字面表层含义；R代表Remez（רֶמֶז），指象征含义；D代表Derash（דְּרַשׁ），指通过对比等方式所揭示的隐喻含义；S代表Sod（סוֹד），意思是“秘密”“神秘”，指借助灵感、天启神示而揭示的潜在隐秘含义（Pardes，10：49 am. Sept. 6，2016）。

普特梅瑟来到PARDES——具有双关语义的PARDES，让普特梅瑟既身处自然，又沉浸于犹太传统文化。自然与认知、阐释，在欧芝克的笔下，合二为一——普特梅瑟反思自己的命运，回顾自己的经历，甚至杜撰自己的身世，阐释尘世生活中的希冀、失落与悲哀。天堂里的普特梅瑟过上了幸福的生活，弥补了尘世生活中的遗憾。普特梅瑟进而阐释天堂的蕴意，认知尘世与天堂的关系及其存在的本质。

普特梅瑟身处PARDES，寻找名字与命运的暗合之处——她思忖名字如何暗示命运——诗人华兹华斯（Wordsworth），如何赋予每一个音节以价值；曼（Mann），如何关注人（Man）、人类（Mankind）；而她自己，“普特梅瑟，再犀利，也不过是一把用来切黄油的餐刀”（Ozick，1997a：214）。

身处PARDES，普特梅瑟探究自己的身世——她杜撰有着典型美国背景的父亲、改变了志向的妹妹——欧芝克先让普特梅瑟在电脑里写到，父亲几乎是一个典型的美国人了；一度立志成为学者的妹妹，嫁给了一个印度人，一个印度袄教的炼丹师（Ozick，1997a：217）。然后，欧芝克再以元小说作者露迹的侵入式叙述，解构她刚刚建构起来的身世：“所有这些，没有一个音节是真的。她没有姐妹，姐姐、妹妹都没有……她的身世，与典型的美国人完全无关。”

(217) 欧芝克所采用的既建构又解构的策略，表达了普特梅瑟对于自己身世的希冀与迷茫。

在普特梅瑟回顾自己的人生经历的过程中，欧芝克强调认知的作用。天堂里的普特梅瑟仔细回顾自己在公寓惨遭杀害的细节，而在她被杀害后发生的强奸——欧芝克强调，“被杀害、被强奸——是这个顺序”(Ozick, 1997a: 215)，由于是在“最后的生命体征从她的身体消失之后发生的”(Ozick, 1997a: 219 – 220)，完全不在普特梅瑟的认知之内，所以，“对她来说，强奸根本就不曾发生”(Ozick, 1997a: 220)。

普特梅瑟回顾十九岁时对埃米尔·豪什瓦格尔 (Emil Hauchvogel) 青涩的单相思。在天堂，普特梅瑟和他幸福地生活在一起，他们还有了儿子。似乎，天堂能够弥补尘世的遗憾，是一片无忧的乐土。

对于天堂，欧芝克笔下的普特梅瑟也做出了 PARDES 意义上的阐释。P-Peshat (פְּשָׁט) ——字面表层含义上，天堂指“未来”“不朽”(Ozick, 1997a: 222)；R-Remez (רֶמֶז) ——象征含义上，天堂等同于“尘世语汇‘幻觉’”(Ozick, 1997a: 222)；D-Derash (דְּרַשׁ) ——隐喻含义上，天堂“是一个场所——虽然准确地说，它并不是一个场所——在这里，她可以自由地走进想象的世界，想象任何她愿意想象的事”(Ozick, 1997a: 222)；S-Sod——潜在的隐秘含义上，天堂，“也是地狱”(Ozick, 1997a: 234)，因为没有什么真的永恒，所有的一切都如蜉蝣一样朝生暮死，所有辉煌的背后，都潜伏着一步步趋近的衰败 (Ozick, 1997a: 235)。

从本质上讲，“尘世与天堂如此盘根交错”(Ozick, 1997a: 214)，无常、永久的变化，是尘世的法则，也是天堂的规律。“天堂是一个梦想，印着所罗门之印的铭文：‘这也会过去’。”(Ozick, 1997a: 234) 存在的本质，恰在于无常，正如摘自《天堂之歌》(*A Song of Paradise*) 的故事题记所言：“建构，再解构，直到一切都变得虚

幻。”（Ozick，1997a：213）

通过使用具有双关语义的PARDES，欧芝克笔下的主人公既置身于自然的“果园”，又以犹太文化解释宗教经典的方法，回顾自己尘世的经历，阐释天堂的蕴意。自然，在欧芝克的笔下，映照着人的精神世界，见证主人公的认知、阐释活动，体现自然与人的和谐关系。

综上所述，欧芝克将犹太文化与非犹太文化进行对比，将历史书写与自然书写置于潘神/摩西视域，凸显犹太文化的特异之处。欧芝克坚持认为正是犹太大屠杀的苦难经历，将犹太人与非犹太人区分开来。深厚的历史意识，是犹太文化特异性的一个表现。铭记历史、自觉地建立历史与现实的联系，成为犹太人的集体记忆孕育出的民族文化基因。同时，欧芝克坚持历史的意义在于判断与阐释，她的小说对于犹太民族历史的重构、对于个人历史的想象，呈现出既建构又质疑、解构的矛盾立场。建构的立场，表现出欧芝克浓厚的犹太历史意识；质疑、解构的立场，表现出欧芝克对于杜撰的历史的判断与阐释，即在历史书写中抵制将历史艺术化，抵制借由杜撰历史而陷于偶像崇拜的犹太立场。欧芝克小说中的自然书写，表现出对自然既抵制又妥协的矛盾态度，折射出犹太文化对待自然的歧异立场。欧芝克潘神/摩西视域的历史书写与自然书写，反映了犹太文化“求真”（L'Chaim）的民族意识。

作为美国犹太女作家的欧芝克，不仅面临作家与犹太人的矛盾，即文学创作的美学实践与虔诚的犹太人应秉持的犹太伦理规范之间的矛盾，以及作为美国犹太作家在流散语境所面临的非犹太文化与犹太文化之间的冲突，即潘神与摩西的冲突，还面临如何处理女权主义思想与正统犹太教女性观之间的矛盾，即欧芝克对犹太教的忠诚与其对正统犹太教性别歧视审视研判之间的矛盾，下一章将讨论欧芝克小说的女性表征及其犹太性。

第五章　思想的厄洛斯

本章聚焦欧芝克对待女权主义思想与正统犹太教女性观的矛盾态度，考察欧芝克的女性主义思想、厘清其与女权主义思想以及正统犹太教女性观的关系，在此基础上讨论欧芝克小说中的女性表征，分析其中蕴含的犹太品性。

欧芝克将“创作的渴望”比作“一种类似爱神厄洛斯（Eros）赋予的激情”（Teicholz，1987：161）。在欧芝克笔下，女性被塑造成有头脑、有思想、有智慧的女性。笔者将欧芝克对于女性理性、思想的弘扬称为“思想的厄洛斯”。“思想的厄洛斯”的概念，基于奥瑞德·洛德（Audre Lorde）对于厄洛斯外延（erotic）的诠释——词源意义上，erotic 源自希腊单词 eros，指与爱有关的方方面面的表征。厄洛斯的外延并不仅限于与情欲相关的激情，还从更深的意义上与所有充满生命力、生机勃勃的追求相关——物质的、情感的、思想的追求，是“对女性生命力的肯定”（Lorde，1984：55）。“思想的厄洛斯”，指思想成为女性生命力的载体。欧芝克女性观的核心，在于坚持女性和男性一样有头脑、有智慧、具备思考能力，女性具有与男性平等的思想。

研究欧芝克小说中的女性表征，首先需要了解欧芝克的女性主义思想。欧芝克的女性主义思想表现为与女权主义思想保持距离，同时呼吁改良正统犹太教女性观。

在《文学与性别政治：异议》（“Literature and the Politics of Sex: A Dissent”）一文中，欧芝克将自己倡导的女性主义思想定义为“古典女性主义”（classical feminism）——主张女性“超越自己的性别意识，追求（与男性平等的）可能性”（Ozick，1983c：289）。在《找到正确问题的注解》（“Notes toward Finding the Right Question”）一文中，欧芝克指出，犹太女性争取的平等，“不是女性与男性的平等，而是犹太人与犹太人的平等”（Ozick，1983e：136）。

欧芝克所倡导的“古典女性主义”，主张两性平等，主张女性以不强调性别属性与身份的方式，争取与男性的平等。其核心是在超越女性性别属性的前提下，从人人平等的角度追求男女平等。欧芝克认为早期女权主义者的追求即在于此，因此用“古典女性主义”来定义自己的女性主义思想。

然而，从古至今，鲜有女权主义思想在追求两性平等理想的过程中，避免谈及女性性别属性及身份。在1792年出版的《女权辩护》（*Vindication of the Rights of Women*）中，早期女权主义者、女权主义哲学家的鼻祖之一，玛丽·沃斯通克拉夫特（Mary Wollstonecraft）呼吁，法国大革命、美国革命所争取的人权，既属于男性，也应该属于女性（Thompson，4）。沃斯通克拉夫特同时指出，虽然女性的主要角色是养育者，女性和男性都应被视为有理性的生命体。女性并非天生地低贱于男性，只有当她们缺乏足够的教育时，才会显露出理性的缺乏。社会应该承认，接受了良好教育的女性会成为更好的母亲，她们对社会的贡献不亚于男性。早期女权主义者并没有放弃对于女性性别属性及身份的坚持（Thorton in Pateman，89）。

20世纪六七十年代以呼吁“性别意识觉醒”为特征的女权主义

运动，更加倡导女性坚持自己的选择，充分行使自己既作为一个女人又作为一个人应该享有的一切权利，争取“真正的解放”（Gould，5）。当代女权主义者主张，既要承认女性与男性的相同之处（sameness），又要承认女性区别于男性的特异之处（womanliness）（Gross in Pateman，191）。因此，争取与男性的平等，已不是当代女权主义思想追求的唯一目标。当代女权主义思想已从“追求平等的政治”（politics of equality）发展成为“追求自治的政治”（politics of autonomy）（Gross in Pateman，193）。伊丽莎白·格洛斯（Elizabeth Gross）在《何为女权主义理论?》（“What is Feminist Theory”）一文中，作出了进一步解释：“追求平等……意味着接受既有标准，满足既有标准的期待，达到既有标准的要求；而追求自治，则意味着有权拒绝接受既有标准、建立新的标准。”（Gross in Pateman，193）莫勒·索顿（Merle Thorton）在《对于女权主义来说，两性平等远远不够》（“Sexual Equality is not enough for Feminism”）一文中，表达了类似观点，与格洛斯不同的是，索顿用“解放”（liberationism）代替了格洛斯的“自治”（autonomy），并呼吁“发现能够更好地发挥女性潜能的新的生活形态；这些新的生活形态未必存在于男性惯有的规约范畴之内”（Thorton in Pateman，97）。

简言之，女权主义思想的诉求，基于对女性性别属性及身份的坚持。当代女权主义思想不仅追求两性的平等，还追求承认女性的特异性以及女性由此对人类社会作出的贡献。因此，由男性主宰的既有标准有待重新审视，新的标准有待建立。女性的尊严不仅在于取得与男性的平等、被既有的标准所认同，还在于建立能够有效发挥女性特异性潜能的新的标准体系，承认女性的独特价值与贡献。

显然，欧芝克的“古典女性主义”思想主张与女权主义思想有着明显的异同之处。欧芝克的“古典女性主义”思想主张分享女权主义思想的部分理想：追求两性平等。同时，欧芝克的“古典女性主义”思想主张隐匿女权主义思想的前提：对于女性性别属性及身份的坚持。

必须指出，欧芝克的女性主义思想，在尊重女性自我选择的权利方面，与女权主义思想是完全契合的。女权主义者卡洛儿·古尔德（Carol G. Gould）指出，“女权主义思想的真谛，在于女性拥有选择的权利”（Gould，1999：9）。虽然欧芝克在散文集中并未对此加以阐述，但是她的小说创作中的人物塑造、情节推进，有力地说明了这一点。

欧芝克刻意保持与当代女权主义思想以及女权主义运动的距离。在《公正对待女权主义》（“Justice to Feminism”）中，欧芝克明确表达了自己与当代女权主义思想的对立——“对作家来说，所谓‘新’女权主义旗帜下的退化，尤其令人痛心。”（Ozick，1983c：262）同时，欧芝克表达了对于女权主义运动的抵制。在欧芝克看来，“女权主义运动以蓄意制造隔阂为标徽”（Ozick，1983c：261），因此，“文学意义上的女权主义，在女权主义运动之前不存在，现在，依然没有存在的意义”（Ozick，1983c：261）。在《文学与性别政治：异议》一文中，欧芝克重申了同样的观点——“人们越来越明晰地认识到，女权主义的支配性目标，甚至最主要的性质，就是制造分裂。”（Ozick，1983c：287）女权主义呼吁性别意识的觉醒，在欧芝克看来，性别意识的根基——“女性特质”“女性感受力”，不过是一个“弥天大谎”（Ozick，1983c：288）。

欧芝克倡导“古典女性主义”思想，主张女性以不强调性别属性与身份的方式，争取与男性的平等。自然，欧芝克不会接受“女作家”的标签。在《天才有性别吗?》（“Does Genius Have a Gender?”）一文中，欧芝克明确地表示，“女作家，是一个令我倍生轻蔑的标签。那是一个令人厌恶的说法”（Ozick，1977：56）。在《预见舞犬之死》（“Previsions of the Demise of the Dancing Dog”）一文中，欧芝克嘲讽地将“女作家”的说法称为与“文学的睾丸假说”相对应的“文学的卵巢假说”（Ozick，1983f：266）。在《文学与性别政治：异议》一文中，欧芝克指出，“除却其政治用意，‘女作家’毫无意义——无论从思想、道德还是历史角度来看，都是如此。作家就是作家”（Ozick，1983c：285）。

作为作家，欧芝克的小说以浓厚的犹太性为标志性特征，其创作动力之一是对于犹太教的深刻思考。众所周知，正统犹太教以压制女性的男权本质而著称。

根据《米德拉什》的记载，《创世记》有两个版本，其中第一个版本讲道，“人类的母系始祖利利斯（Lilith），站在上帝的面前，要求上帝赋予她和她的丈夫绝对的平等权利，因为他们是在同一时间、以同一方式，被上帝创造的。她的要求激怒了上帝。上帝将利利斯变成了魔鬼，永远纠缠人类”（Trepp，1980：268）。这反映了正统犹太教压制女性追求平等权利的本质（Xiao，120），同时，揭示了追求平等权利的女性及其诉求对人类构成的永恒威胁。正统犹太教徒，清晨醒来时所做的传统晨祷是“感谢上帝，感谢上帝没有让我生为女人”（Trepp，1980：270），更从本源上暴露出犹太教赤裸裸的男权本质。

在犹太会堂，女性必须和男性分开，中间隔着墙或者幕布（mehitzah）（Trepp，1980：271）。将犹太男性和女性分开的，还有对各自不同的权利和义务的规约。

犹太民族历来具有崇尚智慧的传统，但这一传统仅限于犹太男性，犹太女性始终被拒斥在崇尚智慧的犹太传统之外。正统犹太教用以判断男性是否成功的重要标准，在于这个男人是否有学问、“学习《托拉》的努力程度及其通过学习取得的成就”（Cantor，92）。成为有头脑、有智慧的人是犹太文化对于犹太男性的期待，而女性的头脑与智慧全然不在关注的范畴之内。正统犹太教规定，犹太女性不能学习《托拉》和犹太律法，犹太女性“对于犹太律法的演变历史一无所知”（Greenburg，10），父亲教女儿学习《托拉》，无异于教她学习邪淫（Swidler，93）。犹太女性和学习《托拉》的唯一联系是送丈夫、儿子去学习，然后，等待他们回来（Swidler，93）。只有家中的男性读书、学习，有知识、有思想，“才能改变整个家庭的地位”（Schneider，150）。

依照正统犹太教，女性是不可能成为拉比的（Bogdanoff，12）。拉比代表权威和智慧，女性既不必拥有智慧，也不应该在家庭之外占据权威地位。正统犹太教主张女性放弃职业追求，以婚姻、家庭为生活的中心，负责养育后代，成为“家中的天使”。正统犹太教认为，在家庭之外的社会公共生活中，女性处于从属地位，应该服从、协助其丈夫担纲统领。在犹太学校，孩子们从小就被灌输男尊女卑的观念（Schneider，284）。邵勒姆·艾斯特林拉比（Rabbi Sholom Estrin）认为，让女性在公共场合抛头露面，在一定程度上，会玷污她们的纯洁性。

在压制女性的正统犹太教的价值判断中，“女权主义思想罪大恶极”（Swidler，103）。然而，欧芝克不愧为“用头脑来分析社会和文化的人”（Ozick，1976c：131），面对正统犹太教与女权主义思想的冲突与对立，一方面，欧芝克明确表示与女权主义思想的分歧，分享其追求两性平等的理想；另一方面，欧芝克呼吁对正统犹太教女性观进行改良，实践以思想作为生命力的载体，即“思想的厄洛斯”的理想。

在《找到正确问题的注解》（“Notes toward Finding the Right Question”）一文中，欧芝克首先指出，正统犹太教规约下，犹太女性遭受的不公正待遇是不争的社会现实。在犹太律法中，犹太男性是

“规范”，犹太女性则是“规范的例外情况”（Ozick，1983e：124）。在犹太会堂的公共祈祷等宗教活动中，犹太女性被隔离。“犹太会堂成为世界上唯一剥夺犹太女性犹太人身份的场所”（Ozick，1983e：125）；依据正统犹太教规约，犹太女性没有出庭作证的权利，从法律意义上被剥夺了健全的成年人的资格，被等同于“孩童与白痴”（Ozick，1983e：125）；欧芝克强调，犹太女性被剥夺了学习、研究、表达思想、将犹太智慧发扬光大的权利——欧芝克特别指出，著名当代学者、《塔木德》阐释专家亚丁·斯坦扫茨（Adin Steinsaltz）拉比的名言，“《塔木德》是全体犹太人集体智慧的结晶”，忽略了一个事实：《塔木德》只是犹太男性智慧的结晶，犹太女性完全被拒斥在外（Ozick，1983e：137－138）。

欧芝克指出，犹太女性的地位问题，不是犹太教的神学问题，而是“社会问题”，呼吁对犹太女性的社会地位做出“悔改”“加以修正”（Ozick，1983e：126）。在欧芝克看来，将犹太女性智慧拒斥在犹太历史、犹太文化之外，无异于“用一半耳力倾听，用一半辩才言说，却从未意识到一直在障听、讷语”（Ozick，1983e：140）。欧芝克痛惜犹太历史、犹太文化因为拒斥了“一半本可以为其所用的犹太头脑与智慧”（Ozick，1983e：138）所遭受的惨痛损失，大声疾呼对正统犹太教女性观进行改良和革新，创造辉煌的犹太历史、犹太文化。欧芝克强调，在正统犹太教女性观改良与更新过程中，应该承认女性与男性同样有头脑、有思想、有智慧。

欧芝克小说中的女性表征，基于作家运用头脑、思想、智慧，对于社会和文化所进行的理性分析。一方面，她的小说表现在正统犹太教女性观规约之下，女性在犹太婚姻关系中、在职业生涯中的存在现实；另一方面，她的小说折射作家对正统犹太教女性观与女权主义思想的理性思考与判断。在小说中，欧芝克将正统犹太教女性观规约之下的女主人公塑造成具有与男性平等的思想与思考能力的女性，对正统犹太教女性观进行有节制的女权主义的文学改写。另外，欧芝克还通过塑造犹太母亲的形象，揭示犹太女性的标志性特征。欧芝克分别将犹太母亲置于日常的多元文化背景以及极端的犹太大屠杀的语境之中，印证了“思想的厄洛斯”的犹太女性本质。

下文从犹太婚姻关系中的女性、职业女性以及犹太母亲三个方面，分析欧芝克小说中的女性表征。

第一节　犹太婚姻关系中的女性

正统犹太教主张女性从社会公共生活中退隐，以家庭为生活的中心；女权主义思想倡导女性独立自强，尊重自己的选择，争取与男性的平等。欧芝克的小说，一方面，表现在正统犹太教女性观规约之下，女性在犹太婚姻关系中的存在现实；另一方面，反映作家对正统犹太教女性观与女权主义思想的理性思考与判断。

下文以短篇小说《流血》（“Bloodshed”）和短篇小说《升空》（“Levitation”）为目标文本，分析欧芝克小说中塑造的犹太婚姻关系中的女性形象。

一　《流血》：正统犹太教与女权主义思想的对峙

短篇小说《流血》表现了正统犹太教与女权主义思想的对峙。托比（Toby）本是受过高等教育的现代女性，美丽、时尚。大学时代的托比，“坐在布鲁克林学院的草坪上，卷曲的短发，发卡闪闪发亮，高筒袜，平底便鞋”（Ozick，1976b：57）。托比追求知识、志向远大，托比阅读的书名赫然在目：《政治学》，托比曾立志成为第一个犹太女总统（Ozick，1976b：58）。后来托比嫁给了一个虔敬派[①]犹太教徒，住在纽约市外的一个小村庄，成了四个儿子的母亲。

欧芝克使用复调的叙事手法，让女权主义思想的声音和意识，对位于正统犹太教立场的声音和意识，使小说文本充斥着“独立而互不融合的声音和意识”（巴赫金，3），享有平等话语权的声音和意识，彼此之间各自独立而互不融合，展开平等的对话交流。小说中托比大学时的同窗好友布莱利珀（Bleilip），被塑造成女权主义思想的代言人；托比的丈夫约瑟尔（Yussel）则代表正统犹太教的立场。

布莱利珀从纽约来看托比，发现她与八九年前大学时已判若两人——脸庞宽大、红润，头上别着假发盘成的圆髻，顶着班丹纳印花布大头巾。托比已经全然沦为一副农村家庭妇女的模样（Ozick，1976b：55）。谈吐间，托比关心的是物质的生活：村子、回用水，却对布莱利珀询问她的“精神状态”，表示困惑（Ozick，1976b：56）。在布莱利珀看来，压制女性的犹太婚姻改变了一个受过高等教育的现代女性。提起当年托比想要成为第一个犹太女总统的梦想，布莱利珀不由自主地回忆起那时喜欢开她的玩笑：究竟是第一个女总统，还是第一个犹太总统，其中零的突破的意义更大一些。布莱利珀不禁慨叹犹太婚姻让托比牺牲了她曾经的“睿智、成就以及理想”（Ozick，1976b：59）。

代表正统犹太教立场的约瑟尔则强调，犹太教对于女性不同权利与义务的规约，并不意味着女性的牺牲。他辩解道，“世界不是仅仅依靠女大学生来创造的，养育了四个儿子的母亲，自有她的荣耀”（Ozick，1976b：59）。

代表正统犹太教立场的约瑟尔指出，他和托比有他们自己的生

① 虔敬派：虔敬派犹太教，是犹太教的一个教派。虔敬派犹太教主张严格遵守犹太教的宗教规范，恪守犹太传统生活方式，是与美国主流文化同化程度最低的教派。

活方式；代表女权主义思想的布莱利珀则反驳道，“对男性来说，的确如此，对女性而言，却不是这样”（Ozick，1976b：59）。言下之意，犹太婚姻使男性葆有选择自己的生活方式的权利，而女性则被犹太婚姻剥夺了曾有的梦想与抱负，根本无法选择自己的生活方式。

对于两个男人分别基于女权主义思想和正统犹太教的不同立场而进行的争辩，当事人托比只是保持沉默。当布莱利珀一再直接追问她对现在的生活是否满意的时候，托比反问他，“为什么问个不停呢？对于你的生活，你难道不满意吗?”（Ozick，1976b：58）托比的沉默以及答非所问，延续复调文本中“对话的内在未完成性”（巴赫金，51），使得女权主义思想和正统犹太教立场处于持续的对位态势。“对话的内在未完成性”，使得读者在不同的声音、意识之外，揣度作者的声音和意识。单纯依据《流血》的文本所做的揣度的结果，必然是独立而互不相融的两种可能性：一种可能性在于表现在正统犹太教规约下，犹太女性的存在现实，即传统犹太女性的命运由男性掌握。在正统犹太教规约下，女性没有被赋予话语权；与之构成对位的另一种可能性，则基于女权主义者卡洛儿·古尔德（Carol G. Gould）所持有的观点，“女权主义思想的真谛，在于女性拥有选择的权利”（Gould，9）。作为受过高等教育的现代女性，托比的犹太婚姻基于自己的选择，而她现在的日子，正如她自己对布莱利珀所言，是“另外一种生活”（Ozick，1976b：57），也未必不能令人信服。

然而，如果将欧芝克在散文中阐述的观点纳入对她的小说的阐释视野，则不难推断作者的声音和意识。在《找到正确问题的注解》一文中，欧芝克指出，在正统犹太教规约下，犹太女性遭受不公正待遇的根本前提在于，正统犹太教明确规定了男性和女性的不同权利和义务，声称“不同的权利和义务未必意味着价值判断上的优劣”

(Ozick, 1983e: 139)。要实现两性真正的平等，人们必须对这个根本前提加以“探究、审视、革新和仔细研究”（Ozick, 1983e: 139)。代表正统犹太教立场的约瑟尔所强调的观点——犹太教对于女性不同权利与义务的规约，并不意味着女性的牺牲，这恰恰是欧芝克倡导加以革新的、阻碍两性平等的根本前提。欧芝克的声音和意识不言自明。

《流血》表现正统犹太教与女权主义思想的冲突与不和谐。虽然其中女主人公的立场含混、缺位，但是，《流血》客观地记录了犹太婚姻对于受过高等教育的现代女性生活轨迹的改变，表现正统犹太教规约下，犹太婚姻关系中女性的存在现实，折射出欧芝克对于正统犹太教与女权主义思想的思考。

二 《升空》：对正统犹太教女性观的女权主义文学改写

短篇小说《升空》，一方面，表现在正统犹太教的规约之下，犹太婚姻关系中的女性的存在现实；另一方面，塑造了在不同的情形之下，忠实于自己的不同选择，以“思想的厄洛斯”挑战正统犹太教，具有鲜明立场的女主人公形象。《升空》是对正统犹太教女性观进行的女权主义的文学改写。

《升空》讲述了纽约一对作家夫妻露西（Lucy）、吉米·芬戈尔德（Jimmy Feingold）邀请名流作家、举办晚会的故事。露西是基督教长老会牧师的女儿，为了嫁给深爱的芬戈尔德，皈依了犹太教。她和丈夫是“文友和爱侣”（Ozick, 1982a: 4)，他们旗鼓相当，各有一部小说出版。然而，在小说中，露西独立的作家身份被湮灭，只表现为妻子、犹太家庭主妇，“家中的天使”。她需要保证食物充足、房间整洁，却不必和客人谈话——正统犹太教认为，女性不必有职业追求，应以家务为重；在公共场合，“犹太妇女应该尽量少抛头露面，尽量少说话”（Swidler，123）。露西独自一人踯躅在打扫干净了的客厅，男人们饶有兴致地聚在一起谈话。在和作家同行的晚会上，直到最后，同为作家的露西，只是作为妻子和丈夫说过话——那不过是分担丈夫的抱怨：他们邀请的贵宾一个都没有来。尽管露西的“智力略胜芬戈尔德一筹”（Ozick，1982a：7），她却全然没有话语权，作家的主体性让位于主妇身份，她的思想完全无从展现。

借助《升空》中的露西，欧芝克塑造了受到犹太婚姻关系压制的女性形象。在小说中，欧芝克戏仿历史人物、运用《圣经》典故，使小说文本呈现出显著的互文性特征。

欧芝克对历史人物圣女露西（Saint Lucy，283－304）加以戏仿。故事的女主人公露西，与圣女露西同名，同样有着热切、流盼、熠熠生辉的大眼睛。作为基督教的殉道圣人，为了信奉上帝，圣女露西拒绝嫁给已经订婚的未婚夫。由于未婚夫喜欢她的一双眼睛，她便将眼睛挖出来送给他，释然地表示，“现在让我为上帝而生”（Saint Lucy，10：30 am. August 3，2011）。欧芝克刻意将主人公露西与圣女露西形成反衬：主人公露西屈从、为爱情放弃了宗教、丧失话语权、主体性湮灭、思想无以展现；圣女露西笃定、为宗教放弃了爱情、享有话语权、思想独立。圣女露西流芳百世，主人公露西慨叹丧失了自我。

欧芝克还借用《圣经》典故赋予小说文本互文性。小说一开始，欧芝克就借用《圣经》中“洪水”的典故——“晚会湿淋淋的，仿佛慵懒的浴缸；拍打着房间的墙”，“所有的客人仿佛都漂浮在浴缸里”（Ozick，1982a：9－10）。小说接近尾声，欧芝克又借用《圣经》中“挪亚方舟”的典故——“房间开始升起来了。它越升越高。它升起来就像是水上的方舟”（Ozick，1982a：15）。“洪水”和“挪亚方舟”的典故都指向灾难与救赎。在与作家同行的晚会上，露西扮演的只是犹太家庭主妇的角色，表现女性在犹太婚姻关系中受到的灾难性压制：话语权丧失、主体性剥离、思想被湮灭。

欧芝克借用的典故，还有《圣经》中“挪亚方舟上的两只鸟儿”（Kauvar，1993：113）。在描写创作中的芬戈尔德夫妇时，欧芝克写到，他们不无困惑、不辞辛苦地写作，“不过自然得如同鸟儿”（Ozick，1982a：4）。然而，当芬戈尔德和其他犹太人一起乘“方舟”升空，飞向自由与救赎的时候，创作时和丈夫一样“自然得如同鸟儿”的露西，作为犹太家庭主妇，却被无情地折翅——露西被剥夺了飞向自由与救赎的权利，孤零零地滞留在地面。

露西在晚会上的遭遇，是欧芝克对犹太婚姻关系中男尊女卑、女性丧失话语权、湮灭主体性的社会现实的控诉。然而，欧芝克并没有止步于对现实的控诉。欧芝克笔下的露西，起先选择屈从于正统犹太教对于女性应以家庭为生活中心的角色规约，源于她自己的选择：皈依犹太教，是为了追求爱情。然而，当她感觉到自己的卑微、感觉到自己丧失了话语权、主体性被湮灭的时候，她再一次尊重了自己的选择：反抗。在欧芝克笔下，正统犹太教的女性观得以女权主义的文学改写。

露西的反抗，首先表现为作为家庭主妇的反抗。保证食物充足，是犹太家庭主妇的义务，然而，露西没能完全履行犹太主妇的职责：“薯片没有了，胡萝卜吃完了”（Ozick，1982a：11），为露西主持皈依仪式的拉比已经在吃妻子给他从家里带来的蛋糕。另外，露西“把一块巧克力蛋糕塞进芬戈尔德的嘴里”（Ozick，1982a：13），目的是制止他大谈特谈犹太人受难的历史，因为这已经令她感到厌倦了。犹太主妇本应为客人准备的食物，成为露西表达自己愿望的工具。

另外，露西的反抗，还表现为释放作家的想象力、借助作家的头脑而进行的反抗。露西既是正统犹太教压制女性本质的承受者与见证人，又是“思想的厄洛斯”的实践者：借助想象的场景，露西思考正统犹太教的局限性，展现了自己的勃勃生机。

目送芬戈尔德和其他犹太人一起乘“方舟”升空，露西觉得自己终于从他们“受难的荣耀”中获得了自由（Ozick，1982a：16）。她想象自己来到一座小公园，观看音乐表演。参加表演的全是男演员。舞台上，美国国立博物馆的一位女人类学家做着讲解。她介绍男演员：他们不是艺术家，而是来自墨西拿（Messina）、卡拉布里亚（Calabria）的“真正的农民”（Ozick，1982a：16）。当然，他们不是犹太人。他们唱的歌曲、跳的舞蹈，就是平时在酒肆打发夜晚时光时唱的那些歌、跳的那些舞。也就是说，那是他们的日常常态。她甚至直接介绍道，“他们唱的歌曲大多关乎情色，他们跳的舞蹈性暗示的意味浓郁”（Ozick，1982a：17），观众则是“意大利人——刚从西西里来的新移民”（Ozick，1982a：17）。当然，他们也不是犹太人。她介绍他们跳的舞蹈，在非洲也能见到；歌手的悲号，仿佛阿拉伯人的哀号；而合唱的部分，使用的是古老的希腊方言（Ozick，1982a：17）。他们的表演，具有普遍意义上的文化特征。只是，他们不是犹太人。

男演员们的服饰和表演，在露西的想象中，都暗示男性同性恋活动。“一个男演员拿着一个类似黄油搅拌器的乐器：他把一根棍棒在夹在胳膊下面的一个木管中推进拉出……一个男演员同时向两个纤细的管子里面吹气…… 一个男演员佩有一根长带，他搓蹭着。”（Ozick，1982a：17）“一对男舞者抱住彼此。腿缠绕着腿，腹部贴紧腹部…… 彼此扭结在一起，蹲下、站起，蹲下、站起。他们发出

狂喜的呻吟。”（Ozick，1982a：18）

在男演员们表演的过程中，舞台上唯一的女性——美国国立博物馆的女人类学家从露西的想象中悄然消失（Ozick，1982a：18）。

经过释放作家的想象力、借助作家的头脑而进行的反抗，露西感觉到了“荣耀、振奋。她终于有所领悟”（Ozick，1982a：18）。借助想象的场景，露西对正统犹太教的局限性有所领悟，反抗的选择是解放了自己，使自己焕发出生机。

欧芝克笔下露西想象中的男性同性恋——非犹太男人们平时在夜晚酒肆的日常常态，本质上是对正统犹太教局限性的隐喻性思考。依据正统犹太教，唯有为繁衍后代而进行的性行为才是圣洁的，同性恋被视作罪恶的行径。同样，露西的想象之中，美国国立博物馆的女人类学家的悄然消失，呼应露西被犹太婚姻压制的现实，也表现出露西对正统犹太教局限性的隐喻性思考——女性被正统犹太教拒斥为他者，无论是博学的女人类学家，还是智力略胜一筹的女作家。

露西的想象之旅，本质上是通过释放作家的想象力、借助作家的头脑对正统犹太教局限性的隐喻性思考。认识到正统犹太教的局限性，认识到自己为爱情而改变宗教信仰，却因此失去了话语权和主体性，沦为失语无为的他者，露西为自己的领悟，实质上的自我救赎，而感到荣耀与振奋。结束了想象之旅，回到客厅，露西的主体性回归：在她眼里，升空的犹太人变得那么“渺小”（Ozick，1982a：19）；在她眼里，升空的犹太人热衷谈论的只是“死亡，死亡，死亡”（Ozick，1982a：19），她厌倦了射杀、毒气、集中营，承认这一点，她丝毫也不感到羞愧（Ozick，1982a：19）。露西主体性的回归，是“思想的厄洛斯”的胜利。

露西想象之旅中的男性同性恋活动，也印证了欧芝克的主张——想象力、艺术感受力没有性别之分，思想无性别。追求两性平等，不必刻意强调性别的特异性。

如果《流血》折射的是欧芝克对于正统犹太教与女权主义思想的思考，那么，《升空》则表现欧芝克对于正统犹太教与女权主义思想的思考与判断。对于正统犹太教的规约，女主人公露西起先选择屈从、之后选择反抗的鲜明立场，反映的正是欧芝克对于正统犹太教的有节制的女权主义文学改写。露西通过想象之旅所完成的自我救赎，证明女性具有和男性同等的头脑与思考、判断能力。欧芝克赋予露西的想象之旅，是"思想的厄洛斯"的实践与胜利。

欧芝克对于正统犹太教与女权主义思想的思考与判断、"思想的厄洛斯"的实践与胜利还反映在欧芝克小说中职业女性的表征。

第二节　职业女性

欧芝克小说中职业女性的表征，基于在男性主宰的社会，女性被边缘化为他者的社会现实。20 世纪 80 年代前，犹太文学界对于女性写作一直持否定的接受态度。朱迪斯·巴斯金（Judith Baskin）指出，"成为犹太女作家，意味着成为文化异类；成为犹太女作家是一种成就，但这成就需要付出的代价是被男权社会可疑地驱逐，因为男权社会对于女性所取得的此类成就，强烈地感到不适"（Baskin，18）。1993 年，艾伦·M. 寇娃（Elaine M. Kauvar）也指出，"二十五年前，以女性作为小说的叙述者，是要冒着被严肃文学排斥在外的风险的。更准确地说，那会被视作女性小说家的标志；那意味着浪漫、庸俗、琐碎"（Kauvar，1993：2）。

人们习惯于基于作家的性别，对文学价值做出判断。"对女诗人作品的评论，无一不涉及诗人的女性性别。"（Strandberg，1983：13）评论家显然对男作家的作品更加青睐。蒂莉·奥尔森（Tillie Olsen）

曾慨叹这样的盲目判断——“女作家、女性经历、女性文学作品，被定义成低人一等。”（Olsen，9）诺玛·罗森（Norma Rosen）坦言，“任何有才华的女作家，在创作时都努力让自己摆脱‘女作家’的标签”（Rosen，146）。克里斯蒂·弗勒肯施泰因（Kritstie S. Fleckenstein）指出，想要跻身知识生产者的行列，女性“必须像男性一样，像男性一样思考，像男性一样言谈”（Fleckenstein，115）。然而，即便如此，女作家的作品依然很难得到公正的评价。女作家及其作品遭受不公正的消极文学评论，是客观的社会现实。

欧芝克小说中职业女性的表征，既表现为塑造具体的犹太职业女性形象，又表现为淡化具体人物形象，着重揭示职业女性的境遇，对社会现实加以揭露与嘲讽。下文以《男子汉气概》（“Virility”）和《普特梅瑟和赞西佩》为范本，分析欧芝克小说中的职业女性的表征。

一　《男子汉气概》：他者的“阳刚风范”

《男子汉气概》淡化人物形象，描摹职业女性的境遇，对社会现实加以揭露与嘲讽。作为作家的欧芝克，最直接的感触来自女作家及其作品所遭受的不公正的消极文学评论。

在《男子汉气概》中，欧芝克表现这种社会现实，反映女诗人及其作品遭受不公正的文学评论的境遇。伊利亚·戈道夫（Elia Gotoff）——后来成了埃德蒙·盖尔特（Edmund Gate），一个来自利物浦的男性移民，出版了五本诗集：《男子汉气概》Ⅰ-Ⅴ，声名大噪，受到评论界的热捧。他的诗被称为“阳刚风范”的写照。评论家们对他的诗赞誉有加，赞美他的诗兼具“蒲伯的犀利和济慈的感性；论其品质，堪称微缩的经典小说；托尔斯泰的风格；雄浑、严酷；强健、孔武有力、充满男子汉气概”（Ozick，1995e：254）。他的诗，在评论家看来，既关乎政治又涉及个人；兼具公众化与私密性；既生涩又睿智；充满激情与烦恼；年轻而又苍老（Ozick，1995e：256－267）。

然而，伊利亚·戈道夫突然道出了真相：这些诗，每一首都是三年前（抑或三年半前，戈道夫说不清楚），已经去世的婶婶坦特·丽夫卡（Tante Rivka）用书信寄给他的。他剽窃了已经饿死在利物浦的婶婶的诗作。接受故事叙述者的建议，伊利亚·戈道夫将婶婶寄给他的还未出版的诗结成集，取名《来自利物浦的花儿》，以婶婶为作者出版。封面上，雏菊的花瓣映衬着婶婶年轻时的照片。

同一位诗人的诗作，因为冠名作者的性别差异，引起了评论家截然不同的文学接受与评论——“单薄的女性艺术……可爱的女孩子气的语气，折射孱弱的女孩子气的灵魂……局限性，所有描写家庭生活的诗歌都概莫能外……被女性本质的内倾气质窒息……表现出女性的天赋，从本质上来讲，属于二流，缺乏阳刚的能量……微妙地表现出作为合格女诗人的女性的本能。”（Ozick，1995e：266）

为男诗人伊利亚·戈道夫赢得了无上荣耀、作为“阳刚风范”的写照的诗歌——本是一位女诗人的创作，由于被冠以女诗人的本名，被贬斥为二流，昭示女性的单薄、孱弱。女诗人则沦为文学评论界边缘的他者。基于作者性别而进行的文学评论的主观与盲目、职业生涯中女性所遭受的压制，跃然纸上。

二 普特梅瑟：正统犹太教观念与女权主义思想的聚合体

《男子汉气概》淡化人物，表现职业女性的境遇，揭露、嘲讽社会现实。《普特梅瑟和赞西佩》，则塑造了具体的犹太职业女性形象——欧芝克笔下的女主人公露丝·普特梅瑟（Ruth Puttermesser），兼具正统犹太教观念与女权主义思想。

欧芝克笔下的露丝·普特梅瑟，有悖于正统犹太教将女性排斥在崇尚智慧的犹太传统之外、主张女性以家庭为中心的固有观念。普特梅瑟供职于纽约市政收支部，有着不凡的教育、职业背景：在全市一级管理考试中取得第一名的好成绩，担任耶鲁法学院《法律评论》的主编，还是巴纳德学院历史学专业的优等毕业生。但是，尽管经验丰富，普特梅瑟依然难逃性别歧视的厄运。一个纽约大学电影艺术生亚当·马迈尔（Adam Marmel）顶了她的工作，因为他是她上司的男校友（Ozick，1997b：87）。

屡遭挫折之后，普特梅瑟无意间制造出一个女泥人，改写了犹太泥人传说。

在《犹太泥人》（*The Idea of the Golem*）中，犹太神秘主义思想家、历史学家格尔绍姆·绍勒姆（Gershom Sholem）拉比介绍了犹太泥人传说。泥人通常用黏土和水制成，须由男性智者默念上帝的名字等圣语，在泥人的额头写上“Ameth”[①] 一词，通过气息注入魔力后赋予其生命。泥人完成使命后，制造者必须擦掉其额头上的“Ameth”的第一个字母，变成“Meth”[②]，将泥人毁掉。泥人最突出的特点是可以行动，既不具备思考能力，也不具备语言能力。尽管绝大多数泥人为男性，格尔绍姆·绍勒姆以易宾·加比罗（Ibn Gabirol）制造的女泥人为例，指出历史上的确存在过女泥人，不过她们是侍女或者性奴（Sholem，1969：198－199）。

普特梅瑟对犹太泥人传说的改写，承载着欧芝克“古典女性主义”的追求，见证了“思想的厄洛斯”的胜利。普特梅瑟对犹太泥

① Ameth：亦作 Emet，Aemaeth，希伯来语为“真相”或“上帝的真理”之意。

② Meth：希伯来语，“死亡”之意。

人传说的改写主要表现在以下四个方面。

第一，犹太泥人传说中泥人制造者的性别、制造过程被改写。需要由男性智者经过周密程序才能完成的工作，被普特梅瑟无意间成就。如果不说女性比男性更加睿智的话，至少说明男女具有同等独立、完善的头脑和思想，两性势均力敌。

第二，被制造的泥人的功用被改写。赞西佩听从普特梅瑟的支配，做饭、打扫卫生、购物，但是她很快厌倦了这些家务劳作。犹太传说中女泥人的侍女或者性奴身份，被代之以"抄写员"的角色，赞西佩表达、复制、记录着普特梅瑟的思想。赞西佩称普特梅瑟为"我的母亲"，因为她具备普特梅瑟的全部知识，既由泥土制成，又由普特梅瑟的头脑造就（Ozick，1997b：41－42）。

第三，被制造的泥人的禀赋被改写。首先，犹太泥人不具备语言能力的传说被解构。赞西佩不会说话，却会写字，这是欧芝克赋予她的独特话语权。其次，犹太泥人可以行动，但不具备思考能力的传说被解构。赞西佩被赋予卓越的独立思考能力和高度自主的行动能力。她主动关注社会公共事务，雄心勃勃，制定周密的"复兴、改革、振兴、救赎计划"（Ozick，1997b：67），帮助普特梅瑟当上了纽约市长，成就了她的职业抱负。

第四，犹太传说中缺席的泥人的主体性被建构。女泥人拒绝普特梅瑟一直想给女儿起的名字"莉亚"，自己起名"赞西佩"（Xanthippe）。"赞西佩"是苏格拉底妻子的名字，唯一敢于反驳苏格拉底、和他争辩的人。这无疑反映出她坚定的主体性，要做一个批评家，要赋予自己的思想以话语权的自主意识。

欧芝克对于犹太泥人传说的延异，基于她对于女性话语权、女性思想的独立性、女性思考能力、主体意识、自主行动能力的认识。对于犹太泥人传说的延异，本质上，解构了犹太泥人传说的男权本质，实现了对于正统犹太教女性观的女权主义文学改写。在对正统犹太教女性观进行女权主义文学改写的过程中，由思想衍生出的话语权、思想的独立性、思考能力、主体意识、自主行动能力成为女性生命力的载体，见证“思想的厄洛斯”在女性争取平等与尊严的过程中不可替代的重要地位。

必须指出，欧芝克对于正统犹太教女性观所进行的女权主义文学改写，是有节制的改写。欧芝克所塑造的普特梅瑟形象还承载着根深蒂固的正统犹太教女性观的痕迹。

首先，普特梅瑟被塑造成一个具有依赖性的角色。她成功地当上了纽约市长，实现了自己的职业抱负。这一切，依赖的是泥人赞西佩的帮助。之后，赞西佩开始纵欲，纽约再度陷入普特梅瑟就任市长之前的腐败、混乱之中，普特梅瑟决定摧毁赞西佩。而摧毁赞西佩，普特梅瑟也是借助前男友莫里斯·拉波波特的协助才得以完成（Ozick，1997b：152－57）。其次，普特梅瑟追求自身自由、与男性平等权利的同时，表现出对于同为女性的赞西佩的歧视：普特梅瑟把赞西佩视作侍女，认为做饭、打扫卫生、购物才是赞西佩可以留下来的条件（Ozick，1997b：49）。这不能不说是正统犹太教对于女性的歧视和压制根深蒂固的表现，反映出犹太女性争取自由平等的艰巨性。

对于承载着根深蒂固的正统犹太教女性观的痕迹，同时兼具女权主义思想的普特梅瑟，欧芝克给出了极高的评价。通常泥人不具备语言能力。然而，欧芝克改写了这一犹太传说——在欧芝克笔下，赞西佩虽然不会说话，却会写字，能够用古老的语言、在便笺纸上写出她想要表达的愿望。更有甚者，赞西佩在被摧毁之前，竟然惊人地发出了声音，叫出了“妈妈”（Ozick，1997b：155）。在最后一刻，欧芝克将语言能力赋予了普特梅瑟制造的泥人。这需要结合犹太文化传统来进行解读。

在《犹太泥人》中，格尔绍姆·绍勒姆（Gershom Sholem）拉比写道，“没有罪恶的生命，才有能力承担传送灵魂的使命，这包括传送言语能力，甚至将言语能力传送给泥人。所以，泥人并不是从本质上就不具备语言能力。泥人没有语言能力，是由于泥人制造者的灵魂已经不再纯洁”（Sholem，193）。

欧芝克赋予普特梅瑟制造的泥人以语言能力，意味着欧芝克肯定了普特梅瑟具有纯洁的灵魂，肯定了有节制地对正统犹太教价值观加以女权主义改写、追求“思想的厄洛斯”的正当合理性。这恰恰折射出犹太文化的特异品性：犹太文化“在接纳、吸收所有与之交往、碰撞的文化同时执着地保持自身文化的独特性。……融而不化、融而不亡”（徐新，3—4）。

欧芝克追求“思想的厄洛斯”、对正统犹太教价值观加以有节制性的女权主义改写，基于她在《找到正确问题的注解》一文中所提出的观点——当代女权主义运动表现为对于犹太文化的“外在的冲击”（Ozick，1983e：133）。欧芝克指出，“世俗意义上的女权主义思想，并不是犹太女性主义思想的动因”（Ozick，1983e：134）。

欧芝克对正统犹太教女性观进行女权主义的文学改写，其内在动力来自高度自觉的对于犹太历史文化、对于犹太文化未来所肩负的责任感。犹太大屠杀令犹太文化“损失了《托拉》学者……成千上万已经取得杰出成就的思想家、内科医生，还有正在成长的科学家、艺术家”（Ozick，1983e：134）。犹太大屠杀，不仅造成六百万犹太同胞惨遭屠戮，而且对犹太历史文化造成毁灭性的打击，对犹太文化的未来造成巨大的威胁。犹太大屠杀是对生命的野蛮涂炭，同时也是一场代价惨重的文化浩劫。“犹太文化已损失惨重”是犹太大屠杀带给犹太人的教训与历史遗产（Ozick，1983e：135）。作为生活在后犹太大屠杀语境下的第一代人，欧芝克坚定地认为，在后犹太大屠杀语境下，每一个犹太人，都肩负着义不容辞的历史责任和义务，去反思传统犹太历史文化，挽救已经伤痕累累、损失惨重的犹太文化，完成犹太文化的修复与革新（Ozick，1983e：138）。

欧芝克对于犹太婚姻关系中的女性以及职业女性的刻画，就是基于对于正统犹太教女性观的反思，对于当代女权主义思想的理性分析。欧芝克追求“思想的厄洛斯”、对正统犹太教价值观加以有节制性的女权主义改写，源于欧芝克为改良和修复民族文化而肩负的社会责任以及犹太文化在完成自身反思、修复的过程中所焕发的内在动力——在保持自身文化独特性的前提下，接纳、吸收、融合新思想、新观念的内在动力，是犹太文化强大的自我改良能力的表现。

第三节　犹太母亲

美国权威的辞书出版机构梅里亚姆－韦伯斯特公司（Merriam-Webster）出版的《韦氏大学词典》（*Merriam-Webster's Collegiate Dictionary*），将“母亲”（mother）定义为“作为权威的女性”（Ozick，1983e：810）。由此可见，犹太母亲形象所代表的犹太女性特征，具有令人信服的典型性。

为了更好地阐释欧芝克对于犹太大屠杀语境下的母亲的描摹，首先需要了解对于母亲角色的普遍认识范式。

《韦氏大学词典》，不仅将“母亲”定义为“作为权威的女性”（Ozick，1983e：810），还将其定义为“渊源、起源”（Ozick，1983e：810）；将“母亲角色”（to mother）定义为“照料或者保护”（Ozick，1983e：810）。

著名女性心理分析学家、社会学家南希·茱莉亚·乔杜罗

（Nancy Julia Chodorow），在她的著作《母亲角色的再生产：性别的心理分析及其社会学研究》（*The Reproduction of Mothering*：*Psychoanalysis and the Sociology of Gender*）中指出，孩子与母亲之间，最重要的是她称之为“同一性”的存在关系（Chodorow，78）。乔杜罗进一步指出，“孩子的自我意识，只有在认识到自己和母亲是各自独立存在的个体的时候，才能够建立”（Chodorow，78），“孩子通过将母子关系中最重要的部分加以内化，通过确立与母亲的关系，才能产生独立的自我意识”（Chodorow，78）。

迪亚娜·艾埃尔（Diane Eyer）在《母亲之罪：我们的文化如何将社会的罪过归咎于母亲》（*Motherguilt*：*How Our Culture Blames Mothers for What's Wrong with Society*）一书中指出，“心理学中一个很流行的概念，叫作‘依附’……仿佛母亲天经地义就是为了照料孩子而存在的……由这个概念衍生出现代社会用以判断一个母亲是不是好母亲的基本标准”（Eyer，69）。

简言之，对母亲角色的认识，表现为强调母亲对孩子的“保护”、母子之间彼此的具有“依附”关系、母子之间的“同一性”存在关系。但是，这些对于母亲角色的普遍认识范式，忽视了两个基本问题：第一，母亲角色都受到哪些决定因素的制约？第二，这些普遍意义上的认识范式，也同样适用于对于某些特定情境下的母亲形象的认识与判断吗？要回答这两个基本问题，不仅要考虑本性，即本质论（essentialism），还需要同时考虑外在环境的影响，即建构论（constructionism）。

黛安娜·福斯（Diana Fuss）在《从本质上言说》（*Essentially Speaking*）一书中，对关于女性研究的本质论、建构论及其相关概念分别进行了定义。

福斯认为，“本质论，即对真实本质的笃信。所谓真实本质，是指特定的人或事所具有的最不可化简的、经久不变的本质性构成要素”（Fuss，2）。依据本质论的观点，对于母亲而言，存在某些内在的、不可改变的特质，决定母亲扮演母亲角色的方式。也就是说，母亲的角色由母亲的本质（即母性）决定。

然而，与真实本性并存的还有外在环境的影响因素。福斯指出，与本质论相对立的建构论，从哲学意义上解构本质论的合理性。福斯认为，“本质，其自身就是一个历史建构的过程”（Fuss，2），“建构论关注的首要问题，是各种特异性的生产和组织构成”，建构论“不承认在社会决定因素起作用之前，存在任何本质的、或曰天然的、先在特定特质”（Fuss，2－3）。

在这个意义上，福斯拓展了欧内斯特·琼斯（Ernest Jones）的问题——“女性是天生的，还是后天造就的?”（“Is woman born or made?”）——福斯的问题演变成“母亲是天生的，还是后天造就的?”

母亲角色与养育儿女的责任和义务紧密相连，没有任何女性天生就能胜任母亲角色。胜任母亲角色本身就是一个学习、积累的过程。莎伦·海斯（Sharon Hays）在《母亲角色的文化矛盾》（*The Cultural Contradictions of Motherhood*）一书中指出，“每一位母亲关于如何做母亲的观念，其形成受到诸多因素的支配与影响，包括她的阶层、种族、种族传统、宗教背景、政治信仰、性偏好、健康状况、公民身份、各种亚文化的冲击、居住地、职场环境、教育背景、她的父母养育她的方式等等，凡此种种，不胜枚举”（Hays，76）。因此，母亲不是天生的，是后天造就的。

由于母亲观念与母亲角色受到诸多外在因素的支配与影响，所以，做母亲的方式是母亲由内在母性驱使、不断协调内在母性与起支配与影响作用的外在环境因素的关系，在此基础上做出选择、做出决定的结果。母亲的选择与决定，同时受到内在母性与外在环境因素的制约，是两者相互作用、由母亲做出权衡与取舍的结果。

伊芙林·仲野·格兰（Evelyn Nakano Glenn）在《社会建构的母亲角色：主题纵览》（"Social Constructions of Mothering: A Thematic Overview"）一文中指出，在女性被男性边缘化的现实中，还存在着被双重边缘化的女性群体——诸如第三世界女性、有色人种女性、同性恋女性以及劳动阶层的女性，格兰倡导关注她们的特异性（Glenn，3）。

欧芝克关注遭受双重边缘化压迫的犹太女性，取其极端典型代表——犹太母亲——"作为权威的女性"（*Merriam-Webster's Collegiate Dictionary*, 810），探讨犹太女性的标志性特征。一方面，欧芝克将犹太母亲置于日常的多元文化背景之下，将犹太母亲对位于其他文化背景的母亲，凸显犹太女性的特异性属性；另一方面，欧芝克将犹太母亲置于极端的犹太大屠杀的语境之中，探讨特异语境之下，犹太女性的本质属性。

下文分别以长篇小说《食人星系》和短篇小说《披肩》为例，分析欧芝克塑造的多元文化背景下的犹太母亲形象、犹太大屠杀语境中的犹太母亲形象。

一　多元文化背景下的犹太母亲

在《食人星系》中，海斯特·利尔特是一位犹太母亲，曾经生活在纳粹占领的巴黎。利尔特是一位研究语言逻辑的知识分子（Ozick，1983g：47），精通犹太文化，对犹太历史谙熟于心，在哲学圈小有名气。她对《圣经》注解的意义、《密西拿》以及《米德拉什》都颇有研究，出版了很多有关犹太教与世俗文化相融合的著作，诸如，《释经的隐喻》（*Metaphor as Exegesis*）、《神圣化的意义》

(*Divining Meaning*)。利尔特是一位博学的犹太价值观以及犹太文本传统的传承人。

利尔特以语言为媒介，表达自己的观点和见解，能言善辩，巧于辞令，而她的女儿比尤拉从孩提时代就沉默寡言，无法借助语言进行交流。比尤拉入学时没有通过学校的入学考试，在学生中一直落在“尾巴”的位置上（Ozick，1983g：91）。在校长约瑟夫·布里尔眼里，这个孩子又聋又哑，语言缺位，与睿智的母亲形成巨大的反差（Ozick，1983g：84－85）。同龄人、大人也都觉得她智力低下，什么活动也想不起她。比尤拉的标志性特征就是“沉默”和“缺位”（Sokoloff，1986：240）。

欧芝克将犹太母亲海斯特·利尔特置于日常的多元文化背景之下，将利尔特对位于其他文化背景的母亲，特别是美国母亲艾丽斯·布里尔（Iris Brill）。

利尔特做母亲的方式，有别于其他文化背景的母亲。首先表现在她们对于母子相互依附关系的认识差异。“对于别的母亲来说，母爱是反射，本能，不由自主的脉动，周而复始、永不停歇，血肉和鸣。海斯特·利尔特的女儿，不是来延续她的生命的，而是以神秘的方式，来把她从哲学思考中拯救出来的。”（Ozick，1983g：92）别的母亲，渴望看到自己的过去，在自己孩子的未来得以接续。对犹太母亲利尔特来说，女儿比尤拉的存在意义，在于启示她以不同于理性的哲学思考，即感性的方式，来体验、理解世界。利尔特的母爱，“表现为她的学术热情”（Ozick，1983g：92）。利尔特所理解的与女儿的依附关系，表现出理性的“思想的厄洛斯”的特质。

利尔特做母亲的特异方式，还表现为形式上的疏离。别的母亲，尽管唠唠叨叨，出于母性、出于母爱的本能，积极参与孩子的成长。他们“气势汹汹地冲进学校……核对孩子的分数，要求更改成绩”

（Ozick，1983g：80）。犹太母亲利尔特则表现出形式上的疏离——她把女儿的成绩单返还学校，什么意见也不发表（Ozick，1983g：80），甚至在校长和她约谈比尤拉在学校的表现的过程中，只字不提女儿。“别的母亲以强凌弱、连哄带骗，令人难以忍受，（对孩子的事情）忙不迭地介入，有着欧洲文化背景的海斯特·利尔特，却令人惊叹地淡然疏离。”（Alvarez，134）利尔特，只是“等待”（Ozick，1983g：124），等待女儿比尤拉成长，成长为她自己该有的样子——就像“驼峰里的水，维持生命的水”，“那是没有一种可辨识的具体形式可以表述的形式”（Ozick，1983g：144）。

利尔特形式上的疏离，折射出深厚的犹太文化传统。犹太文化尊重差异、接受对立的传统，使得利尔特坦然接受比尤拉作为个体的独特性，接受她与自己的差异。犹太文化尊重差异、接受对立的传统，使得利尔特有勇气对抗千人一面、众口一词的评价标准。利尔特的“等待”，是对比尤拉独特性的期待与信心。对于女儿比尤拉的成长，利尔特形式上的疏离是对于差异的尊重。她“努力从无形的虚空中创造新生活”（Friedman，152），这既反映在她的研究中，也反映在她做母亲的特异方式上。

同时，犹太文化崇尚智慧的传统，启迪利尔特睿智地从与女儿的差异中学习，看到理性的哲学思考的对立面——感性与艺术——同样是理解世界、体验世界的可能途径。她努力去理解女儿的沉默——在寄给布里尔的文章《论沉默的结构》中，利尔特表达了自己的认识：“沉默是在塑造一种形状。仿佛环绕翅膀看似空无一物的空气，描绘出翅膀的形状。”（Ozick，1983g：101）换言之，利尔特认为，沉默是对现实的回应，也是一种表达的方式，其功能及表现力未必逊于语言的表达。利尔特对于差异的理解，表现出她与女儿独特的依附关系，见证“思想的厄洛斯”在母女依附关系中的重要性及其作用。

“思想的厄洛斯”还见证犹太母亲利尔特对于女儿比尤拉的有效性保护。比尤拉入学时没有通过学校的入学考试，在千人一面、众口一词的评价标准看来，比尤拉又聋又哑，智力低下。利尔特并没有像别的母亲那样，采取歇斯底里的抗议方式，而是理性地抨击、瓦解评价体系的根基，从而捍卫女儿作为个体的独特性。犹太文化崇尚智慧的传统，赋予她切实保护女儿的能力。“思想的厄洛斯”使这位犹太母亲立于不败之地。

对于比尤拉的普遍消极评价，基于两个事实：第一，比尤拉的沉默；第二，以入学考试等方式为评价标准得出的结论：比尤拉智力低下。对于女儿的沉默，犹太母亲利尔特在寄给布里尔的文章《论沉默的结构》中，做出了具有说服力的阐释。对于针对女儿智力水平的评价，鉴于其主要依据是由心理学家格莱鲍斯特博士（Dr. Glypost）主持完成的入学考试，以及教师们的平时印象，利尔特便抓住主要矛盾，从心理学家的预言及教师的认识误区两个方面予以回击。

入学考试后，格莱鲍斯特博士对比尤拉做出这样的评价：她是“一个紧张、焦虑的孩子，陷于自己有限的解决问题的方案之中，缺乏自发性，不善于建立与他人的联系……缺乏灵活性，适应能力差”（Ozick，1983g：46）。利尔特邀请校长布里尔参加学术会议，会上利尔特发言，阐述自己对于心理学的认识。首先，利尔特抨击心理学家的预言，批评它们“基于因果律，或者所谓的既有事实，过于机械，从根本上忽略了本质的部分，即‘不足为奇的奇迹’，忽略了这一点，艺术不能称其为艺术，对人的认识也不能称其为对人的认识……正是这种预言，……即‘三岁看老’的判断范式，衍生出……‘教学方法上的误区’”（Ozick，1983g：66）。其次，利尔特进而对“不足为奇的奇迹”加以解释——“期待看似最不可预期的，等待奇迹发生，当奇迹真的发生的时候，就完全没有什么惊奇可言，那只是一个自然的过程。”（Ozick，1983g：68）最后，利尔特批评教师混淆表象与本质，做出主观盲目的判断，“将攻击侵略误判为睿智进取，将深思熟虑误判为愚蠢暗钝，将腼腆羞怯误判为神识昏昧，将无知轻狂误判为脍炙人口”（Ozick，1983g：68）。利尔特指出，他们误读了表象，做出的判断未免“为时过早”（Ozick，1983g：68）。不同于别的母亲所选择的保护孩子的感性、就事论事的方式，犹太母亲利尔特，透过现象，直击问题的本质，以理性的分析、合乎逻辑的阐释，表明了自己的见解，赢得了尊重，切实保护了女儿比尤拉的独特性。

在《食人星系》中，犹太母亲利尔特，被校长布里尔比作模范母亲塞维涅夫人（Madame de Sévigné）。塞维涅夫人是一位法国书信作家，其尺牍生动、风趣，反映了路易十四时代法国的社会风貌，被奉为法国文学的瑰宝。塞维涅夫人受过良好的教育，十八岁出嫁，育有一子一女，二十六岁丧偶，没有再嫁，专心照料、教育子女。塞维涅夫人奉女儿弗朗索瓦－玛格丽特（Francoise-Marguerite）为掌上明珠，现存书信的大部分是写给女儿的。“母爱，成为塞维涅夫人一生最具标志性的写照”（Bailey，609），塞维涅夫人也成为模范母亲的代名词。

在布里尔眼中，利尔特的“面庞、声音、姿态、谜一样的性格、写出来的句子以及文采”，都酷似塞维涅夫人（Ozick，1983g：53）。事实证明，利尔特和塞维涅夫人一样，深切地爱着自己的女儿（Cohen，1994b：120）。布里尔认识到，利尔特“并不是没有母爱，母爱是她的全部”（Ozick，1983g：92）。利尔特的母爱，既表现为理性的学术热情——女儿比尤拉的存在意义，在于启示她以不同于理性的哲学思考，即感性的方式，来体验、理解世界；利尔特的母爱，也表现在对比尤拉独特性的尊重、对比尤拉未来的期待与信心——“她笃信她那看似不完美的小家伙，有着完美绝伦的未来。”（Ozick，1983g：101）比尤拉是利尔特的全部，是她的生命（Ozick，1983g：92）。布里尔将犹太母亲利尔特比作模范母亲塞维涅夫人，表现出对利尔特的尊重以及对她特异的做母亲的方式的肯定与认同。

同样，欧芝克对于小说情节的安排，给予了犹太母亲利尔特及其做母亲的特异方式以毋庸置疑的肯定与认同——所有的学生中，只有比尤拉取得了成功，成了享有国际声誉的画家。奇迹以不足为奇的方式发生了。犹太母亲的判断，得到了印证；犹太母亲的等待，结出了果实。犹太母亲不同寻常的做母亲的方式，见证了“思想的厄洛斯”的胜利。

与犹太母亲利尔特形成对位关系的，不仅有普遍意义上的其他学生的母亲，还有被特别强调了美国主流世俗文化背景的美国母亲艾丽斯·布里尔——校长约瑟夫·布里尔的妻子。

艾丽斯·布里尔一直生活在美国主流世俗文化背景之中。对于丈夫布里尔在犹太大屠杀中的经历，“艾丽斯没有兴趣，甚至不愿意去体会他‘历经沧桑’的生活，对他意味着什么”（Lowin，1988：87），艾丽斯选择活在当下的现实中。

布里尔将犹太母亲利尔特比作模范母亲塞维涅夫人，艾丽斯在他的眼中，“极其普通寻常，吵吵嚷嚷，要求甚多”（Friedman，155），代表着“庸常状态”（Kauvar，1993：161）。艾丽斯“急躁易怒”（Ozick，1983g：102）、“冒冒失失、不得要领、急躁唐突、漂亮时髦”（Ozick，1983g：103）。艾丽斯更接近布里尔所了解的其他母亲，感性地屈从于内在母性的驱使，缺乏理性思辨的意识与能力。

犹太母亲利尔特的特异之处，在于她的无以伦比的抱负，以及她双性同体的特质。作为校长的布里尔，对于学生的母亲，可谓了解甚多。关于母亲，布里尔的判断具有足够令人信服的权威性。在布里尔眼里，犹太母亲利尔特“和其他任何母亲都不相同”（Ozick，1983g：64）——她的抱负，“是他从来未曾见识过的。……她的抱负，就和欲望一样。……她的抱负，她的欲望，就是铸造模具，然后让产品一点点成型”（Ozick，1983g：63－64）。这无异于既反映在她的研究中也反映在她做母亲的特异方式上的追求——“努力从无形的虚空中创造新生活”（Friedman，152）。显然，这是创新求异与开拓进取的胆识与韬略。有了这样的胆识与韬略，犹太母亲利尔特，就有勇气挑战千人一面、众口一词的评价标准，捍卫女儿的独特性与尊严。

犹太母亲利尔特的特异之处，还表现在她的双性同体的特质。一方面，利尔特有着酷似塞维涅夫人的面庞、姿态，有着一般母亲对女儿至高无上的母爱；另一方面，利尔特的神情、举止、谈吐又流露出毋庸置疑的男性气质——和她谈话，布里尔感觉“完全不像是在和一位女性谈话，很难将她想象成一位女性”（Ozick，1983g：50）；她的“脖子一动不动，不像别的母亲那样把脖子扭来扭去”（Ozick，1983g：50）；就连她的声音，也是男性的声音：“雄浑、低沉”（Ozick，1983g：50）。不仅如此，利尔特的思维模式也显现出男性思维的理性特征——“她精确无比”，“她出奇地明晰，那是她的天赋，令人惊异”，“她的逻辑性极强，她完全忠实于事实”（Ozick，1983g：54）。

当抱负成为欲望的载体，当理性成为欲望的载体，行为主体必然焕发出思想、智慧的光芒——“思想的厄洛斯”的光芒，让这位犹太母亲卓尔不群。

利尔特的权衡与取舍、选择与决定，是内在母性在外在环境因素——众口一词的评价标准与女儿比尤拉的独特性——相互作用、相互协商的结果。具备了创新求异与开拓进取的胆识与韬略，具备了双性同体的特质——感性受到理性的启蒙与规约，犹太母亲利尔特，就有能力理性地认识与女儿的相互依附关系；犹太母亲利尔特，就有能力理性地抨击、瓦解评价体系的根基，捍卫女儿的尊严，保护女儿的独特性；犹太母亲利尔特，就有耐心期待最终不足为奇的奇迹。

欧芝克塑造的犹太母亲利尔特，以其特异的做母亲的方式，超越了对于母亲的普遍认识范式。利尔特赋予母女间的相互依存关系更加理性的认识维度——女儿的存在意义，在于启迪母亲超越自己惯常的思维窠臼，接受从其对立的感性视角感受、体验世界的可能性。母亲对于女儿的保护，基于母亲尊重差异、接受对立的胸怀及理性认知。母亲对于女儿独特性的捍卫与坚守，以母亲内在母性的守候为源头，以母亲理性思辨的智慧为保障，以母亲“思想的厄洛斯”的胜利——理性、思想、智慧的胜利为结局。欧芝克笔下的犹太母亲利尔特，表现了犹太女性的标志性特征——和男性一样，犹太女性有抱负、有思想、有智慧，有强大的理性思辨意识和能力。

欧芝克笔下的犹太母亲，除了日常的多元文化背景之下，对位于其他文化背景的犹太母亲，还有极端的犹太大屠杀的语境之中的犹太母亲。

二　犹太大屠杀语境中的犹太母亲

犹太婚姻关系中的女性、职业女性、多元文化背景下的犹太母亲，是女性存在的日常状况，对于揭示女性的存在现实以及女性的本质特征，具有代表性的普遍意义。犹太大屠杀语境中的犹太母亲，则将犹太女性置于极端情形之下，对于考察犹太女性的特殊存在现实、揭示犹太女性的本质特征，具有典型性的特殊意义。

犹太大屠杀语境中的犹太母亲是极端典型化的犹太女性。其特异性在于，犹太大屠杀语境中的犹太母亲不仅遭受种族、性别的双重歧视与压迫，而且陷于生存的绝境，生命的尊严被剥夺——自己以及自己需要拼尽性命、竭尽全力保护的子女，随时面临死亡的威胁。双重边缘化的重压、自身及子女随时面临的死亡的威胁，构成犹太大屠杀语境中的犹太母亲的内在母性需要与之抗衡、做出权衡与取舍、选择与决定的外在环境因素。犹太大屠杀语境中的犹太母亲，成为极端典型语境下的极端典型女性形象，承载犹太女性的本质属性。

下文以短篇小说《披肩》为例，分析欧芝克塑造的犹太大屠杀语境中的犹太母亲形象，揭示其对犹太女性本质属性的表征。

在《披肩》中，欧芝克塑造了犹太大屠杀语境中的犹太母亲，罗莎。

在犹太大屠杀的语境中，犹太母亲罗沙受制于极端的外在环境因素——双重边缘化的重压、自身及女儿随时面临的死亡的威胁。在内在母性的驱使下，罗莎凭借“母亲的智慧”，与极端的外在环境因素相抗衡，审时度势，做出权衡与取舍、选择与决定，在生存绝境，竭尽全力求得最大限度的生存。

萨拉·鲁迪克（Sarah Ruddick）在《母亲的思考》（“Maternal Thinking”）中指出，“母亲的智慧”表现为母亲的“理性思考能力、借助理性思考做出的判断”以及母亲所秉承的“价值观”（Ruddick，214）。

犹太大屠杀的语境中，犹太女性遭受双重边缘化的压迫。她们遭受凌辱，生下的孩子和她们一样，陷于生存的绝境，随时面临死亡的威胁。犹太母亲罗莎秉承的价值观，表现为生命至上。最大限度地求得生存，成为罗莎所有权衡与取舍、选择与决定意愿达成的终极目标。为了生存——女儿玛格达的生存、罗莎自身的生存，犹太母亲罗莎理性地思考，并在此基础上做出审时度势的判断。犹太母亲罗莎的权衡与取舍、选择与决定，表现出“母亲的智慧”，改写了对于母亲认识的普遍范式，印证犹太女性的本质特征——“思想的厄洛斯”。

传统犹太价值观认为，“女性是生命的孕育者、看护者以及保护者”，只有做到了这一点，女性才“适得其所地扮演了她最重要的角色”（Pappenheim，149）。《披肩》开篇，罗莎就以传统母亲的样貌出现——“玛格达裹在披肩里，蜷作一团，罗莎把她抱在疼痛的乳房之间”（Ozick，1990b：3），“罗莎不停地走，成了走动的摇篮”（Ozick，1990b：3；王祖友，2004：12）。对于母亲角色的普遍认识范式，强调母亲对孩子的“保护”、母子彼此的相互“依附”、母子之间的“同一性”存在关系。然而，犹太母亲罗莎，却不得不改写人们对于母亲认识的普遍范式。为了在生存绝境中求生存，罗莎不得不采取形式上极端冷酷、残忍的“非母性”的方式，言说温柔、慈爱的母性。

首先，罗莎不得不权衡是不是应该牺牲母女的“同一性”存在关系、放弃对女儿的“依附”——抛弃女儿，将她送给路边的雅利安村民，求得女儿玛格达的生存——因为，玛格达长着雅利安人的外貌，“眼睛如蓝天般清澈，柔和的发丝黄灿灿的，就像罗莎外套上绣着的星星。你会把她当成是他们的孩子”（Ozick，1990b：4）。罗莎考虑飞快地离开队列，把玛格达塞到路边任何一个女人的手中。继而，她不断对不确定的情形做出理性的权衡与判断——“倘若她离开队列，他们可能会开枪。就算她离开队列半秒，飞快地把披肩襁褓塞给陌生人，那个女人会接吗？也许，她会惊讶，或者害怕；也许，她会扔下披肩。那样，玛格达就会掉出来，磕到头，摔死。那个小圆头”（Ozick，1990b：4）。不确定的情形中，唯一确定的，是无所不在的死亡的威胁。秉承生命至上的价值观，基于理性思考与判断，罗莎否定了离开队列、将玛格达送给路边的雅利安村民的可能性与合理性。

其次，罗莎借助理性的思考与判断，最大限度地寻求在生存绝境中母亲所能采用的保护女儿的现实手段。母亲对女儿的保护所呈现的表面上的“非母性”的形式，是罗莎的内在母性与极端生存绝境协商的结果，是“母亲的智慧”所折射的“思想的厄洛斯”孤注一掷、绝处逢生的写照。

第一，表面上的“非母性”的保护形式，表现为母亲罗莎理性地隐匿女儿玛格达的存在，以此求得女儿的生存。一方面，罗莎隐匿玛格达的身体——有形的存在，使其存在流于无形、陷于黑暗；另一方面，罗莎隐匿玛格达的声音——有声的存在，使其存在流于无声、陷于沉寂。

在纳粹集中营，作为婴儿的女儿，其生命与身体、声音，如同鱼和熊掌，不可兼得。为了保全女儿的生命，为了女儿能生存，罗莎只能理性地权衡，理性地取舍，理性地选择湮灭其形象、压制其声音，理性地为求得生存的终极目标竭尽全力。

罗莎将玛格达隐匿于黑暗，湮灭其形象，宛若她根本不存在于这个世界。“玛格达被深深地裹在神奇的披肩里，被误以为是罗莎颤抖起伏的乳房，否则她早就死了”（Ozick，1990b：5－6）。在“非母性”的形式之下，玛格达仿佛“一个窝中的松鼠，安全，无人触摸得到她，她在披肩圈就的小屋子里”（Ozick，1990b：4，王祖友，2004：12）。

罗莎将玛格达隐匿于沉寂，压制其声音，宛若她根本不存在于这个世界。为了压制玛格达的声音，罗莎任她吸吮、啃噬已经开裂、没有一点乳汁的乳房，那是“无用的管道裂缝，死火山，瞎了的眼，冰冷的洞”（Ozick，1990b：4；王祖友，2004：12）。玛格达很安静，她还会扯起披肩的边角，吮吸个不停。“披肩的好味道，是亚麻的奶味”（Ozick，1990b：5）。玛格达静静地待在襁褓里，在她的角落吮吸着。“玛格达每天都安安静静，所以她没死”（Ozick，1990b：7）。

第二，表面上的“非母性”的保护形式，还表现为母亲罗莎理性地选择以相对风险较低的冒险，抵御绝对的毁灭与死亡。

虽然玛格达安静地藏匿在黑暗与沉寂中，罗莎知道，死亡的威胁无时无处不在。“她知道总有一天有人会告密”（Ozick，1990b：6；王祖友，2004：13）。他们置身于一个同情心已经完全泯灭的人间地狱。罗莎确信侄女斯黛拉“在等玛格达死，然后吃掉她细小的大腿肉”（Ozick，1990b：5）。在罗莎眼里，斯黛拉“像个年青的食人兽似的盯着玛格达”（Ozick，1990b：5；王祖友，2004：12－13）。或者有一天，即使不是斯黛拉，也会有其他人，偷走玛格达并把她吃掉（Ozick，1990b：6）。这是绝对的毁灭与死亡。为了抵御这绝对的毁灭与死亡，罗莎不敢睡去，她理性地选择以相对风险较低的冒险，求得玛格达可能的生存：“她睡时把大腿压在玛格达身上；她担心她会让玛格达在她大腿下窒息”（Ozick，1990b：6；王祖友，2004：13），但这已是生存绝境中的母亲为保护女儿所能做出的最具智慧的理性选择。犹太母亲罗莎冒着可能会令女儿窒息的危险，期许保护女儿不被纳粹杀害、不被饥饿的同伴吃掉。当生存成为终极目标，理性与智慧成为欲望的载体，犹太母亲的选择与决定便焕发出“思想的厄洛斯”的光芒。

作为纳粹士兵强暴犹太女性的产物，玛格达在纳粹集中营存活到了第十五个月。这不能不说是一个奇迹。这是玛格达被犹太母亲罗莎凭借"母亲的智慧"，隐匿—保护—在黑暗与沉寂之中的十五个月；这是犹太母亲理性地选择以相对风险较低的冒险，抵御绝对的毁灭与死亡的十五个月。罗莎看似反常的、"非母性"的举动，反映最深沉的母性，折射出"思想的厄洛斯"的光辉。

然而，斯黛拉拿走了披肩，促成玛格达的死亡。

"玛格达那细若铅笔的小腿，笨拙地伸来伸去，这边一下，那边一下。玛格达在找她的披肩。铅笔腿在牢房门口停了，那儿有亮光。罗莎看到并追过去。然而玛格达已经在牢房外的广场上，在令人愉快的光明中。那是点名场地。"（Ozick，1990b：7；王祖友，2004：13）

玛格达的口中发出一串长长的含糊的叫喊：

> "妈啊——"
>
> 这是自从罗莎乳房干了以来，玛格达从咽喉发出的第一个声音。
>
> "妈啊啊啊……啊啊啊！"（Ozick，1990b：8；王祖友，2004：14）

当玛格达终于走出了黑暗、奔向了光明，当玛格达终于发出了声音、冲破了沉寂，她的生命在纳粹集中营渐渐走向了终点。"罗莎看到玛格达在危机四伏的阳光下摇摇晃晃地走着，蹒跚地摆动着铅笔般的细腿。罗莎看到了，她看到玛格达为失去披肩而悲痛，她看到玛格达要死了。"（Ozick，1990b：8；王祖友，2004：13）

犹太母亲再一次面临权衡、取舍、选择、决定。"一阵命令，浪潮一样，在罗莎的乳头激荡，去取，去抓，去拿！但她不知道先追哪个——玛格达还是披肩。如果她跳到点名场上抓起玛格达，嚎叫声不会停，因为玛格达还没有披肩；但是如果她跑回牢房去找披肩，假如找到，假如她拿着披肩摇着追玛格达，那么她会追回玛格达，玛格达会把披肩放在嘴里又变成哑巴”（Ozick，1990b：8；王祖友，2004：14）。罗莎再一次面临艰难的抉择：生命与身体、声音不可兼得的生存绝境中，是选择遁形、息声以延续生命，还是放弃生命、还身体与声音以应有的场域？

罗莎遵从生命至上的价值观，她选择了遁形、息声以延续生命。于是，“罗莎进入暗处。找到披肩并不难，斯黛拉蜷缩在披肩下，睡着了，瘦骨伶仃的。罗莎扯开披肩，飞到点名场——她能飞，她只是空气”（Ozick，1990b：8；王祖友，2004：14）。然而，犹太母亲在生存绝境下对于孩子竭尽全力的保护，终于无可奈何地被极端残酷的外在环境因素终结。

远处，很远的地方，玛格达填满空气的肚子横挺着，把棒子似的手臂伸出来。她被高高地举起来，骑在一个人的肩上。在那个肩膀上，一顶头盔闪闪发光……头盔下面是个像穿了连帽化妆斗篷的黑身子，一双黑皮靴大步迈向通电的铁丝网。电的声音开始发疯地尖叫。“妈啊妈啊，妈啊啊啊妈啊啊。”它们一起嗡叫（Ozick，1990b：9；王祖友，2004：14）。

母亲目睹了女儿惨死的一幕。“玛格达的整个身子被毫不费力地高高扬起，远远看去就像蝴蝶在飞翔过程中划出的一段银色的弧。玛格达的长满头发的圆脑袋、她的铅笔般的双腿、气球似的肚子和弯曲的手臂在铁丝网上噼啪作响。”（Ozick，1990b：9－10）

在生存绝境中求生存，既指求得母亲保护的子女的生存，也指求得母亲自身的生存。面对女儿的惨死，罗莎听到了母性本能的撕心裂肺的呐喊——“在那瞬间，钢丝声发狂地隆隆作响，催促罗莎跑，跑到玛格达从铁丝网跌落的地方去。”（Ozick，1990b：10）但是，罗莎没有屈从于母性的本能，而是审时度势地选择了压抑痛失女儿的切肤之痛，理性地响应了生存本能的召唤——罗莎“只是站着，因为要是她跑，他们会开枪；要是她试图捡起玛格达棍棒似的躯体，他们会开枪；要是她发出狼嚎声来，他们会开枪。”（Ozick，1990b：10；王祖友，2004：14）罗莎选择遁形、息声——“所以她拿起玛格达的披肩，用它来堵住自己的嘴，往里塞，往里塞，直到她咽下狼嚎声，尝到玛格达口水里的肉桂和杏仁的味道。罗莎吮吸玛格达的披肩，直到它干了。”（Ozick，1990b：10；王祖友，2004：14）面对女儿玛格达的惨死，罗莎凭借“母亲的智慧”，在母性的本能与生存的本能的冲突中，秉承生命至上的价值观，理性地选择了遁形、息声，保全了自己的生命，求得了自身的生存。

在犹太大屠杀的语境下，无论是在求得女儿玛格达的生存还是在求得自身生存的过程中，犹太母亲罗莎所做出的权衡与取舍、选择与决定，都秉承生命至上的价值观，基于理性的思考与判断，表现出“母亲的智慧”。罗莎的决定与选择，是特定极端环境所能允许的最佳方案，最大限度地在生存绝境中保全了女儿和自身的生命。犹太母亲的权衡与取舍、选择与决定，是内在母性在外在极端环境因素的挤压下，所焕发出的“思想的厄洛斯”的光芒。母亲的思想、母亲的智慧，成为审时度势、求得生存的前提与保障。

欧芝克塑造的犹太母亲形象，是将女性置于典型、极端的语境之下的文学表现形式。典型语境下的犹太母亲，即多元文化背景语境下的犹太母亲，焕发思想、智慧的光芒——“思想的厄洛斯”的光芒，以其特异的做母亲的方式，超越了人们对于母亲的普遍认识范式，卓尔不群；极端语境下的犹太母亲，即犹太大屠杀语境中的母亲，面临母性与外在环境因素的冲突，呈现出显著的辩证对立的特征：既温柔又坚强；既慈爱又冷酷。看似“非母性”的想法与举动，反映最深沉的母性，犹太女性的本质属性得以表现，改写了人们对于母亲的传统认识范式。

欧芝克的小说以浓厚的犹太性为标志性特征，其创作动力之一是对于犹太教的深刻思考。一方面，她的小说关注女性在犹太婚姻关系中、在职业生涯中受压制的存在现实；另一方面，作为“用头脑来分析社会和文化的人”（Ozick，1976c：131），欧芝克站在女权主义思想与正统犹太教女性观之间，在小说中呈现对于正统犹太教女性观的理性判断，对于正统犹太教女性观进行文学改写，凸显女性与男性具有平等的思想与思考能力。欧芝克在小说中塑造的犹太婚姻关系中的女性、职业女性，辩证地呈现并调和了女权主义思想和正统犹太教女性观之间的矛盾，表现了两者的协商，是欧芝克践行犹太思维方式，运用犹太智慧对流散语境以及犹太文化加以理性分析的表现，折射出欧芝克肩负社会责任，对社会现实、民族传统价值观中不尽如人意之处，进行修复和改良的努力。欧芝克塑造的犹太母亲，典型、极端环境因素支配与影响下的母亲——“作为权威的女性”（*Merriam-Webster's Collegiate Dictionary*，810），成为女性本质属性的载体；“思想的厄洛斯”的光芒，思想与智慧，成为女性的本质属性的集中体现。

欧芝克以文学文本改写正统犹太教对女性的歧视，将女性塑造成具有与男性平等的思想的女性。一方面，这是欧芝克以文学文本演绎犹太教文化文本的表现；另一方面，这是文学创作对犹太教女性观进行道德审视的结果，是欧芝克对当代美国犹太小说中犹太性文学表现的两种主要表现形式，即坚持道德意识、将犹太教融入文学文本，进行叠加与拓展的具体表现。

从本质上来讲，欧芝克笔下的女性形象塑造，基于作家对于社会、文化进行的理性分析，一方面，有力地佐证作为女性的欧芝克所具有的智慧与思想；另一方面，欧芝克塑造的女性形象，闪耀着“思想的厄洛斯”的光芒。欧芝克小说中的女性表征，辩证地表现了女权主义思想和正统犹太教女性观之间的矛盾及两者的协商，反映了欧芝克的犹太思维方式及其改良犹太传统文化的社会责任，同时，折射出犹太文化善于消解分歧、努力达成融通的独特品性。

结　论

本研究梳理了欧芝克小说犹太性及其文学表现与美国犹太小说及其犹太性的文学表现的关系；在探讨欧芝克文学观、历史观、自然观、女性观的基础上，阐释了欧芝克小说中独特的犹太性，讨论了欧芝克小说达成思想性与艺术性相统一的手段。

本研究历时性地梳理了当代美国犹太小说及其犹太性的文学表现，探讨了欧芝克小说表现出的犹太性与当代美国犹太小说中犹太性文学表现的关系。

当代美国犹太文学在犹太性的文学表现方面，历时性地呈现出的三个相互独立的特征，即强调道德意识、将犹太教融入文学文本、以文学形式表现犹太大屠杀时忠实于史实。欧芝克保持犹太教深厚的历史意识、道德意识，将当代美国犹太小说中犹太性文学表现的主要特征加以叠加和拓展，继承并丰富了犹太性文学表现的内涵。具体表现在以下三个方面。

第一，犹太律法、伦理规范与文学创作审美实践之间的冲突，成为欧芝克文学创作的源泉与动力。欧芝克坚持犹太律法，抵制偶像崇拜，在表现犹太伦理规范与文学创作的美学实践之间矛盾的过程中，遵从道德意识，主张对艺术想象力加以规约，使之重视历史、涉及救赎，具有道德力量，使之符合犹太律法、伦理规范的要求，体现欧芝克对犹太道德意识、历史意识的重视与秉持。这是对当代美国犹太小说中犹太性文学表现的两种主要表现形式，即坚持道德意识、坚持历史意识，加以叠加和拓展的表现。

第二，欧芝克以文学形式表现犹太大屠杀历史，坚持忠实于史实，表现出浓厚的历史意识；犹太大屠杀书写之外，欧芝克的历史书写还包括重构的犹太民族历史和想象的个人历史，其历史书写呈现出既建构又质疑、解构的矛盾立场，反映她坚持道德意识、对历史加以阐释和判断的立场。这是对当代美国犹太小说中犹太性文学表现的两种主要表现形式，即坚持道德意识、坚持历史意识，加以叠加和拓展的表现。

第三，欧芝克将犹太教融入文学文本。具体表现在：欧芝克从犹太释经传统中汲取营养，对犹太立场、犹太主张、犹太历史进行“米德拉什”式的文学讲述和文学阐释。另外，欧芝克的女性表征，塑造以思想为生命力载体的女性形象，以文学文本改写正统犹太教对女性的歧视。这既是以文学文本指涉犹太教文化文本的表现，又是对犹太教女性观加以道德审视的结果，是对当代美国犹太小说中犹太性文学表现的两种主要表现形式，即坚持道德意识，将犹太教融入文学文本，加以叠加与拓展的表现。

本书集中探讨了欧芝克小说表现出的独特的犹太性。欧芝克在继承、丰富犹太性文学表现的内涵的过程中，糅合进自己对写作、历史、自然和女性的理解，达成了思想性与艺术性的统一，形成了独特的创作风格，表现出独特的犹太性。

首先，欧芝克小说表现出的独特的犹太性，在于以犹太“平行逻辑”“求真”的犹太民族意识、消解分歧、达成融通的犹太智慧，辩证地表现矛盾冲突。基于欧芝克在散文随笔集中表述的文学观、历史观、自然观与女性观，本书讨论了欧芝克小说表现的三组矛盾，以及欧芝克调和矛盾表现出的辩证性。

第一，作为犹太作家的欧芝克，其身份的内在矛盾：作家与犹太人的矛盾，即文学创作的美学实践与虔诚的犹太人应秉持的犹太伦理规范之间的矛盾。

作为“犹太人”，欧芝克坚持抵制偶像崇拜；作为“作家”，欧芝克认为自己有可能沦为偶像制作者。身份的两重性、犹太教伦理与美学实践的冲突衍生了欧芝克创作的焦虑。在艺术创作题材小说文本中，欧芝克凭借犹太“平行逻辑”，将涉及创作的诸要素，即“创作”、“创作者”、“语言”以及“想象力”，一一加以拆解，归纳、比较各要素的利、弊，含混亦混杂其中，以小说文本，实现了与自己的辩论，运用犹太智慧，辩证地调和了犹太教伦理与美学实践之间的矛盾，将“创作还是不创作”的焦虑，转化为“怎样创作”“创作什么”等有关文学观的思考。在欧芝克看来，犹太作家需要对审美实践范畴的艺术想象力进行必要的制约、补充，使之重视历史、涉及救赎、具有道德力量，才能符合犹太律法、伦理规范的要求。另外，欧芝克认为，坚持并表现犹太性，是创作出流芳百世的不朽之作的前提。

第二，作为美国犹太作家的欧芝克，在流散语境所面临的非犹太文化与犹太文化之间的冲突，即潘神与摩西的冲突，具体表现为欧芝克基于文化冲突语境的历史书写与自然书写。

欧芝克将犹太大屠杀置于文化冲突的语境之下加以表征，对比犹太文化与非犹太文化对于历史的不同认识，凸显犹太文化的特异之处；在重构犹太民族历史、对个人历史加以想象的小说实践中，欧芝克表现出既建构又质疑、解构的矛盾立场。建构的立场，揭示了欧芝克浓厚的犹太历史意识；质疑、解构的立场，揭示了欧芝克抵制将历史加以艺术化处理，抵制借由杜撰历史而陷于偶像崇拜的犹太立场，反映欧芝克坚持历史的意义在于阐释与判断的历史观。欧芝克小说中的自然书写，表现出对自然既抵制又妥协的矛盾态度，折射出犹太文化歧异的自然观。欧芝克潘神/摩西视域的历史书写与自然书写，反映了“求真”的犹太民族意识。

第三，作为犹太女作家的欧芝克，如何处理女权主义思想与正统犹太教女性观之间的矛盾，即欧芝克对犹太教的忠诚与其对正统犹太教性别歧视研判之间的矛盾。具体表现为欧芝克作品中的女性形象塑造。

一方面，欧芝克刻意保持与当代女权主义思想以及女权主义运动的距离；另一方面，欧芝克呼吁改良正统犹太教女性观。她主张两性平等，主张女性在超越女性性别属性的前提下，争取与男性的平等。在小说创作中，欧芝克将思想作为女主人公生命力的载体，塑造了有头脑、有思想、有智慧的女性。欧芝克小说对犹太婚姻关系中女性的表征，一方面，表现正统犹太教与女权主义思想的对峙，另一方面，塑造以“思想的厄洛斯”挑战正统犹太教、具有鲜明立场的女主人公形象。欧芝克小说中的职业女性的表征，基于在男性主宰的社会，女性被边缘化为他者的社会现实，既表现为塑造具体的犹太职业女性形象，又表现为淡化具体人物形象，着重揭示职业女性的境遇，对社会现实加以揭露与嘲讽。欧芝克塑造的具体的犹太职业女性形象，兼具正统犹太教观念与女权主义思想，并且对犹太泥人传说加以改写，见证“思想的厄洛斯”的胜利。欧芝克还将犹太母亲作为女性的典型代表加以塑造，她将犹太母亲置于日常的多元文化背景以及极端的犹太大屠杀的语境之中，印证了“思想的厄洛斯”的犹太女性本质。欧芝克小说中的女性表征，基于作家运用头脑、思想、智慧，对于社会和文化所进行的理性分析，辩证地表现了女权主义思想和正统犹太教女性观之间的矛盾及两者的协商。换言之，欧芝克小说中的女性表征，实质上是有节制地对正统犹太教女性观加以女权主义的文学改写的结果，反映出欧芝克的犹太思维方式及其改良犹太传统文化的社会责任，同时，折射出犹太文化善于消解分歧、努力达成融通的独特品性。

其次，欧芝克小说表现出的独特的犹太性，还在于她从犹太释经传统中汲取营养，对犹太立场、犹太主张、犹太历史进行“米德拉什”式的文学讲述和文学阐释，讲述犹太历史、彰显犹太立场、弘扬犹太价值观。

第一，对于抵制偶像崇拜的犹太立场，欧芝克进行了“米德拉什”式的文学解析，凸显她倡导的对艺术想象力加以制约，使之重视历史、涉及救赎、具有道德力量的文学主张。在散文中，欧芝克概括了偶像的本质性特征；在小说实践中，欧芝克以形象化的人物及情节对这些特征加以刻画与阐释，通过形象化地塑造偶像、偶像制造者、偶像崇拜者、偶像崇拜者与偶像制造者，填补了《圣经》《塔木德》等犹太典籍中有关偶像的基本特征、偶像崇拜的具体表现形式的空白，与其中的犹太立场、犹太价值观构成对话呼应关系。另外，欧芝克对于抵制偶像崇拜的“米德拉什”式的文学阐释，还反映在她的小说表现对于偶像崇拜的犹太救赎。

第二，对于“修复世界”和肩负“社会责任”的犹太主张，欧芝克进行了“米德拉什”式的文学阐释，凸显了她对犹太民族的共同利益的关注。

第三，对于犹太历史上的重大历史事件——犹太大屠杀，欧芝克进行了“米德拉什”式的文学解析，表现了她对于当代语境下对于犹太大屠杀的认识：犹太历史需要铭记；犹太历史不容滥用；需要将个人创伤置于民族关注的视域之下。

欧芝克小说表现出的独特的犹太性，在于她的小说不仅表现了犹太思想，弘扬犹太立场、犹太主张、犹太价值观，而且显现出鲜明的犹太思想方式。

犹太思想方式基于浓厚的犹太民族意识。欧芝克坚持在文学创作中表现犹太性是创作不朽之作的前提，正是基于她鲜明的民族意识。

犹太思想方式基于犹太民族的神学气质，即从犹太教的传统教义中，提取理解、指导现实生活的思想学说的传统做法。正如刘洪一在《犹太文化要义》一书中指出的，“神学气质是犹太民族整体的一种原生质，对现世生活的神学认知是犹太人理解和思想世界的一种传统方式”（刘洪一，2004：159）。

欧芝克创作的焦虑，源于她对于“犹太人”与“作家”两重身份的矛盾认识，即犹太教伦理与美学实践的矛盾冲突。其心理基础是犹太教的“选民”观念，即认为犹太作家肩负着不同于其他作家的使命。矛盾认识的核心在于遵守犹太伦理规范——“摩西十诫”第二诫“抵制偶像崇拜”与制造偶像的艺术想象力之间的对立，其本质在于犹太教的契约思想。

欧芝克小说的神学气质，还表现在将现实的文学实践纳入神学框架。她将犹太教释经传统运用于小说实践，对抵制偶像崇拜的犹太立场、“修复世界”和“社会责任”的犹太主张以及犹太大屠杀的历史进行了“米德拉什”式的文学讲述和文学阐释。

犹太思想方式还基于犹太文化与异质文化之间特殊的文化接触机制，以及由此衍生出的文化冲突与文化同化这两个基本而又相悖的文化关系内涵。这反映在欧芝克小说表现的矛盾的辩证性，特别是欧芝克在潘神/摩西视域的历史书写与自然书写，以及欧芝克小说的女性表征对于正统犹太教女性观的女权主义文学改写。流散语境下，沟通犹太文化与异质文化、对异质文化加以采借、完成必要的文化调适，是犹太文化发展的必经之路。

欧芝克既是虔诚的犹太人，又是严肃的文学天才。她的小说达成了思想性与艺术性的统一。研究讨论了欧芝克小说中“复调叙事”、“元小说侵入式叙事”、“零度写作”以及“互文性”等策略的运用，分析了使用这些策略达成的艺术效果，阐释了欧芝克文学观在小说创作中的具体体现。

“复调叙事”运用于欧芝克创作的焦虑中有关“想象力”与“犹太性”关系的困惑与思考、潘神/摩西视域的历史书写以及对犹太婚姻关系中的女性形象的塑造之中。《异教徒拉比》所呈现出的声音、意识以及叙事语式的复调特征，一方面，是欧芝克运用犹太“平行逻辑”，将“想象力”与“犹太性”的潜在分歧与对立，进行细节化文学演绎的结果；另一方面，是在潘神/摩西视域，欧芝克将艾萨克·科恩菲尔德重构的《圣经》中的犹太历史与他的“犹太”“异教徒”身份相联系，对于重构的犹太民族历史进行的判断与阐释。此外，欧芝克还使用复调的叙事手法，塑造犹太婚姻关系中的女性形象。短篇小说《流血》中，女权主义思想的声音和意识，对位于正统犹太教立场的声音和意识，两种声音和意识，独立而互不融合，表现了正统犹太教与女权主义思想的对峙。

“元小说侵入式叙事”运用于欧芝克对于抵制偶像崇拜的“米德拉什”式书写以及潘神/摩西视域的历史书写之中。一方面，元小说侵入式叙事直指“普特梅瑟的传记作家”，指责他过度杜撰，质疑普特梅瑟所虚构的与犹太历史的联系，揭露普特梅瑟沉溺于制造偶像的想象力、与现实世界和日常生活相隔绝。“元小说侵入式叙事”揭露与终止的是制造偶像的偶像崇拜行为。另一方面，借助元小说侵入式叙事，欧芝克解构了自己在小说文本中建构起来的普特梅瑟想象的个人历史，表现了对想象的个人历史既建构又质疑、解构的矛盾立场，其实质是对历史的阐释与判断。

“零度写作”运用于欧芝克对于犹太大屠杀的“米德拉什”式书写。在短篇小说《披肩》中，欧芝克以零度写作的方式，不动声色地记录了罗莎·卢布林、侄女斯黛拉和女儿玛格达在纳粹集中营的生活以及玛格达被纳粹士兵扔到集中营的电网上杀死的惨状，为后续对犹太大屠杀在当代的现实道德意义加以文学演绎，奠定了客观、理性的基础。

“互文性”则运用在塑造受到犹太婚姻关系压制的女性的过程中。欧芝克戏仿历史人物圣女“露西”、运用《圣经》中“洪水”和“挪亚方舟”的典故，控诉犹太婚姻关系中男尊女卑、女性丧失话语权、主体性被湮灭、思想无以展现的社会现实。

欧芝克的小说，以精湛的文学手段展现了犹太思想方式与犹太逻辑智慧，表现了独特的犹太观念、犹太立场与犹太价值观：浓厚的道德意识与历史意识、犹太教作为伦理一神教对偶像崇拜的无条件抵制、对契约思想的自觉践行以及对犹太救赎的不懈追求。欧芝克小说的永恒魅力在于浓郁而独特的犹太性及其思想性与艺术性达成的统一，这丰富了当代美国犹太小说犹太性的文学表现，必将伴随当代美国犹太小说的发展，诠释欧芝克小说的卓越与不朽。

参考文献

一 中文参考文献

（一）中文著作

1. 高婷：《超越犹太性——新现实主义视域下的菲利普·罗斯近期小说研究》，光明日报出版社 2011 年版。
2. 顾晓鸣：《犹太——充满“悖论”的文化》，浙江人民出版社 1990 年版。
3. 刘洪一：《犹太精神》，南京大学出版社 1995 年版。
4. 刘洪一：《犹太文化要义》，商务印书馆 2004 年版。
5. 乔国强：《美国犹太文学》，商务印书馆 2008 年版。
6. 杨仁敬：《20 世纪美国文学史》，青岛出版社 2003 年版。

（二）中译著作

1. ［俄］米哈伊·巴赫金：《巴赫金文论选》，佟景韩译，中国社会科学出版社 1996 年版。
2. ［美］辛西娅·欧芝克：《披肩》，王祖友译，《外国文学》2004 年第 5 期。

（三）中文学位论文

1. 陈思颖：《从隔都到天堂：谈辛西亚·欧芝克之〈披巾〉、〈普特梅赛儿故事集〉与〈微光世界继承者〉的家屋诗学》，硕士学位论文，台湾师范大学，2010 年。

2. 孙又菁：《现代犹太美国文学中的记忆文化政治》，硕士学位论文，台湾成功大学，2010 年。

（四）中文期刊论文

1. 陈红：《奥齐克小说的叙事艺术和民族关注》，《国外文学》2003 年第 1 期。

2. 陈红：《奥齐克〈大披巾〉的叙事策略和文体特色》，《商丘师范学院学报》2003 年第 6 期。

3. 陈红、张爱雄：《奥齐克的小说叙事艺术与主题意义探微》，《邵阳学院学报》2006 年第 5 期。

4. 冯亦代：《奥齐克〈大围巾〉续编》，《读书》1990 年第 1 期。

5. 龚甜甜、邹惠玲：《文学伦理学批评视阈下的短篇小说〈大披巾〉》，《英语广场》2018 年第 6 期。

6. 官宇：《无法抚平的伤痛——〈罗莎〉中创伤的研究》，《社科纵横》（新理论版）2013 年第 1 期。

7. 黄陵渝：《犹太教布道书卷——〈米德拉什〉》，《世界宗教文化》2005 年第 1 期。

8. 刘邦凡：《论犹太人的逻辑智慧》，《重庆理工大学学报》（社会科学版）2011 年第 7 期。

9. 刘文松：《美国犹太大屠杀叙事再现和重构历史的方法》，《英美文学研究论丛》2010 年第 13 期。

10. 马彦婷：《密特威舍教授家庭中的权力转移——〈微光世界的继承人〉中福柯权力理论的应用》，《安徽职业技术学院学报》2010 年第 1 期。

11. 彭润润：《当罗莎遇到文学伦理学——母爱光辉下的理性选择》，

《海外英语》2013年第8期。

12. 齐丽霞:《生态女性主义视角下奥齐克作品女性形象解析》,《黑龙江教育学院学报》2016年第3期。

13. 钱青:《美国三位优秀的犹太女作家》,《外国文学》1994年第4期。

14. 阙诗涛:《从〈罗莎〉和〈二手烟〉看大屠杀后遗症》,《鸡西大学学报》2012年第4期。

15. 石潘:《追寻梦中的家园——〈升空〉的生态主义解读》,《陇东学院学报》2015年第6期。

16. 孙鲁瑶:《击碎偶像,终得涅槃——从〈陌生的身体〉看辛西娅·欧芝克的反偶像崇拜思想》,《名作欣赏》2015年第17期。

17. 孙鲁瑶:《犹太女性的大屠杀叙事书写——〈大披巾〉中的女性话语建构》,《妇女研究论丛》2018年第4期。

18. 王春霞:《辛西娅·欧芝克〈异教徒拉比〉中的身份焦虑》,《文学教育》(上)2018年第1期。

19. 王祖友:《犹太人的后现代代言人:辛西娅·欧芝克》,《外国文学》2004年第5期。

20. 王祖友:《后现代主义小说文本中的历史反思——评辛西娅·欧芝克的两篇短篇小说》,《外国文学》2004年第5期。.

21. 魏新俊、张国申:《崇拜、背离、回归——辛西娅·欧芝克的文学创作之路》,《当代外国文学》2014年第2期。

22. 肖飚:《欧芝克小说的创伤书写》,《求索》2013年第12期。

23. 肖飚:《从互文性视角解读辛西娅·欧芝克小说中的女性表征》,《外语教学》2014年第3期。

24. 肖飚、杨仁敬:《辛西娅·欧芝克早期小说的复调特征——以〈异教徒拉比〉为例》,《外语教学》2011年第4期。

25. 徐崇亮：《有生命的“假人”及假人形象创造的意义——评辛西娅·奥齐克力作〈帕特梅塞和赞瑟普〉》，《九江师专学报》1994年第1期。

26. 徐崇亮：《美国犹太文学中的一颗璀璨明珠——辛西娅·奥齐克艺术创造述评》，《外国文学研究》1996年第1期。

27. 徐新：《犹太教的独一神论》，《宗教学研究》2014年第1期。

28. 杨道云、靳亦诗：《美国后现代小说〈披肩〉中的后人道主义探析》，《湖南科技学院学报》2013年第9期。

29. 叶子：《厄普代克编〈一九八四年美国最佳短篇小说选〉》，《读书》1985年第3期。

30. 叶子：《辛茜娅·奥齐克的新作》，《读书》1987年第10期。

31. 张国胜：《偶像崇拜：辛西娅·欧芝克小说批判》，《重庆工学院学报》（社会科学版）2009年第4期。

32. 张晶晶：《辛西娅·奥兹克国内研究综述》，《西藏民族大学学报》（哲学社会科学版）2016年第2期。

33. 赵娜：《国外辛西娅·欧芝克研究综述》，《浙江外国语学院学报》2014年第3期。

34. 赵娜：《“另类”母亲：〈大披肩〉中母亲身份的伦理解读》，《外文研究》2014年第4期。

35. 赵娜：《〈微光世界的继承人〉中的性别身份认同与建构研究》，《天津外国语大学学报》2015年第3期。

36. 赵娜：《论辛西娅·欧芝克〈大披肩〉的女性大屠杀叙事》，《上海理工大学学报》（社会科学版）2016年第1期。

37. 赵娜：《他者、流亡与困顿：论〈微光世界的继承者〉中犹太知识分子的困境》，《西安外国语大学学报》2017年第3期。

38. 之岱：《奥齐克〈吃人的银河系〉》，《读书》1984年第4期。

39. 左燕茹：《后现代版的〈大使〉：经典重塑的魅力——评辛西娅·欧芝克新作〈异物〉》，《外国文学动态》2011年第6期。

40. 曾令富：《美国犹太文学发展的新倾向》，《外国文学评论》1995年第4期。

41. 邹梦云、刘延超：《对信仰的追问——从〈流血〉解读辛西娅·奥兹克的生态意识》，《钦州学院学报》2012年第4期。

（五）中文会议论文

1. 林文静：《罗莎的自我——从拉康的镜像阶段理论读小说〈大披肩〉》，福建省外国语文学会年会，2008年。

2. 颜蓓蕾：《浅析〈微光闪烁世界的继承者〉逃避主题》，福建省外国语文学会年会，2008年。

3. 张娟利：《论辛西娅·欧芝克小说〈微光世界的继承者〉中的逃亡者形象》，福建省外国语文学会年会，2008年。

4. 赵静：《身份之谜：〈微光闪烁世界的继承者〉中的文化身份问题》，福建省外国语文学会年会暨海峡两岸翻译学术研讨会，2013年。

二　外文参考书目

（一）外文著作

1. Alexander, Edward, *The Resonance of Dust: Essays on Holocaust Literature and Jewish Fate*, Columbus: Ohio State University Press, 1979. Print.

2. Baeck, Leo, *Judaism and Christianity*, Trans. Walter Kaufmann, New York: Atheneum, 1981. Print.

3. Baumgarten, Murray, *City Scriptures*, Cambridge: Harvard University Press, 1982. Print.

4. Benstein, Jeremy, *The Way into Judaism and Environment*, Wood-

stock: Jewish Lights, 2006. Print.

5. Bloom, Harold, ed., *Cynthia Ozick*, New York: Chelsea House, 1986. Print.
6. Boyarin, Daniel, *Intertextuality and the Reading of Midrash*, Bloomington: Indiana UP, 1990. Print.
7. Brauner, David, *Post-War Jewish Fiction: Ambivalence, Self-Explanation and Transatlantic Connections*, New York: Palgrave, 2001. Print.
8. Brooks, Cleanth, R. W. B. Lewis, Robert Penn Warren, *American Literature: The Makers and the Making*, New York: St. Martin's Press, 1973. Print.
9. Brownstone, David M., *The Jewish-American Heritage*, New York: Facts on File Publications, 1988. Print.
10. Cantor, Avia, *Jewish Women/Jewish Men: The Legacy of Patriarchy in Jewish Life*, New York: Harper, 1995. Print.
11. Chametzky, Jules, et. al., *Jewish American Literature: A Norton Anthology*, New York: Norton, 2001. Print.
12. Chodorow, Nancy J., *The Reproduction of Mothering*, Berkeley: University of California Press, 1978. Print.
13. Cohen, Sarah Blacher, *Cynthia Ozick's Comic Art: From Levity to Liturgy*, Bloomington: Indiana University Press, 1994. Print.
14. Cone, Molly, *The Mystery of Being Jewish*, New York: UAHC Press, 1989. Print.
15. Davis, Robert Con, ed., *The Fictional Father: Lacanian Readings of the Text*, Amherst: Universityof Massachusetts Press, 1981. Print.
16. *Encyclopaedia Judaica*, Vol. 13, Jerusalem: Keter Publish House Ltd.,

1971. Print.

17. Eyer, Diane, *MotherGuilt: How Our Culture Blames Mothers for What's Wrong with Society*, New York: Random House, 1996. Print.

18. Finkelstein, Norman, *The Ritual of New Creation*, Albany: State University of New York Press, 1992. Print.

19. Friedman, Lawrence S., *Understanding Cynthia Ozick*, Columbia: University of South Carolina Press, 1991. Print.

20. Furman, Andrew, *Contemporary Jewish American Writers and the Multicultural Dilemma: The Return of the Exiled*, New York: Syracuse University Press, 2000. Print.

21. Fuss, Diana, *Essentially Speaking*, New York: Routledge, 1989. Print.

22. Gilbert, Sandra M., and Susan Gubar, *The Madwoman in the Attic: The Woman Writer and the Nineteenth Century Literary Imagination*, New Haven: Yale University Press, 1979. Print.

23. Glazer, Nathan, *American Judaism*, Chicago: The University of Chicago Press, 1957. Print.

24. Gould, Carol G., *Beyond Domination. New Perspectives on Women and Philosophy*, Totowa: Rowman and Allenheld, 1984. Print.

25. Greenburg, Blu, *On Women and Judaism: A View from Tradition*, Philadelphia: Jewish Publication Society, 1981. Print.

26. Hays, Sharon, *The Cultural Contradictions of Motherhood*, New Haven: Yale University Press, 1996. Print.

27. Heilman, Samuel C., *Portrait of American Jews: The Last Half of the 20th Century*, Seattle: University of Washington Press, 1995. Print.

28. Henke, Suzette A. , *Virginia Woolf and Trauma: Embodied Texts*, New York: Pace University Press, 2007. Print.

29. Howe, Irving, *Jewish American Stories*, New York: NewAmerican Library, 1977. Print.

30. Kauvar, Elaine M. , *Cynthia Ozick's Fiction: Tradition and Invention*, Bloomington: Indiana University Press, 1993. Print.

31. Kielsky, Vera Emuna, *Inevitable Exiles: Cynthia Ozick's View of the Precariousness of Jewish Existence in a Gentile Society*, New York: Peter Lang, 1989. Print.

32. Kremer, S. Lillian, *Women's Holocaust Writing: Memory & Imagination*, Lincoln and London: University of Nebraska Press, 1999. Print.

33. Lowin, Joseph, *Cynthia Ozick*, Boston: Twayne Publishers, 1988. Print.

34. *Merriam-Webster's Collegiate Dictionary* (*Eleventh Edition*), Springfield: Merriam-Webster, Inc. , 2003. Print.

35. Ni, Zhange, *The Pagan Writes Back: When World Religion Meets World Literature*, Charlottesville: University of Virginia Press, 2015. Print.

36. Ozick, Cynthia, "The Uses of Legend: Elie Wiesel as Tsaddik", *Congress Bi-Weekly* (9 June 1969): 19, qtd. by Amy Gottfried 1994b, 40. Print.

37. Ozick, Cynthia, "Living in Two Cultures", *Response* 15 Contemporary Jewish Review, Brandeis University, 1971: 87 – 93. Print.

38. Ozick, Cynthia, "A Mercenary", *Bloodshed and Three Novellas*, New York: Alfred A. Knopf, 1976: 13 – 52. Print.

39. Ozick, Cynthia, "Bloodshed", *Bloodshed and Three Novellas*, New York: Alfred A. Knopf, 1976: 53 – 72. Print.

40. Ozick, Cynthia, *Bloodshed and Three Novellas*, New York: Alfred A. Knopf, 1976. Print.

41. Ozick, Cynthia, "Usurpation (Other People's Stories)", *Bloodshed and Three Novellas*, New York: Alfred A. Knopf, 1976: 129 – 78. Print.

42. Ozick, Cynthia, "Does Genius Have a Gender?" *Ms*, Vol. 6 (Dec., 1977): 56, 79 – 81. Print.

43. Ozick, Cynthia, "Levitation", *Levitation*, New York: Alfred A. Knopf, 1982: 3 – 20. Print.

44. Ozick, Cynthia, "Puttermesser and Xanthippe", *Levitation*, New York: Alfred A. Knopf, 1982: 75 – 158. Print.

45. Ozick, Cynthia, "Puttermesser: Her Work History, Her Ancestry, Her Afterlife", *Levitation*, New York: Alfred A. Knopf, 1982: 21 – 38. Print.

46. Ozick, Cynthia, "Shots", *Levitation*, New York: Alfred A. Knopf, 1982: 39 – 58. Print.

47. Ozick, Cynthia, "Bech, Passing", *Art & Ardor*, New York: E. P. Dutton, 1983: 114 – 29. Print.

48. Ozick, Cynthia, "Innovation and Redemption: What Literature Means", *Art & Ardor*, New York: E. P. Dutton, 1983: 238 – 48. Print.

49. Ozick, Cynthia, "Literature and the Politics of Sex: A Dissent", *Art & Ardor*, New York: E. P. Dutton, 1983: 284 – 90. Print.

50. Ozick, Cynthia, "Literature as Idol: Harold Bloom", *Art & Ardor*, New York: E. P. Dutton, 1983: 178 – 99. Print.

51. Ozick, Cynthia, "Notes toward Finding the Right Question", *On Being a Jewish Feminist: A Reader*, Ed. Susannah Heschel, New York: Schocken, 1983: 120 – 51. Print.

52. Ozick, Cynthia, "Previsions of the Demise of the Dancing Dog", *Art & Ardor*, New York: E. P. Dutton, 1983: 263 – 83. Print.

53. Ozick, Cynthia, *The Cannibal Galaxy*, New York: Alfred A. Knopf, 1983. Print.

54. Ozick, Cynthia, "The Lesson of the Master", *Art & Ardor*, New York: E. P. Dutton, 1983: 291 – 97. Print.

55. Ozick, Cynthia, "The Riddle of the Ordinary", *Art & Ardor*, New York: E. P. Dutton, 1983: 200 – 09. Print.

56. Ozick, Cynthia, *Trust*, New York: E. P. Dutton, 1983. Print.

57. Ozick, Cynthia, "Toward a New Yiddish", *Art & Ardor*, New York: E. P. Dutton, 1983: 151 – 77. Print.

58. Ozick, Cynthia, "Roundtable Discussion", Writing and the Holocaust Conference (State University of New York at Albany, 5 – 7 April 1987), *Writing and the Holocaust*, Ed. Berel Lang, New York: Holmes & Meier, 1988. Print.

59. Ozick, Cynthia, *The Messiah of Stockholm*, New York: Vintage Books, 1988. Print.

60. Ozick, Cynthia, "Bialik's Hint", *Metaphor & Memory*, New York: Alfred A. Knopf, 1989: 223 – 39. Print.

61. Ozick, Cynthia, "Sholem Aleichem's Revolution", *Metaphor & Memory*, New York: Alfred A. Knopf, 1989: 173 – 98. Print.

62. Ozick, Cynthia, *Rosa*, *The Shawl*, New York: Random House, 1990: 13 – 70. Print.

63. Ozick, Cynthia, "The Shawl", *The Shawl*, New York: Random House, 1990: 3 – 10. Print.

64. Ozick, Cynthia, *The Shawl*, New York: Random House, 1990. Print.

65. Ozick, Cynthia, "The Dock-Witch", *The Pagan Rabbi and Other Stories*, New York: Syracuse University Press, 1995: 129 – 172. Print.

66. Ozick, Cynthia, "The Doctor's Wife", *The Pagan Rabbi and Other Stories*, New York: Syracuse University Press, 1995: 173 – 206. Print.

67. Ozick, Cynthia, "The Pagan Rabbi", *The Pagan Rabbi and Other Stories*, New York: Syracuse University Press, 1995: 1 – 38. Print.

68. Ozick, Cynthia, "The Suitcase", *The Pagan Rabbi and Other Stories*, New York: Syracuse University Press, 1995: 101 – 128. Print.

69. Ozick, Cynthia, "Virility", *The Pagan Rabbi and Other Stories*, New York: Syracuse University Press, 1995: 219 – 270. Print.

70. Ozick, Cynthia, "Puttermesser in Paradise", *The Puttmesser Papers*, New York: Alfred A, Knopf, 1997: 211 – 236. Print.

71. Ozick, Cynthia, *The Puttmesser Papers*, New York: Alfred A, Knopf, 1997. Print.

72. Ozick, Cynthia, *Heir to the Glimmering World*, New York: Houghton Mifflin Company, 2005. Print.

73. Ozick, Cynthia, "Tradition and (or Versus) the Jewish Writer", *The Din in the Head*, Boston: Houghton Mifflin, 2006: 125 – 130. Print.

74. Pateman, Carole and Elizabeth Gross, ed., *Feminist Challenges: Social and Political Theory*, Boston: Northeastern University Press,

1987. Print.

75. Pinsker, Sanford, *The Uncompromising Fictions of Cynthia Ozick*, Columbia: University of Missouri Press, 1987. Print.

76. Rosen, Norma, *Accidents of Influence: Writing as a Woman and a Jew in America*, New York: State University of New York Press, 1992. Print.

77. Scholem, Gershom, *On the Kabbalah and Its Symbolism*, Trans. Ralph Manheim, New York: Schocken Books, 1969. Print.

78. Schneider, Susan Weidman, *Jewish and Female: Choices and Changes in Our Lives Today*, New York: Simon and Schuster, 1984. Print.

79. Scholes, Robert, *Fabulation and Metafiction*, Urbana: University of Illinois Press, 1979. Print.

80. Sivan, Miriam, *Belonging Too Well: Portraits of Identity in Cynthia Ozick's Fiction*, Albany: State University of New York Press, 2009. Print.

81. Statlander, Jane, *Cultural Dialectic: Ludwig Lewisohn and Cynthia Ozick*, New York: Peter Lang, 2002. Print.

82. Strandberg, Victor, *Greek Mind/Jewish Soul: The Conflicted Art of Cynthia Ozick*, Madison: University of Wisconsin Press, 1994. Print.

83. Swidler, Leonard, *Women in Judaism: The Status of Women in Formative Judaism*, Metuchen, NJ: Scarecrow Press, 1976. Print.

84. Trepp, Leo, *The Complete Book of Jewish Observance: A Practical Manual for the Modern Jew*, New York: Behrman House, 1980. Print.

85. Telushkin, Joseph, *Jewish Literacy*, New York: William Morrow, 1991. Print.

86. Thompson, Mary Lou, *Voices of the New Feminism*, Boston: Beacon Press, 1970. Print.

87. Wade, Stephen, *Jewish-American Literature since 1945*, Chicago: Fitzroy Dearborn Publishers, 1999. Print.

88. Wiesel, Elie, *Night Dawn Day*, Trans. Anne Borchardt, Northvale: Jason Aronson Inc., 1985. Print.

89. Williams, Raymond, *Keywords: A Vocabulary of Culture and Society*, Glasgow: William Collins, 1976. Print.

90. Xiao, Biao, *Highlighting Moral Ethos in Diasporic Space: On the Jewishness in Cynthia Ozick's Fiction*, Xiamen: Xiamen University Press, 2012. Print.

91. Yarden, Leon, *The Tree of Light: A Study of the Menorah*, Ithaca: Cornell University Press, 1971. Print.

（二）外文著作章节

1. Alfaro, Martínez and María Jesús, "Fugal Repetition and the Re-Enactments of Trauma: Holocaust Representation in Paul Celan's 'Deathfugue' and Cynthia Ozick's 'The Shawl'", *Trauma in Contemporary Literature: Narrative and Representation*, Nadal, Marita (ed. and introduction) Calvo, Mónica (ed. and introduction), New York: Routledge, 2014: 178 – 193.

2. Alvarez, A., "On the Cannibal Galaxy", *Cynthia Ozick*, Ed. Harold Bloom, New York: Chelsea House Publishers, 1986: 133 – 135.

3. Baskin, Judith R., "Women of the Word: An Introduction", *Women of the Word: Jewish Women and Jewish Writing*, Ed. Judith R. Baskin,

Detroit: Wayne State University Press, 1994: 17 - 34.

4. Berger, Alan L., "Jewish American Fiction", *Modern Judaism*, Baltimore: The Johns Hopkins University Press, 1990: 221 - 241.
5. Berger, Alan L. and Gloria L. Cronin, "The Rendition of Memory in Cynthia Ozick's *The Shawl*", *Jewish American and Holocaust Literature: Representation in the Postmodern World*, Albany: State University of New York Press, 2004: 93 - 102.
6. Cohen, Sarah Blacher, "Cynthia Ozick: Prophet for Parochialism", *Women of the Word*, Ed. Judith R. Baskin, Detroit: Wayne State University Press, 1994: 283 - 298.
7. Finkelstein, Norman, "In the Realm of the Naked Eye: The Poetry of Paul Auster", *Beyond the Red Notebook: Essays on Paul Auster*, Ed. Dennis Barone, Pennsylvania: University of Pennsylvania Press, 1995: 44 - 59.
8. Franco, Dean Joseph, "Re-Reading Cynthia Ozick: Pluralism, Postmodernism, and the MulticulturalEncounter", *Race, Rights, and Recognition: Jewish American Literature since* 1969, Ithaca: Cornell University Press, 2012: 56 - 79. Print.
9. Glenn, Evelyn Nakano, "Social Constructions of Mothering: A Thematic Overview", *Mothering*, Ed. Evelyn Nakano Glenn, Grace Chang, and Linda Rennie Forcey, New York: Routledge, 1994: 1 - 29.
10. Gonshak, Henry, " 'A Madwoman and a Scavenger': The Toll of Holocaust Survival in Cynthia Ozick's 'Rosa' ", *New Perspectives on the Holocaust*, Ed. Rochelle L. Millen, New York: New York University Press, 1996: 232 - 241. Print.
11. Gross, Elizabeth, "What is Feminist Theory", *Feminist Challenges*:

Social and Political Theory, Ed. Pateman, Carole and Elizabeth Gross, Boston: Northeastern University Press, 1987: 190 - 204. Print.

12. Kessner, Carole S., "Matrilineal Dissent: The Rhetoric of Zeal in Emma Lazarus, Marie Syrkin, and Cynthia Ozick", *Women of the Word*, Ed. Judith R. Baskin, Detroit: Wayne State University Press, 1994: 197 - 215.

13. Klingenstein, Susanne, "'In Life I Am Not Free': The Writer Cynthia Ozick and Her Jewish Obligations", *Daughters of Valor: Contemporary Jewish American Women Writers*, Ed. Jay L. Halio and Ben Siegel, Newark: University of Delaware Press, 1997: 48 - 79.

14. Krupnick, Mark, "Cynthia Ozick: Embarrassments", *Jewish Writing and the Deep Places of the Imagination*, Madison: The University of Wisconsin Press, 2005: 72 - 95.

15. Langer, Lawrence L., "Myth and Truth in Cynthia Ozick's 'The Shawl' and 'Rosa'", *Admitting the Holocaust*, New York: Oxford University Press, 1995: 139 - 144. Print.

16. Lorde, Audre, "Uses of the Erotic: The Erotic as Power", *Sister Outsider*, Trumansburg: Crossing Press, 1984: 53 - 59. Print.

17. Ni, Zhange, "Literary Paradise, Female Golem, and Cynthia Ozicks Pagan Paradox", *The Pagan Writes Back: When World Religion Meets World Literature*, Charlottesville: University of Virginia Press, 2015: 75 - 96.

18. Pappenheim, Bertha, "The Jewish Woman in Religious Life", *Four Centuries of Jewish Women's Spirituality*, Trans. Margery Bentwich, Eds. Ellen M. Umansky and Diane Ashton, Boston: Beacon Press,

1992: 148 - 152.

19. Schulman, Peter, "The Golems Take New York: The Resurgence of the Golem in the Work of Cynthia Ozick and Thane Rosenbaum", *Myth and Subversion in the Contemporary Novel*, Losada Goya, José Manuel (ed. and preface); Guirao Ochoa, Marta (ed. and preface), Newcastle upon Tyne: Cambridge Scholars, 2012: 327 - 339.

20. Thorton, Merle, "Sexual Equality is not enough for Feminism" in-Pateman, Carole and Elizabeth Gross, ed., *Feminist Challenges: Social and Political Theory*, Boston: Northeastern University Press, 1987: 77 - 98. Print.

21. Wirth-Nesher, Hana, "Pronouncing the Sacred: Cynthia Ozick", *Call it English: The Languages of Jewish American Literature*, Princeton: Princeton University Press, 2009: 127 - 148.

22 Wirth-Nesher, Hana and Michael P., Kramer, "Introduction: Jewish American literature in the Making", *The Cambridge Companion to Jewish American Literature*, Shanghai: Shanghai Foreign Language Education Press, 2004: 1 - 11. Print.

23. Yalom, Marilyn, "Cynthia Ozick's Paradoxical Wisdom", *People of the Book: Thirty Scholars Reflect on Their Jewish Identity*, Ed. Jeffrey Rubin-Dorsky and Shelley Fisher Fishkin, Madison: The University of Wisconsin Press, 1996: 427 - 438.

（三）外文学位论文

1. Bogdanoff, Helene Rebecca, "Women in the Rabbinate and in American Fiction: A Literary and Ethnographic Study" [M. A. Thesis], North Carolina State University, 2006. Print.

2. Burch, Connie Beth Saulmon, "Women's Voices, Women's Visions:

Contemporary American-Jewish Women Writers (Kaplan; Schaeffer; Jong; Ozick)" [Ph. D. Dissertation], Purdue University, 1987.

3. Cappell, Ezra, "New Directions in Jewish American Fiction" [Ph. D. Dissertation], New York University, 2002.

4. Charlson, Joshua Leonard, "Writing the Void: The Holocaust, Representation, and American Culture" [Ph. D. Dissertation], Northwestern University, 1998.

5. Chen, Xian (陈娴), "The Jewish Memory and Literary Redemption-Cynthia Ozick's 'Liturgical Literature'" [Ph. D. Dissertation], Central China Normal University, 2008.

6. Dang, Yandong (党艳冬), "Wound and Cure" [M. A. Thesis], Xi'an International Studies University, 2016.

7. Dashe, Brittany Brook, "'Whenever You Tell the Story of one Woman, Inside is Another': Mother-Daughter Relationships in Writing by Contemporary Jewish Women" [Ph. D. Dissertation], University of South Carolina, 2008.

8. Ehrlich, Reva, "A Study of Jewish Literary Identity in Contemporary Writers in American: a Curriculum" [Ph. D. Dissertation], St. John's University (New York), 1985.

9. Fa, Qiaolin (法巧琳), "Historical Trauma and Self-Healing of Jewish Women: A Feminist Approach to Cynthia Ozick's *The Shawl*" [M. A. Thesis], Shandong Normal University, 2015.

10. Fang, Cuilan (方翠兰), "Exile as Metaphor: A Study on the Theme of 'Exile' in *Heir to the Glimmering World*" [M. A. Thesis], Sichuan International Studies University, 2018.

11. Fargione, Daniela, "Cynthia Ozick and Jewish Literature: A Read-

er" [Ph. D. Dissertation], University of Massachusetts at Amherst, 2003.

12. Fishbone, Carol A., "Transcending Stereotyped Motherhood: The Social Construction of Mothers under Duress in Toni Morrison's *Beloved* and *Song of Solomon* and Cynthia Ozick's *The Shawl* and *The Cannibal Galaxy*" [Ph. D. Dissertation], Drew University, 2007.
13. Franco, Dean Joseph, "Reading the Multicultural Moment: A Theory of American Literature" [Ph. D. Dissertation], University of Southern California, 2000.
14. Gallagher, Janet M., "Telling Stories about God: Narrative Voice and Epistemology in the Hebrew Bible and in the Fiction of Flannery O'Connor, Graham Greene and Cynthia Ozick" [Ph. D. Dissertation], Fordham University, 1990.
15. Gerber, Nancy Faith, "From Shadow to Substance: The Figure of the Mother-Artist in Contemporary American Fiction" [Ph. D. Dissertation], State University of New Jersey, 1999.
16. Goldhor, Ruth Anne, "The Interaction of Rhetoric and Aesthetic in the Artist Tales of Contemporary American-Jewish Writers" [Ph. D. Dissertation], University of Texas at Austin, 1992.
17. Gottfried, Amy, "Confessions and Accusations: Violence and Redemption in Contemporary United States Women's Fiction" [Ph. D. Dissertation], Tufts University, 1994.
18. Grauer, Tresa Lynn, "One and the same openness: Narrative and Tradition in Contemporary Jewish American Literature" [Ph. D. Dissertation], University of Michigan, 1995.
19. Hao, Huimin (郝慧敏), "For Life: A Study of Poetic Remembrance

of the Holocaust in Cynthia Ozick's *The Shawl*" [M. A. Thesis], Xi'an International Studies University, 2018.

20. Kapelovitz, Abbey Poze, "Mother Images in American-Jewish Fiction (20th Century)" [Ph. D. Dissertation], University of Denver, 1985.

21. Katz, Frank Harry, "Screaming Laughing: The Functions and Varieties of Humor in American Holocaust Literature" [Ph. D. Dissertation], Arizona State University, 2000.

22. Kielsky, Vera Emuna, "Inevitable Exiles: Cynthia Ozick's View of the Precariousness of Jewish Existence in a Gentile World (Short Stories)" [Ph. D. Dissertation], Arizona State University, 1985.

23. Kratka, Amy Weintraub, "Cynthia Ozick's Sacral Aesthetic" [Ph. D. Dissertation], Boston University, 2005.

24. Lautin, Jacqueline, "A Woman's Legacy: Conflict in the Mother-Daughter Relationship in Contemporary American Fiction" [Ph. D. Dissertation], City University of New York, 2007.

25. Lehmann, Sophia Badian, "In Pursuit of a Past: History and Contemporary Jewish American literature" [Ph. D. Dissertation], State University of New York at Stony Brook, 1997.

26. Levinson, Julian Arnold, "The Messiah is Uptown": Jewish Literary Practice in Postwar America [Ph. D. Dissertation], Columbia University, 2000.

27. Linafelt, Tod, "Surviving Lamentations: a literary-Theological Study of the Afterlife of a Biblical Text" [Ph. D. Dissertation], Emory University, 1997.

28. Liu, Dan (刘丹), "On the Process of Puttermesser's Self-realization: A Psychoanalytic Study of The Puttermesser Papers from Theo-

ries of Personality" [M. A. Thesis], Jilin University, 2016.

29. Liron, Naomi, *Cynthia Ozick, the Self-Subverting Artist* [Ph. D. Dissertation], University of California, Berkeley, 1987. Print.

30. Lu, Junlan (卢俊岚), "A Study of Rosa's Traumatic Memory in *The Shawl*" [M. A. Thesis], Xiangtan University, 2013.

31. Mackin, Jonna, "Subject to Laughter: Comedy and Ethnicity in Contemporary American Fiction" [Ph. D. Dissertation], University of Pennsylvania, 2001.

32. Moelis. Joan M., "Writing Selves: Constructing American-Jewish Feminine Literary Identity" [Ph. D. Dissertation], University of Massachusetts Amherst, 1996.

33. Ni, Zhange, "The pagan writes back: Hetero-religiosity, Heterology, and Heterogeneous Space in Four Contemporary Novels" [Ph. D. Dissertation], University of Chicago, 2009.

34. Nisly, Lamar L., "Portraying Religious Mystery in the Fiction of Malamud, Percy, Ozick, and O'Connor" [Ph. D. Dissertation], University of Delaware, 1996.

35. Nysenholc, Judith, "Ghostwriters: Remembering the Holocaust in America" [Ph. D. Dissertation], University of Wisconsin, 1996.

36. Qi, Yangyang (亓洋洋), "Motherhood in Cynthia Ozick's *The Shawl*" [M. A. Thesis], Shandong University, 2016.

37. Rabinowitz, Stuart R., "Jewish-American Gothic" [Ph. D. Dissertation], University of Colorado at Boulder, 2000.

38. Ren, Limin (任莉敏), "Interpretation of the Jewish Themes in Cynthia Ozick's Fiction" [M. A. Thesis], Hubei University of Technology, 2011.

39. Saperstein, Jeffrey, "A Craving for History: Immigrant Themes in Jewish-American Literature" [Ph. D. Dissertation], University of New Hampshire, 1984.

40. Shere, Jeremy, "Jewish American Canons: Assimilation, Identity, and the Invention of Postwar Jewish American Literature" [Ph. D. Dissertation], Indiana University, 2006.

41. Shi, Jinfang (施锦芳), "The Soul of Cynthia Ozick's Art" [M. A. Thesis], Nanchang University, 2005.

42. Shi, Jinfang (施锦芳), "Cultural Integration: Jewish Ethics and Western Aesthetics in Cynthia Ozick's Fiction" [Ph. D. Dissertation], Shanghai International Studies University, 2013.

43. Spinner, Jenny, "On women and the Essay: An Anthology from the Seventeenth Century to the Present" [Ph. D. Dissertation], University of Connecticut, 2004.

44. Tillman, Aaron, "Magical American Jew: The Enigma of Difference in Contemporary Jewish American Short Fiction and Film" [Ph. D. Dissertation], University of Rhode Island, 2009.

45. Vigderman, Patricia, "Images of Absences: Nineteenth-Century British Novels as Film, History, and Autobiography" [Ph. D. Dissertation], Tufts University, 1998.

46. Wei, Wei (魏巍), "An Intertextual Study of Cynthia Ozick's *Foreign Bodies* and Henry James's *The Ambassadors*" [M. A. Thesis], Soochow University, 2016.

47. Xiao, Biao (肖飚), "High Lighting Moral Ethos in Diasporic Space: On the Jewishness in Cynthia Ozick's Fiction" [Ph. D. Dissertation], Xiamen University, 2011.

48. Zaida, Alemas（扎依达·阿勒玛斯）, "An Intertextual Interpretation of Cynthia Ozick's Heir to the Glimmering World" [M. A. Thesis], Xinjiang University, 2014.

49. Zhang, Guosheng（张国胜）, "Perseverance in the Jewish Tradition: A Study of Cynthia Ozick's Novels" [M. A. Thesis], Hunan University of Science and Technology, 2008.

50. Zhao, Min（赵敏）, "An Interpretation of *The Messiah of Stockholm* from the Perspective of Trauma Theory" [M. A. Thesis], Northwest Normal University, 2014.

51. Zhou, Nanyi（周南翼）, "Toward a New Utopia: A Study of the Novels by Saul Bellow, Bernard Malamud, and Cynthia Ozick" [Ph. D. Dissertation], Xiamen University, 2001.

（四）外文期刊论文

1. Aghberi, Al and Munir Ahmed, "Telling the Untellable: Dialectic of Silence in Jewish-American and Arab-American Holocaust Discourse", 3*L*: *Southeast Asian Journal of English Language Studies*, 2015, 21 (1): 61 –69.

2. Akita, Mariko, "A Jewish Writer as an Oxymoron: Cynthia Ozick's Self-Contradiction in Story-Making in 'Usurpation (Other People's Stories)", *Journal of the American Literature Society of Japan* (*English Edition*), 2015 (14): 57 –67.

3. Alkana, Joseph, "'Do We Not Know the Meaning of Aesthetic Gratification?': Cynthia Ozick's *The Shawl*, The Akedah, and the Ethics of Holocaust Literary Aesthetics", *Modern Fiction Studies*, 1997, 43 (4): 963 –990.

4. Arich-Gerz, Brunol, "Bruno Schulz's Literary Adoptees: Jewishness

and Literary Father-Child Relationships in Cynthia Ozick's and David Grossmann's Fiction", *European Judaism*, 2009, 42 (1): 76 – 89.

5. Auslander, Leora, "The Boundaries of Jewishness, or When is a Cultural Practice Jewish?" *Journal of Modern Jewish Studies*, 2009, 8 (1): 47 – 64.

6. Avery, Evelyn, "Malamud and Ozick: Kindred 'Neshamas'", *Studies in American Jewish Literature*, 1999, 18: 31 – 34.

7. Bagno-Simon, Libby, " 'My Warsaw isn't Your Warsaw': Memory, Silence, and the Rewriting of the Past in Cynthia Ozick's 'Rosa'", *ANQ*, 2014, 27 (4): 194 – 198.

8. Bailey, Agnes Stuart, "Madame de Sévignéas a Woman and Mother", *Catholic World*, 1894, 59 (353): 608 – 615. Print.

9. Band, Arnold J., "Comfortable Hybridity: Cynthia Ozick's *Fame and Folly*", *Jewish Social Studies*, 1997, 3 (2): 119 – 126.

10. Bardeleben, Renate von, "The Loss of Identity and the Construction of Memory in the Writings of Cynthia Ozick", *Identit t und Ged chtnis in der jüdischen Literatur*, 2003: 127 – 144.

11. Baumgarten, Murray, "Reading Cynthia Ozick: Imagining Jewish Writing", *ContemporaryLiterature*, 1996, 37 (27): 307 – 314.

12. Bell, Pearl K., "New Jewish Voices", *Commentary*, 1981, 71 (6): 61 – 66.

13. Berger, Alan L., "The Lesson of the 'Shofar': Jewish Identity and the Holocaust in the Works of Cynthia Ozick", *Jewish Book Annual*, 1992, 50: 41 – 61.

14. Berkove, Lawrence I., "American Midrashim: Hugh Nissenson's Stories", *Critique*, 1978, 20 (1): 75 – 82. Print.

15. Bienstock, Anolik Ruth, "Reviving the Golem: Cultural Negotiations in Ozick's *The Puttermesser Papers* and Piercy's *He, She and It*", *Studies in American Jewish Literature*, 2000, 19: 37 - 48.

16. Blumenthal, David R., "The Sunflower", *Jewish Social Studies*, 1978, 40 (3/4): 330 - 332.

17. Borchers, Hans, "Of Suitcases and Other Burdens: The Ambiguities of Cynthia Ozick's Image of Germany", *The Centennial Review*, 1991, 35 (3): 607 - 624.

18. Brand, Clinton A., "The Voice of This Calling: The Enduring Legacy of T. S. Eliot", *Modern Age*, 2003, 45 (4): 357 - 365.

19. Brauner, David, "Breaking the Silences: Jewish-American Women Writing the Holocaust", *The Yearbook of English Studies*, 2001, 31: 24 - 38.

20. Brown, Erella, "The Ozick-Bloom Controversy: Anxiety of Influence, Usurpation as Idolatry, and the Identity of Jewish American Literature", *Studies in American Jewish Literature* (*SAJL*), 1992, 11 (1): 62 - 82.

21. Budick, Emily Miller, "Some Thoughts on the Mutual Displacements/Appropriations/Accommodations of Culture in Several Fictions by Toni Morrison, Cynthia Ozick, and Grace Paley", *Prospects*, 1995, 20: 387 - 404.

22. Budick, Emily Miller, "Jewish subject, implicated Reader in Aharon Appelfeld's 'Iron Tracks' and Cynthia Ozick's 'The Shawl'", *Studia Judaica*, 2005, 13: 211 - 218.

23. Burstein, Janet Handler, "Cynthia Ozick and the Transgressions of Art", *American Literature*, 1987, 59 (1): 85 - 101.

24. Butler, Deidre, "Voicing a New Midrash: Women's Holocaust Writing as Jewish Feminist Response", *Women in Judaism: A Multidisciplinary Journal*, 2011, 8 (1): 1 – 47.

25. Canales, Gustavo Sánchez, "'Prisoners Gradually Came to Buddhist Positions': The Presence of PTSD Symptoms in Rosa in Cynthia Ozick's *The Shawl*", *Studies in American Jewish Literature*, 2011, 30: 29 – 39.

26. Canales, Gustavo Sánchez, "Three Generations of Jewish-American Women Writers", *IUP Journal of English Studies*, 2011, 6 (1): 32 – 50.

27. Cheyette, Bryan, "Liberal Anti-Judaism and the Victims of Modernity", *American Literary History*, 2001, 13 (3): 540 – 543.

28. Cohen, Sarah Blacher, "Cynthia Ozick and her New Yiddish Golem", *Studies in American JewishLiterature*, 1987, 6 (10): 105 – 110.

29. Cohen, Sarah Blacher, "Cynthia Ozick's *Puttermesser Papers*: from Whimsy to Wisdom", *Modern Jewish Women Writers in America*, 2007: 131 – 149.

30. Cole, Diane, "I Want to Do Jewish Dreaming", *Present Tense*, 1982, 8: 54 – 57. Print.

31. Cooper Janet L., "Triangles of History and the Slippery Slope of Jewish American Identity in Two Stories by Cynthia Ozick", *MELUS*, 2000, 25 (1): 181 – 195.

32. Craig, Seligman, "Cynthia Ozick's Ozymandias", *The Threepenny Review*, 2001, 87 (10): 11 – 12.

33. Dokou, Christina and Daniel Walden, "The Pagan Condemnation and Orthodox Redemption of Rabbi Isaac Kornfeld", *Studies in Amer-*

ican Jewish Literature (*SAJL*), 1996, 15: 6-16.

34. Epstein, Joseph, "Cynthia Ozick, Jewish Writer", *Commentary*, 1984, 77 (3): 64-69.

35. Farr, Cecilia Konchar, "Lust for a Story: Cynthia Ozick's 'Usurpation' as Fabulation", *Studies inAmerican Jewish Literature*, 1987, 6 (10): 88-95.

36. Fernández, Gil and María Jesús, "Allegorical Traces of the Traumatic in Cynthia Ozick's *The Shawl*", *ES*: *Revista de Filología Inglesa*, 2012, 33: 61-80.

37. Fisch, Harold, "Contemporary Jewish dilemmas in the writings of Cynthia Ozick", *World Congressof Jewish Studies*, 1973, 6 (3): 23-31.

38. Fisch, Harold, "Introducing Cynthia Ozick", *Response*, 1974, 8 (2): 27-34.

39. Fishman, Sylvia Barack, "Imagining Ourselves: Cynthia Ozick's *The Messiah of Stockholm*", *Studies in American Jewish Literature*, 1990, 9 (1): 84-92.

40. Finkelstein, Norman, "The Struggle for Historicity in the Fiction of Cynthia Ozick", *Literature Interpretation Theory* (LIT), 1990, 1 (4): 291-302.

41. Fiona, Darroch, "Recalling Religions: Resistance, Memory, and Cultural Revision in Ethnic Women's Fiction", *Literature & Theology*, 2003, 17 (3): 350-352.

42. Fleckenstein, Kristie S., "Resistance, Women, and Dismissing the 'I'", *Rhetoric Review*, 1998, 17 (1): 107-125.

43. Franco, Dean Joseph, "Rereading Cynthia Ozick: Pluralism, Postmodernism, and the Multicultural Encounter", *Contemporary Litera-*

ture, 2008, 49 (1): 56 – 84.

44. Friedrich, Marianne M., "The Rendition of Memory in Cynthia Ozick's 'The Shawl'", *Jewish American and Holocaust Literature*, 2004: 93 – 102.

45. Furman, Andrew, "No Trees Please, We're Jewish", *ISLE: Interdisciplinary Studies in Literature & Environment*, 2000, 7 (2): 115 – 136.

46. Furman, Andrew, "Revisiting Literary Blacks and Jews", *Midwest Quarterly*, 2003, 44 (2): 131 – 147.

47. Gallafent, Edward and David Jarrett, "American Literature: The Twentieth Century", *Year's Workin English Studies*, 1975, 56 (1): 413 – 456.

48. Garrett, Leah, "Cynthia Ozick's 'Envy': A Reconsideration", *Studies in American Jewish Literature* (1981—), 2005, 24 (1): 60 – 81.

49. Gertel, Elliot B., "Cynthia Ozick and the 'Jewish' Short Story", *Midstream*, 1983, 12: 43 – 47. Print.

50. Gitenstein, R. Barbara, "The Temptation of Apollo and the Loss of Yiddish in Cynthia Ozick's Fiction", *Studies in American Jewish Literature*, 1983, 3 (1): 194 – 201.

51. Goldfrad, Keren, "The Ethics of Aesthetics: Cynthia Ozick's 'The Shawl'", *The Call of Memory*, 2008: 350 – 357.

52. Gordon, Andrew, "Cynthia Ozick's 'The Shawl' and the Transitional Object", *Literature &Psychology*, 1994, 40 (1/2): 1 – 9.

53. Gottfried, Amy, "Fragmented Art and the Liturgical Community of the Dead in Cynthia Ozick's 'The Shawl'", *Studies in American Jewish Literature*, 1994, 13 (1): 39 – 51.

54. Gould, Carol S., "Platonic resonance in Cynthia Ozick's 'The Puttermesser Papers'", *Association of Jewish Libraries: Annual Convention*, 1999, 34: 139 - 144.

55. Greenstein, Michael, "The Muse and the Messiah: Cynthia Ozick's Aesthetics", *Studies in American Jewish Literature*, 1989, 8 (1): 50 - 65.

56. Greenstein, Michael, "Ozick, Roth, and Postmodernism", *Studies in American Jewish Literature* (*SAJL*), 1991, 10 (1): 54 - 64.

57. Greenstein, Michael, "Secular Sermons and American Accents: The Nonfiction of Bellow, Ozick, and Roth", *Shofar: An Interdisciplinary Journal of Jewish Studies*, 2001, 20 (1): 4 - 20.

58. Halkin, Hillel, "What is Cynthia Ozick about?", *Commentary*, 2005, 119 (1): 49 - 55.

59. Harap, Louis, "The Religious Art of Cynthia Ozick", *Judaism*, 1984, 33 (3): 353 - 363. Print.

60. Hattenhauer, Darryl and McCool Shay, "Ozick's *The Shawl*", *Explicator*, 1999, 57 (4): 238 - 239.

61. Hellerstein, Kathryn, "The Envy of Yiddish: Cynthia Ozick as Translator", *Studies in American Jewish Literature* (1981—), 2012, 31 (1): 24 - 47.

62. Joffe, Alexander, "American Jews Beyond Judaism", *Society*, 2011, 48 (4): 323 - 329.

63. Jones, Billie J., "The Fabrics of Her Life: Cloth as Symbol in Cynthia Ozick's 'The Shawl'", *Studies in American Jewish Literature* (1981—), 2002, 21 (1): 72 - 80.

64. Kakutani, Michiko, "Idol Worshipers", *New York Times*, 1987, 28

(2): A18. Print.

65. Kandiyoti, Dalia, "What is the 'Jewish' in 'Jewish American literature'?" *Studies in American Jewish Literature*, 2012, 31 (1): 48–60.

66. Kauvar, Elaine M., "Cynthia Ozick's Book of Creation: *Puttermesser and Xanthippe*", *Contemporary Literature*, 1985, 26 (1): 40–54.

67. Kauvar, Elaine M., "Courier for the Past: Cynthia Ozick and Photography", *Studies in American Jewish Literature*, 1987, 6 (10): 129–146.

68. Kauvar, Elaine M., "The Dread of Moloch: Idolatry as Metaphor in Cynthia Ozick's Fiction", *Studies in American Jewish Literature*, 1987, 6 (10): 111–128.

69. Kauvar, Elaine M., and Cynthia Ozick, "An Interview with Cynthia Ozick", *Contemporary Literature*, 1993, 34 (3): 358–394.

70. Katz, Adam, "Iconoclastic commitments: Idolatry and imagination in Cynthia Ozick and Ronald Sukenick", *Mosaic: A Journal for the Interdisciplinary Study of Literature*, 2005, 38 (3): 113–129.

71. Kent, Jessica A., "Speaking in James: Cynthia Ozick's 'Dictation' and 'The Jolly Corner'", *Henry James Review*, 2015, 36 (2): 101–116.

72. Kessner, Carole S., "Foreign Bodies: A Pentimento", *Studies in American Jewish Literature* (1981—), 2012, 31 (2): 200–215.

73. Klingenstein, Susanne, "Destructive Intimacy: The Shoah between Mother and Daughter in Fictions by Cynthia Ozick, Norma Rosen, and Rebecca Goldstein", *Studies in American Jewish Literature*, 1992, 11 (2): 162–173.

74. Klingenstein, Susanne, "'Hard for a Goy to Make Out'? Thoughts about Cynthia Ozick's 'Bloodshed'", *Yiddish/Modern Jewish Studies*

(*Yiddish*), 1997, 10 (4): 47 –57.

75. Klingenstein, Susanne, "Heir Snares Eyre's Mähr: Murderous Idea vs. Thieving Interpretation: Cynthia Ozick's Literary Theory in *Heir to the Glimmering World*", *Shofar: An Interdisciplinary Journal of Jewish Studies*, 2008, 26 (2): 97 –108.

76. Knopp, Josephine Z., "The Jewish Stories of Cynthia Ozick", *Studies in American Jewish Literature* (1975 –1979), 1975, 1 (1): 31 –38.

77. Koy, Christopher E., "Prague in the Novels of Cynthia Ozick and Philip Roth", *Litteraria Pragensia*, 2016, 26 (51): 111 –114.

78. Kramer, Michael P., "Race, Literary History, and the 'Jewish' Question", *Prooftexts*, 2001, 21 (3): 287 –349.

79. Kremer, S. Lillian, "The Splendor Spreads Wide: 'Trust' and Cynthia Ozick's Aggadic Voice", *Studies in American Jewish Literature*, 1987, 6 (10): 24 –43.

80. Kremer, S. Lillian, "Post-alienation: Recent Directions in Jewish-American Literature", *Contemporary Literature*, Vol. 34, No. 3, Special Issue: Contemporary Jewish American Literature. University of Wisconsin Press, Autumn, 1993: 571 –591.

81. Krupnick, Mark, "Cynthia Ozick as the Jewish T. S. Eliot", *Soundings: An Interdisciplinary Journal*, 1991, 74 (3/4): 351 –368.

82. Lakritz, Andrew, "Cynthia Ozick at the End of the Modern", *Chicago Review*, 1994, 40 (1): 98 –117.

83. Langer, Lawrence L., "Two Holocaust Voices: Cynthia Ozick and Art Spiegelman", *Preempting the Holocaust*, New Haven: Yale University Press, 1998: 121 –130.

84. Layne, Bethany, " 'Henry Would Never Know He Hadn't Written It

Himself': The Implications of 'Dictation' for Jamesian Style", *Henry James Review*, 2014, 35 (3): 248 - 256.

85. Lee, Soo-Hyun, "Cynthia Ozick and 'Jewish Movement'", *Journal of English Language and Literature/Yŏngŏ Yŏngmunhak*, 1998, 44 (1): 81 - 100.

86. Lehmann, Sophia Badian, "'And here [their] Troubles Began': The Legacy of the Holocaust in the Writing of Cynthia Ozick", *Clio*, 1998, 28 (1): 29 - 52.

87. Lowin, Joseph, "Cynthia Ozick's Mimesis", *Jewish Book Annual*, 1984—1985, 42: 79 - 90.

88. Lowin, Joseph, "Cynthia Ozick and the Jewish fantastic", *Identity and Ethos*, 1986: 311 - 323.

89. Lyons, Bonnie, "Cynthia Ozick as a Jewish Writer", *Studies in Jewish American Literature*, 1987, 6: 13 - 23.

90. Malcolm, Cheryl Alexander, "Compromise and Cultural Identity: British and AmericanPerspectives in Anita Brookner's *Providence* and Cynthia Ozick's 'Virility'", *English Studies: A Journal of English Language and Literature (ES)*, 1997, 78 (5): 459 - 471.

91. Malcolm, Cheryl Alexander, "A Good Pole in Yavneh: Cynthia Ozick's 'The Shawl'", *Studies in American Jewish Literature* (1981—), 2002, 21 (1): 123 - 134.

92. Mendes-Flohr, Paul, "History", *Contemporary Jewish Religious Thought*, Ed. Arthur A. Cohen and Paul Mendes-Flohr, New York: Scribner's, 1987: 371 - 387.

93. Mesher, David R., "Bloodshed and Three Novellas", *Studies in Short Fiction*, 1976, 13 (4): 521 - 522.

94. Morgenstern, Mira, " Ruth and the Sense of Self: Midrash and Difference", *Judaism*, 1999, 48 (2): 131 - 145.

95. Moyer, Steve, " Cynthia Ozick: Truth in Fiction", *Humanities*, 2008, 29 (2): 23 - 24.

96. New, Elisa, "Cynthia Ozick's Timing", *Prooftexts*, 1989, 9 (3): 288 - 294.

97. Ni, Zhange, " Strange Paradise: Wrestling with the Golem and Double Idolatry in Cynthia Ozick's *Puttermesser Papers*", *Literature & Theology*, 2015, 29 (1): 66 - 85.

98. Nocera, Gigliola, "Cynthia Ozick and 'The Pagan Rabbi'", *Intertextual Identity*, 1997: 109 - 113.

99. Osborne, Monica, "The Midrashic Impulse: reading Cynthia Ozick's *Heir to the Glimmering World* against Representation", *Studies in American Jewish Literature*, 2007, 26: 21 - 34.

100. Parrish, Timothy L., " Creation's Covenant: The Art of Cynthia Ozick", *Texas Studies in Literature and Language*, 2001, 43 (4): 440 - 464.

101. Pinsker, Sanford, LEVITATION (Book), *Studies in Short Fiction*, 1982, 19 (2): 177 - 178.

102. Pinsker, Sanford, " Astrophysics, Assimilation, and Cynthia Ozick's 'The Cannibal Galaxy'", *Studies in American Jewish Literature*, 1987, 6 (10): 75 - 87.

103. Pinsker, Sanford, "Cynthia Ozick", *American Jewish History*, 1988, 77 (3): 482 - 485.

104. Pinsker, Sanford, " Jewish-American Literature's Lost-and-Found Department: How Philip Roth and Cynthia Ozick Reimagine Their

Significant Dead", *MFS Modern Fiction Studies*, 1989, 35 (2): 223 – 235.

105. Pinsker, Sanford, "Competing for the Soul of Cynthia Ozick's Art", *Prooftexts*, 1994, 14 (11): 94 – 102.

106. Pinsker, Sanford, "Cynthia Ozick, Aesthete", *Partisan Review*, 2002, 69 (2): 206 – 217.

107. Pinsker, Sanford, "The Tortoise and the Hare; Or, Philip Roth, Cynthia Ozick, and the Vagaries of Fiction Writing", *Virginia Quarterly Review*, 2005, 81 (3): 214 – 224.

108. Pinsker, Sanford, "Turning the Jamesian Novel Upside Down", *Sewanee Review*, 2011, 119 (3): xlii – xliv.

109. Pinsker, Sanford, "Four Jewish Novelists Facing Aging Differently", *Sewanee Review*, 2013, 121 (3): 393 – 402.

110. Powers, Peter Kerry, "Disruptive Memories: Cynthia Ozick, Assimilation, and the Invented Past", *MELUS*, 1995, 20 (3): 79 – 97.

111. Rainwater, Catherine and William J. Scheick, "Interview with Cynthia Ozick", *Texas Studies in Literature and Language*, 1983, 25 (2): 255 – 265.

112. Rainwater, Catherine and William J. Scheick, "Some Godlike Grammar: An Introduction to the Writings of Hazzard, Ozick, and Redmon", *Texas Studies in Literature & Language*, 1983, 25 (Summer): 181 – 211.

113. Rainwater, Catherine and William J. Scheick, "Cynthia Ozick: Invention & Orthodoxy", *Contemporary American Women Writers: Narrative Strategies*, Lexington: The University Press of Kentucky, 1985: 88 – 109.

114. Raphael, Linda Schermer, "There's no Space like Home: The Representation of Jewish American life in Abraham Cahan, Anzia Yezierska, Philip Roth, and Cynthia Ozick", *The Columbia History of Jews and Judaism in America*, 2007: 433 – 458.

115. Raphael, Melissa, "A Patrimony of Idols: Second-Wave Jewish and Christian Feminist Theology and the Criticism of Religion", *Sophia*, 2014, 53 (2): 241 – 259.

116. Rose, Elisabeth, "Cynthia Ozick's Liturgical Postmodernism: *The Messiah of Stockholm*", *Studiesin American Jewish Literature*, 1990, 9 (1): 93 – 107.

117. Rosenberg, Meisha, "Cynthia Ozick's Post-Holocaust Fiction: Narration and Morality in the Midrashic Mode", *Journal of the Short Story in English*, 1999, 32 (Spring): 113 – 127.

118. Rosenfeld, Alvin Hirsch, "Cynthia Ozick: Fiction and the Jewish Idea", *Midstream*, 1977, 23 (7): 76 – 81.

119. Roth, Philip, "Pictures of Malamud", *The New York Times*, April 20, 1986.

120. Rovit, Earl, "The Blood Letting", *Nation*, 1982, 234 (7): 207 – 208.

121. Rovit, Earl, "The Two Languages of Cynthia Ozick", *Studies in American Jewish Literature*, 1989, 8 (1): 34 – 49.

122. Ruddick, Sarah, "Maternal Thinking", *Mothering: Essays in Feminist Theory*, Ed. Joyce Trebilcot, New Jersey: Rowman & Allanheld, 1983: 213 – 230.

123. Sage, Jesse, "'On account of you I have no translator!' The denial of literary inheritance in Cynthia Ozick's 'Envy, or, Yiddish in America'", *Mosaic* (Cambridge, MA), 1998, 21: 84 – 91. Print.

124. Schechter, Mark, "Other People's Stories", *Moment*, 1976, 1 (9): 74 – 77.

125. Scholem, Gershom, "Isaac Luria: A Central Figure in Jewish Mysticism", *Bulletin of the American Academy of Arts and Sciences*, 1976, 29 (8): 8 – 13.

126. Schwarz, Jan, "Glatshteyn, Singer, Howe, and Ozick: Performing Yiddish Poetry at the 92 Street Y, 1963—1969", *Prooftexts*, 2010, 30 (1): 61 – 96.

127. Scrafford, Barbara, "Nature's Silent Scream: A Commentary on Cynthia Ozick's 'The Shawl'", *Critique*, 1989, 31 (1): 11 – 14.

128. Sivan, Miriam, "Framing Questions: Cynthia Ozick's 'Shots'", *Literature & Theology*, 2002, 16 (1): 51 – 64.

129. Sivan, Miriam, "The Arboreal Metonym: Trees as Seers in Cynthia Ozick's *Trust*", *Interdisciplinary Literary Studies*, 2002, 4 (1): 73 – 85.

130. Sivan, Miriam, "Lilith and Hester Lilt: the life of the Autonomous Mother in Cynthia Ozick's 'The Cannibal Galaxy'", *Jewish Women's Writing of the* 1990*s*, 2004: 277 – 287.

131. Sivan, Miriam, "Crossing the Abyss: Language and the Holocaust in Cynthia Ozick's 'The Shawl'", *Studies in American Jewish Literature* (1981—), 2005, 24 (1): 42 – 59.

132. Sivan, Miriam, "Cynthia Ozick's Golem: A Messianic Double", *Literature & Theology*, 2005, 19 (1): 47 – 59.

133. Sivan, Miriam, "The Synthesis of the Mind and Body in Cynthia Ozick's *The Cannibal Galaxy*", *Women in Judaism: A Multidisciplinary Journal*, 2006, 4 (1): [no pagination].

134. Sokoloff, Naomi B., "Interpretation: Cynthia Ozick's *Cannibal*

Galaxy", *Prooftexts*, 1986, 6 (3): 239 - 257.

135. Sivan, Miriam, "Reinventing Bruno Schulz: Cynthia Ozick's 'The Messiah of Stockholm' and David Grossman's 'See Under: Love'", *AJS Review*, 1988, 13 (1 - 2): 171 - 199. Print.

136. Stevenson, David L., "Review of *Trust* by Cynthia Ozick", *NYTBR*, 1966, 17 (7): 29. Print.

137. Strandberg, Victor, "The Art of Cynthia Ozick", *Texas Studies in Literature and Language*, 1983, 25 (2): 266 - 312. Print.

138. Teicholz, Tom, "The Art of Fiction XCV: Cynthia Ozick", *Paris Review*, 1987, 29 (102): 154 - 190.

139. Tillman, Aaron, "Presuming the Dominant Gaze: Spirits of Shame in Cynthia Ozick's *Levitation*", *CEA Critic: An Official Journal of the College English Association*, 2009, 71 (2): 57 - 72.

140. Toscano, Roberto, "Jewishness and Ethics" *International Review of Sociology: Revue Internationale de Sociologie*, 2007, 17 (7): 381 383.

141. Uffen, Ellen Serlen, "The Levity of Cynthia Ozick", *Studies in American Jewish Literature*, 1987, 6 (10): 53 - 63.

142. Verma, Daisy, "Celebration of Ethnicity in Cynthia Ozick's *The Shawl* and *The Cannibal Galaxy*", *Distribution of* 1989—1990 *Beginning Postsecondary Students*, 2008, 21 (1): 75 - 81.

143. Walden, Daniel, "The World of Cynthia Ozick: An Introduction", *Studies in American Jewish Literature*, 1987, 6 (10): 1 - 4.

144. Walden, Daniel, "Cynthia Ozick's Classical Feminism", *Connections and Collisions*, 2005: 35 - 44.

145. Weiner, Deborah Heiligman, "Cynthia Ozick, Pagan vs Jew (1966—1976)", *Studies in AmericanJewish Literature* (1981—), 1983,

3 (1): 179 - 193.

146. Weisberg, Dvora, "Insiders or Outsiders: Women and Rabbinic Literature", *Judaism*, 2003, 207/208 (3/4): 203 - 215.

147. Weinhouse, Linda, "Cynthia Ozick's *The Shawl* and Octavia Butler's *Kindred*: Bearing Witness", *CEA Critic: An Official Journal of the College English Association* (CEA), 1996, 59 (1): 60 - 67.

148. Weltman, Sharon Aronofsky, "Jane Heir to the Glimmering World: Cynthia Ozick's Victorian Vision", *Studies in American Jewish Literature*, 2009, 28: 3 - 13.

149. Wilner, Arlene Fish, "The Jewish-American Woman as Artist: Cynthia Ozick and the 'Paleface' Tradition", *College Literature*, 1993, 20 (2): 119 - 132.

150. Wilner, Arlene Fish, "Limning 'The Cannibal Galaxy': Cynthia Ozick's Moral Imagination", *Criticism*, 1998, 40 (4): 571 - 597.

151. Wirth-Nesher, Hana, "The Languages of Memory: Cynthia Ozick's 'The Shawl'", *Multilingual America*, 1998: 313 - 326.

152. Wisse, Ruth, "Jewish American Writing, Act Ⅱ", *Commentary*, 1976, 61 (6): 40 - 45.

153. Zatlin, Linda, "Cynthia Ozick's 'Levitation: Five Fictions'", *Studies in American Jewish Literature*, 1985, 4 (1): 121 - 123.

154. Zierler, Wendy, "The Making and Re-Making of Jewish-American Literary History", *Shofar: An Interdisciplinary Journal of Jewish Studies*, 2009, 7 (2): 69 - 101.

(五) 外文网络文献

1. Bolick, Katie, The Interview "The Many Faces of Cynthia Ozick", May 15, 1997 [09: 37 am. April 26, 2007], http: //www. the-

atlantic. com/past/docs/unbound/factfict/ozick. htm.

2. Halperin, Irving [10: 30 am, July 16, 2011], http: //www. complete-review. com/reviews/ozickc/shawl. htm.

3. Idolatry. Jewish Virtual Library [09: 07 am. August 11, 2011], http: //www. jewishvirtuallibrary. org/idolatry.

4. Mishnah [10: 52 am. April 20, 2017], https: //en. wikipedia. org/wiki/Mishnah.

5. Musleah, Rahel, "Profile: Cynthia Ozick", *Hadassah Magazine* [17: 06 December 7, 2016], http: //www. hadassahmagazine. org/2012/02/28/profile-cynthia-ozick/.

6. Norwood, Stephen H. and Pollack, Eunice G. editors, *Encyclopedia of Jewish American History*, Santa Barbara: ABC-CLIO, 2008 [10: 10 am. June 13, 2010], http: //www. abc-clio. com.

7. Pardes. Wikipedia [10: 49 am. Sept. 6, 2016], https: //en. wikipedia. org/wiki/Pardes_ (Jewish_ exegesis).

8. Rowe, John Carlos, "Literary Adaptations of James in Roth's, Ozick's, and Franzen's Work", *CLCWeb: Comparative Literature and Culture*, 2014, 16 (June 6) [8: 30 am. May 3, 2016], https: //doi. org/10. 7771/1481 - 4374. 2414.

9. SaintLucy [10: 30 am. August 3, 2011], http: //en. wikipedia. org/wiki/Saint_ Lucy.

10. The Columbia Encyclopedia, Sixth Edition, 2008 [10: 30 am. August 3, 2011], http: //www. bartleby. com.

11. Tikkun olam. Wikipedia [17: 18 August 3, 2013], http: //en. wikipedia. org/wiki/Tikkun_ olam.

后　记

书稿付梓之际，平静，亦不乏感慨。

第一次接触辛西娅·欧芝克及其作品，是在攻读博士学位期间，距今已有十多个年头。起初被她理性睿智的散文吸引，继而困惑于小说与散文文本之间的矛盾，最终被作品蕴含的犹太逻辑智慧深深折服，渐渐沉醉于理性光芒之下细腻的文本肌理，享受透过矛盾的草蛇灰线、抽丝剥茧领略犹太文化无穷魅力的阅读体验。

十多年间，“吹灭读书灯，一身都是月”。然而，“没有一定程度的孤独，是不可能有内心的平和的”。完成书稿的过程，在某种意义上，恰与我个人悦纳自我、缓解焦虑、趋向平和的成长过程相伴，颇值得回味与铭记。在这个过程中，有太多需要感谢的人、太多需要重温的记忆。

感谢家人。他们默默付出，成就了我的进步。书稿得以完成，离不开父母的言传身教与爱人的理解支持。父亲儒雅自律，母亲乐观豁达。在书稿成稿过程中，他们的教诲激励我不断克服困难，快乐前行；爱人孝敬长辈、抚育幼女，是我生活中的亲人、困境中的挚友。他举重若轻、诙谐幽默，陪我度过写书过程中的许多难关。感谢女儿，在她成长的关键时期，我选择了离家赴遥远的南国攻读博士学位。她渴望又无奈的眼神，是我丝毫不敢懈怠的动力！

难忘那些曾经给予我热情鼓励和无私帮助的师友。对他们，我永怀感激之心。难忘我的博士导师杨仁敬教授，是他引领我走上了欧芝克研究的道路；难忘徐德龙教授，是他在短暂访美期间，辗转几家书店，帮我带回第一批欧芝克原版小说，并在书稿成稿过程中时时敦促、常常激励；难忘杜瑞清教授，是他将流散理论书籍慷慨赠送，帮助我搭建起最初的理论框架；难忘杨达复教授、甘文平教授、王海燕教授、张雅慧博士、胡永洪博士、王祖友博士、周南翼博士以及林小慧、郭淑青、张明燕、马拯，是他们伸出无私的援手，不辞辛劳，帮助我搜集了欧芝克研究的原始资料；难忘徐静无条件的陪伴与欣赏，难忘无数个午后，哪怕只是沉默对坐，给予我家人般的温暖；难忘陆燕在书稿付梓之前仔细审校了书稿，避免了许多令人尴尬的错误；难忘唐依凡教授、邹德宁教授、鲁莉教授、陈光以及吴宇，她们抽出许多时间，分享书稿撰写的点滴欢喜与苦闷；难忘王坤热情推荐出版社，交流科研体会与心得。

感谢中国社会科学院赵　凡研究员，中国人民大学陈世丹教授，厦门大学詹树魁教授、周郁蓓教授、李美华教授、刘文松教授，闽南师范大学张龙海教授。2011 年，他们担任我的博士学位论文答辩委员，提出了许多建设性的修改意见，奠定了目前书稿的最初基础。

感谢国家留学基金委员会“国家公派高级研究学者、访问学者、博士后项目”的资助，感谢西安建筑科技大学的支持。在他们的资助与支持下，2016—2017 年，我赴美国加州大学伯克利分校英文系访学，全面梳理了欧芝克研究的文献资料，安心完成了书稿初稿的撰写；感谢美国加州大学伯克利分校英文系 Dorothy Hale 教授。在该系访学期间，我有幸多次与她交流，确定了书稿框架与基本思路；感谢访学期间结识的朋友：王怡教授、李曙婷博士、周岷博士、罗敏教授、宁云中博士、孙敏博士。异乡逢知己，难忘亲密的促膝交谈、轻松的海边漫步，感谢他们的友谊。

感谢国家哲学社会科学项目“辛西娅·欧芝克小说中的犹太性研究”的评审专家。他们高屋建瓴的意见和建议，帮助我完善了书稿，进一步提升了研究质量。

感谢国家哲学社会科学项目“辛西娅·欧芝克小说中的犹太性研究”以及“陕西高校人文社会科学青年英才支持计划”的资助；感谢西安建筑科技大学文学院杨延龙院长、韩蕊院长、英文系刘鹏康主任的鼎力支持；感谢西安建筑科技大学科技处高艺源、财务处秦凤莉、文学院裴昶、刘兴彬细致耐心的帮助；感谢中国社会科学出版社文学艺术与新闻传播中心主任郭晓鸿博士、特约编辑张金涛的辛勤付出。

书稿凝结着众多亲人师友的深厚情谊，成稿过程中所有的喜悦与沮丧，因为曾经有他们，有他们给予的温暖，永久地成为我生命中珍贵的记忆——仿佛举着灯，与众多相似的身影相逢。感谢来过，感谢照亮！

肖　飚

2020 年 2 月 20 日